Christian Laborie *se passionne pour l'histoire et les habitants de sa province d'adoption : les Cévennes. Ses romans sonnent comme autant d'hommages humbles et sincères. Il est l'auteur de la saga* L'Appel des drailles *et* Les Drailles oubliées, *pour laquelle il a obtenu le prix Mémoire d'Oc. L'ensemble de ses romans, publiés aux éditions De Borée, l'a hissé au rang des écrivains incontournables de la littérature de terroir.*

Le Saut du Loup

Du même auteur

Aux éditions De Borée

L'Appel des Drailles
L'Arbre à pain
L'Arbre à palabres
L'Arbre d'or
Le Brouillard de l'aube
Le Chemin des larmes
Le Secret des Terres Blanches
Les Drailles oubliées
Les Hauts de Bellecoste
Les Sarments de la colère
Terres noires

Autres éditeurs

Dans les yeux d'Ana
L'Enfant rebelle
L'Héritier du secret
La Promesse à Élise
Le Goût du soleil
Les Bonheurs de Céline
Les Enfants de Val Fleuri
Les Naufragés du déluge
Les Rives blanches
Les Rochefort

TERRE DE POCHE
45, rue du Clos-Four – 63056 Clermont-Ferrand cedex 2

Christian Laborie

Le Saut du Loup

de Borée
TERRE DE POCHE

À Julien et à Julie
qui m'ont donné l'idée d'écrire ce roman.

Avertissement

Les légendes dont l'auteur s'est inspiré dans ce roman ont trait aux Cévennes. Elles font partie de ce que Pierre Laurence appelle la « mémoire orale » des Cévenols. Elles concernent des lieux situés à divers endroits de cette région où se mêlent intimement légendaires toponymique, historique, religieux, et où les superstitions ont toujours été profondément ancrées dans les racines du passé. Toutefois, pour les besoins de son récit, l'auteur les a toutes concentrées sur un seul lieu, dont le nom lui-même est sorti de son imagination, et a pris certaines libertés d'interprétation.

I

Branle-bas

PERCHÉE SUR SON PROMONTOIRE, Manuella observait attentivement ce qui se passait à quelques centaines de mètres d'elle, l'air amusé.

De là où elle se trouvait, elle ne pouvait rien entendre. Pourtant, elle en était certaine, on parlait d'elle ou de l'un des membres de sa famille. C'était toujours la même litanie : chaque fois qu'un drame ou un simple incident se produisait, on s'en prenait aux siens. Elle restait indifférente, se mettait rarement en colère, comme par habitude, s'en attristait parfois. À son âge, la rancune n'était pas encore couleur de haine, n'ayant pas eu le temps de s'enraciner au plus profond de son être. La distance, qu'elle gardait avec tous ceux qui mettaient sa famille à l'écart, lui servait de bouclier contre les ressentiments qu'elle aurait pu nourrir à leur encontre.

À quinze ans, elle avait déjà subi de nombreux affronts, rencontré la méfiance, encaissé les injures, enduré les moqueries. On ne lui pardonnait pas, sans doute, d'être différente, d'appartenir à un milieu marginal, d'être de ceux qui ne sont pas comme tout le monde. Elle ne s'en émouvait pas outre mesure. Sa jeunesse, son insouciance, sa joie de vivre libre dans un monde qu'elle ne jugeait pas, parce qu'elle ignorait la méchanceté, parce qu'elle gardait en elle une grande naïveté et une certaine confiance en l'autre, l'avaient toujours protégée contre la tentation d'assouvir un jour sa vengeance.

Ce matin-là, cependant, elle ne pouvait se garder d'éprouver une réelle satisfaction.

Septembre approchait de son terme. Déjà le ciel s'effilochait en longues écharpes de brume et s'émaillait d'ardoise dès que le vent d'ouest reprenait le dessus. Le soir, la fraîcheur chassait les dernières chaleurs. En hautes Cévennes, les touffeurs de l'été s'effacent vite dès que la nuit terrasse le jour et devient maîtresse du temps.

La plupart des écoliers s'apprêtaient à retrouver le chemin de l'école. Celle-ci devait accueillir un nouvel instituteur pour la classe des garçons. Début juillet, en effet, M. Cabanel, ayant atteint l'âge fatidique de la retraite, avait fait ses adieux aux enfants du village. Pour l'occasion, tous les habitants s'étaient rassemblés dans la cour de la petite école. Il était aussitôt parti passer ses vacances dans son pays natal, la Vallée Longue, plus proche du mont Lozère que de l'Aigoual, dont le toit dominait la commune. Mais il avait promis de revenir dès la fin de l'été pour finir ses jours parmi tous ceux dont il avait assuré l'éducation pendant sa longue carrière. Si ses racines étaient ancrées ailleurs, son cœur demeurait au Saut-du-Loup, où il avait passé plus de trente ans à instruire les esprits et à éveiller les consciences, à force de leçons patriotiques de morale et d'histoire assénées chaque matin de classe. Une vingtaine de générations avaient courbé l'échine sous sa férule de maître autoritaire sans jamais soulever aucune contestation.

Sa collègue, Mlle Letellier, installée à son poste depuis deux ans, s'occupait de la classe des filles et n'avait qu'un souhait : obtenir une mutation qui l'éloignerait de cette commune où elle n'avait aucune attache et où elle ne parvenait pas à établir son autorité. Jeune fille timide, issue d'une famille modeste de Rochebelle, faubourg minier d'Alès, elle s'était d'abord réjouie d'avoir été nommée dans une commune rurale de son pays cévenol auquel elle était très attachée. Mais elle éprouva très vite la nostalgie de la ville et ne parvint pas à supporter l'autorité de son collègue qui avait tendance à la gouverner et à lui imposer ses propres directives. Aussi, quand celui-ci fit ses adieux et qu'elle apprit la nomination d'un nouvel enseignant sur son poste, elle ressentit un grand soulagement.

Toutes les autorités communales s'agitaient dans la cour de l'école : maire, adjoints, conseillers, garde champêtre, et même le curé Bonal. Il ne manquait plus que les gendarmes, qu'on attendait d'un moment à l'autre. Il leur fallait bien une heure pour arriver de Florac, la ville la plus proche. Chacun y allait de ses hypothèses, de ses élucubrations. Tous étaient une fois encore du même avis :

— C'est un coup des Carballo ! Il n'y a qu'eux pour faire une chose pareille ! C'est un scandale, une honte !

Derrière la municipalité au grand complet, les parents d'élèves, les premiers avertis, ne tarissaient pas non plus de stupéfaction et abondaient dans le sens de ceux qui avaient déjà condamné sans preuve.

À l'écart, Mlle Letellier semblait désemparée.

— Ne me dites pas que vous n'avez rien entendu ! s'étonnait Robert Comballe, le maire de la commune. Votre logement se trouve juste au-dessus des salles de classe. À votre âge, vous n'êtes pas encore sourde !

— Je vous assure que je n'ai rien entendu. La nuit, je dors. Et j'ai bon sommeil !

Le spectacle était affligeant. Les deux salles de classe étaient complètement saccagées. Les vitres des fenêtres et les murs étaient barbouillés d'encre rouge et violette. Les pupitres des élèves étaient renversés, les encriers de porcelaine brisés. Les livres et les cahiers jonchaient le sol, certains froissés, d'autres déchirés. La carte murale de la France et de ses colonies pendait misérablement au mur, toute de guingois. Les livres de la bibliothèque trempaient dans une mare gluante d'eau et de cendres froides sorties du poêle à bois. Le propre bureau du maître était renversé, les quatre pieds en l'air, les tiroirs vidés de leur contenu. Le tableau était rempli d'inscriptions illisibles et de dessins aux formes géométriques auxquels personne ne fit attention. Les rideaux pendaient aux fenêtres, lacérés, souillés, à moitié arrachés.

— C'est l'œuvre d'un fou ! s'exclama Martial Legendre, le premier adjoint.

— Ils devaient être plusieurs pour faire un tel carnage ! émit le second adjoint.

— C'est l'œuvre du diable ! ajouta le curé qui ne lâchait pas son bréviaire des mains et faisait le signe de croix sur son front chaque fois que quelqu'un tentait une explication.

Petit à petit, tout le village, averti de bouche à oreille, s'était attroupé. Jamais jusqu'à ce jour, on ne s'en était pris à l'école, le plus noble symbole de la République et de l'égalité. Dans ce pays encore très catholique, l'école et l'église étaient toujours les lieux les plus sacrés et les plus respectés par tous, y compris par les illettrés et par les mécréants. Le curé et le maître d'école étaient les personnes les plus considérées, avant même le maire qui, lui, n'avait pas que des amis et devait souvent défendre contre vents et marées ses idées et ses décisions.

— Quand je vous disais qu'il n'y a plus aucun respect ! se plaignait une brave mère de famille. En s'en prenant à l'école, c'est à nos enfants qu'on s'en prend. C'est de la jalousie. Et vous savez très bien qui a fait ça.

— C'est les manouches.

— Ils n'ont rien à faire ici. Qu'on les chasse !

Le ton montait. Le mécontentement grandissait. Le maire n'avait qu'une peur : que les gendarmes tardent à arriver et que ses concitoyens, excédés, ne décident de se rendre à la maison des Carballo pour leur demander des explications.

— Mes amis, calmez-vous ! Nous n'avons aucune preuve. Même si je pense comme vous, je ne peux vous laisser dire et encore moins vous laisser faire. Rentrez chez vous. Les gendarmes vont arriver d'un moment à l'autre. Ils mèneront leur enquête et ils arrêteront les coupables. Soyez tranquilles, tout sera remis en ordre pour le jour de la rentrée des classes. Je vous en donne ma parole.

— Ce ne sera jamais prêt dans huit jours !

— Je mobiliserai tous les moyens dont je dispose.

— Le nouveau maître n'est même pas encore arrivé !

— Ça, ce n'est pas de mon ressort, mais de celui de M. l'inspecteur d'académie. Je vais aujourd'hui même envoyer un télégramme à l'Inspection de Mende afin qu'on me confirme le remplacement de M. Cabanel.

Manuella s'approcha subrepticement pour mieux entendre les commentaires. Agile comme une jeune féline, elle se glissa furtivement d'un arbre à un bosquet, d'un buisson à un fourré, se dissimula enfin derrière un muret, à proximité du préau de la cour. Elle savait ce qui s'était passé dans l'école et ne pouvait s'empêcher de s'en réjouir. Elle savourait sa victoire. Elle qui n'avait jamais mis les pieds dans une salle de classe et qui aurait tant voulu cependant qu'on lui donnât les mêmes chances qu'aux autres, elle estimait que la justice venait enfin d'être appliquée.

Enfant de la route, née au hasard des tribulations de ses parents, elle n'avait jamais compris pourquoi, une fois que ceux-ci eurent décidé de se sédentariser, ils avaient toujours été pris pour des êtres à part, relégués, montrés du doigt tels des pestiférés.

Au Saut-du-Loup, on la connaissait bien, la jeune Manuella : la gitane, l'appelait-on, ou encore la roumie. Rétive, sauvageonne, elle s'aventurait parfois jusqu'au centre du village. Ses yeux vert amande jetaient des éclats de diamant. Elle en usait innocemment pour affronter la concupiscence des hommes prêts à toutes les infidélités. Pure et candide comme un matin de Création, aussi fraîche qu'une fleur nimbée de rosée, elle attisait déjà la convoitise, engendrait des désirs malsains, créait des jalousies, provoquait sans le vouloir. Toujours pieds nus par monts et par vaux, vêtue de longues robes très amples et échancrées que le vent soulevait par plaisir, elle se savait belle comme le jour et en usait pour émoustiller le désir de ceux qui lui adressaient les pires reproches. C'était pour elle un jeu innocent et non une bravade, la réponse d'une insoumise à ceux qui tentaient de lui imposer leur volonté. Ses longs cheveux de jais, amplement déployés au vent rieur, ondulaient sur ses épaules à la peau délicieusement ambrée et tombaient en cascades indociles jusqu'au creux de ses reins.

D'un naturel très gai, ne voyant jamais le mal nulle part, Manuella se moquait bien de ce que les autres pensaient d'elle. Sa jeunesse, sa beauté, sa liberté étaient les biens les plus précieux qu'elle possédait et qu'elle était prête à défendre jalousement contre quiconque essaierait de la mettre en cage. Aussi, jusqu'à ce jour, malgré le discrédit dont elle et sa famille étaient l'objet, elle n'avait jamais éprouvé un quelconque sentiment de reproche ou d'amertume envers ceux qui la prenaient pour l'enfant du diable. Elle savourait la vie sans retenue. Elle buvait à la source fraîche des fontaines, cueillait les fruits des arbres interdits sans avoir idée de voler son prochain, répondait aux oiseaux en chantonnant des airs qui lui venaient du fond de l'âme. On la voyait partout, mais personne jamais ne pouvait l'approcher, encore moins l'apprivoiser. Elle apparaissait là où on ne l'attendait pas, disparaissait en un clin d'œil tel un feu follet, semblait virevolter tel un papillon qui cherche à se brûler les ailes aux chauds rayons de l'astre solaire. À la fois nymphe des bois et sylphide des rivières, le ciel était son toit, le vent son souffle de vie, la nature sauvage sa mère nourricière.

Fille de la terre, de l'eau et du soleil, elle ne trouvait d'échappatoire à la méchanceté des hommes que dans l'ignorance de leurs propres noirceurs. Elle ne voyait que le bon côté des êtres et des choses et ne se plaignait jamais d'être l'objet de l'intolérance. À la différence qu'on lui reprochait, elle opposait l'indifférence, au mépris elle répondait par l'ignorance. Rien ne semblait l'atteindre. Rien n'était calculé en elle. Ses pensées avaient la couleur des eaux cristallines des rivières au printemps, son âme la blancheur des neiges immaculées qui recouvraient le mont Aigoual au creux de l'hiver.

Personne dans le village n'avait jamais fait l'effort d'aller vers elle alors que, toute petite déjà, ses pas l'avaient naturellement conduite vers les autres enfants qui portaient encore en eux la même innocence. Elle eut très tôt la naïveté de croire que le monde était ainsi fait, de différences et de barrières infranchissables, d'oppositions et de rejets inéluctables, d'éléments distincts qui ne se mélangent pas et, parfois, s'opposent et se nient, d'eau et de feu, de chaleur et de froid intenses. Jamais, à son corps défendant, elle n'avait remis en cause cet ordre des choses. Vivant à l'écart, au sein d'une famille qui ne lui faisait pas de cadeaux, elle s'était forgé le caractère par elle-même, prenant naturellement ce qui lui semblait bon, profitant des présents que la vie, jour après jour, lui offrait de meilleur, chassant les noires pensées qui pouvaient endeuiller inutilement son esprit. Quand elle commettait un acte répréhensible aux yeux des gens bien-pensants, elle n'avait pas conscience de faire le mal pour le mal, car elle ignorait les lois de la convenance que les autres avaient érigées comme des remparts de protection envers ceux de sa race.

*

* *

Les gendarmes firent immédiatement le constat des lieux et tentèrent en vain de relever le moindre indice qui aurait pu les mettre sur la piste des auteurs du délit perpétré dans les locaux scolaires. Robert Comballe, le maire, leur fit part de ses soupçons, appuyé par ses adjoints. Mais le capitaine de gendarmerie, venu en personne de Florac, ne put que lui opposer ses doutes :

— Rien ne me permet d'affirmer que les responsables de cet acte de vandalisme sont ceux que vous m'indiquez. Ils n'ont laissé aucun indice. Néanmoins, je vais procéder à leur interrogatoire.

— Ils ne vous diront rien. On les connaît. Entre eux, ils se trouveront toujours un alibi qui les disculpera.

— Pour accuser, monsieur le Maire, il faut des preuves.

— Écoutez, commandant, avant que cette famille ne s'installe dans le village, jamais rien ne se passait. Nous vivions en toute tranquillité. Tous les habitants vous le diront. Chacun pouvait laisser sa porte grande ouverte, jamais rien ne disparaissait. La confiance régnait. Or, depuis qu'ils sont arrivés, on ne vit plus tranquille. On est obligé de se méfier. De nombreux larcins ont déjà eu lieu, un peu partout dans la commune.

— Par exemple ?

— Oh ! des bricoles, mais qui ne trompent pas. Tenez, parlez-en au père Bonal ! Combien de fois le tronc de l'église a-t-il été retrouvé vidé de son contenu ? Et le calice dans la sacristie ! Disparu, puis réapparu comme par miracle !

— Pourquoi ne l'avez-vous pas signalé à l'époque ?

— Le garde champêtre attendait de prendre le voleur la main dans le sac.

— Hum ! finalement, vos accusations ne sont fondées, hélas ! que sur des *a priori*.

— *A priori, a priori !* C'est vite dit. Vous savez comme moi que ces gens-là vivent de rapines et qu'ils font feu de tout bois.

— Pouviez-vous vous opposer à ce qu'ils s'installent dans votre commune ?

— Bien sûr que non ! Ils sont français, comme vous et moi. Ils ont des papiers. Ils occupent une maison qui appartient à quelqu'un qui n'a jamais mis les pieds dans le village. Ça, c'est louche !

— Donc, ils sont en règle.

— Le père ne vient jamais voter !

— Ce n'est pas une obligation.

— Ça prouve qu'ils ne vivent pas comme tout le monde.

— Ont-ils des enfants ?

— Ils en ont trois de vivants, ils en ont perdu d'autres. Vous savez, ces gens-là se reproduisent comme des lapins et, aussi vite, l'un remplace l'autre.

— Vont-ils à l'école ? C'est obligatoire !

Le maire sembla hésiter, reprit, l'air embarrassé :

— Vous savez, ces gens vont et viennent. Comme on dit, ce sont des gens du voyage. Rien ne les attache nulle part.

— Répondez à ma question !

— Ils ont un grand fils, de dix-huit ans. Un dénommé Paco.

— Que fait-il dans la vie ?

— Que voulez-vous qu'il fasse ? D'après ce que nous savons, il n'est jamais là, ou rarement. Il fréquente la racaille d'Alès et traîne dans les bars malfamés. Il passe pour un voyou. Mieux vaut ne pas se trouver sur son chemin. C'est quelqu'un de peu recommandable.

— On ne me l'a jamais signalé !

— Il ne commet pas l'imprudence de rôder à Florac.

— Et les autres ?

— Manuella est celle que nous connaissons le mieux. C'est une jeune sauvageonne de quatorze, quinze ans. Aguicheuse comme une fille de joie. À son âge ! Elle vagabonde toute la journée dans les terres et dans le village, toujours prête à quelque rapine. Elle n'a pas froid aux yeux. Elle vient narguer tout le monde sans craindre personne. Je suis sûr que c'est elle qui commet la plupart des larcins que nous constatons.

— Elle est allée à l'école ?

— C'est une obsession !

— Répondez !

— Pensez-vous, une manouche !

— Vous auriez dû la signaler.

Robert Comballe se tut, pris en faute.

— Ils n'ont pas d'autres enfants ?

— Si. Il y a aussi la petite Myriam. C'est une gamine de sept ans. Elle vient à l'école, enfin de temps en temps, depuis un an. Elle est dans la classe de Mlle Letellier. Mais cette gamine prend le même chemin que sa grande sœur : toujours à courir partout, à l'écart des autres, pas sociale pour deux sous. Elle crée sans cesse des histoires dans la cour de récréation.

— Je vois, je vois… fit le capitaine de gendarmerie. Je vous ferai part des résultats de mon enquête dès que j'aurai interrogé les membres de cette famille. Comment les appelez-vous déjà ?

— Carballo. Ils sont d'origine espagnole, ou roumaine peut-être. En tout cas, ce sont des manouches, des gitans, enfin des bohémiens si vous préférez.

— Mais ils sont français !

— Oui, je vous l'ai dit.

— Et le père dans tout cela ? Que fait-il exactement ? Vous ne m'en avez rien dit.

— Le père ! Il s'appelle Chico. Il élève quelques chèvres et quelques brebis autour de son mas, sur des terres qui ne valent pas grand-chose. Je suis sûr qu'il s'adonne lui aussi à des trafics pas très clairs.

— Qu'est-ce qui vous fait dire ça ?

— Rien. Mais ça ne m'étonnerait pas.

— Toujours vos présomptions ! Et sa femme ?

— Sara ? Elle rempaille des chaises comme toutes les romanichelles et elle fabrique des *pélardons*[1] que personne ou presque ne lui achète dans la commune. Elle doit aller vendre ses produits plus loin, vers Meyrueis. Je vous le dis : ces gens, on ne sait pas au juste de quoi ils vivent vraiment.

— Avez-vous déjà essayé de leur parler franchement ?

— Oh que non ! Je n'ai pas envie de me recevoir un coup de couteau entre les omoplates.

— Je crois, monsieur le Maire, que vous exagérez.

— Allez-y, commandant ! Et vous me direz ce qu'il en est.

Le jour même, le capitaine de gendarmerie et ses hommes se rendirent chez les Carballo. Ils les interrogèrent longuement et, comme ils s'y attendaient, ne trouvèrent rien à leur reprocher sur le moment. Rien ne prouvait que l'un d'eux était l'auteur du saccage de la petite école du Saut-du-Loup.

---

1. Pélardons : petits fromages de chèvre.

II

Un village pourtant bien tranquille

SON PÈRE L'AVAIT PRÉVENU : l'endroit où il avait demandé à être affecté n'avait rien d'un paradis. Natif d'une des régions les plus clémentes de France – l'arrière-pays niçois –, Julien Estérel avait tenu à s'expatrier dès sa première nomination. Titularisé avec brio à la rentrée d'octobre 1935, après un an de stage passé dans une école huppée de Nice, il avait obtenu la dérogation d'être nommé en première affectation hors de son département d'origine.

Sans hésiter, ses yeux s'étaient portés sur cette région montagneuse située de l'autre côté du Rhône, que beaucoup de ses collègues de l'École normale lui avaient dépeinte en termes peu élogieux : pays attardé, rude, aux gens austères, souvent rebelles et au regard méfiant envers tout étranger ; un peuple qui s'est jadis entre-déchiré, massacré pour des querelles religieuses toujours vivaces ; des vallées encaissées, des montagnes ténébreuses, des villages repliés sur eux-mêmes où du passé surgissaient encore des tas de croyances et d'histoires scabreuses à faire fuir le premier venu. La preuve, lui affirmait-on, ces Cévennes demeuraient, sur la carte Vidal de La Blache, fierté de toutes les écoles de France et de Navarre, comme un trou béant, une zone où *serres et valats*[1] étaient tracés avec imprécision, comme si ce pan entier du Massif central n'était qu'une parenthèse entre la verte et riante Auvergne et le chaleureux Languedoc aux senteurs miellées et épicées.

— Cette région n'est ni le Massif central ni le Midi ! lui avait asséné son père, Armand Estérel, médecin dans les beaux quartiers de Nice. Ne t'y trompe pas : c'est l'une des régions les plus reculées de notre pays. À savoir si l'on y vit déjà au XXe siècle ?

— Tu exagères, père. Alès n'est pas le bout du monde. Certes, ce n'est pas Nice ni Cannes ni même Menton. Encore moins Lyon ou Paris ! Mais c'est une ville industrielle qui doit son essor au charbon, à la métallurgie et au textile de la soie. Pasteur en personne y est venu pour étudier la maladie des vers à soie. C'est loin d'être une ville sans importance.

— Alès, peut-être ! Mais es-tu certain d'y être nommé ? Alès n'est que la porte des Cévennes, une porte qui s'ouvre sur une région encore attardée, austère, pour ne pas dire peu connue.

— Des voies ferrées la traversent. C'est la preuve que la région est ouverte sur l'extérieur.

— C'est de l'intérieur que je te parle, des petits villages qui vivent repliés sur eux-mêmes, à l'écart des routes, sans l'eau courante, sans électricité, dans l'inconfort le plus total. Que feras-tu si on t'y envoie, toi qui as toujours vécu dans l'aisance et le bien-être ? Pourras-tu te passer des bains de mer que tu prends quand tu veux, du cinéma, du théâtre,

1. *Serres et valats : crêtes et vallons.*

des cafés où tu retrouves tes amis ? Où logeras-tu si ta future école n'est qu'une annexe de la mairie, comme c'est toujours le cas dans les villages ?

— En premier vœu, j'ai demandé à être nommé dans les villes : Alès, La Grand-Combe, Anduze, Saint-Hippolyte.

— Rien n'est moins sûr !

Le jeune instituteur n'écouta pas les conseils de son père, ni ceux de ses amis de la même promotion. Ces derniers avaient tous opté pour le département des Basses-Alpes[1], où ils avaient passé le brevet supérieur qui les avait conduits au poste si envié d'instituteur. À leurs yeux, même la commune la plus reculée de leur département était préférable à n'importe quel autre poste en France.

— La Côte d'Azur est la perle du pays ! Nulle part ailleurs tu ne trouveras d'aussi bonnes conditions de travail. Tu devrais revenir sur ta décision, lui avaient-ils conseillé.

— Les Cévennes méritent aussi qu'on s'intéresse à elles. Je suis sûr que les gens m'y feront bon accueil et que leur région recèle des trésors cachés, une beauté sauvage à nulle autre pareille.

Julien Estérel, fils de bonne famille, avait vu défiler dans le cabinet médical de son père trop de patients aisés, aux conditions d'existence souvent privilégiées. Or, depuis qu'il était entré à l'école élémentaire, dès l'âge de six ans, il avait été frappé par les différences sociales qui opposaient certains de ses camarades. Quand il eut l'âge de comprendre, son père lui avait expliqué que la médecine devait

---

1. *Aujourd'hui : Alpes-Maritimes.*

s'intéresser autant aux pauvres qu'aux riches. Aussi avait-il toujours éprouvé une grande fierté à son égard, quand il laissait partir ses patients les plus démunis sans leur demander d'acquitter ses honoraires.

— Je fais payer les riches pour les pauvres ! lui avait-il avoué un jour. C'est ma façon de rétablir un peu plus de justice sociale et d'égalité dans cette ville où l'argent ne manque pas.

Acquis très jeune à l'idéal égalitaire inculqué par son père, le jeune Julien n'avait jamais oublié cette leçon d'humanité. Ayant choisi à son tour de se consacrer aux autres, c'est vers l'éducation qu'il décida de s'orienter en entrant à l'École normale, où il passa brillamment le brevet supérieur qui le consacra maître d'école à dix-huit ans.

Aussi, ses obligations militaires accomplies, dès qu'il fut en droit d'émettre ses vœux d'affectation, il n'hésita pas à rechercher sur la carte une région apparemment déshéritée, mal connue, où il pourrait s'occuper des enfants modestes. Il abandonna ceux bien nantis des quartiers bourgeois de Nice à ses camarades de promotion qui, eux, rêvaient tous d'y aller enseigner.

— Tu reviendras vite nous voir ! lui disaient ces derniers en ironisant. Quand tu seras nommé dans un trou, tu ne demanderas qu'à en sortir !

Il les laissa se moquer et agit selon sa conscience.

Lorsque sa feuille de nomination lui parvint, début juillet, fébrile, il s'enferma dans sa chambre pour en prendre connaissance :

Inspection académique de Lozère – République française

Article premier : Monsieur Julien Estérel, élève stagiaire à l'école primaire Jules-Ferry de Nice, est titularisé dans les fonctions de maître d'école élémentaire et affecté à l'école primaire du Saut-du-Loup en Lozère.

Effet à dater du 1er octobre 1935.

Article 2 : Monsieur l'Inspecteur d'académie en résidence à Mende est chargé de l'exécution du présent arrêté.

Fait à Mende le 10 juillet 1935.

Son cœur ne fit qu'un bond dans sa poitrine. Ses yeux repassèrent rapidement sur les détails et s'attardèrent sur l'essentiel : « *Inspection académique de Lozère… Saut-du-Loup… Mende.* »

Son vœu était exaucé. Julien avait ce qu'il espérait : une nomination dans les Cévennes. Très vite, il s'empara de son atlas pour situer le lieu. Ses connaissances géographiques avaient beau être excellentes, il situait Mende approximativement. Certes, il eût préféré les Cévennes gardoises, celles du piémont méridional, plus proche de son Midi natal, celles des cités industrielles, grandes ou petites. Mais n'avait-il pas obtenu satisfaction en étant nommé dans ce massif montagneux, loin de la foule niçoise, à l'écart des vacanciers qui affluaient, l'été, toujours plus nombreux ?

Il chercha longtemps avant de trouver l'emplacement de la petite commune du Saut-du-Loup. L'index de l'atlas ne la mentionnait même pas. Aucune indication, ni d'altitude ni de population, n'était inscrite. Sur la carte, Le Saut-du-Loup n'était qu'un point, un tout petit point perdu dans la confusion des creux, des bosses et des arêtes saillantes qui matérialisaient le relief des Cévennes, comme des cicatrices profondes taillées à grands coups de faux dans une terre impénétrable.

Il lut, juste en dessous : « Mont Aigoual ». Le mont Aigoual ! Ce massif, il le connaissait bien, avec ses 1 565 mètres d'altitude, son célèbre observatoire météorologique érigé en 1887, sa place de bastion rival du mont Lozère, autre géant des Cévennes.

« L'essentiel, pensa-t-il, pour se convaincre d'avoir fait le bon choix, c'est d'être nommé dans les Cévennes ! »

— C'est ce que tu désirais ! lui répliqua son père, lorsqu'il annonça la nouvelle à ses parents, le soir même, autour de la table familiale.

— Oui, père. À peu près.

— Alors, ta mère et moi, nous nous en réjouissons aussi.

La mère de Julien ne semblait pas très enthousiaste. Voir partir son fils dans une région inconnue et à plus d'une journée de train – les liaisons n'étaient pas directes – ne l'enchantait guère.

— Avec ses premières économies, il s'achètera une automobile, ajouta Armand Estérel. Ce sera plus commode pour revenir nous voir, n'est-ce pas, Julien ?

— Je crains fort de devoir attendre quelques années, père ! Ce n'est pas le salaire que je toucherai qui m'enrichira !

— Nous verrons ça plus tard. Pour l'heure, il te reste les vacances pour préparer ton déménagement.

Ta mère pourra encore profiter de toi pendant deux bons mois.

*
* *

Lorsque l'automne arrivait sur les pentes du mont Aigoual, la plupart des villages s'apprêtaient déjà à affronter un dur et long hiver.

Le temps est rude dans cette contrée reculée où les gens sont aussi tenaces au travail que le climat est âpre et rigoureux. Les Cévennes se colorent ici de teintes océanes qui les éloignent des plaines et plateaux languedociens aux tonalités plus méridionales et aux clémences nonchalantes du Midi. Le parler de leurs gens devient plus rugueux, moins envolé, moins versatile. Il perd de sa faconde mélodieuse et épouse volontiers l'accent plus traînant des montagnards qui savent très bien adapter leurs gestes et leurs paroles aux rigueurs de leur climat et aux caprices de leur ciel. Là-haut, inutile de s'empresser, de perdre son temps en vains discours. L'essentiel est de résister face à une nature souvent hostile, tout en contrastes et en violence, qui ne donne rien sans efforts, et récompense au prix d'énormes concessions et d'une ténacité à l'image du granite dans lequel est cuirassée la montagne.

Paysans pour la majorité, les habitants des villages ne connaissent que le travail, vivent souvent en autarcie, s'accommodent de peu, préférant ne jamais rien devoir à personne plutôt que de quémander ce qu'il leur manque. Leur fierté leur interdit de se plaindre, d'avoir recours à l'aide des autres, de demander conseil, de peur de passer pour un faible, un pleurnicheur, ou simplement un incapable.

D'un village à l'autre, la limite communale est une véritable frontière qu'on ne franchit jamais sans précautions, sans méfiance. Jamais personne ne trahirait son fief pour accorder ses faveurs au clocher voisin. Car, dans ce haut pays du bout du monde, contrairement au bas pays huguenot, certaines communes, en ce début de siècle, sont restées très attachées à leur foi catholique. Les églises se remplissent chaque dimanche et le curé n'a aucune peine à y attirer ses ouailles pour leur administrer ses sermons et ses remontrances du haut de sa chaire. On croit comme on travaille, avec persévérance et sans contestation, avec obstination et fidélité. Les gens d'en bas, ceux de ces contrées complètement parpaillotes qui se sont adonnées à la religion prétendue réformée aux temps des guerres de Religion, ne sont pas toujours en odeur de sainteté dans ces villages où la foi catholique a su résister au raz-de-marée protestant. Les clochers de tourmente, les chapelles, les calvaires, les croix érigées en plein champ témoignent de la profondeur et de la vivacité de la croyance dans ces communautés. Celles-ci n'ont guère connu d'invasions depuis des siècles et, de ce fait, sont demeurées dans leur immuabilité en gardant toute leur authenticité.

Le Saut-du-Loup n'échappait pas à l'atavisme local. C'était un village comme tant d'autres, accroché aux pentes de la montagne, paradis perdu pour les uns, trou du diable pour les autres. Forgé dans le granite, il se confondait si bien avec le môle qui le surplombait et le protégeait qu'il en était un élément indissociable, une simple protubérance d'où les hommes semblaient être sortis comme des entrailles de la terre. Scs maisons, tapies dans les anfractuosités les plus reculées ou perchées sur les nids d'aigle les plus vertigineux, avaient la lourdeur des masses rocheuses dont elles étaient façonnées : murs aux moellons granitiques souvent montés à sec que surplombaient des toits aux lauzes d'ardoise grise mal dégrossies ; fenêtres qui ne laissaient passer la lumière du jour qu'avec parcimonie afin de lutter contre le froid de l'hiver ; portes lourdes et massives vite refermées derrière soi pour ne pas dévoiler son intimité ni montrer qui son indigence, qui sa richesse ; cheminées énormes et disproportionnées qui ne cessaient pas de fumer été comme hiver, car l'âtre ne s'éteignait jamais, qui servait à la fois de source de chaleur et de lieu de cuisson. L'hiver répandait dans ses ruelles une odeur âcre et tenace de bois lentement consumé. L'été chauffait à blanc les pierres grumeleuses des vieux mas endormis. L'automne exacerbait les parfums acides des feuilles mortes et des mousses humides, tandis que le printemps distillait dès les premiers beaux jours les pollens miellés d'une nature qui s'éveille et s'échauffe après un long et profond hivernage.

Jardin d'Éden ou jardin de pierres, au Saut-du-Loup, la communauté villageoise vivait sans se soucier des lendemains pourtant incertains en cette quatrième décennie qui s'achevait dans l'annonce de périls imminents. Rivés à la terre ancestrale, les hommes ne s'occupaient que de la maturité de leurs futures moissons, de la précocité ou du retard de la fenaison, de la bonne croissance de leur bétail, des diverses récoltes de plein champ qu'il ne fallait surtout pas manquer si l'on voulait être tranquille pour l'hiver. Un long et rude hiver comme chaque année, pétri de froidure, de neige, de glace et de bourrasques de vents violents qui s'immisceraient en lames d'acier sous les portes mal jointes et dans l'embrasure des fenêtres mal calfeutrées. On y était habitué et, faute de pouvoir lutter efficacement contre une nature déchaînée, on savait courber le dos pour mieux résister et attendre l'arrivée des beaux jours.

Mais quand, au fond des vallées, les dernières langues de brume finissaient de s'étioler, quand les vents d'ouest chargés d'humidité étaient repoussés par ceux, plus secs, soufflant du nord, quand le ciel revêtait dès l'aube une étole d'azur toute nimbée de rosée, alors les hommes sortaient de leurs tanières, les étables résonnaient de toutes leurs sonnailles, les ruches vibrionnaient avec allégresse, les terres exhalaient les fragrances les plus subtiles. Tout un peuple se remettait allègrement au travail, sans rechigner, même si les efforts que chacun devrait consentir feraient peiner mille fois sur la glèbe. Les charrues traçaient de nouveau les sillons de l'espoir. Les faux affûtées attendaient avec impatience de coucher sur la terre gorgée de chaleur les premières javelles. Les parcs mobiles s'apprêtaient à accueillir les premiers troupeaux transhumants venus du bas pays. La sève nouvelle fortifiait les arbres et les hommes, et redonnait la vie.

Les paysans de ces hautes montagnes étaient taillés dans le roc. Leurs racines étaient aussi profondes que celles des plus vieux chênes. Rien ne parvenait à les perturber, à les écarter de ce qu'ils considéraient comme leur destinée, pas même la présence auprès d'eux d'éléments étrangers pour lesquels ils n'avaient que méfiance et indifférence.

III

L'intrus

PARTI DE BON MATIN par le premier train, Julien quitta Nice et sa promenade des Anglais, sa plage de galets et son arrière-pays rieur encore tout baigné de lumière. À dix-neuf ans, bien qu'issu d'une famille bourgeoise, il n'avait guère voyagé au-delà de son Midi natal. Les Alpilles, la Sainte-Victoire, la Sainte-Baume et, plus près de chez lui, les Maures et l'Estérel, dont il portait fièrement le nom, étaient les seules régions qu'il connaissait, en dehors de la Toscane, pays d'origine de sa mère. Toutes des montagnes où il s'adonnait aux joies de la randonnée et de l'escalade, le temps d'une courte escapade ou d'un séjour prolongé pendant les vacances scolaires. Jamais ses parents ne l'avaient emmené plus loin, vers ces contrées septentrionales et occidentales où l'olivier disparaît, où les cigales cessent de chanter, où le soleil perd de sa force à lutter contre les chapes cendrées qui obscurcissent le ciel.

Aussi, à ses yeux, le passage du Rhône était-il, en soi, une étape, une véritable frontière vers l'inconnu. Il connaissait bien, par les livres, la nature des régions qui défilaient sous ses yeux. Le train express qui le conduisait vers Marseille, puis vers Nîmes, n'allait pas à vive allure et lui laissait le temps d'observer par la fenêtre du compartiment le camaïeu des paysages aux couleurs d'automne.

Parvenu à Tarascon, il songea au livre qu'il avait lu dans sa jeunesse, ce *Tartarin* fantasque qui traduisait si bien la jovialité provençale et la faconde des Méridionaux. Il n'ignorait pas qu'au-delà le Midi perdait de sa profondeur, de son authenticité, et qu'il irait à la rencontre de gens moins volubiles, moins directs, mais aussi plus observateurs, plus méfiants.

Entre Nîmes, où il fit une courte halte, et Alès, les grandes étendues de vignoble lui rappelèrent qu'il entrait dans le Midi rouge, celui des révoltes de 1907, où les vignerons n'avaient pas hésité à envahir les rues et les boulevards des grandes villes gardoises et héraultaises pour manifester leur mécontentement en sacrifiant au besoin leurs récoltes pléthoriques.

— Tu t'en apercevras vite, lui avait expliqué son père, plus tu t'enfonceras dans les terres languedociennes, plus tu rencontreras des gens éprouvés par la vie et prêts à défendre bec et ongles leurs conditions d'existence : des viticulteurs, mais aussi des mineurs et des métallurgistes. Et plus profondément encore, dans les montagnes, des paysans toujours aussi jaloux de leur liberté de conscience : les dignes descendants des camisards.

Julien n'avait pas besoin des leçons de son père. Il savait tout cela par ses études. Mais il ignorait où passait la ligne de partage entre Cévennes huguenotes et Cévennes catholiques. Pour lui, comme pour beaucoup qui connaissaient mal cette région montagneuse, les Cévenols étaient ce peuple farouche, protestant jusqu'à se sacrifier, qui s'était opposé à mains nues aux dragons du Roi-Soleil au début du XVIIIe siècle. Pour lui, Cévennes et protestantisme étaient synonymes et ne faisaient qu'une seule et même réalité.

Aussi quand, par la fenêtre de l'omnibus qui s'approchait d'Alès, il vit pointer au loin les premiers contreforts cévenols, il ne contint plus son émotion. Septembre touchait à sa fin. De part et d'autre du ballast, les vignes prenaient déjà leurs ors à cause de la sécheresse et des chaleurs excessives de l'été. Les éteules dans les champs s'étendaient en paillassons desséchés, prêts à s'enflammer. La garrigue, toute piquetée d'yeuses aux feuilles racornies, revêtait ses habits d'hiver : les lavandes sauvages, les cistes, les romarins, les genévriers s'engrisaillaient et laissaient s'échapper leurs dernières fragrances. Dans certaines gares, des odeurs de moût et de futaille envahissaient les compartiments des voitures par les fenêtres ouvertes. Les vendanges s'achevaient. Partout, les routes et les chemins étaient encombrés de tombereaux qui s'activaient dans la crainte d'un orage subit.

À l'horizon, les Cévennes formaient une ligne sombre, massive, une véritable barrière que dominait un môle aux allures tabulaires. Rien de semblable avec les lignes de crête déchiquetées et aériennes des Alpes, aux vallées accessibles, que Julien connaissait bien. Le mont Lozère se distingue de loin, telle une forteresse aux fondations inébranlables. Il écrase et domine, s'étend et envahit, accueille, retient mais ne relâche pas facilement les imprudents qui se hasardent dans le dédale de ses chaos granitiques. À ses côtés, le Tanargue ardéchois veille en sentinelle sur le monstre endormi, assommé de chaleur l'été, pétrifié de froid l'hiver.

— Est-ce le mont Aigoual, cette énorme montagne ? demanda Julien à son voisin de compartiment, un gros homme rougeaud à l'allure débonnaire de paysan.

— *Boudiou !* pas du tout, jeune homme. Vous n'êtes pas du pays ?

— Je viens de Nice. Je suis instituteur. Et je viens prendre mon nouveau poste.

— Maître d'école ! s'extasia le brave homme en soulevant sa casquette comme pour marquer son respect – ou pour s'aérer le cuir chevelu ! Alors, vous devez être savant !

— Toute chose est relative. J'ignore sans doute ce que savent la plupart des gens d'ici.

— Les gens d'ici vous diraient que cette montagne, c'est le mont Lozère. C'est la plus haute montagne des Cévennes.

— Oui, je sais. 1 699 mètres.

— C'est bien ce que je disais : vous me semblez être quelqu'un d'intelligent !

— Où est donc le mont Aigoual ?

— On ne l'aperçoit pas. Il se situe plus à l'ouest. C'est un autre pays là-bas, tout aussi dur. Je le connais bien.

— Vous y habitez ?

— Oh que non ! Et je ne souhaite pas à un *estranger* comme vous d'aller y vivre.

— Pourquoi donc ?

— Trop rude. L'hiver, c'est la Sibérie. Et les gens y sont encore très bigots. Là où je vis, dans les basses

Cévennes, on bénéficie du soleil du Midi et on est tous protestants.

— Protestants ou catholiques, quelle importance ! À l'époque de l'école laïque, ces oppositions n'ont plus lieu d'être. D'où êtes-vous exactement ?

— De Mialet, près d'Anduze, le berceau du protestantisme cévenol, le fief de Rolland, le héros camisard. J'y élève des chèvres et quelques brebis que j'envoie à l'estive pendant les mois d'été, sur le mont Lozère, pas sur l'Aigoual. Vous vous rendrez vite compte par vous-même : le haut et le bas pays sont deux mondes très différents encore aujourd'hui.

Julien venait d'entrer en matière. À peine abordait-il le pays où il allait enseigner qu'il se heurtait déjà au clivage récurrent qui avait marqué ses habitants dans les siècles ténébreux de l'intolérance.

« Où vais-je mettre les pieds ? » songea-t-il en laissant le vieux paysan soliloquer.

Celui-ci poursuivit :

— Et si c'est pas indiscret, jeune homme, où allez-vous ?

— Au Saut-du-Loup.

Le vieil homme enfonça sa casquette jusqu'en bas du front et ne dit mot.

— Vous connaissez ? s'inquiéta Julien.

— Si je connais ! C'est de là que j'ai sorti ma pauvre femme. Il y a plus de quarante ans de ça. Elle faisait partie des rares familles protestantes du village. Jusqu'à sa mort, elle a toujours rendu grâce à Dieu de m'avoir trouvé sur son chemin.

— Pourquoi donc ?

— Vous verrez ! Le Saut-du-Loup, sur le mont Aigoual, n'est-ce pas ?

— C'est exact. J'y suis nommé instituteur pour mon premier poste.

— Alors, jeune homme, je vous souhaite bonne chance et bon courage.

*
* *

Arrivé en gare d'Alès, Julien prit les correspondances pour Sainte-Cécile-d'Andorge puis pour Florac. L'omnibus, qui serpentait lentement de serre en valat, s'arrêtait à toutes les gares, enfumant les wagons à chaque traversée de tunnels – et ceux-ci étaient légion. Sur le viaduc de Chamborigaud, il prit toute la mesure de l'âpreté des montagnes cévenoles, mais aussi de leur beauté sauvage. Perché à près de cinquante mètres de hauteur sur un ouvrage tout en courbe, soutenu par des arches vertigineuses, le train semblait se jouer des obstacles que la nature dressait à chaque détour de la voie. Des deux côtés du ballast, ce n'étaient que cascades de terrasses cultivées, alignements ininterrompus de murs en pierres sèches, fonds de vallée transformés en jardins minutieux qui faisaient de la terre cévenole une autre terre d'Israël pour son peuple jadis persécuté. Les sommets les plus proches disparaissaient sous le couvert mordoré des châtaigniers et sous le manteau émeraude des chênes verts et des pins, tandis qu'en toile de fond le mont Bougès, le mont Lozère et bientôt le mont Aigoual étendaient leur masse imposante et protectrice tapissée de sombres forêts.

« Nous y voilà ! » songea Julien à l'annonce de la gare de Florac.

Le jour déclinait. Bientôt, le soleil disparaîtrait derrière les reliefs. L'horizon était barré par l'immense table calcaire du causse Méjean, au pied duquel la petite cité lozérienne semblait se recroqueviller. Les rues étaient désertes et, malgré la saison, le froid piquait déjà les visages.

Surpris, Julien releva le col de sa veste, puis s'engouffra dans le premier café qui s'offrit à lui.

— Y a-t-il une correspondance pour Le Saut-du-Loup ? s'enquit-il aussitôt auprès du cafetier.

— Le Saut-du-Loup ? Voyons… Plus ce soir. Il vous faut attendre le car de demain matin. Il ne passera pas avant 9 heures.

— Alors y a-t-il un hôtel où je puis trouver une chambre pour la nuit ?

— En cette saison, il n'y a que le *Bon Accueil*, sur la place de la Mairie. C'est simple, mais c'est très convenable.

Julien dut attendre le lendemain pour se rendre au Saut-du-Loup. Il y débarqua, la valise à la main, au milieu de la matinée.

À sa descente du car, sur la place du village, sa stupéfaction dépassa tout ce qu'il avait imaginé. En guise de place, il ne trouva qu'une croisée de chemins bordés seulement de quelques maisons éparpillées autour d'une aire centrale herbeuse que dominaient trois énormes châtaigniers séculaires.

— C'est ici Le Saut-du-Loup ? demanda-t-il avec étonnement au chauffeur, avant que celui-ci ne redémarre.

— Ben oui, mon cher monsieur ! À quoi donc vous vous attendiez ? C'est le coin le plus paumé sur tout mon trajet. Si c'est pour vous reposer que vous y venez, vous ne serez pas déçu, vous y serez même très tranquille. Sinon, y a rien à y faire. Vous pouvez encore changer d'avis. Remontez et poursuivez jusqu'à Meyrueis, il est toujours temps !

— Ça ira bien, répondit Julien en claquant la portière.

Le lourd véhicule vrombit de tous ses chevaux et, dans un panache de fumée noire, disparut sur une petite route sinueuse.

Julien eut beau examiner attentivement les alentours, il ne reconnut aucun édifice qui ressemblât un tant soit peu à une école publique. Il s'approcha de la porte ouverte d'une maison à la façade toute décrépie. Au-dessus du linteau, une licence de débit de boissons indiquait qu'il s'agissait bien d'un café ou d'une auberge. À l'intérieur, quelques tables invitaient les clients à s'attarder autour de la cheminée dont le manteau tenait tout un pan de mur. Les fenêtres disparaissaient derrière des rideaux délavés couverts de chiures de mouche, tandis qu'aux poutres encharbonnées du plafond pendouillaient des serpentins jaunâtres et collants où les indésirables insectes étaient venus s'engluer.

— Il y a quelqu'un ? osa-t-il sur un ton hésitant en esquissant un pas à l'intérieur.

Personne ne lui répondit. Il s'avança davantage, sur ses gardes. Dans l'âtre, léché par les flammes amollies d'un feu qui couvait sous la cendre, un chaudron au cul recuit laissait échapper un fumet de soupe au lard.

— J'arrive, j'arrive, fit une voix grêle provenant de la pièce voisine.

Julien se retourna. Une petite vieille, toute ratatinée, le ventre saucissonné dans un tablier crasseux, un torchon à la main, s'approcha de lui en traînant ses pieds emmitouflés dans d'antiques charentaises. Son visage, creusé par les rides, était barré par un nez aquilin sur les flancs duquel suintait une croûte noirâtre. Les cheveux tenus en chignon par un peigne en corne planté comme une banderille au sommet de son crâne, le dos voûté, les yeux mi-clos, la bouche édentée, peinant à chaque pas d'un souffle rauque et saccadé, elle semblait sortir tout droit d'un conte de sorcellerie. Tête baissée, elle toisa Julien d'un œil vif plein de malice

— Vous voulez boire quelque chose, jeune homme ?

— Euh… si c'est possible… un café, s'il vous plaît.

— J'en ai qui se réchauffe sur le poêle. Finissez d'entrer et asseyez-vous, vous ne paierez pas plus cher.

Rassuré, Julien posa sa valise et s'attabla près de la cheminée.

— Y fait meilleur dedans que dehors, hein ! C'est que les nuits sont déjà fraîches pour une fin septembre. Vous n'êtes pas d'ici à ce que je vois ?

— Non, pas tout à fait.

— De quel pays êtes-vous ?

— Je viens de Nice, sur la Côte d'Azur. Je suis le nouvel instituteur.

La vieille femme s'arrêta net, le dévisagea de bas en haut.

— Vous venez pour faire l'école ! À la place de ce brave M. Cabanel ?

— C'est exact.

— On attendait quelqu'un du pays ! Mais c'est pas nous qui décidons. *Amaï !*[1] Voilà votre café, jeune homme.

— Où est l'école ? Je croyais la trouver au centre du village.

— Y a pas de centre dans notre commune. Seulement une croisée de chemins. Vous trouverez l'école un peu plus loin en contrebas, en direction du Resseire. C'est le même bâtiment que la mairie. Vous pouvez pas vous tromper. C'est écrit dessus. Mais vous tombez mal !

— Pourquoi donc ?

— Vous verrez. C'est sens dessus dessous.

La vieille femme n'en dit pas plus, méfiante. Elle ramassa sans traîner la pièce de monnaie que Julien avait déposée sur la table, l'examina des deux côtés et disparut derrière son comptoir.

— Vous comptez rester longtemps au Saut-du-Loup ? reprit-elle après un long moment de silence.

— Je suis nommé sur le poste à titre définitif. Il me faudra y rester quelques années avant de pouvoir en repartir, si je le désire.

— Dommage, dommage ! grommela l'étrange petite vieille entre ses dents.

Julien n'osa insister. Il mit le comportement de son hôtesse sur le compte de l'âge et, sans plus s'attarder, se rendit à l'école.

---

1. *Amaï : oh oui ! Et comment !*

Dans la cour de celle-ci régnait une grande effervescence qui contrastait avec le calme dans lequel la petite commune était plongée. Des ouvriers allaient et venaient, trimbalant dans la hâte échelles, pots de peinture, caisses à outils, bousculant sans précautions les quelques curieux qui les regardaient s'affairer, tempêtant contre le retard des fournitures. Personne ne fit attention au nouvel arrivant qui, pourtant, avec sa valise à la main et son allure de citadin, ne passait pas inaperçu. Médusé par le spectacle qui s'offrait à lui à deux jours à peine de la rentrée des classes, Julien n'osa interrompre le ballet incessant des hommes en bleu de travail.

— On ne sera jamais prêts à temps ! se plaignait l'un d'eux. Et on dira encore que c'est de notre faute.

— T'en fais donc pas ! Après tout, les gamins seront les premiers à se réjouir si on reporte la rentrée.

— Le maire ne veut pas en entendre parler. Tout doit être fini dans deux jours.

— Le maire, le maire ! Il en a de bonnes. Il n'a qu'à venir nous aider.

Julien était loin de deviner les causes de ce charivari. Il s'apprêtait à s'annoncer quand une jeune femme l'interpella d'une fenêtre située à l'étage.

— Vous désirez, monsieur ?

— Oh, bonjour ! Je suis Julien Estérel, le nouvel instituteur. Je viens d'arriver par le car de Florac.

— Une seconde, je descends vous rejoindre.

Le joli visage qui venait d'apparaître dans l'embrasure de la fenêtre rassura Julien. Il avait à peine eu le temps de l'apercevoir, mais il en était certain : un ange lui était apparu au milieu de ce tumulte et au fin fond de cette contrée perdue !

— Je m'appelle Marie Letellier, fit la jeune fille en tendant timidement la main. Je suis l'institutrice des filles dans cette école, enfin de ce qu'il en reste.

— Enchanté. Nous sommes donc appelés à travailler de concert. Mais dites-moi, que se passe-t-il ici ? Des travaux, en ce moment crucial de l'année !

— Oh ! c'est une sale histoire. Je vous expliquerai plus tard. Je crois qu'avant toute chose vous feriez mieux d'aller vous présenter à M. le maire. Il est dans tous ses états.

— Pourquoi donc ? À cause de ces travaux ?

— Entre autres. Et aussi parce qu'il vous attend avec impatience. Il a eu des mots au téléphone avec M. l'inspecteur d'académie. Faites attention à ce que vous allez dire.

— Bigre ! pour une entrée en matière, ça commence bien !

— Vous comprendrez vite qu'ici, quand on n'est pas du pays, il faut faire patte blanche.

— Vous non plus, vous n'êtes pas cévenole ?

— Cévenole, si. Mais pas de ce massif montagneux. Je viens d'Alès. C'est différent.

— J'y suis passé avec le train.

— Je suis moins étrangère que vous. Mais je ne suis pas du pays. C'est un peu pareil. Vous venez de Nice, m'a-t-on appris ?

— C'est exact. J'ai demandé à être affecté dans les Cévennes. Je m'attendais à une région un peu repliée sur elle-même, mais j'avoue qu'ici ça me semble être le bout du monde !

— Vous ne pensez pas si bien dire. Il faudra vous y habituer.

Marie Letellier conduisit son jeune collègue dans l'enceinte de la mairie qui jouxtait l'école.

— Le maire vous attend. Je vous laisse en son aimable compagnie, ajouta-t-elle en ironisant.

— Vous ne m'accompagnez pas ?

— Je préfère vous laisser seul avec lui. Je vous retrouverai plus tard pour vous aider à vous installer dans votre logement de fonction.

Julien était déjà sous le charme. Du coup, l'horizon lui sembla s'ensoleiller comme par magie. La jeune femme avait dans le regard une telle expression de douceur qu'elle avait subitement effacé les appréhensions qui l'avaient envahi à son arrivée. Des yeux pervenche sertis comme des diamants au milieu d'un visage d'une pureté virginale ; des cheveux coupés court à la garçonne, d'un blond doré comme les blés mûrs de l'été ; un sourire d'une tendresse à couper le souffle ; une poitrine menue mais bien rebondie ; une taille de guêpe ; de longues jambes élancées. Nul détail n'avait échappé à Julien qui, pourtant, en avait vu des jolies filles se pavanant à moitié nues au soleil sur les plages de la Riviera. Mais il dut reconnaître que sa future collègue n'avait rien à leur envier.

Encore sous le choc de l'émotion, il entra dans le bureau du maire. Celui-ci ne se leva pas de sa table de travail et, invitant Julien à s'asseoir, commença sans détour :

— Ah ! vous voilà enfin, monsieur… monsieur ?

— Estérel. Julien Estérel.

— Eh bien ! monsieur Estérel, vous auriez pu arriver un peu plus tôt ! Ainsi vous auriez aidé aux travaux de remise en état de votre salle de classe.

— C'est que...

— Qu'importe ! L'essentiel, c'est que vous soyez là pour le jour J. Je ne vous cache pas ma déception : j'espérais obtenir un instituteur déjà confirmé, pas un novice. De plus, j'aurais préféré quelqu'un du pays, pas un étranger qui ne connaît ni nos mentalités ni nos coutumes. J'espère que vous saurez vite vous adapter. Vous ignorez sans doute que le pays est rude. Ici ce n'est pas la Côte d'Azur. Et nos enfants sont tous issus de familles de paysans besogneux, durs à la tâche, qui ne passent pas leur temps à se prélasser au soleil. Il faudra vous montrer autoritaire avec eux, comme l'était votre prédécesseur, M. Cabanel. Son autorité était sans faille et toujours très appréciée. Suivez son exemple. Je vous le conseille...

Le premier édile de la commune soliloquait, ne permettant même pas à son interlocuteur de se présenter vraiment. Interloqué, Julien prit le parti de se taire, l'air détaché, indifférent. Le maire poursuivit :

— Nous n'aimons pas les gens à histoires sur notre territoire. Aussi sommes-nous très méfiants vis-à-vis des éléments venus de l'extérieur – je ne dis pas cela pour vous, bien entendu. Vous comprendrez vite de quoi je parle. Si vous faites l'effort de vous intégrer, vous ne rencontrerez aucune forme d'hostilité de la part de mes administrés. Toutefois, gardez-vous bien de heurter leur sensibilité. Nous sommes en pays catholique dans cette commune, nous sommes très attachés à notre église et à son représentant. Faites bonne figure à notre curé, le père Bonal. C'est quelqu'un de très estimé. Il y a bien une minorité de huguenots dans le village mais, comme on dit, chacun chez soi. Nul n'ignore où se situent les limites de la fraternisation. Souvenez-vous-en ! Je suppose que vous aussi vous êtes catholique, comme la plupart des Français !

— Je n'ai pas de religion, monsieur le Maire. Et, par ma profession, vous comprendrez que je suis très attaché à la laïcité.

— N'en faites pas trop, c'est un bon conseil ! En attendant, je dois vous mettre en garde : dans la classe de votre collègue, Mlle Letellier, il y a une petite manouche, une gitane si vous préférez. Sa famille vit dans une maison située à l'orée de la forêt, à l'extrémité de la commune. Ah ! si seulement je pouvais déplacer la limite de notre territoire communal pour ne pas avoir affaire à ces gens-là !

— Ils vous causent des ennuis ?

— Des ennuis ! C'est peu dire. Vous avez vu l'état de l'école ? C'est leur œuvre.

Julien ne comprenait pas trop les insinuations sans fondements de Robert Comballe. Il déclara :

— Vous comprendrez que, gitan ou pas, pour moi un enfant est un enfant. Je ne fais aucune différence. D'ailleurs, si elle respecte les différences, l'école de la République réprouve les discriminations.

Le maire commençait à s'échauffer.

— Je vois, monsieur l'Instituteur, que vous arrivez tout frais émoulu de l'École normale, avec vos diplômes et vos beaux principes. Sachez qu'ici la réalité s'imposera à vous, que vous le vouliez ou non. N'essayez surtout pas de vous opposer à ceux qui attendent de vous que vous vous occupiez uniquement de l'instruction de leurs enfants. Apprenez d'abord à les connaître et n'oubliez pas qu'à leurs yeux vous serez toujours un étranger.

Julien ne s'attendait pas à un accueil si peu chaleureux. Être considéré d'emblée comme un étranger, alors qu'il venait en toute bonne foi et en toute humilité mettre son savoir et sa bonne volonté au service des autres, lui asséna au cœur un tel coup qu'à sa sortie du bureau du maire il en resta tout ébaubi pendant de longues minutes.

— Alors, ça s'est bien passé ? s'enquit immédiatement Marie en revenant vers lui.

Julien ne bronchait pas.

— Ça ne va pas ?

— Si. Ça ira. Enfin, il faudra bien.

— Que vous a-t-il dit ?

— En un mot : que j'étais un intrus. En tout cas, c'est ce que j'ai compris.

IV

Jour de rentrée

Le Saut-du-Loup était peut-être un point insignifiant sur la carte, il pouvait néanmoins s'enorgueillir de posséder l'un des plus antiques manoirs de la région, dressé sur une muraille abrupte entre le Tappoul et les contreforts ténébreux de l'Aigoual.

C'était une austère bâtisse dont la fondation remontait à la nuit des temps, aux murs cyclopéens taillés dans le granite le plus coriace et le plus sombre. Aux dires de ses occupants, les premières pierres y avaient été scellées au XIe siècle par le premier seigneur qui asservit la région pour la protéger contre les Sarrasins, dont la présence n'avait d'ailleurs jamais été attestée autrement que par les légendes qui couraient encore dans les mémoires. Mais depuis cette lointaine époque, le donjon des origines avait été démoli, reconstruit, renforcé par de puissantes murailles plusieurs fois remaniées, percées de fenêtres, chapeautées de toits et de cheminées, si bien qu'aujourd'hui, malgré son austérité, le Castellas passait pour une antique demeure seigneuriale plutôt que pour une ancienne forteresse. Tout autour de l'enceinte, les douves avaient disparu au profit d'une promenade circulaire engazonnée.

Seule une porte fortifiée marquait encore l'emplacement de l'ancien pont-levis. Un immense parc aux pelouses ensauvagées remplaçait les prairies de la réserve seigneuriale. Les buis y étaient mal taillés, les rosiers retrouvaient des allures d'églantiers, les hortensias, flétris, crevaient de soif. Les ronces et la salsepareille semblaient s'acclimater de ce désordre naturel et proliféraient, s'agrippant aux arbres comme des lianes maléfiques. Les allées encailloutées disparaissaient par endroits sous les mauvaises herbes. Les bassins se tapissaient de mousse et de lichens et étouffaient, asphyxiés par les lentilles d'eau. Le grillage des clôtures était la proie des liserons et des clématites. Seul le portail à l'entrée du domaine avait encore fière allure, bardé de barreaux en fer forgé rehaussés de pointes dorées et flanqué sur ses deux vantaux d'un énorme blason aux armes des anciens seigneurs du lieu.

Les propriétaires actuels étaient de grands bourgeois dont la famille était venue s'installer en Cévennes cent ans plus tôt, au moment de la fièvre des cocons et de l'âge d'or de la soie. Depuis, leur fortune avait connu des soubresauts. Ils avaient acquis un titre honorifique de baron sous le Second Empire. Puis leurs descendants s'étaient reconvertis dans les affaires immobilières, maintenant leur manoir juste en état pour pouvoir y habiter, procédant de temps en temps à quelques travaux de restauration afin de ne pas laisser les toits s'effondrer et les murs se lézarder.

Ils fréquentaient peu les habitants de la commune, qu'ils rencontraient pourtant chaque dimanche à l'église autour du père Bonal. Seuls le maire, Robert

Comballe, et quelques conseillers qui lui étaient tout dévoués avaient leurs entrées au château, où ils étaient reçus avec courtoisie, mais toujours avec beaucoup de distance de la part du vieux châtelain. Celui-ci, Charles Audibert-Delorme, patriarche septuagénaire, régnait en maître sur sa maison, bien qu'il eût laissé la charge principale de ses affaires à son fils Jean-Charles, un homme d'un premier abord affable, qui n'hésitait pas à déroger à son rang pour atteindre ses objectifs. Robert Comballe avait trouvé en sa personne son plus ferme soutien à la mairie – Jean-Charles était son troisième adjoint – et ne manquait pas de lui ouvrir ses dossiers les plus confidentiels et de lui confier tous ses problèmes.

La veille de la rentrée des classes, alors que les travaux tardaient à s'achever, le jeune châtelain se voulut rassurant :

— Ne vous inquiétez pas, mon cher Robert. Tout sera prêt à temps. Je vous en donne ma parole. J'ai fait venir, sur mes deniers, des ouvriers en renfort pour terminer les travaux d'ici ce soir. Le dernier coup de pinceau sera donné avant le coucher du soleil. Votre école brillera demain matin comme un sou neuf.

— Je l'espère, car j'ai la visite de l'inspecteur d'académie. Il tient à manifester par sa présence son soutien à nos efforts.

— C'est de bon aloi, après ce qui est arrivé. Les enfants ne doivent pas être les victimes innocentes de tels actes de vandalisme.

— Il n'y a que la gendarmerie qui traîne les pieds ! Qu'attend-elle pour arrêter les coupables ? Nous les connaissons tous !

— Soyez patients ! Justice viendra en son temps. Je vous promets de faire pression sur le capitaine de Florac pour qu'il se montre un peu plus diligent. S'il le faut, j'interviendrai en personne auprès du sous-préfet lui-même. Je vous donne ma parole que ces gens-là ne nous causeront plus d'ennuis et ne resteront pas longtemps impunis.

Au fond de la pièce – une grande salle à manger au mobilier baroque qui jadis était la salle d'armes du château –, le vieux baron, Charles Audibert-Delorme, écoutait discrètement sans rien dire. Il s'avança à pas feutrés, coupa brutalement la conversation :

— Comment peux-tu croire, Jean-Charles, qu'une misérable famille de gitans puisse nous causer des ennuis ? Tu tombes bien bas pour t'intéresser à de telles peccadilles ! Tu ferais mieux de t'occuper de nos affaires. Elles ne sont pas si brillantes qu'elles ne le paraissent. Et, vu la conjoncture, avec les rouges qui s'apprêtent à obtenir le pouvoir, je te conseille de prendre au plus vite toutes les dispositions pour accélérer les procédures.

— Mais j'y songe, père, j'y songe. Je ne pense même qu'à ça ! Ne croyez surtout pas que je perds mon temps en m'intéressant de près aux affaires de la commune.

— Monsieur le Maire, je ne vous retiens pas, coupa le vieux baron à l'adresse de Robert Comballe. Nous avons des affaires urgentes à régler. Mon fils va vous faire reconduire.

Jean-Charles ne contredit pas son père et obtempéra sur-le-champ. Dans l'embrasure de la porte, il glissa dans le creux de l'oreille de son visiteur :

— Nous nous reverrons demain, à la mairie.

Charles Audibert-Delorme était un homme autoritaire, hautain et volontiers cassant, le contraire de son fils à qui il reprochait de se mêler de ce qui ne le concernait pas et de fréquenter des gens qui n'étaient pas de son milieu, « des paysans accrochés à leurs terres comme des pendus à leurs cordes, des maquignons roublards et entêtés », comme il les qualifiait en termes peu élogieux dans ses accès de colère.

— Quand donc cesseras-tu de déconsidérer le nom que tu portes ? reprocha-t-il une fois de plus à son fils, quand celui-ci eut terminé de raccompagner Robert Comballe jusque sur le perron du château. Ne peux-tu pas laisser aux domestiques le soin de reconduire les visiteurs, surtout quand il s'agit de tes amis ?

— Père, mes amis valent bien les vôtres. Et, je vous en prie, je crois que j'ai passé l'âge de recevoir des ordres !

Jean-Charles tourna les talons et, rouge de colère, s'empressa de s'éloigner. Dans l'encoignure de la porte, il se heurta à Edwige, son épouse, attirée par les éclats de voix des deux hommes.

— Que se passe-t-il ? demanda celle-ci. Tu t'es encore disputé avec ton père ?

— Que veux-tu, on ne le changera plus ! Il n'y a que ses idées qui comptent. Plus il vieillit, plus il devient pénible. À ses yeux, je suis toujours un gamin en culottes courtes.

Le futur baron laissa son épouse en présence de son père et disparut.

Le patriarche s'était assis face à la cheminée où flambait une énorme bûche de hêtre, et avait allumé un havane dont il tirait des bouffées de fumée sans discontinuer.

— Père, vous ne devriez pas fumer ainsi, fit Edwige. Vous savez ce que vous a dit le médecin ! Qu'avec votre cœur...

— Laissez donc mon cœur là où il est, ma chère fille ! Il n'est pas près de s'arrêter et j'ai bien l'intention de rester parmi vous quelques années encore. Vous feriez mieux de vous intéresser à votre mari plutôt qu'à ma santé. J'avoue que, par moments, mon fils m'exaspère. Je lui ai tout donné, je l'ai formé comme un forgeron abrase sur l'enclume son meilleur acier. Et le voilà, monsieur, qui joue les entremetteurs auprès de paysans qui devraient venir lui manger dans la main ! C'est un comble, pour ne pas dire une honte !

— Jean-Charles est adjoint au maire, père. Robert Comballe et lui ont besoin l'un de l'autre, vous le savez mieux que moi.

— Nos affaires ne peuvent se régler qu'entre gens de notre trempe, pas avec des manants.

Le vieil homme semblait blessé dans son orgueil, au plus profond de son être. Pourtant il en avait encaissé des coups durs dans sa longue vie d'homme d'affaires ! Il avait réussi de nombreuses transactions, mais avait aussi frôlé la ruine et le déshonneur. Chaque fois il s'en était relevé plus fort et plus déterminé que jamais. Aussi, l'âge aidant, ne supportait-il plus de perdre du temps en vaines palabres. Impatient de voir se réaliser ses derniers projets, il souffrait de la nonchalance de son fils, de ses infidélités conjugales – qu'il n'ignorait pas – et de ses fréquentations douteuses.

Espérant pouvoir bientôt compter sur son petit-fils, un jeune pédant de vingt ans, il commençait à déchanter. Xavier Audibert-Delorme était un garçon grand jouisseur de la vie, qui fréquentait la jeunesse dorée de Florac et de Mende dont il connaissait toutes les maisons closes bon chic bon genre ainsi que les boîtes de nuit à la mode. Dans la commune, il passait pour un jeune écervelé, plus préoccupé par le libertinage que par les affaires familiales. Au volant de son cabriolet, cheveux au vent, il filait à toute allure sur les routes escarpées du pays et jouait avec la mort sans se préoccuper de la vie d'autrui. À l'âge où la plupart des jeunes gens étudiaient encore ou travaillaient déjà durement, lui gaspillait son temps et dilapidait sans compter l'argent que sa mère lui donnait à profusion pour s'assurer de son amour filial.

Seule Audrey, sa jeune sœur de trois ans sa cadette, trouvait grâce aux yeux du patriarche et parvenait à réchauffer son vieux cœur endurci et endolori. Constamment sur sa réserve, ne s'opposant jamais à personne, la jeune fille passait pour un être docile, toujours consentant, le cœur sur la main et d'une grande sincérité. Se tenant à l'écart des affaires qui agitaient les trois hommes de son entourage, elle en ignorait les dessous ténébreux. Elle croyait en la probité des siens, avait de l'amour pour tous et n'éprouvait aucun ressentiment malgré la terne existence qu'elle menait entre le pensionnat de Mende, où elle finissait sa scolarité, et l'austère château familial.

Pour les habitants du Saut-du-Loup, celui-ci représentait toujours l'assurance que, si le malheur s'abattait un jour sur eux, jamais ils ne seraient abandonnés. L'ombre du manoir s'étendait sur leurs terres comme pour mieux les dissimuler au regard des curieux. Nul n'avait envie qu'un étranger vînt perturber l'ordre des choses établi depuis des lustres et des lustres. On savait d'où l'on venait, on savait qui on était, on connaissait parfaitement les fruits tirés chaque année de la terre qu'on avait en partage. On transmettait de génération en génération la mémoire orale des anciens, dans laquelle on puisait les réponses à ses questions, à ses angoisses, à ses peurs. La sagesse était de prendre pour argent comptant ce que les légendes affirmaient, sans chercher à comprendre, à contredire, à s'opposer. Bien imprudent serait celui par qui viendraient le doute et le désordre. Telle était la conviction de la plupart des administrés de Robert Comballe dont la commune s'était érigée, disait-on, des deux côtés du pont du Diable qui, jadis, en des temps immémoriaux, enjamba le torrent du Tappoul, l'espace d'un éclair.

*

* *

Manuella s'était de nouveau installée à son poste d'observation. Elle aussi attendait fébrilement le grand moment.

L'aube avait blanchi sur les crêtes. Des nuages crénelaient le ciel, accrochés à la cime des arbres comme des houppelandes. Au-dessous, un rapace semblait guetter sa proie de son vol ample et majestueux. Son ombre se projetait sur les toits du village apparemment tout endormi. Les cheminées laissaient s'échapper des fumerolles bleutées. L'air était saturé de l'odeur du fayard qui s'était consumé lentement toute la nuit sous les cendres.

Quand la demie de 8 heures sonna à l'horloge de l'église, enfants, parents, amis, curieux se pressèrent dans la cour de l'école autour de Robert Comballe et de son troisième adjoint qui avaient bien du mal à faire de la place pour laisser passer l'inspecteur d'académie. Celui-ci était arrivé dans une grosse berline Citroën noire, conduite par un chauffeur en livrée que les curieux ne cessaient de dévisager.

Pour l'occasion, une estrade avait été dressée entre les portes des deux salles de classe, ainsi qu'un pupitre destiné à recevoir les papiers du supposé discours de l'inspecteur.

Le maire demanda d'abord le silence, puis s'adressa à son hôte de marque en termes chaleureux pour le remercier de sa visite. Celui-ci prit la parole sans sortir aucun papier de sa poche et, à l'improviste – à la grande déconvenue de l'assistance qui s'attendait à un discours officiel –, formula ses félicitations pour le travail accompli en si peu de jours en vue de remettre à neuf les locaux de l'école. Contre toute attente, il n'eut aucun mot pour condamner l'acte de vandalisme dont celle-ci avait fait l'objet. Il se contenta de regretter que l'on puisse s'en prendre à l'institution la plus noble et la plus généreuse de la République. Tous espéraient qu'il ferait allusion aux vrais coupables, à ceux que la vindicte populaire avait déjà condamnés d'avance. Tous en furent pour leurs frais.

Manuella, dans son repaire, souriait.

Quand le maire reprit la parole, il hésita, ne sut plus s'il devait lui-même aborder le sujet et satisfaire l'attente de ses concitoyens en parlant des coupables présumés. Il regarda avec perplexité le capitaine de gendarmerie, venu spécialement pour accompagner l'inspecteur d'académie, et finit par passer sous silence ce qu'il avait préparé.

Les palabres d'usage une fois terminées, il invita les officiels à pénétrer dans les salles de classe afin de leur montrer l'œuvre réalisée par les ouvriers de la commune. L'inspecteur d'académie fit mine de s'extasier, de s'étonner, feuilleta les livres rangés en piles égales, prêts à être distribués aux élèves, observa d'un air rêveur la carte de la France et de ses possessions, songea en son for intérieur qu'il serait bien mieux, à cette époque, en fonction en Polynésie ou dans toute autre terre australe de l'empire colonial français.

— Tout cela me semble parfait, monsieur le Maire. Mais, me semble-t-il, vous manquez bougrement de convenances !

Robert Comballe se renfrogna, comme pris en faute. Il réalisa alors qu'il avait omis de remercier son ami Jean-Charles Audibert-Delorme sans l'aide duquel les travaux n'auraient pu être menés à terme dans les délais. Il se reprit aussitôt :

— Je n'ai pas oublié, monsieur l'Inspecteur d'académie. Je gardais mes derniers remerciements pour la fin. (Puis à son ami) Avancez-vous, monsieur le Baron, je ne voudrais pas manquer de vous adresser, devant monsieur l'Inspecteur d'académie et au nom de toutes les familles de notre commune, ma plus sincère reconnaissance pour ce que nous vous devons. Je…

L'inspecteur lui coupa la parole :

— Monsieur le Maire, c'est aux enseignants que je faisais allusion. Vous avez oublié de me les présenter. C'est eux qui vont avoir en charge l'avenir de vos enfants. Faites-leur au moins l'honneur de leur adresser quelques mots. C'est le moins qu'ils méritent !

Confus, Robert Comballe revint sur ses pas et appela les deux enseignants.

— Je vous présente Mlle Letellier qui s'occupera de la classe des filles. Mlle Letellier est une pure cévenole, bien que native du bas pays. (L'inspecteur ne releva pas.) Et voici M. Estérel qui, lui, s'occupera de la classe des garçons. Comme son nom l'indique, M. Estérel est étranger.

— Étranger ! Comment ça ? s'étonna le haut fonctionnaire. Tout enseignant en France est forcément de nationalité française !

— Je voulais dire que M. Estérel n'est pas du pays, enfin… il vient du Midi, de Nice.

— Ah ! vous me rassurez. Moi, je viens du Nord. Vous connaissez mon nom : Van Duynslaeger. Ça sonne bon la Flandre, n'est-ce pas ? Cependant, je ne suis pas étranger, je suis bien français, né à Lille. Demain je serai peut-être en poste à Brest ou à Strasbourg. Je n'y serai toujours pas un étranger !

— Ce n'est pas ce que je voulais dire, monsieur l'Inspecteur, bredouilla Robert Comballe, conscient de sa bévue.

— Si vous voulez que nos enfants parlent tous français et soient unis par l'amour de leur patrie, monsieur le Maire, il faudrait commencer par leur montrer vous-même l'exemple et cesser de vous exclure les uns les autres. Tenez, monsieur et mademoiselle les enseignants : que cela soit en ce jour de rentrée votre première leçon de morale de l'année ! Quant à vous, monsieur le Maire, n'oubliez pas qu'à votre poste de premier magistrat de la commune vous représentez la République une et indivisible.

Piqué au vif, Robert Comballe se confondit une dernière fois en remerciements et laissa repartir le dignitaire de l'Instruction publique après lui avoir ouvert lui-même la portière de sa voiture.

Quand celle-ci eut disparu, Marie et Julien firent sonner la cloche, demandèrent aux enfants de se ranger devant leur salle de classe respective, firent l'appel et commencèrent leur première leçon.

Ensemble, au même moment, ils écrivirent à la craie sur le tableau noir :

Mardi 1er octobre 1935
Leçon de morale n° 1 : la République française est une et indivisible.

Une fois les parents rentrés chez eux, Manuella s'approcha des salles de classe en se faufilant discrètement derrière le bâtiment de l'école. Sans se découvrir, elle se campa près d'une fenêtre de la salle de Julien et observa, tout ouïe.

V

La sauvageonne

L'AUTOMNE était maintenant bien installé. Les fayards avaient viré au pourpre, puis au brun. Déjà les feuilles mortes s'accumulaient dans les ruelles du village, dans la cour de l'école. Les terres donnaient parcimonieusement leurs dernières récoltes avant de s'installer dans une longue période de latence où tout pouvait arriver.

Sur les pentes du massif montagneux, les conifères semblaient se recroqueviller sur eux-mêmes, s'emmitoufler dans leur manteau vert sombre pour mieux résister aux assauts d'un hiver qui s'annonçait précoce. Déjà le sommet de l'Aigoual ne quittait plus son chapeau quotidien de nuages, signe avant-coureur que le mauvais temps n'allait pas tarder à s'étendre sur la région.

Soumis à la rencontre tumultueuse et contradictoire des influences océaniques et méditerranéennes, le mont Aigoual souffle souvent le chaud et le froid, tel un être irascible et capricieux. Rayonnant de lumière quand viennent les premiers beaux jours, il prodigue alors ses douceurs à l'instar des massifs plus méridionaux. Mais, l'hiver, il se couvre très vite d'une épaisse chape de neige et enserre pendant de longs mois les villages et les hameaux dans un étau de glace.

Manuella était à l'image du géant cévenol : tantôt enjouée, rieuse, folâtre, tantôt taciturne, tourmentée, attristée. La jeune fille aimait profondément la vie. Mais la vie parfois refusait de lui sourire. Enfant, elle avait connu les joies des grands voyages et des grands espaces au gré des déplacements de ses parents. Ceux-ci migraient alors selon les saisons, des confins de la Roumanie de leurs lointains ancêtres jusqu'en Espagne, en ne manquant jamais de faire halte à Perpignan où résidaient de nombreux cousins sédentarisés depuis des décennies. C'était l'époque de l'insouciance, de la liberté, des rencontres fraternelles. Elle était trop jeune encore pour percevoir les frustrations, les vexations auxquelles les siens étaient fréquemment confrontés dès lors qu'ils s'aventuraient en dehors du cercle qui les préservait. Elle ne connaissait du monde que sa famille élargie, de manière de vivre que celle des gens du voyage, sans attaches, sans toit fixe, sans murs pour se barricader. Elle avait grandi sans jamais penser qu'autour d'elle régnait un monde frileux, clos, replié sur lui-même et jaloux de ses privilèges, réfugié derrière ses barrières de certitudes et d'arrogance comme s'il craignait d'être assiégé, envahi, laminé. Elle ne comprenait pas pourquoi, alors que les siens avaient décidé un jour de poser leurs sacs pour tenter de vivre comme tout le monde, ils faisaient toujours l'objet de discriminations.

À chaque printemps, quand la nature s'éveillait, Manuella plongeait dans l'ivresse. Elle ne voyait que la lumière illuminer son horizon. Elle n'entendait que les pépiements, les trilles et les roucoulements des oiseaux dans le feuillage des arbres. Elle s'enivrait des fragrances miellées des premiers bourgeons et des fleurs sauvages qui s'épanouissaient dans les prairies et les rocailles, embaumant l'air comme de subtils parfums. Elle se mirait à la surface cristalline des torrents, ignorait les indiscrets qui l'épiaient quand, nue sous les rayons du soleil, elle se baignait dans les eaux fraîches des cascades. Très tôt, elle eut un corps de femme et attira le regard des hommes mais, avec innocence, sans l'ombre d'une arrière-pensée. Quand on la rabrouait dans le village, elle n'en prenait pas ombrage ; elle riait aux éclats de ses dents étincelantes, voltigeait sur la pointe des pieds comme une ballerine et disparaissait dans un grand tournoiement de robe, aussi vite qu'elle était apparue.

— Cette gamine est la fille du diable ! affirmaient les mégères à la langue malfaisante.

— Elle aguiche nos hommes pour leur faire tourner la tête avec ses cheveux au vent, ses robes provocantes, ses jambes nues et sa peau dorée par le soleil. C'est une mauvaise engeance, une ensorceleuse !

— Méfiez-vous, conseillaient-elles aux hommes qui n'avaient d'yeux que pour la belle sauvageonne, elle vous jettera un sort après vous avoir attirés dans ses filets. Ces gens-là ont le mauvais œil, c'est bien connu !

Plusieurs années s'étaient écoulées depuis que ses parents avaient décidé de rompre avec leur genre de vie ancestral et de jeter l'ancre dans un endroit reculé où, pensaient-ils, régnaient la paix et la tranquillité. Manuella en ignorait les raisons. Elle ne leur posait jamais de questions à ce sujet. Elle revoyait toujours ses amis du voyage, à l'occasion de la fête des Saintes-Maries-de-la-Mer. C'était pour elle et pour les siens le moment privilégié où ils renouaient avec leurs racines lointaines. Au fond d'elle-même, Manuella gardait toujours la nostalgie des grands voyages et du vent de la liberté.

Aussi, au creux de l'automne, quand la nature se dépouillait de ses plus beaux atours, quand le ciel s'engrisaillait et tirait sur la montagne sa couverture d'anthracite, éprouvait-elle souvent une profonde tristesse qui la rendait taciturne et la poussait à renier ce qu'elle avait adoré au printemps. C'était l'époque où elle ne supportait plus d'être considérée comme une paria, où elle avait besoin de regards complaisants, de gestes d'affection, de générosité et non de remontrances et de paroles blessantes. Mais elle avait beau aller vers les autres, toujours on la rejetait, jamais on ne lui adressait une parole aimable, sans insinuations, sans arrière-pensées.

Naturellement, Manuella avait été attirée par les enfants de son âge qu'elle voyait se rendre sagement à l'école, le cartable à la main et la mine proprette. Elle aurait voulu les suivre, prendre le même chemin qu'eux, étudier dans les livres, apprendre, ne pas être différente. Mais ses parents ne la conduisaient pas à l'école, et personne, jamais, ne vint leur en faire la remontrance. Tandis que les autres enfants rechignaient à passer sous la férule de M. Cabanel et à lui obéir, Manuella regrettait de ne pas être à leur place. Elle finit par croire que l'école n'était pas pour elle et s'en passa à regret.

Plus tard, elle ne comprit pas pourquoi, après la visite des gendarmes que ses parents furent obligés de faire entrer dans leur maison, sa petite sœur Myriam avait été inscrite à l'école et eut le droit, elle, de fréquenter la classe des filles. Elle ignorait que l'école était obligatoire et qu'en son temps elle avait pu y échapper parce que personne, dans le village, pas même le directeur de l'école, n'avait éprouvé l'envie de voir une petite manouche s'installer sur le banc d'une salle de classe, à côté de ses propres enfants.

Manuella gardait ses souvenirs intacts dans sa mémoire. Elle n'en voulait pas à ses parents d'avoir rompu avec leur passé en tentant de s'enraciner dans une terre qui leur était étrangère. Elle ne leur reprochait pas de ne pas être intégrés dans la communauté où ils avaient manifesté le désir de vivre. Mais, pour sa part, elle ne demandait qu'à vivre parmi les autres sans distinction, sans jamais devoir renoncer à sa liberté, mais sans être considérée comme un être différent.

Elle ignorait que cela lui serait à jamais difficile.

Quand Julien Estérel fut présenté à l'inspecteur d'académie comme le remplaçant de M. Cabanel, son bonheur décupla. Elle se remit à espérer. De là où elle s'était dissimulée, elle n'avait rien manqué de ce que les uns et les autres avaient déclaré. Après le saccage de l'école, le départ du vieux maître finit de la remplir de joie. Au fond d'elle-même, elle triomphait.

*
* *

— Êtes-vous bien installé ? s'inquiéta Marie Letellier, quand Julien eut fini de mettre de l'ordre dans le petit appartement qui lui était dévolu, juste au-dessus de sa salle de classe.

— J'avoue que le confort est un peu rudimentaire, mais je n'ai pas lieu de me plaindre.

— Votre prédécesseur, M. Cabanel, n'occupait pas son logement de fonction. Pas assez grand ni confortable, se plaignait-il. Il a fini par acheter une petite maison dans le village. Il va y terminer sa vie tranquillement.

— Il n'avait pas l'intention de passer sa retraite dans son pays natal, comme vous dites ici ? Il n'était pas marié, d'après ce que j'ai appris. Rien ne l'attachait donc dans cette commune.

— Effectivement, mais, depuis qu'il y a enseigné, il a fini par se faire des amitiés. Plus rien ne l'attachait ailleurs. C'est ce que j'ai cru comprendre.

Julien avait pour vivre juste le nécessaire. Deux pièces exiguës : une chambre dotée d'un lit et d'une table de nuit, sans commode ni armoire ; une cuisine tout aussi peu et mal meublée où il corrigerait ses cahiers et recevrait ses éventuels amis. L'évier n'avait pas l'eau courante et les toilettes étaient celles des élèves, au fond de la cour, sous le préau. Un poêle en fonte était le seul luxe que le maire lui avait accordé, « pour ne pas mourir de froid », lui avait-il déclaré avec humour, quand dehors toute vie serait complètement paralysée par la neige et par le gel.

— Bien entendu, s'il vous manque quelque chose, n'hésitez pas à m'en parler, je verrai ce que je peux faire pour vous, avait ajouté le premier magistrat de la commune.

— Je crois qu'il faisait de l'humour ! avoua Julien à sa collègue. Je ne sais pas si je dois le prendre au mot.

— N'en faites rien ! Il ne pensait pas ce qu'il disait. Moi-même, depuis deux ans, je ne suis pas mieux lotie que vous. Et chaque fois que je me suis plainte, il a fait la sourde oreille. J'ai fini par me débrouiller toute seule. Mon frère, un jour, est arrivé avec une camionnette et des meubles, il a arrangé le logement à ma façon. Quand le maire est venu plus tard me rendre visite, il s'est étonné de constater que le logement miteux qu'il m'avait confié était devenu un petit nid douillet. Vous savez ce qu'il m'a répliqué ?

— Dites-le-moi !

— « Eh bien ! mademoiselle, je vois que vous appréciez le cadre de vie que l'école vous offre généreusement ! C'est presque du luxe pour quelqu'un qui a pour vocation et pour seul but dans l'existence le désir de se consacrer aux enfants d'autrui. »

— Vous ne lui avez rien dit ?

— Je lui ai répondu que le métier d'enseignant n'était pas une retraite monacale et que nous n'étions pas des ascètes soumis aux règles de pauvreté et d'indigence. Je crois que je l'ai blessé dans ses convictions religieuses. Il m'a répondu : « Votre métier d'institutrice d'école laïque ne vous permet pas, mademoiselle, de vous moquer de la religion catholique. »

Quinze jours s'étaient passés depuis la rentrée. Les enfants avaient déjà repris leurs habitudes d'écoliers. Julien semblait apprécié par ses nouveaux disciples, mais ressentait de la méfiance de la part de leurs parents qu'il rencontrait parfois dans le village. On le tenait à distance, on lui rappelait sans cesse le souvenir de M. Cabanel, sans cacher qu'on le regrettait et en affirmant qu'on ne retrouverait plus jamais un maître d'une telle valeur. Cela le faisait sourire sans le vexer pour autant.

Depuis son arrivée au Saut-du-Loup, Julien n'avait pas encore rencontré son prédécesseur. Celui-ci s'était absenté dans sa famille plus longtemps qu'il ne l'avait laissé entendre lors de son départ. Mais il avait pu l'observer à loisir, immortalisé en compagnie de ses élèves, sur de vieux clichés accrochés sur le mur de sa salle de classe, derrière son bureau. Un photographe ambulant était passé plusieurs années de suite dans le village pour photographier tous ceux qui le souhaitaient.

À l'image de celle des filles, sa classe était composée de tous les niveaux : vingt-six élèves se répartissant du niveau préparatoire jusqu'à celui du certificat d'études. Les petits ne lui procuraient pas de soucis : il savait qu'à Pâques au plus tard la très grande majorité saurait lire et écrire. À l'École normale, on affirmait qu'une bonne application de la méthode syllabique – qui avait fait ses preuves depuis longtemps – sur des enfants normaux et sains d'esprit ne pouvait manquer d'atteindre son but. Seuls les attardés, toujours minoritaires, devaient consacrer un an supplémentaire aux apprentissages fondamentaux.

En revanche, les grands, ceux qui passeraient le certificat d'études en fin d'année scolaire, lui posaient davantage de problèmes. Au nombre de six, soit un peu moins du quart de l'effectif, ils n'étaient pas tous d'égale valeur : d'après les relevés laissés par son prédécesseur, un excellait, trois se situaient juste dans la moyenne, deux avaient échoué à l'examen de fin juin et redoublaient pour retenter leur chance l'année suivante. Rien n'était acquis pour eux, ni pour les trois précédents. Or Julien savait qu'un maître était jugé sur sa capacité à amener la grande majorité de ses élèves vers le succès.

M. Cabanel lui-même s'enorgueillissait d'avoir régulièrement permis à plusieurs de ses élèves de prétendre au cours complémentaire et à la poursuite de leurs études. Ce qui, expliquait-il avec fierté, dans ces régions reculées et très paysannes, était une vraie gageure.

De plus, Julien avait entendu parler du programme du Front populaire qui s'était constitué à la suite du danger fasciste qu'avaient révélé les événements de février 1934, programme qu'il approuvait entièrement : il y était question, en cas de victoire de la gauche aux élections législatives de 1936, de rendre la scolarité obligatoire jusqu'à l'âge de quatorze ans. Il lui fallait donc assurer le succès de tous ses élèves de fin d'études sous peine de devoir exiger des malheureux qui échoueraient de rester à l'école deux ans supplémentaires. Or, il se doutait que les parents lui imputeraient doublement le problème qui se poserait à eux dans ce cas, la plupart attendant avec impatience que leur progéniture vînt les aider à la ferme à temps plein.

Marie Letellier était confrontée au même problème. Toutefois, elle dut reconnaître que les parents étaient moins attachés à l'obtention du diplôme de fin d'études pour leurs filles que pour leurs garçons.

— En cas d'échec, expliqua-t-elle à Julien, peu de filles redoublent. Surtout si elles ont déjà un an de retard. Il est rare que les filles insistent jusqu'à l'âge de quatorze ans. Aussi cette prolongation de deux ans de la scolarité obligatoire risque-t-elle de pousser les échouées au certificat de cette année plus vite vers la porte de sortie. Elles n'insisteront pas et profiteront de pouvoir encore quitter l'école à temps avec ou sans le certificat d'études en poche.

— Nous nous devons donc de réussir !

— C'est là, je crois, où l'on nous attend au tournant. N'oubliez pas : nous sommes ici des estrangers.

— Pas vous !

— Hum... Je suis du bas pays et protestante de surcroît. Ici, les huguenots ne sont pas en odeur de sainteté.

— C'est incroyable ! Je ne parviens pas à comprendre comment on peut encore en être à ce stade de nos jours ! s'étonna Julien. Ces histoires de querelles religieuses sont révolues !

— Certes, mais les rémanences sont tenaces. Surtout quand, dessous, pointent d'autres enjeux. Depuis que je suis arrivée dans cette commune, j'ai découvert certaines bizarreries que j'aimerais bien un jour pouvoir éclaircir. Mais les gens sont fermés dès qu'on aborde leur vie privée. C'est chasse gardée.

— Pourquoi est-on très catholique au Saut-du-Loup, alors que, je crois savoir, les communes limitrophes sont plutôt protestantes, comme la majorité des communes cévenoles ?

— Oh ! c'est une vieille histoire. Vous comprendrez mieux en étudiant l'histoire locale.

Marie invita Julien à venir boire un verre chez elle, après la classe.

— Nous y serons plus à l'aise pour discuter, ajouta-t-elle.

Julien accepta de bon cœur. C'était la première fois que sa collègue lui lançait une telle invitation. À vrai dire, elle se méfiait non de Julien, mais du qu'en-dira-t-on. Elle n'ignorait pas que tout se savait très vite dans le village et qu'on ne manquerait pas de médire si l'on apprenait qu'une jeune fille célibataire en charge de l'éducation des enfants recevait chez elle un homme seul, fût-il son collègue de travail. Elle eut envie, ce jour-là, de tordre le cou aux préjugés et fit elle-même le premier pas.

Elle ajouta :

— Vous ne voyez pas d'inconvénients à ce que ce soit moi qui vous invite la première ? Je ne voudrais pas qu'on dise que je vous ai attiré chez moi, si vous voyez ce que je veux dire. Je ne veux pas jeter le discrédit sur vous !

— Je me moque des *a priori* et des suppositions. Si ce que pensent les gens malintentionnés est sans fondements, nous n'avons pas à leur donner raison en nous refusant à agir selon notre conscience. Ce serait faire le lit de leur intolérance.

— Je vois que vous êtes allé à bonne école !

— La même que la vôtre, Marie : l'école de la République.

Les deux jeunes gens ne mirent pas longtemps à s'apercevoir que sur bon nombre de points de vue leurs conceptions du monde et de la vie se rejoignaient. Entre eux, nulle barrière ne se dressait, ce qui les renforça dans leur conviction commune qu'il leur fallait s'encourager mutuellement pour faire front aux archaïsmes locaux et aux comportements ataviques.

— Alors, vous me donnez l'explication que je vous ai demandée ! insista Julien, une fois installé dans le petit salon de Marie, un verre de brandy à la main.

Marie tergiversa. Elle remarqua, l'air amusé et complice :

— Si les parents nous voyaient ainsi, en train de boire de l'alcool et de fumer des cigarettes, juste au-dessus de nos salles de classe, ils nous jetteraient l'opprobre et nous voueraient aux gémonies.

— Il est vrai qu'avec vos cheveux courts et vos pantalons moulants, la cigarette aux lèvres et un verre de brandy à la main, vous risqueriez d'en choquer plus d'un ! Mais vous êtes une femme libre, Marie. Votre façon de vivre n'intéresse que vous.

Marie sourit, approcha son fauteuil de Julien, reprit :

— En deux mots, voici la réponse à votre question : cela remonte au XVIe siècle, à l'époque des premières grandes rivalités religieuses qui ont ensanglanté la région. Le Saut-du-Loup et les communes limitrophes, à l'époque, se disputaient depuis longtemps des pâturages et des zones de forêt. Or, Le Saut-du-Loup était sous la coupe de Diane de Poitiers, baronne de Florac et grand défenseur de l'Église catholique. Les communes voisines avaient pour seigneur un certain Charles de Taulignan qui s'était très tôt converti au protestantisme émergeant dans la région. Il a été le premier à faire nommer, en 1561, un pasteur à Barre[1] qui dépendait de sa seigneurie. Les habitants du Saut-du-Loup, contrairement à beaucoup de communes cévenoles, ont résisté au déferlement protestant grâce à la protection de leur baronne catholique, mais aussi parce qu'ils ont puisé dans leurs vieilles haines intercommunautaires la hargne et la force viscérale de s'opposer au protestantisme.

— Et depuis, cette haine perdure ?

— Non, Dieu merci… si je peux me permettre ! Mais il en reste encore une certaine méfiance, une forme larvée d'ostracisme pratiquée par les deux communautés. Cela se traduit toujours dans la géographie de la commune : les hameaux protestants sont en majorité situés d'un côté du Tappoul, les hameaux catholiques et le chef-lieu, de l'autre côté.

— Un pont les relie !

— Oui, bien sûr ! Et aujourd'hui, les uns et les autres vont et viennent des deux côtés de la rivière. Heureusement qu'ils n'en sont plus à s'entre-déchirer ! Mais vous constaterez que les *bigarats* sont encore très rares entre les deux communautés.

— Les quoi ?

— Les *bigarats*, les mariages mixtes entre catholiques et protestants.

---

1. *Barre-des-Cévennes.*

Julien découvrait avec curiosité ce qui faisait l'originalité du Saut-du-Loup. Il ajouta :

— Vous qui semblez tout savoir...

— N'exagérons rien !

— Dites-moi d'où vient ce nom de Saut-du-Loup ?

Marie sembla hésiter. Elle se rembrunit.

— Oh ! c'est une drôle d'histoire. Je vous la raconterai plus tard. Pour aujourd'hui, vous avez eu votre leçon d'histoire locale. La prochaine fois, si vous me rendez l'invitation, je vous conterai l'histoire légendaire du loup et du pont du Diable.

— Bigre, quel programme ! Légendes et histoire locale sont-elles liées ?

— Vous pouvez aisément le deviner.

— Étrange endroit où j'ai atterri ! Étrange ; vraiment !

*

*   *

Tandis que Julien et Marie s'abandonnaient à des confidences que ni l'histoire locale ni la légende ne retiendraient, deux pas en dessous d'eux, Manuella, toujours là où personne ne l'attendait jamais, s'était introduite par une porte dérobée et visitait en toute quiétude les locaux flambant neufs de la petite école.

VI

Prise sur le fait

JULIEN PRENAIT PETIT À PETIT ses marques dans l'étroite communauté du Saut-du-Loup. Grâce aux premières explications de Marie, il savait qu'il devait ménager les susceptibilités des uns et des autres, ne jamais prendre parti entre catholiques et protestants, et surtout éviter de faire allusion à la famille Carballo.

Celle-ci cependant l'intriguait. Il croisait souvent la petite Myriam dans la cour de récréation – quand l'écolière était présente. Mais jamais encore il ne lui avait adressé la parole. Elle lui semblait être une enfant comme les autres, si ce n'était qu'elle se singularisait par son physique plus typé, comme celui de sa sœur, par ses vêtements qui n'étaient pas à la dernière mode et par son espièglerie sans limites. Marie se plaignait souvent de sa turbulence et de ses facéties mais, tout en se montrant autoritaire, elle ne tombait jamais à son égard dans une sévérité démesurée qui aurait été mal comprise par l'enfant. Elle enregistrait les plaintes de certains parents avec circonspection, veillait à réprimander sa jeune élève avec juste mesure, savait prendre sa défense quand elle l'estimait victime des récriminations iniques de ses camarades.

Julien se doutait que la situation de la petite gitane ne devait pas être facile. Aussi avait-il tendance à se laisser aller à la compassion quand il la voyait rejetée par les autres enfants et tenue à l'écart dans la cour de récréation.

— J'ai eu toutes les peines du monde à obliger une autre élève à venir s'asseoir à côté d'elle, au même pupitre, lui confia Marie. Les parents sont venus me voir et m'ont menacée d'aller se plaindre au maire.

— Que leur avez-vous répondu ?

— Que cela ne changerait rien à ma décision. Que je ne connaissais de supérieur hiérarchique que mon inspecteur, lequel ne saurait me donner tort en ce domaine.

— Qu'ont-ils fait ?

— Je l'ignore. Mais, devant moi, le maire n'a jamais fait allusion à ce petit problème.

— Il sait très bien que vous étiez dans votre droit, et qu'il ne pouvait pas intervenir dans une affaire qui est uniquement du ressort du ministère de l'Instruction publique.

Un jour de novembre, au cours de la récréation de la matinée, la petite Myriam accosta Julien sans ambages.

— Ma sœur t'aime bien, tu sais ! lui dit-elle en le tutoyant très naturellement.

Julien fut surpris, sourit au fond de lui-même, mais la laissa dire sans la reprendre. Elle poursuivit :

— Tu es plus gentil que le vieux maître qui est parti.

— Ta sœur ! Mais je ne la connais pas. Et elle non plus ne me connaît pas.

— Si. Elle te regarde parfois faire la classe. Elle sait que tu n'es pas comme tout le monde ici.

— Ta maîtresse n'est pas gentille avec toi ?

— Elle, c'est pas pareil. C'est ma maîtresse. Quand elle me gronde, c'est parce que j'ai fait une bêtise.

— Et tes camarades, elles ne sont pas gentilles avec toi ?

— Non, elles ne m'aiment pas, parce que je suis une manouche. Mais moi je m'en fiche. Je suis comme elles. Parfois elles jouent avec moi. Parfois pas.

— Tu sais, les enfants sont tous pareils. Tu as raison de ne pas rester dans ton coin. Mais dis-moi, comment ta sœur peut-elle me voir faire la classe ?

— Ça, je peux pas te le dire. C'est son secret.

Julien n'insista pas. Au dernier moment, il la reprit :

— Dis-moi, Myriam, par convenance, tu ne dois pas me dire *tu*. Il faut me dire *vous*, comme tous les enfants de l'école.

— Mais pourquoi, toi et la maîtresse, vous me dites *tu* ?

— C'est… c'est comme ça. Parce que tu es petite et que nous sommes grands.

— Mlle Letellier me gronde aussi quand je lui dis *tu*.

— Il faut lui obéir et lui faire confiance.

La petite fille tourna les talons et, la cloche sonnant la fin de la récréation, alla se ranger avec ses camarades.

Dans les jours qui suivirent, Julien redoubla d'attention. Intrigué par les révélations de Myriam, il n'eut de cesse de savoir comment sa sœur pouvait l'apercevoir dans sa classe. Discrètement, tout en surveillant ses élèves, il vérifia que personne ne se trouvait derrière les deux portes de sa salle, il ouvrit plusieurs fois les fenêtres pour s'assurer que la jeune fille ne se cachait pas dessous pour l'observer. Il dut finalement se rendre à l'évidence : personne ne l'espionnait.

Il ignorait que Manuella savait se faire aussi discrète qu'un félin qui guette sa proie et qu'elle avait plus d'un tour dans son sac. Sans penser à mal, la jeune fille s'introduisait dans l'école en passant par une porte de service. De là, pendant que les deux enseignants surveillaient leurs ouailles dans la cour de récréation, elle grimpait à la cime de l'escalier qui conduisait à l'appartement de Julien et attendait que ses élèves soient rentrés en classe. Puis, avec l'agilité d'un acrobate, elle redescendait à pas de velours, se hissait sur le rebord intérieur d'une petite fenêtre située en hauteur, se maintenait en équilibre instable en s'agrippant à une corniche saillante du mur. De son poste précaire, elle observait le déroulement de la classe en regardant discrètement par l'imposte vitrée située au-dessus de la porte d'entrée. De là, elle voyait les élèves de dos, de sorte qu'aucun d'entre eux ne l'avait jamais aperçue suspendue sous le plafond. Lorsque Julien était à son bureau, elle évitait de se dévoiler. Lorsqu'il passait dans les rangs ou quand il avait le dos tourné, elle ouvrait grands les yeux et les oreilles et tâchait d'apprendre, elle aussi, en volant quelques précieux moments d'enseignement qui ne lui étaient pas destinés.

C'était plus fort qu'elle. Manuella ne jalousait pas les autres enfants du village. Mais, très tôt, elle avait estimé qu'elle aussi avait le droit d'apprendre. Elle s'adonnait à ces acrobaties depuis longtemps déjà. Personne ne s'en était jamais aperçu. Ce qui, à force, l'avait rendue de plus en plus téméraire et lui avait ôté toute méfiance. Elle venait ainsi régulièrement assister aux leçons de M. Cabanel. Certes, elle aurait préféré suivre la classe des filles, mais il n'y avait pas d'imposte vitrée au-dessus de la porte de la seconde salle de classe.

Ainsi, d'une année à l'autre, Manuella avait-elle comblé ses lacunes et accru ses connaissances.

Mais un jour de juin dernier, alors qu'elle s'était installée comme d'habitude à son poste d'observation, son pied ripa et elle s'affala à grand bruit derrière la porte de M. Cabanel. Celui-ci, interrompu par le vacarme, se précipita hors de sa classe et prit Manuella sur le fait, avant qu'elle n'eût le temps de s'échapper.

— Que fais-tu là, petite voleuse ? vociféra-t-il dans ses oreilles en la secouant de toutes ses forces.

Manuella eut beau se débattre, elle ne parvint pas à se détacher des griffes du vieux maître dont la stature en imposait encore à plus d'un. Il la malmena, l'entraîna violemment vers la soupente de l'escalier et l'y enferma dans l'obscurité la plus totale.

— Je m'occuperai de toi quand j'aurai fini la classe ! lui cria-t-il à travers la porte.

Manuella tambourina de ses deux poings, s'égosilla à en perdre la voix :

— Laissez-moi sortir ! Laissez-moi sortir ! Je ne faisais rien de mal.

L'instituteur fit la sourde oreille et, impassible, poursuivit sa classe comme si de rien n'était jusqu'à la fin de l'après-midi. Il ne revint la délivrer qu'à 18 heures, après l'étude du soir.

Marie Letellier, intriguée par le bruit qu'elle avait entendu en présence de ses élèves, à travers la cloison qui séparait les deux salles de classe, vint aux nouvelles sans attendre. Son collègue lui répondit, laconique :

— J'ai surpris une petite chapardeuse la main dans le sac. Vous vous doutez de qui il s'agit ! Je vais sur-le-champ la conduire chez M. le maire pour lui faire passer l'envie de recommencer à tout jamais.

Marie resta coite. À vrai dire, elle se reprocha aussitôt de ne pas avoir tenté d'en savoir davantage et de ne pas avoir pris la défense de la jeune fille, qui – elle s'en doutait – ne devait pas faire grand mal. Le lendemain, elle apprit que la jeune Manuella Carballo s'était fait sévèrement réprimander par Robert Comballe et son adjoint aux écoles, Jean-Charles Audibert-Delorme, et qu'on l'avait menacée de la conduire à la gendarmerie en cas de récidive. Certains élèves, qui avaient dû entendre parler de l'incident chez eux par leurs parents, ne se cachèrent pas d'affirmer, dès le lendemain dans la cour de récréation, que la « bohémienne » avait reçu « une de ces roustes » qu'elle n'oublierait pas de sitôt ! Marie s'en émut, mais ne put en savoir davantage.

Marie avait mis Julien au courant de cette histoire malheureuse comme pour se disculper de n'avoir rien tenté en faveur de la jeune fille. Aussi celui-ci fut-il très surpris d'apprendre par Myriam que Manuella continuait avec lui ce qu'elle faisait avec son prédécesseur en dépit des menaces qui pesaient sur elle. Il ignorait de quel endroit elle l'épiait et pensait qu'elle devait se cacher quelque part à l'extérieur de l'école, sur un promontoire situé tout près, d'où elle pouvait avoir une vue plongeante dans sa salle de classe, ou simplement derrière une fenêtre.

Il finit par se faire à l'idée d'être observé et d'être ainsi l'objet de curiosité de la part de la jeune gitane. Il poursuivit sa tâche en essayant de ne plus y penser.

Un matin cependant, il entrevit, par l'imposte vitrée de sa porte, un voile de mousseline se dissiper aussi vite qu'une traînée de vapeur dans l'atmosphère. Il comprit aussitôt, sourit, ne broncha pas. Il était en train de lire les dernières phrases d'une dictée aux grands de fin d'études, un extrait de *L'Enfant* de Jules Vallès :

Adossée à cette salle était l'estrade avec le personnel de la baraque, je veux dire du collège : monseigneur au centre, le préfet à gauche, le général à droite, galonnés, teintés de violet, panachés de blanc, cuirassés d'or comme des écuyers du cirque Bouthors. Il n'y avait pas de chameau malheureusement. Je crus voir un éléphant, c'était un haut fonctionnaire…

Il fit une pause, reprit en inventant la suite et en s'exprimant plus fort afin d'être bien entendu de celle qui l'écoutait derrière la porte, tout ouïe :

— Je crus voir une oie blanche suspendue dans les airs, tel un ange éthéré ; c'était une jeune fille curieuse d'apprendre, qui se sentait rejetée et qui aurait aimé être considérée par ses semblables... Point final.

Julien attendit quelques secondes. Personne n'osa rompre le silence. Aucun des huit élèves du niveau supérieur ne s'aperçut de l'ajout quelque peu bizarre que leur maître venait d'inventer à l'intention de Manuella.

Il poursuivit :

— Relisez. Questions de dictée dans trois minutes.

Sur la pointe des pieds, marchant à reculons pour ne pas devoir se retourner et ne pas éveiller son attention, il s'approcha de la porte d'entrée, au fond de la salle, l'ouvrit lentement sans se faire entendre. Il fit un pas vers l'extérieur, releva la tête vers le plafond, là où il devinait la présence de la jeune fille, posa un doigt sur ses lèvres :

— Chut... ! fit-il en levant les yeux vers elle.

Tétanisée de peur, Manuella ne broncha pas. Puis il revint auprès de ses élèves et reprit sa leçon d'orthographe.

Le soir même, il accosta la petite Myriam à la sortie de l'école et lui dit :

— Tu diras à ta sœur de passer me voir demain après la classe. Ici, à l'école, une fois que tout le monde sera parti. Je l'attendrai dans ma salle. Qu'elle n'ait aucune crainte !

Myriam promit de faire la commission à sa grande sœur et regagna sa maison à l'orée de la forêt, toute guillerette.

*
* *

Julien tint l'événement sous silence afin qu'il ne s'ébruite pas. Le lendemain soir, il attendit Manuella après l'étude. Tous ses élèves étaient partis, l'école était vide. Seule Marie corrigeait des cahiers dans sa salle de classe, comme elle en avait l'habitude. Elle n'aimait pas apporter du travail chez elle. Elle s'attardait donc une heure ou deux tous les jours pour préparer ses prochaines leçons.

« Tant qu'elle verra les lampes allumées dans la salle de Marie, songeait Julien, elle ne viendra pas ! »

Vers 19 h 30, Marie rangea livres et cahiers et s'apprêtait à regagner son appartement, quand elle aperçut un rai de lumière sous la porte de Julien. Comme celui-ci n'avait pas coutume de s'attarder le soir dans sa salle, elle se permit d'entrer.

— Que vous arrive-t-il aujourd'hui, Julien ? C'est la première fois que je vous vois travailler à votre bureau !

— J'ai des bricoles à terminer qui nécessitent ma présence en classe, prétexta-t-il. Ne vous inquiétez pas, je fermerai toutes les portes derrière moi.

Marie ne s'étonna pas davantage et fit mine de s'éclipser. Elle se reprit :

— Au fait, si vous voulez que je vous raconte l'histoire du Saut-du-Loup et du pont du Diable, ce soir je suis toute disponible.

Pris au dépourvu, Julien bredouilla :

— Ce soir... c'est que... je ne sais pas quand j'aurai fini. Demain, si vous voulez, ce sera avec plaisir. Chez moi.

— D'accord, demain. Je rapporterai de quoi grignoter. Ainsi vous n'aurez pas à faire la cuisine.

Julien acquiesça, impatient de se retrouver seul. « Elle finira par ne pas oser venir ! » pensait-il en songeant à Manuella.

Marie trouva à son collègue un air bizarre.

— Quelque chose vous tracasse, Julien ? Vous ne me paraissez pas dans votre assiette !

— Non, pas du tout. Un peu de fatigue, peut-être.

— Vous devriez monter vous reposer. Vous finirez demain matin, avant de prendre vos élèves.

— Je préfère aller me coucher l'esprit tranquille. Je n'en ai plus pour très longtemps. Merci de vous inquiéter pour moi, Marie !

— Je...

— Oui !

Marie sentit la confusion l'envahir. Elle espérait tant que Julien ait un mot aimable, une parole qui ne soit pas seulement une considération de travail ! Au fil des jours qui s'étaient écoulés depuis la rentrée, elle avait ressenti une attirance de plus en plus forte pour son jeune collègue. Elle avait d'abord refoulé ses sentiments naissants, par pudeur, mais aussi parce qu'elle savait qu'il n'était pas souhaitable que deux enseignants d'une même école aient entre eux des relations autres que professionnelles. Mais plus elle chassait les pensées qui la troublaient, plus son cœur battait la chamade dans sa poitrine. Elle avait beau se raisonner, rien n'y faisait. Elle savait qu'elle était tombée amoureuse et cela la perturbait. « Je ne sais rien de lui, prétextait-elle pour se reprendre... Il a peut-être une fiancée qui l'attend quelque part, dans sa ville... ! Il ne m'a même pas remarquée !...

Il ne voit en moi qu'une simple collègue », finissait-elle par se désoler.

Comme elle hésitait à s'éloigner, Julien ajouta :

— Vous voulez encore me dire quelque chose ?

— Non, seulement bonsoir, Julien. À demain.

— À demain, Marie.

Julien se replongea dans ses cahiers, mais resta l'oreille aux aguets. Il se doutait que, si Manuella était venue, elle devait les épier et attendre le moment propice pour se manifester. À l'extérieur, rien ne bougeait. Le froid commençait à s'immiscer dans la salle de classe, car dans le poêle la dernière bûche avait fini de se consumer. Dehors, les toits luisaient sous les rayons de lune et, des cheminées, des colonnes de fumée s'élevaient en vacillant. Des chats miaulaient de hargne pour défendre chacun son territoire. Les derniers paysans rentraient chez eux en traînant les pieds après s'être attardés à l'*auberge de la Croisée des chemins*.

Julien annotait son dernier cahier – vingt fautes dans la dictée de Jules Vallès ! – et se désolait, quand il entendit le bruit d'un petit caillou jeté contre la vitre d'une fenêtre. Il comprit aussitôt. Il alla ouvrir la porte de service que Marie avait refermée avant de monter chez elle puis, laissant sa porte de classe entrebâillée, il alla se rasseoir à son bureau. Il entendit bientôt un froissement de robe contre les murs, un glissement de pieds nus sur le carrelage, le halètement d'une respiration contenue.

— Entre ! dit-il, sans lever les yeux de son cahier. N'aie pas peur. Je ne te ferai aucun mal.

La porte s'ouvrit lentement. Elle se figea dans l'embrasure, le visage dissimulé dans la pénombre, telle une apparition venue de nulle part, belle comme une naïade sortie de l'onde, fraîche comme la rosée d'un matin plein d'innocence.

— Je n'ai pas peur, répondit-elle.

Julien eut le souffle coupé. Il ne s'attendait pas à découvrir une telle beauté. Il en fut le premier troublé. Avec sa robe ample et légère malgré la saison, ses longs cheveux déployés sur ses épaules, ses pieds nus, elle ressemblait à Esméralda de *Notre-Dame de Paris*.

— Avance-toi. Je t'attendais.

— Vous voulez me réprimander parce que vous m'avez surprise hier matin !

— Non, je n'en ai pas l'intention.

— Vous n'allez pas me dénoncer aux gendarmes, comme M. Cabanel m'en avait menacée ?

— Mais non, voyons !

— Alors pourquoi m'avez-vous fait venir ?

— Pour mieux te connaître... Et aussi pour savoir pourquoi tu m'aimes bien !

— Qui vous a dit ça ?

— Ta petite sœur, Myriam.

— Ah ! celle-là, elle ne peut jamais tenir sa langue.

Prise de court, Manuella rougit, ne sut plus que dire. Julien répondit à sa place :

— Tu m'aimes bien parce que je ne te veux aucun mal. C'est ça, n'est-ce pas ?

— Vous n'êtes pas comme les autres. Je l'ai vu tout de suite, dès le premier jour.

— Qu'attends-tu de moi ?

— Moi ! rien.

— Alors pourquoi continues-tu à m'observer en classe, comme tu le faisais avec M. Cabanel ?

Manuella se referma, son visage s'assombrit. Ses yeux se firent de braise et d'acier. Tout à coup, l'enfant qui était encore en elle devint femme. Ses muscles se raidirent sous sa peau ambrée. Sa beauté décupla.

« Dieu qu'elle est belle ! » songea Julien, profondément troublé.

Elle poursuivit :

— On m'a toujours rejetée, ici, parce que je suis une manouche, comme ils disent. Moi j'aurais aimé aller à l'école quand j'étais petite. Alors je leur ai volé l'école. Je leur ai pris ce à quoi j'avais droit et qu'ils ne me donnaient pas.

— Je te comprends, coupa Julien. Tu n'as pas à te sentir coupable. Tu n'as rien commis de répréhensible. Tu n'as fait que réparer une injustice.

— Quand M. Cabanel m'a surprise en juin, il m'a enfermée dans le noir. Puis il m'a battue et m'a entraînée de force chez le maire. Ils m'ont menacée de me dénoncer aux gendarmes si je recommençais.

— J'ignorais ces détails. Et ça ne t'a pas empêchée de recommencer !

— Avec vous je n'avais pas peur.

Manuella se tut. Son silence traduisait la reconnaissance qu'elle éprouvait pour le nouveau maître d'école. Ses yeux ne retenaient plus les larmes de son chagrin d'enfant et de sa colère de jeune fille bafouée.

— Je ne reviendrai plus jamais dans cette école ! se reprit-elle brutalement. Je la hais. J'aurais dû y mettre le feu.

— Manuella ! Serait-ce toi qui as saccagé les salles de classe ?

— Je me doutais que vous le penseriez. Tout le monde croit que c'est moi ou l'un des miens. Vous vous trompez ! Mais celui qui a fait ça a bien fait !

— Ne dis pas cela ! Si ce n'est pas toi, ne le laisse pas penser à ceux qui te veulent du mal. Quelqu'un a peut-être intérêt à faire endosser à ta famille cet acte de malveillance.

Manuella se calma. Elle ajouta :

— Que voulez-vous de moi ?

— Moi, rien. C'est toi qui as peut-être quelque chose à me demander.

— Je ne crois pas. Je ne demande jamais rien à personne.

— Alors, je peux te faire une proposition, si tu le veux bien et si tes parents acceptent.

— Quoi donc ?

— Veux-tu que je t'apprenne ce que j'enseigne à mes élèves ?

— Je suis trop grande pour aller à l'école ! C'est trop tard.

— Certes.

— Et puis personne ne voudra de moi, vous le savez bien.

— Je peux faire autrement.

Julien allait s'expliquer quand, tout à coup, la porte s'ouvrit.

— Oh ! excusez-moi, fit aussitôt Marie. Je ne savais pas que vous attendiez quelqu'un. Je croyais que vous aviez oublié d'éteindre la lumière.

— Je... je suis avec Manuella. Vous la reconnaissez, n'est-ce pas ?

Surprise, Marie s'approcha. Manuella s'écarta, comme prise en faute.

— Je m'en vais, fit la jeune gitane.

— Non, reste ! Marie ne dira rien. Elle peut entendre ce que j'ai à te dire.

Marie ne comprenait pas la situation. En réalité elle se méprenait. Une pointe de jalousie lui transperça le cœur. Elle s'en voulut et se reprit aussitôt :

— Vous êtes libre de recevoir qui vous voulez, Julien. Ce ne sont pas mes affaires. Mais prenez garde de ne pas ajouter à la médisance.

Elle s'éclipsa et laissa Manuella seule en présence de Julien.

Celui-ci précisa sa proposition sans se départir de son calme :

— Tu n'auras qu'à venir le soir après la classe. Je te donnerai des leçons. Mais auparavant, il me faut l'accord de tes parents. Puis-je les rencontrer ?

— Vous voulez venir à la maison ?

— Ici ou chez toi, peu importe ! Qu'y a-t-il d'étrange ?

— Jamais personne ne vient chez nous.

— Eh bien ! je serai le premier.

Julien n'en dit pas plus. Il laissa repartir Manuella par la porte de service et regagna son appartement.

Marie s'était enfermée chez elle, l'esprit perplexe.

VII

Un pays de légendes

Il n'était pas rare qu'au début novembre, l'Aigoual se couvrît déjà d'un épais manteau de neige. Aux étés torrides pouvaient succéder des hivers précoces et rigoureux. Certains bergers qui transhumaient sur le causse Méjean se faisaient parfois surprendre par les premiers flocons au moment de *démontagner*[1]. Pris dans la tourmente, ils ne devaient leur salut qu'aux pierres plantées qui jalonnaient les drailles et leur servaient de balises dans une ouate opaque qui réduisait fortement leur visibilité et ralentissait la progression des troupeaux. Lorsque la neige tombait avant la fête des Morts, la vie s'arrêtait pour cinq longs mois sur les pentes du massif montagneux. Chacun restait replié chez soi dans l'attente d'un redoux et craignait que le ciel ne devînt plus menaçant encore avec l'arrivée des perturbations amenées par les vents d'ouest.

Au sommet du colosse de granite, l'observatoire météorologique dressait ses murs épais de citadelle et ses tours crénelées, tel un phare indestructible bravant la tempête. Il était parfois complètement

---

1. *Démontagner : transhumer vers le bas pays.*

isolé du reste du monde, paralysé par plusieurs mètres de neige, un navire pris dans les glaces avec à son bord un capitaine courageux et quelques matelots, un chien, deux ou trois chats, tous à observer les caprices du ciel.

Maxence Cabanel, l'instituteur, se rendait souvent à l'observatoire, dans ses moments de liberté. Il lui arrivait même d'y emmener ses élèves afin de les initier aux secrets de la météorologie. Le responsable de la station, qui redescendait à Valleraugue chaque samedi soir après une longue semaine de solitude – quand les routes étaient dégagées –, lui ouvrait les portes de son antre mystérieux, fier de pouvoir expliquer les arcanes de sa science et d'inculquer ses connaissances aux enfants des écoles.

En chemin, l'enseignant ne manquait jamais d'herboriser, de passer dans les lieux les plus ensauvagés, là où il connaissait l'existence d'un dolmen ou d'un menhir. Il en profitait pour donner une leçon d'histoire locale à ses jeunes disciples et n'omettait pas de raconter ce que les légendes ajoutaient à la réalité.

Et celles-ci étaient nombreuses à courir de bouche à oreille depuis la nuit des temps.

Chaque village avait les siennes. Elles se rapportaient tantôt à l'époque sarrasine, tantôt au temps des seigneurs et des châteaux forts, tantôt à la période des persécutions religieuses, surtout celle des héros camisards. La superstition se mêlait aux histoires sans preuves qu'on se racontait et alimentait les croyances maléfiques : les loups, les êtres fantastiques, les faits de sorcellerie abondaient dans le légendaire cévenol. Les pentes du mont Aigoual ne faisaient pas exception, particulièrement au Saut-du-Loup.

*
* *

— Alors vous me la racontez, l'histoire étymologique de la commune ! D'où vient donc ce nom bizarre du Saut-du-Loup ? Et pourquoi appelle-t-on l'ancien pont qui enjambait le Tappoul le « pont du Diable » ?

Julien n'avait pas oublié la proposition que Marie lui avait faite la veille. Celle-ci le battait froid depuis le début de la journée, sa pointe de jalousie toujours nichée au fond du cœur.

— Donnant donnant, fit-elle sans esquisser le moindre sourire. Je vous livre le secret de la légende et vous me dites sans détour ce que vous faisiez avec Manuella.

— Je pensais que cela ne vous intéressait pas. Hier soir, vous nous avez quittés si brutalement !

Croyant ses émotions découvertes, Marie répliqua :

— Je dis cela pour vous être utile. Je ne voudrais pas vous laisser vous fourvoyer dans une erreur fatale. Vous savez comme moi que la fréquentation de la famille Carballo ne va pas sans susciter des polémiques.

— Je ne l'ignore pas. J'en fais mon affaire. Mais je vous expliquerai. Promis.

— Alors je vous écoute.

Julien était à cent lieues de deviner les raisons qui expliquaient la déconvenue de Marie. Il n'éprouvait pour elle qu'une sincère amitié, même si, dès leur première rencontre, il n'avait pas été insensible à son charme. Aussi commença-t-il par commettre la pire maladresse aux yeux de la jeune femme :

— Manuella est bougrement jolie ! De ma vie je n'ai vu une si belle fille. Et d'une candeur ! Son visage rayonne de lumière. On dirait une jeune madone, un ange descendu du ciel.

— Méfiez-vous ! Il y a des anges maléfiques.

— Je sais, les anges déchus ; Satan est leur maître. Mais, dites-moi, Marie, ne seriez-vous pas un peu... jalouse de cette jolie gitane aux yeux de braise ?

— Jalouse, moi ! Je n'ai pas à être jalouse d'une gamine !

— Gamine, pas tant que ça ! Et c'est un homme qui vous parle.

— Si c'est pour me parler de Manuella que vous m'avez invitée, je crois que nous perdons notre temps tous les deux.

— Ne le prenez pas mal, Marie ! Je plaisantais.

Marie se renfrogna. Julien comprit, mais un peu tard, que sa jeune collègue nourrissait pour lui des sentiments qu'il n'avait pas soupçonnés. Il tenta de rattraper son impair :

— Pardonnez-moi, Marie. Je ne voulais pas vous être désagréable. Encore moins vous faire du mal. J'ai parfois l'humour un peu lourd.

La jeune femme retenait ses larmes à grand-peine. Elle ne parvenait plus à prononcer le moindre mot, sa gorge étant nouée par la déception et le chagrin. Elle finit par exploser :

— Je vous aime, Julien ! Et vous, vous me parlez d'une autre, comme si vous étiez tombé en pâmoison devant elle et que je n'existais pas !

— Excusez-moi, je... je n'avais rien remarqué.

— Je suis une imbécile. J'ai honte de vous avoir dit ce que j'éprouve pour vous.

Embarrassé par tant d'effusions et de confidences subites, Julien prit les mains de Marie dans les siennes, l'attira vers lui. Elle se laissa faire. Il essuya ses larmes du bout de son index, approcha son visage du sien. Leurs lèvres se frôlèrent. Il l'embrassa en l'effleurant à peine, puis sentant qu'elle se détendait, ouvrit la bouche et se fondit en elle. Marie perçut une vive lumière l'éclairer de l'intérieur. Elle lui rendit son baiser, lui caressa la nuque, les doigts déployés dans ses cheveux. Elle perçut soudain toute la beauté du monde. Elle se sentit transcendée par un amour incommensurable, sublimée par une force indéfinissable qui l'immergeait jusqu'au plus profond de son être.

Julien éprouva à son tour une douce sensation de bonheur. Marie l'avait subitement découvert, mis à nu, désarmé. Pourtant, dès son arrivée, il s'était juré de garder ses distances avec cette jeune collègue. Intentionnellement, il avait évité de la tutoyer afin de maintenir entre eux une certaine distance, et ne s'était pas précipité de l'inviter chez lui. Sortant d'une grosse déception sentimentale quelque six mois plus tôt, il n'avait aucune envie de retomber dans le piège des amours trop sincères ni de faire souffrir en faisant semblant d'aimer. Il connaissait ses faiblesses : depuis l'époque de l'adolescence, il aspirait tellement au grand amour qu'il tombait trop facilement amoureux dès lors qu'une jeune fille lui plaisait. Aussi avait-il tenu Marie volontairement à l'écart, au risque de passer à ses yeux pour un mufle.

Il se dégagea le premier de son étreinte :

— Nous ne devrions pas, Marie. Tu sais très bien ce qu'on dira si cela venait à se savoir, lui dit-il en la tutoyant pour la première fois.

— Vous... tu m'as dit toi-même que nous ne devions pas donner raison aux médisants en abondant dans leur sens.

— Je le pense vraiment. C'est pourquoi je n'ai pas hésité à rencontrer Manuella.

— Explique-moi donc tout cela. Je peux t'entendre à présent.

— Tu n'es plus jalouse ?

— Je n'étais pas jalouse ! Un peu déçue, c'est tout.

Julien exposa ses intentions en quelques mots. Marie ne bronchait pas et semblait l'approuver.

— Ne crains-tu pas de te mettre toute la population à dos et d'attirer sur toi les foudres du maire et de son acolyte d'adjoint aux écoles, le fils du châtelain ?

— Peu m'importe ce qu'ils penseront ! Au diable le qu'en-dira-t-on ! À propos de diable, j'attends maintenant tes explications. C'est pour cela que nous passons cette soirée ensemble. Je crois que nous l'avons un peu vite oublié !

Julien s'approcha à nouveau de Marie et fit mine de l'embrasser.

— Non ! fit-elle. Tu dois d'abord m'écouter.

*

* *

Marie s'installa confortablement dans l'un des deux fauteuils que Julien avait dénichés à Mende dans un magasin d'antiquités. Il sortit deux verres et une bouteille de brandy qu'il s'était empressé d'acheter pour lui rendre la pareille. Elle avala une gorgée, sortit une cigarette de son paquet de gauloises, en offrit une à Julien.

— Enfin, je te retrouve ! fit celui-ci. Je t'écoute.

Elle se racla la gorge, puis commença son récit comme si elle s'adressait à ses jeunes élèves lorsqu'elle leur faisait la lecture, sérieuse et appliquée :

— Jadis, il y a très longtemps, à l'époque où les loups erraient encore nombreux à travers la région et semaient la terreur, un pauvre paysan, poursuivi par l'un d'entre eux alors qu'il rentrait des champs et regagnait sa chaumière, fut acculé sur les bords du Tappoul et crut son heure arrivée. Le fauve était énorme et n'aurait fait qu'une bouchée du malheureux qui se voyait déjà déchiqueté et dévoré vivant. C'est alors que le diable en personne lui apparut et lui proposa de le sauver des griffes de la bête en échange de son âme. Le pauvre homme n'avait pas le choix. Il pactisa avec le diable pour avoir la vie sauve. Celui-ci jeta alors un pont au-dessus du torrent et l'invita à passer rapidement sur l'autre rive. Aussitôt après, le diable fit s'effondrer l'arche unique du pont afin de barrer le passage au loup affamé.

— Voilà pourquoi, aujourd'hui encore, on peut voir les ruines de l'ancien pont que les gens d'ici appellent le « pont du Diable ».

— Comme je l'ai dit, le loup était une bête gigantesque que rien n'arrêtait. Il fit un bond énorme pour atteindre l'autre rive. Mais grâce au diable, il n'y parvint pas et tomba dans les flots tumultueux qui l'engloutirent aussitôt.

Julien écoutait, subjugué, comme un enfant à qui on raconte une belle histoire avant de s'endormir. Il adorait les contes et autres récits légendaires dont il avait fait ses livres de chevet pendant son enfance. Il connaissait la plupart des mythes de l'Antiquité. L'Égypte, la Grèce, la Mésopotamie lui avaient livré leurs trésors. Mais c'étaient les légendes celtiques et nordiques qui avaient sa préférence, ces histoires où l'homme et la mer étaient intimement liés. Avant de partir s'installer dans les Cévennes, il n'avait pas manqué de rechercher, à la bibliothèque municipale, tous les ouvrages concernant les légendes qui se racontaient dans cette région aux croyances profondément enracinées à l'image de ses plus vieux châtaigniers. Aussi s'était-il accoutumé à ces histoires de *roumèques*, de *garamouches*, de *draquets*[1] et autres croque-mitaines. Il connaissait par cœur l'histoire fabuleuse et terrifiante de l'auberge de Peyrebelle en Ardèche, dite l'« Auberge rouge », celle de la Baraque de Fontmort où des charretiers empruntant la route royale disparaissaient de temps en temps, ainsi que les prouesses de Roux le Bandit, le célèbre déserteur de la guerre 14-18 condamné pour vol. Aucune n'était entièrement

1. *Roumèques, garamouches, draquets : êtres fantastiques que les parents opposaient à leurs enfants pour les mettre en garde et leur faire peur.*

sans fondements. Mais le bouche-à-oreille en avait fait des histoires qui n'avaient rien à envier à celle de Gargantua, le géant cher à Rabelais et aux habitants des Cévennes caussenardes. Il n'était pas jusque dans la religion, domaine ô combien sacro-saint dans cette région à la foi inébranlable, qui ne fût l'objet de récits extravagants introduits dans le légendaire des temps et des lieux. Le diable lui-même passait pour avoir construit partout des ponts ensorcelés et creusé des gorges infranchissables.

Aussi l'histoire du Saut-du-Loup et de son pont du Diable intéressait-elle Julien au plus haut point.

Les heures passaient. Le jeune homme ne se lassait pas d'écouter Marie.

— Dis-moi, nous sommes ici en plein cœur du fantastique ! ne pouvait-il s'empêcher de s'extasier.

— Tu ne crois pas si bien dire. Et je peux t'assurer que les histoires de sorcellerie et de mauvais œil, de guérisseurs, de désenvoûteurs, d'hommes et de femmes qui ont le pouvoir, comme on dit ici, on y croit dur comme fer. Ne t'amuse jamais à en rire devant personne. Tu ne sais pas à quoi tu t'exposerais !

— Ne me dis pas que tu prêtes attention à ces sornettes !

— Non. Mais j'évite de contredire les gens qui y croient.

— Question de tolérance de ta part !

— De prudence aussi. On ne sait jamais.

— Bigre ! tu ne serais pas devenue un peu superstitieuse à ton tour, sous tes allures de jeune femme affranchie et moderne ?

— Je ne tiens pas à tenter le diable !

— Finis donc ton histoire de diable puisque tu en parles si bien.

Marie sourit. Elle aimait quand Julien la chinait. C'était, pensait-elle, la preuve qu'elle ne lui était pas tout à fait indifférente.

Elle poursuivit :

— Mon histoire s'achève. Après cet épisode du loup, que tous ici connaissent sur le bout des doigts, la légende raconte que des maisons furent construites des deux côtés du torrent par des hommes et des femmes chassés de chez eux et qui trouvèrent le lieu si enchanteur qu'ils s'y fixèrent, comme attirés par une mystérieuse engeance. Certains affirment qu'ils fuyaient les Sarrasins, mais rien ne le prouve. Entre légende et réalité, il est difficile de faire la part de vérité. Un nouveau pont fut construit non loin du précédent, c'est le pont actuel. Peu à peu, un nouveau village se développa, qu'on dénomma « Le Saut-du-Loup ». La légende ajoute encore que, après le malheureux paysan qui vendit le premier son âme au diable, tous ceux qui firent comme lui – pour d'autres raisons – s'installèrent sur la rive où le paysan avait trouvé refuge. Les catholiques certifient qu'il s'agit de la communauté huguenote. Celle-ci en effet occupe la plupart des hameaux situés de l'autre côté du pont. On comprend très bien l'allégation : les protestants sont ceux qui ont vendu leur âme au diable ! Les catholiques, quant à eux, sont majoritaires dans la commune et tiennent encore les protestants à l'écart. Les deux communautés vivent côte à côte sans trop se mélanger. Mais les catholiques ne se privent pas de colporter sur leurs voisins des propos qui tiennent plus des rumeurs malfaisantes d'antan que de faits avérés. Ainsi en est-il de cette légende qui dit que les huguenots ont un œil au milieu du front.

— Je la connais, coupa Julien, fier de montrer qu'il avait quelques connaissances en la matière. Il faudrait comparer cette légende avec celle du cyclope de l'odyssée d'Ulysse. La leçon à en tirer serait peut-être identique.

— Je l'ignore. En tout cas, certains faits sont moins farfelus. Ainsi, par exemple, celui qui affirme que jadis des protestants se rassemblaient clandestinement en certains endroits bien cachés.

— C'est ce qu'on appelle le « Désert ». Ce ne sont pas des légendes.

— Parfaitement. Tu en sais des choses pour un estranger !

— Je suis gros lecteur de contes et de légendes.

— Tu as raison : ce ne sont pas des légendes. Mais le bruit court encore aujourd'hui chez les catholiques que des rassemblements mystérieux se tiennent toujours secrètement la nuit comme par le passé, à l'époque des assemblées clandestines. Certains assurent qu'à l'Hospitalet, sur le plateau qui porte le nom de la « can de l'Hospitalet », certaines nuits de pleine lune, des ombres furtives se faufilent entre les rochers épars et qu'on entend de loin des chants étranges qui tiennent plus des incantations de sorcellerie que des prières chrétiennes.

— Il faudrait y aller voir.

— Je ne t'y accompagnerai pas pour tout l'or du monde !

— C'est loin d'ici ?

— Non, pas très loin, vers Barre.

Julien ne perdait pas une parole de ce que racontait Marie. Sans s'en apercevoir, il s'approchait d'elle, lui prenait la main, la troublait. Parfois, la voix de la jeune fille prenait un timbre plus grave. Quelqu'un d'autre semblait parler à sa place. Julien l'interrompait, intrigué. De temps en temps, Marie cessait de parler, allumait une cigarette, s'éclaircissait la gorge. Ses yeux jetaient des éclats d'acier. Les muscles de son visage se durcissaient, faisant saillir les veines de ses tempes. Elle se resservit plusieurs fois à boire, devenant chaque fois plus volubile, abordant des histoires toutes plus diaboliques les unes que les autres.

— Quel pays étrange, vraiment ! coupa Julien. Je ne regrette pas d'y avoir obtenu ma mutation. Mais j'ai l'impression que seuls les catholiques sont médisants dans toutes ces histoires. Serait-ce parce que partout ailleurs on est en pays protestant ? Il y a d'un côté les bons huguenots et de l'autre les méchants catholiques. Cela me paraît un peu manichéen, et simpliste !

— N'oublie pas que les Cévennes sont un bastion protestant et que l'autorité répressive, c'était l'Église catholique.

— Non, le roi de France ! Louis XIV surtout.

— Au nom de la foi catholique. Tu connais l'adage de l'époque : « Un roi, une foi, une loi ». Tu peux aisément comprendre l'injustice que les protestants ont toujours ressentie et dont ils ont été victimes. De nos jours encore, ils se remémorent les violences perpétrées à leur encontre dans leurs cultes dominicaux et dans les assemblées qu'ils tiennent au grand jour. Mais tu n'as pas tort, les protestants ne sont pas en reste. D'abord parce que, dans les faits, ils ne peuvent nier – et cette fois il ne s'agit pas de légendes – qu'ils ont aussi leur part dans les atrocités de l'époque. Certains d'entre eux n'étaient pas très tendres envers les catholiques et n'hésitaient pas à brûler leurs églises, leurs maisons, leurs granges, à massacrer leurs adversaires, à assassiner les curés et les autorités légales. De plus, on rapporte à leur sujet des faits non avérés qui tombent donc dans le légendaire toponymique par fausse interprétation historique.

— Par exemple ?

— Eh bien ! on dit que, non loin du Saut-du-Loup, en se rendant vers le sommet de l'Aigoual, un menhir renversé, entouré d'autres mégalithes de plus petite taille, est percé en son centre, montrant une sorte de cupule perforée.

— Ce menhir existe vraiment ?

— Oui, et il est bien perforé en son centre. Mais on ne sait rien de plus.

— Que rapporte la légende à son sujet ? Car je suppose qu'il y a une sacrée légende à propos de ce menhir.

— Les catholiques racontent que, pendant les guerres de Religion, les protestants y égorgeaient leurs ennemis quand ils leur tombaient sous la main, et que le sang de leurs victimes coule encore régulièrement quand un malheur s'annonce. Sacrée médisance puisque rien n'a jamais été prouvé !

— C'est comme ces vierges qui pleurent ou ces christs qui saignent. On a vite fait de crier au miracle ! A-t-on jamais constaté ces mystères ? Je suppose que non !

— Les gens d'ici – enfin les catholiques – te diront que oui. Car il s'agit du sang de leurs ancêtres. Et c'est pour eux une preuve de leur martyre. À chacun le sien ! Réponse du berger à la bergère !

— Je commence à comprendre pourquoi, au Saut-du-Loup, légendes du diable, du loup et guerres de Religion sont étroitement mêlées. Quel imbroglio ! Et les Carballo dans cette histoire, que viennent-ils ajouter à tous ces racontars ?

— Oh ! pour moi, ce sont des boucs émissaires. Des gitans, des romanichels, des jeteurs de sorts qui ont le mauvais œil ! Si tu vois ce que je veux dire. Au fond ils tombent à pic pour qu'on puisse rejeter sur eux tout ce qu'on a de rancune passée et de ressentiments.

Julien restait pantois. Minuit venait de sonner au clocher de l'église, dans un bruit sourd et lugubre qui semblait sortir d'outre-tombe. Dehors, la neige s'était accumulée. La bise glaciale commençait à soulever des congères et à envelopper le village dans un brouillard de poudreuse angoissant. Elle soufflait, telle une plainte languissante, comme pour appeler les âmes de leurs tombeaux à venir hanter les vivants. La lune devint blafarde. Ses reflets allongeaient les ombres en les déformant et les transformaient en silhouettes furtives et macabres. Les chats cessèrent de miauler et filèrent se camoufler dans les remises, laissant leurs proies à d'autres prédateurs. Le silence envahit la petite commune et déposa sur les chaumières un oppressant linceul.

— Il est temps que tu rentres chez toi, fit Julien en prenant Marie par les épaules. Demain il y a classe.

— Je crois que je me suis effrayée moi-même avec mes histoires à dormir debout.

— Aurais-tu peur de rentrer seule ? Ce n'est quand même pas très loin !

— Il me faut ressortir dans la cour et remonter de l'autre côté du bâtiment, dans le noir ! prétexta-t-elle, visiblement effarouchée. Je n'aime pas ces nuits lugubres de pleine lune.

Elle se fit toute petite, se blottit contre Julien comme pour y trouver protection. Il comprit sans mot dire ce qu'elle avait envie de lui demander.

— Reste, si tu veux, fit-il. Personne n'en saura rien.

Il l'embrassa tendrement, longuement. Cette fois, elle accepta son étreinte et se coula dans ses bras.

VIII

Les pierres plantées

JULIEN NE SE PRÉCIPITA PAS pour aller rendre visite aux parents de Manuella. Il voulait d'abord sonder un peu plus les habitants du village pour savoir exactement ce qu'ils leur reprochaient. Il commença à fréquenter plus assidûment l'*auberge de la Croisée des chemins*, là où il avait porté ses premiers pas lors de son arrivée quelques mois plus tôt. La vieille aubergiste, moins méfiante, se mit à lui faire des confidences, mais ne lui apprit rien de plus que ce que Marie lui avait suggéré : les Carballo étaient des gens venus d'ailleurs, des gens du voyage et, en tant que tels, on ne les aimait guère. Dans une commune où catholiques et protestants se regardaient encore en chiens de faïence, il ne trouva pas cette attitude très étonnante.

Les clients de l'auberge, nombreux en bordure du soir à venir se désaltérer et bavarder de la pluie et du beau temps, finirent par s'habituer à voir le nouvel instituteur fréquenter le seul café du village.

— Vous n'êtes pas comme votre prédécesseur ! lui confia l'un d'eux, un jour où les langues semblaient particulièrement se délier. M. Cabanel ne venait pratiquement jamais ici. Sauf dans les grandes occasions : quand on défilait devant le monument aux morts, à l'armistice du 11 novembre et le 14 juillet. Après le défilé, il accompagnait les hommes du village pour boire à la santé de nos soldats disparus et à la gloire de la République.

— Pourquoi ne venait-il pas en d'autres circonstances ?

— Pensez donc ! Un café, c'est un lieu où l'on boit, un lieu de perdition peu fréquentable. Il faut dire que certains clients de la Noiraude ont la descente facile !

— La Noiraude ?

— Ben oui, c'est comme ça qu'on surnomme la patronne, la vieille Germaine, à cause que, quand elle était jeune, elle avait une tignasse aussi noire que les plumes d'un corbeau. Pas vrai, Germaine ?

La vieille aubergiste, un peu sourde, ne répondit pas, affairée à essuyer ses verres derrière son comptoir.

Le paysan à la face rubiconde toute marbrée de couperose poursuivit :

— Au reste, le père Cabanel, c'est un huguenot. Et un huguenot, ça ne fréquente pas les lieux de plaisirs. Hein, Germaine ! que si tu devais attendre les sous des parpaillots, tu aurais déjà mangé ton tablier pour ne pas crever de faim.

— *Amaï,* Albert ! T'as ben raison. Heureusement que les papistes ne boivent pas que de l'eau bénite ! Sinon ce serait la mort de mon commerce.

Julien s'amusait de ces piques sans réelle méchanceté que se lançaient les membres des deux communautés. Il aimait même se faire l'avocat du diable avec les uns et les autres, prêcher le faux pour obtenir le vrai, prendre le contre-pied de ses propres opinions pour mieux dévoiler ses contradicteurs. Tous finissaient par se livrer à lui, appréciant son humour et son parti pris qu'il faisait mine d'adopter en leur faveur.

— Si je comprends bien, M. Cabanel passait et passe encore – ne parlons pas comme s'il était mort ! – pour un homme austère, disons pas très rigolo !

— Ah ça ! pour ne pas être rigolo, il n'est pas rigolo ! Avec lui les galéjades sont aussi rares que sont nombreux les pets d'un cheval qui a mangé de l'avoine fermentée ! Mais faut avouer que pour les enfants, c'était un bon maître d'école. Là-dessus, y avait rien à redire !

— Il connaît bien les légendes de la région, avança prudemment Julien.

— *Amaï !* Il est toujours à fouiner dans les vieilles pierres et dans les vieux papiers. Il avait même obtenu du châtelain la permission d'étudier... comment vous dites, les vieux parchemins qui racontent le passé ?

— Les archives.

— C'est ça, les archives du château du Castellas. C'était sa passion. Il y passait des heures. Je dis « passait », parce que, il y a un an environ, le jeune châtelain, le fils du baron, l'a mis à la porte brutalement.

— Jean-Charles Audibert-Delorme, l'adjoint au maire ?

— Exact.

— Pourquoi donc ?

— Personne ne sait. Tu sais, toi, Germaine ?

— *Boudie ! Aco mi regardo pa !*[1]

— Au village, on pense qu'il a fouiné dans des affaires qui ne le regardaient pas et qu'il a sans doute découvert quelque chose de gênant.

— Pourtant, les Audibert-Delorme ne sont pas issus de la famille qui a fondé le château ! Je ne vois pas ce qu'il pouvait y avoir de gênant dans ces archives pour cette famille issue de la bourgeoisie enrichie au siècle dernier.

— Mon brave monsieur, ici, les affaires concernant le château sont chasse gardée des Audibert-Delorme. M. Cabanel n'avait qu'à pas farfouiller partout. Que voulez-vous que je vous dise de plus ?

Julien n'insista pas. Ce soir-là, il comprit qu'au Saut-du-Loup les relations avec la famille du châtelain étaient un autre sujet de mystère.

*
* *

La neige s'était vite arrêtée. Finalement, seule une fine couche subsistait, un redoux inespéré l'ayant empêchée de s'accumuler. Les chemins furent vite dégagés et rendus praticables. Julien se décida donc à rendre visite aux parents de Manuella. Huit jours s'étaient écoulés depuis leur entrevue à l'école. La jeune fille avait eu le temps, pensait-il, de préparer ses parents à sa visite.

— Pour aller chez moi, vous ne pouvez pas vous tromper, lui avait-elle expliqué avant de le quitter. Vous traversez le pont sur le Tappoul, vous continuez pendant un kilomètre et vous empruntez sur

1. *Mon Dieu ! Ce ne sont pas mes affaires !*

votre gauche un chemin de traverse qui grimpe sur les pentes de l'Aigoual en direction du bois de l'Hom.

— Tu habites sur l'autre rive, du côté où se trouvent la plupart des hameaux protestants ? s'était étonné Julien.

— Oui, mais nous ne sommes pas protestants. Comme la majorité des gitans, nous vénérons la Sainte Vierge.

Julien n'avait pas insisté. Tous ces détails l'amusaient. Il était curieux d'en apprendre davantage sur la mentalité des gens du lieu, car il avait peine à croire que tout ce que lui avait raconté Marie pût encore avoir de l'importance à une époque où la science avait terrassé des siècles d'ignorance et d'empirisme.

— Ne vous trompez pas de chemin, avait ajouté Manuella. Au croisement que vous trouverez peu après, prenez bien sur votre gauche. À droite, vous vous perdriez dans un endroit qu'il faut éviter.

— Éviter ! Pourquoi ?

— C'est le domaine des ombres.

— Explique-toi, tu es bien mystérieuse !

— Je ne peux rien vous dire. Il y a des pierres plantées dans une clairière èt la nuit des ombres rôdent autour des pierres.

— Tu veux dire des fantômes !

— Je ne sais pas, des ombres.

— Tu crois à ces balivernes, toi !

— Je les ai vues.

— Allons bon ! C'est de la superstition. Il faudra que je te fasse la leçon à ce sujet. Je ne l'oublierai pas.

— N'y allez pas, je vous aurai prévenu !

Julien se souvint tout à coup que Marie lui avait parlé d'un menhir couché entouré d'autres pierres plus petites. « Il faudra que j'y aille voir », avait-il songé.

— Ma maison se trouve au bout du chemin de traverse, avait précisé la jeune fille. C'est la seule. Vous ne pouvez pas vous tromper. Le chemin se perd ensuite dans la forêt, il ne va pas plus loin.

Les Carballo habitaient juste en limite communale. Leur vieux mas de pierre se situait au commencement des premières pentes accentuées qui menaient au sommet de l'Aigoual, distant d'une dizaine de kilomètres. Avec l'altitude, les fayards laissaient place aux sombres conifères. La forêt devenait plus ténébreuse, plus sauvage, plus mystérieuse aussi. De grandes étendues avaient été reboisées dans le dernier quart du siècle précédent sur l'initiative du forestier Georges Fabre qui avait fait acquérir par les pouvoirs publics des hectares de pacages, au grand mécontentement des éleveurs. L'affaire fit grand bruit à l'époque, car forestiers et éleveurs s'étaient violemment heurtés, les intérêts des uns s'opposant à ceux des autres. De nombreuses fois, la forêt s'enflamma mystérieusement. Il fallut beaucoup de persévérance et d'entêtement aux amis de Georges Fabre pour parvenir à faire comprendre aux éleveurs que la forêt n'était pas leur ennemi, mais qu'elle contribuait au contraire à la survie de la montagne et, par là, à leur propre survie.

Le mont Aigoual abritait encore bien des secrets.

*
* *

Quand Julien se mit en route, le jeudi matin, jour où les écoliers faisaient la grasse matinée, le ciel s'était à nouveau assombri. Une chape de cendres grisâtres menaçait de s'abattre sur les toits des maisons endormies. Dehors, toute vie semblait éteinte. Seuls des chiens errants vagabondaient dans les ruelles à l'affût de quelque chat téméraire. En aplomb, le sommet de l'Aigoual était encapuchonné d'une gangue d'épais nuages qu'égratignaient les fûts élancés des conifères. Ses flancs étaient drapés d'une houppelande d'hermine immaculée. La forêt n'était jamais aussi majestueuse que lorsqu'elle disparaissait sous le couvert neigeux. Celui-ci la plongeait dans un profond silence, dans une immobilité totale. Aucun être vivant ne venait troubler le recueillement dans lequel elle se retranchait comme pour mieux communier avec l'éternité. C'était dans ces moments-là que les hommes d'en bas se montraient les plus taciturnes, renouaient volontiers avec leurs croyances ancestrales, fermaient leurs portes devant les inconnus. La neige rendait le massif montagneux encore plus ténébreux, car elle figeait dans le froid ses secrets les mieux gardés.

Julien avait tout à apprendre de cette contrée retirée et prêtait une oreille amusée à tout ce qu'on lui apprenait d'étrange et de mystérieux. Il avait l'insouciance de sa jeunesse, la hardiesse de ceux qui ignorent le danger, la certitude de ceux qui ne croient pas au surnaturel.

Il suivit la direction indiquée par Manuella. Mais parvenu au croisement des chemins, il hésita. À gauche la maison des Carballo, à droite les pierres plantées et leur secret, se souvint-il. Depuis que

Marie lui avait parlé de ces menhirs, il avait grande envie d'aller à leur découverte. « C'est le moment, pensa-t-il. J'ai le temps. »

Du fond de la vallée, il entendit 11 heures sonner au clocher de l'église du Saut-du-Loup. Il ausculta le ciel. « La neige ne tombera pas encore, je ne risque pas de me perdre ! » se dit-il pour se convaincre qu'il prenait la bonne décision et qu'il n'avait rien à craindre malgré les mises en garde de Manuella. Il prit le chemin de droite et s'enfonça dans la forêt.

Bizarrement, la neige était de plus en plus épaisse sur le sol. Bientôt, le tracé du chemin disparut complètement. Aucun indice n'indiquait plus quelle direction il devait suivre. Au jugé, d'après la configuration des arbres qui semblaient délimiter entre eux un passage sinueux et inviter le visiteur à continuer toujours plus loin, il s'enfonça, insouciant, dans la neige et sous le couvert alourdi des ramures qui ployaient sous la charge.

Au bout d'une bonne heure de marche, il se retrouva en plein cœur du massif forestier. L'Aigoual le dominait de sa majesté comme un titan surgi du fond de la banquise. Il aborda une clairière qu'il supposa tapissée d'une prairie sauvage. Son regard se porta sur les crêtes. Il distingua nettement les tours de l'observatoire et en fut rassuré. « C'est bon, se dit-il, j'ai un repère. S'il venait à trop neiger, je monterai plus haut en gardant la station en ligne de mire et m'y réfugierai plutôt que de risquer de me perdre en redescendant à l'aveuglette. »

Il parcourut la clairière de long en large, laissant derrière lui ses empreintes de pas qui s'enfonçaient dans la neige cristallisée par le froid. Il ne trouva pas trace des fameux menhirs. Pourtant, ce n'étaient pas trente centimètres de neige qui pouvaient les dissimuler à la vue.

Il s'apprêtait à abandonner ses recherches et à reprendre le chemin du retour quand son attention fut attirée par une percée à travers le sous-bois, à l'opposé du chemin par lequel il était arrivé. Après un passage à nouveau boisé, il parvint dans une sorte de petit amphithéâtre creusé dans le granite de la montagne. Une cascade s'écoulait contre la paroi rocheuse et venait se briser sur un bloc erratique de plusieurs mètres de hauteur. L'eau en retombait en formant une véritable fontaine naturelle avant de se rassembler dans un chenal qui se dirigeait vers un abrupt. Julien pensa que ces eaux devaient alimenter le Tappoul plus en aval et passer entre les arches en ruine du pont du Diable. Il s'approcha du bord du ravin où les eaux convergeaient, se pencha, aperçut enfin ce qu'il cherchait : juste en dessous, à dix mètres environ, dans une sorte de cavité refermée et apparemment sans autre débouché que l'étroit goulet par lequel s'échappait le torrent, six pierres plantées en demi-cercle entouraient une septième de taille beaucoup plus importante et qui reposait à plat sur le sol. Étrangement, le site mégalithique était entièrement dépourvu de neige, comme si le sol à cet endroit avait été trop chaud pour que celle-ci pût tenir ou comme si quelqu'un l'avait volontairement dégagé de son manteau de froidure.

Intrigué, Julien hésita à descendre pour voir de près le cromlech, observa les lieux attentivement, chercha un passage. En contrebas, il aperçut une petite grotte dans la paroi. Il n'y prêta pas attention. De nature sportive, il ne craignait pas de prendre des risques réfléchis ; l'escalade lui était familière. Mais sans corde et sans son matériel de grimpée, il n'était pas assuré de pouvoir remonter une fois descendu. Dans un angle, bien dissimulé, il distingua un étroit boyau par lequel il estima l'accès possible. Il mesura le danger, s'agrippa aux branches, assura ses pieds à chacun de ses pas, parvint enfin au fond du ravin où se trouvaient les pierres plantées.

— C'est donc ça ! fit-il à voix haute, un peu déçu par sa découverte. Mis à part le site un peu particulier, ces pierres n'ont rien d'extraordinaire !

Les lieux recelant des dolmens ou des menhirs ne sont pas rares dans les Cévennes et leurs alentours. Certes, les mégalithes n'y sont ni aussi nombreux ni aussi imposants que ceux de Bretagne ou de Grande-Bretagne, mais ils attestent aussi d'une très ancienne occupation par les hommes du Néolithique et de leur souci d'enterrer leurs morts ou de vouer un culte à une divinité céleste. Dans le bas pays, la trentaine de dolmens de Barjac, près de Saint-Ambroix, la dizaine de dolmens de Pallières, près d'Anduze, certifient que les Cévennes furent très tôt une région traversée par les courants d'échanges préhistoriques entre les vallées du Rhône et de la Garonne. Même dans les temps les plus reculés, elles ne formaient pas une barrière ; au contraire, elles constituaient une zone de contact privilégiée entre le « haut pays » arverne et le « bas pays » languedocien.

La Pierre plantée renversée et percée en son centre témoignait – Julien en fut immédiatement persuadé – d'une autre réalité. La cupule avait dû être taillée à une époque plus récente, comme en attestaient les marques du burin d'acier avec lequel elle avait été creusée, probablement à l'époque où la pierre avait été renversée à dessein. « À moins, songea-t-il, que celle-ci ne se soit inclinée progressivement et finalement complètement couchée. »

Quant à affirmer que ce menhir ait pu servir d'autel de sacrifice à des protestants ivres de vengeance et déchaînés contre leurs ennemis catholiques, il devait reconnaître que la déduction était un peu hâtive, et qu'une fois de plus en ce domaine la légende venait un peu vite suppléer l'absence de vérité historique, puisque rien, lui avait certifié Marie, ne venait confirmer de telles allégations. Il le constata lui-même en examinant rapidement le menhir : ni la forme de la cupule ni la couleur de la pierre, qui ne présentait aucune trace persistante de sang, ne permettaient de faire une telle déduction.

L'après-midi était déjà bien avancé. Julien en avait oublié l'objet de sa visite. Le ciel s'assombrit et se mit à crépiter bizarrement. La forêt plongea dans le silence le plus profond, un de ces silences perceptibles seulement quand les bruits les plus ténus s'estompent eux-mêmes brutalement comme devant un danger imminent. Des flocons commencèrent à tomber, épars d'abord, puis drus et de plus en plus collants.

Surpris, Julien regarda sa montre.

— Bon sang ! 3 heures, s'étonna-t-il. Il est trop tard pour aller chez Manuella et revenir avant la tombée de la nuit.

Il remonta péniblement de l'antre encaissé des menhirs, chercha à retrouver le chemin par lequel il était arrivé. Mais la neige avait déjà effacé ses traces de pas. La tourmente s'abattait maintenant autour de lui et plongeait la forêt dans une sorte de coton épais et opaque où il était impossible de retrouver ses repères. Seule la pente du terrain indiquait l'amont et l'aval. Redescendre vers le village était le meilleur moyen de s'en écarter et de se perdre. Or la nuit arriverait vite et, étant donné ce que le ciel semblait promettre aux promeneurs égarés, Julien prit conscience du danger qu'il encourait s'il s'aventurait au hasard.

Il prit la décision de remonter vers le sommet, à tâtons, dans la giboulée aveuglante, en suivant le plus près possible les indications que lui donnait la topographie. Quand il sortit enfin de la forêt, il poussa un profond soupir de soulagement. Mais il n'était pas encore arrivé. Il savait que l'observatoire se dressait sur le point culminant. Un vent violent et glacial l'asphyxiait et le plaquait au sol. Il avançait à grand-peine, plié en deux, le col de sa pelisse rabattu sur ses oreilles. À chaque pas il s'enfonçait jusqu'aux mollets, parfois jusqu'aux genoux, car la neige s'était vite accumulée. Sans jamais désespérer, il marcha aveuglément, ne songeant qu'au moment où il arriverait à bon port.

Chaque année, des marcheurs solitaires et imprudents se faisaient surprendre par la tourmente et disparaissaient sur les pentes de l'Aigoual ou sur le plateau du mont Lozère, réputés tous deux pour être des lieux de grands dangers par mauvais temps. Marie avait averti Julien de ne jamais commettre d'imprudences, surtout en début de saison froide, quand il est difficile de prévoir les sautes d'humeur du ciel.

Au bout d'une heure qui lui parut bien longue, il discerna dans le brouillard laiteux l'ombre d'une bâtisse, tel un fantôme dans un rêve d'outre-tombe. Il se sentit sauvé. Il ne lui restait plus qu'à gravir les dernières pentes, les plus difficiles d'accès, car la *burle*[1] soufflait maintenant à renverser les plus vieux sapins. Frigorifié, il ne sentait plus ni mains ni oreilles. Ses yeux larmoyaient, ses lèvres, bleuies, étaient paralysées de froid. Son corps tout entier n'était que statue de glace.

5 heures. La nuit était tombée. Les flocons, rabattus violemment par le vent, cinglaient son visage devenu insensible. Il s'enfonçait de plus en plus dans la neige et commençait à craindre de ne pouvoir atteindre le sommet. Dans le flou, il aperçut un halo de lumière. Il s'y dirigea lentement, pas à pas, au prix d'un effort épuisant. Il avait beau être entraîné aux plus grandes épreuves d'endurance, il n'avait jamais été confronté à une telle exigence d'énergie.

Il parvint enfin aux abords de l'enceinte de l'observatoire. Tout était silencieux. À l'intérieur, rien ne bougeait : aucun son de voix, aucun bruit. Il avait perdu de vue la lumière qui lui avait indiqué son chemin dans la dernière centaine de mètres

1. *Burle : vent froid et sec.*

d'efforts. Les portes étaient solidement cadenassées, les volets clos et les fenêtres dépourvues de volets bardées d'épais barreaux. « Pourvu qu'il y ait quelqu'un à l'intérieur ! » espéra Julien qui, soudain, venait de réaliser que, dans le cas contraire, il devrait passer la nuit dehors et que le froid pourrait lui être fatal.

Il frappa à la première porte qu'il trouva. Personne ne répondit. Il fit le tour de la bâtisse, tenta un regard par une fenêtre non protégée. Dans l'obscurité, il n'aperçut rien qui pût le rassurer.

— Je suis fait comme un bleu ! soupira-t-il.

Il tenta de trouver un auvent ou une soupente pour s'abriter, à défaut de pouvoir pénétrer par effraction à l'intérieur de l'enceinte. « C'est un vrai bastion fortifié, cette baraque ! Pas moyen d'y entrer sans y avoir été invité ! » Il commençait à se désespérer quand, à l'étage, il entendit une voix semblant sortir d'un appareil radio ou d'un haut-parleur de faible puissance. Il leva les yeux, les volets étaient aussi clos que ceux d'en bas. Il cria à tue-tête dans l'espoir qu'on l'entende. Ne voyant rien bouger, il chercha autour de lui à se saisir d'une pierre ou d'un bâton, mais la neige recouvrait tout sous son manteau uniforme.

— Bon Dieu ! Mais vous allez vous secouer là-dedans ! s'écria-t-il en tambourinant comme un forcené sur les volets de la fenêtre qui lui faisait face.

À force de chercher, il trouva une brique de terre cuite dans un renfoncement de mur. Sans hésiter, il s'en saisit et la lança contre les volets de la fenêtre d'où lui parvenait la voix radiophonique.

Ses efforts furent enfin couronnés de succès. Une fenêtre s'ouvrit, puis un volet. Une voix d'homme retentit à l'étage :

— Y a quelqu'un ?

— Mais non, voyons ! Ce ne sont que des fantômes, répondit Julien en trouvant encore la force de plaisanter. Ouvrez-moi vite ou je me transforme en statue de glace.

— J'arrive, j'arrive ! Y a pas l'feu quand même !

Quelques secondes plus tard, la lourde porte contre laquelle Julien avait cogné dès son arrivée s'ouvrit dans un grincement métallique sinistre. Un petit homme à la mine chafouine apparut dans un halo de lumière blafarde projeté par une ampoule de faible intensité. Il portait un crayon coincé derrière une branche de ses lunettes cerclées d'écaille, un casque d'écoute sur les oreilles, un béret rabattu sur le front. Il était affublé d'une longue blouse grise qui lui donnait l'allure d'un vieux maître d'école, ce qui amusa Julien malgré les circonstances. Le ventre proéminent, le dos voûté, les bras courts, l'homme n'avait pas du tout l'allure du scientifique que Julien pensait trouver dans les lieux.

— Je me suis perdu dans la forêt, expliqua-t-il sans attendre que le météorologue l'invitât à entrer.

— Ne restez pas dehors, vous prendrez mal. Finissez donc d'entrer ! Y a pas idée de se promener par un temps pareil. Vous ignorez sans doute qu'il y a un avis de tempête et qu'ici, sur l'Aigoual, on est bien placé pour rester coincé plusieurs jours sans pouvoir redescendre. J'espère que personne ne vous attend en bas !

— J'ignorais tout cela, monsieur. À vrai dire, je me rendais chez des gens qui habitent le Saut-du-Loup en bordure de la forêt, quand j'ai eu envie de voir de près les menhirs qu'on m'avait signalés.

— Vous avez mal choisi votre jour. Mais dites-moi, jeune homme, qui êtes-vous donc ?

— Julien Estérel, je suis le nouvel instituteur du Saut-du-Loup.

— Ah ! c'est donc vous qui remplacez mon vieil ami Cabanel.

— C'est exact. Je sais qu'il vous rendait souvent visite, parfois avec ses élèves…

Julien reprit vite confiance. Le météorologue lui offrit le gîte et le couvert pour la nuit, trop heureux d'avoir un compagnon pour un soir ou plus.

— Si demain la situation ne s'est pas améliorée, vous serez obligé de rester ici, lui expliqua-t-il d'un air satisfait.

— C'est que mes élèves m'attendent !

— Vous le pensez vraiment ? Ils seront trop heureux d'apprendre que leur maître est absent.

— C'est vous qui le dites.

— Quoi qu'il en soit, nous aviserons demain matin. Pour ce soir, je crois que vous avez besoin de vous reposer.

Julien ne se fit pas prier et gagna la chambre que lui proposa le maître des lieux.

IX

Une mort étrange

LA TOURMENTE DE NEIGE ne dura pas. Julien put repartir de l'observatoire dès le lendemain, malgré l'état des chemins. Le météorologue, André Mounier, tenta de le retenir, prétextant qu'il était imprudent de s'aventurer seul alors que la neige recouvrait encore toute la surface du massif montagneux. Mais Julien ne voulait pas perdre plus d'une demi-journée de classe.

— Ce ne sont pas trente centimètres de neige qui m'arrêteront, lui affirma-t-il. Je ne cours aucun risque.

— Alors, prenez cette paire de raquettes, elle vous sera utile.

— Après ce que j'ai vu de vos installations, je ne manquerai pas de revenir vous voir quand le temps sera plus clément. C'est très instructif ! Je comprends pourquoi mon prédécesseur venait souvent vous rendre visite. Les enfants devaient vous poser des tas de questions. Votre science m'intéresse beaucoup. Autant que les croyances superstitieuses des gens d'en bas.

— En un certain sens, eux et moi nous nous ressemblons : certains d'entre eux s'appuient sur les croyances ancestrales pour tenter de lire dans le futur. Moi, j'observe le ciel pour deviner le temps qu'il fera demain. Nous sommes tous avides de connaître l'avenir !

— Sauf que vos théories sont scientifiques et irréfutables, monsieur Mounier. Vous n'êtes ni superstitieux ni charlatan.

— Certes ! Vous me plaisez, jeune homme. Revenez donc me voir quand vous voudrez.

Julien prit congé tôt le matin afin d'être à son poste à 13 h 30. « J'espère que Marie se sera occupée de mes élèves ! » se dit-il en cours de route.

Au fur et à mesure qu'il s'éloignait de l'observatoire, la couche neigeuse s'amenuisait. Il n'eut aucune difficulté à retrouver son chemin jusqu'à l'orée de la forêt. Les raquettes aux pieds, il s'enfonça profondément sous le couvert forestier, hésita de nombreuses fois dans le sous-bois. Ne voyant aucune trace de sentier, il ne savait comment se diriger car tout lui paraissait identique autour de lui. Rien de particulier n'accrochait son regard, qui pût lui servir de repère.

Une bonne heure après s'être engagé dans la futaie, alors qu'il croyait avoir suivi son chemin droit devant lui, il retrouva ses propres traces de pas. « Aucun doute, ce sont mes empreintes de raquettes ! » pensa-t-il. Il avait tourné en rond sans s'en apercevoir. Le soleil étant dissimulé derrière les nuages, il lui était impossible de s'orienter. Il examina les troncs d'arbre, chercha la mousse qui pouvait les recouvrir afin de trouver approximativement la direction du nord. Il savait qu'il devait se diriger vers le nord-ouest. Il reprit sa course lente et pénible à travers taillis et buissons.

Au bout d'une demi-heure, il lui sembla reconnaître l'entrée de la clairière. Il en éprouva un vif soulagement. Il n'était pas perdu. Inconsciemment, il fut attiré par une force mystérieuse qui l'entraînait à nouveau vers le ravin des menhirs. Il traversa la clairière sans réfléchir qu'il prenait du retard, comme un automate, ne se préoccupant pas de l'heure. Il longea le bloc granitique sur lequel la cascade venait se fracasser et entama la descente périlleuse vers les pierres plantées.

Parvenu au pied de celles-ci, il éprouva une sensation bizarre. L'atmosphère lui parut lourde, oppressante, presque électrique. Il se reprit aussitôt : « Pourquoi suis-je redescendu ici ? » se demanda-t-il, comme au sortir d'une période de léthargie incontrôlée. À vrai dire, il avait l'étrange impression qu'il n'avait pas décidé lui-même de se rendre sur le site des menhirs, mais d'y avoir été guidé, poussé malgré lui par une force mystérieuse.

Il se souvint alors de ce que lui avait révélé Manuella : « C'est le domaine des ombres ! » Il se surprit à douter, lui, un homme de raison, un esprit cartésien, pour qui la science seule pouvait tout expliquer des mystères du monde et de l'univers. Jamais il n'avait imaginé qu'un phénomène sur terre puisse avoir d'autres causes que scientifiques. Son athéisme l'avait toujours conforté dans son parti pris de rationalisme. Il ne pouvait admettre le recours à l'empirisme, à l'irrationnel, aux croyances en l'au-delà pour donner du sens à ce que l'entendement humain ne pouvait éclairer par les voies de la raison et de la science. « Mieux vaut pas d'explications que des explications sans fondements réalistes ! » affirmait-il dans les conversations qu'il tenait avec ses amis de l'École normale. Son père lui-même, homme de médecine, ne croyait que ce qu'il voyait et s'abstenait de tenir des raisonnements bâtis sans preuves. Il lui avait inculqué sa philosophie matérialiste et sa dialectique scientifique.

Aussi Julien fut-il pris, soudain, d'un profond malaise. C'était la première fois qu'il se sentait en proie au doute, pire, à cette sensation désagréable, presque effroyable, de ne plus être maître de lui-même. « Serait-ce donc vrai ce qu'affirment les habitants du Saut-du-Loup ? songea-t-il avec effroi, encore sous l'emprise du vertige qui submergeait ses facultés. Cette gamine aurait-elle le mauvais œil ? M'aurait-elle ensorcelé ? Serait-il possible qu'elle communique avec les esprits qui hantent ces lieux, les ombres dont elle me parlait ? »

Il s'agenouilla au pied d'un des menhirs – sans se rendre compte que la neige ne s'était toujours pas accumulée autour d'eux – et tenta de retrouver toute sa conscience. Il posa machinalement une main sur la pierre granitique, épongea son front transpirant de son autre main. Il ressentit aussitôt une douce chaleur le submerger. Puis il eut un étourdissement. Une myriade de petites étoiles tomba en rideau devant ses yeux aveuglés, un écran de paillettes d'or et d'argent. Il perdit de vue tout ce qui l'entourait et se trouva plongé dans un monde irréel où tout était devenu impondérable, éthéré, sans consistance. Il crut percevoir des êtres fantastiques qui flottaient autour de lui, vêtus de voiles de mousseline transparente, des êtres sans visage, sans corps, à la voix doucereuse, comme des plaintes venues du fin fond de l'univers.

Son trouble ne dura que quelques secondes. Mais il eut l'impression de revenir de très loin et d'être tombé dans une sorte de coma profond pendant très longtemps. Quand il reprit connaissance, il gisait de tout son long au pied du menhir. Il regarda sa montre, réalisa que le temps ne s'était guère écoulé. Encore tout ébaubi, il se redressa, vacilla, jeta un regard apeuré autour de lui, à la recherche des ombres qu'il avait cru percevoir dans son étourdissement, tenta de se rassurer en parlant à haute voix :

— Je dois être en hypoglycémie et j'ai fait un petit malaise. Je n'aurais pas dû partir sans déjeuner ce matin, surtout avant de faire un effort physique.

Son esprit rationnel reprenait le dessus. Il alla s'asperger le visage à l'eau glacée du courant, s'ébroua en vociférant des borborygmes inaudibles.

— Mon vieux, tu es en plein délire ! ajouta-t-il comme s'il s'adressait à quelqu'un d'autre. Cette fille t'a complètement rendu idiot avec ses histoires de fantômes à dormir debout.

Il s'apprêtait à remonter du trou où il était descendu quand il aperçut, tapi dans un fourré, un monticule juste à la limite au-delà de laquelle la neige tenait au sol. C'est alors qu'il se rendit compte, pour la première fois, que celle-ci ne recouvrait pas l'emplacement des menhirs. Celui-ci formait un disque d'une dizaine de mètres de rayon, autour duquel étaient disposées les six plus petites pierres plantées et en son centre le menhir couché et perforé.

« C'est vraiment étrange ! pensa-t-il. Pourquoi donc la neige ne tient-elle pas à cet endroit ? »

Il s'approcha du monticule que la neige avait entièrement recouvert, en fit le tour. Il avait environ deux mètres de long, un mètre de large et cinquante centimètres de hauteur. De la pointe du pied, il sonda le tas de neige. Il se heurta à un caillou. Des deux mains, il dégagea la neige et découvrit qu'il s'agissait d'un amas de pierres. « On dirait un petit tumulus ! Les pierres sont trop bien rassemblées pour qu'elles se soient déposées ainsi naturellement ! » se dit-il.

Sa découverte l'intrigua. Il se rendit vite compte que le tumulus n'était pas très ancien. La couleur des pierres trahissait leur déplacement récent. Il hésita. Il brûlait d'envie d'en dégager quelques-unes pour en savoir davantage. Comme il se sentait surveillé, il regarda autour de lui, poussa un « oh ! oh ! » pour s'assurer qu'il était bien seul, commença à enlever les pierres les unes après les autres.

Il prit soin de poser chacune d'elles méticuleusement sur le côté afin de pouvoir les remettre à leur place sans se tromper de sens. Quand il eut dégagé vingt à trente centimètres de l'édifice, il fit un bond en arrière et tomba assis dans la neige, la respiration coupée. Il tenait encore une pierre dans la main, la serrant entre ses doigts comme pour s'en servir de coup-de-poing à la manière des hommes préhistoriques. Il se crut tout à coup en danger, observé par quelqu'un du haut du ravin. Il paniqua, n'osant plus porter les yeux sur ce qu'il venait de découvrir. « Allons, reprends-toi ! lui susurra une voix en son for intérieur. Sois courageux ! »

— Mais où êtes-vous ? Qui êtes-vous ? Montrez-vous ! s'écria-t-il comme un forcené.

Seul le silence lui répondit. Reprenant ses esprits, il affronta le tumulus du regard : une main d'homme, blanche et raide comme un morceau de marbre sculpté, surgissait du tas de pierres.

Il s'arma de courage et, avec précaution, l'une après l'autre, il dégagea les pierres. Il mit au jour un bras, puis une épaule, un second bras, un corps tout entier. Il ne restait plus qu'à découvrir la tête. Il s'arrêta, le souffle court, le front ruisselant d'une sueur froide, les mains moites. Le corps était vêtu d'une veste de gros velours marron et d'un pantalon de laine gris anthracite. Un vieux chandail tricoté à la main laissait passer autour du cou le col élimé d'une chemise. Les pieds étaient chaussés d'une paire de bottines au cuir épais comme en portent les paysans.

Avec le froid, le cadavre semblait intact. Reposant sur le dos, il avait été placé volontairement dans la position d'un défunt à qui on offre sa dernière demeure.

Julien n'osait ôter les pierres qui recouvraient la tête. « Qui cela peut-il être ? » se demanda-t-il en approchant ses mains du haut du corps du gisant. Puis, sans réfléchir davantage :

— J'y vais ! dit-il très fort, comme s'il s'adressait à la voix qui lui reprochait son manque de courage.

Il souleva une première pierre, fut aussitôt horrifié : une orbite énucléée et béante, encore toute sanguinolente, semblait lui lancer un regard démoniaque pour mieux le terrifier. La main tremblante, il écarta les autres pierres et dégagea la tête du mort dont les deux yeux portaient les mêmes stigmates.

— Le père Cabanel ! laissa-t-il échapper dans un mouvement de recul.

Julien n'eut aucun doute : il le reconnut parfaitement malgré son masque de cire livide. Il resta un long moment tétanisé devant sa macabre découverte. Il ne pouvait admettre ce que la triste réalité lui révélait : Maxence Cabanel était bien mort et avait été enseveli sous un tumulus de pierres à proximité des menhirs. Mais que signifiaient cette sordide mise en scène et ces deux plaies béantes au milieu de son visage ? Pourquoi ses yeux lui avaient-ils été arrachés ?

Julien se noyait dans un flot de questions sans réponses. Il n'osa toucher le cadavre. Il l'examina dans l'état pour voir s'il portait d'autres traces de mutilation. Il n'en trouva aucune. Seule l'extrémité de l'index et du majeur de sa main droite portait une tache noirâtre. « Probablement de l'encre ! » se dit-il.

Il hésita à replacer les pierres comme elles étaient, pensa qu'on aurait vite fait de prouver qu'elles avaient été déplacées puis replacées, réfléchit à ce qu'il convenait de faire sur le moment, prit enfin la plus sage des décisions : « Il faut que j'aille immédiatement avertir la gendarmerie. »

Il quitta rapidement le lieu où reposait le corps du malheureux, rechaussa ses raquettes et s'éloigna à grandes enjambées, comme poussé par une peur qui n'affichait pas son nom.

*
* *

— J'ai une déposition importante à faire, dit Julien encore tout essoufflé, sans perdre un instant.

Il s'était fait conduire à Florac où se trouvaient les locaux de la gendarmerie la plus proche. Auparavant, il avait averti Marie qu'il devait encore s'absenter jusqu'à la fin de la journée et l'avait priée de bien vouloir continuer de prendre en charge ses élèves.

— Que se passe-t-il, Julien ? Où étais-tu passé depuis hier ? Je me suis fait un sang d'encre ce matin, quand je ne t'ai pas vu prendre ta classe.

— Je n'ai pas le temps de t'expliquer, Marie. Il faut que j'aille immédiatement à Florac.

Julien n'en dit pas plus à sa jeune collègue qui, très intriguée, prit une mine boudeuse. Elle ajouta :

— Est-ce si personnel que je ne puisse être dans la confidence ?

— Non, mais c'est grave, très grave. M. Cabanel est mort. J'ai retrouvé son corps dans la forêt. Je ne peux t'en dire plus pour le moment. Le temps presse.

Marie n'insista pas et laissa repartir Julien en lui promettant de s'occuper de sa classe.

— Je vous écoute, monsieur, fit le capitaine de gendarmerie. Qu'y a-t-il de si grave pour que vous soyez dans un tel état ?

Julien était livide. Ses yeux trahissaient sa profonde émotion.

— Voilà, commença-t-il. J'ai découvert le cadavre de mon prédécesseur dans la forêt, en montant sur l'Aigoual.

— Un cadavre ! Et celui de votre prédécesseur ! Mais de qui donc s'agit-il, voyons ?

— De M. Cabanel.

— Bien, commençons par le commencement. Qui êtes-vous donc, monsieur ?

Et Julien de devoir d'abord décliner son identité, expliquer ce qu'il faisait dans la forêt à une heure où il devait se trouver auprès de ses élèves, se justifier en long et en large pour prouver que, la veille, il était en train de se rendre chez les parents d'une élève de son école quand, au dernier moment, il avait été tenté d'aller voir les menhirs dont on lui avait parlé.

— Qui sont ces gens que vous vouliez rencontrer ?

— Leur nom de famille est Carballo. Et leur fille qui fréquente l'école du Saut-du-Loup s'appelle Myriam.

— Et pourquoi vouliez-vous les rencontrer chez eux ? Vous ne pouviez pas les convoquer le soir après la classe, comme tout parent d'élève ?

— C'est que Myriam n'est pas mon élève, c'est celle de ma collègue, Mlle Letellier. Moi, je voulais voir sa sœur, Manuella, qui ne fréquente pas l'école.

Le capitaine parut surpris.

— Dites-moi, ces Carballo, nous les connaissons. Ils nous ont déjà été signalés par votre maire après le saccage de votre école. Ils n'ont pas bonne réputation dans votre commune. Drôle de gens, à ce qu'on m'a dit !

— Monsieur le Capitaine, je suis venu vous parler d'un cadavre que j'ai découvert, pas des Carballo ! coupa Julien qui commençait à s'impatienter.

— Il est vrai, il est vrai ! Je vous écoute. Faites donc votre déposition. Qu'avez-vous vu exactement ?

Et Julien, cette fois, de raconter dans le détail son expédition, sa première visite aux menhirs, sa mésaventure jusqu'à l'observatoire et enfin son retour et sa macabre découverte.

— Ouais ! fit l'officier de gendarmerie. Euh... tout cela me paraît bien étrange. Je vais dépêcher mes hommes sur le terrain avant que la nuit tombe. Il faut absolument boucler le secteur et veiller à ce que rien ne soit déplacé. Vous n'avez rien touché au moins ?

— Non, sauf les pierres du tumulus. Sans cela je n'aurais rien découvert d'anormal.

— Très bien, monsieur Estérel. Vous pouvez rentrer chez vous. Nous vous contacterons dès que nous aurons besoin de vous. Restez donc à notre entière disposition. En attendant, veuillez signer votre déposition avant de partir et surtout ne vous éloignez pas du Saut-du-Loup. Je vais prévenir le maire de votre commune par téléphone, afin qu'il se rende sur place avec mes hommes.

— Vous me trouverez à mon poste, capitaine, dès demain matin. J'ai charge d'enfants et je suis au service de la République, comme vous, répondit Julien un tantinet agacé par tant de formalités qu'il jugeait inutiles.

Le capitaine de gendarmerie jugea le ton de Julien un peu péremptoire et le rappela à l'ordre :

— N'oubliez pas que vous êtes le premier témoin dans cette affaire de meurtre !

— De meurtre ! Qu'est-ce qui vous certifie qu'il s'agit d'un meurtre ?

— En tout cas, monsieur Estérel, cette mort me paraît bien étrange. Elle nécessitera une enquête approfondie.

X

Rumeurs et légendes

La mort de Maxence Cabanel plongea les habitants du Saut-du-Loup dans l'effroi et l'incompréhension. Le soir même, la nouvelle se répandit comme un feu de paille ; les gendarmes n'avaient pas fait montre de beaucoup de discrétion. Le corps de l'enseignant fut examiné d'abord sur place, le secteur ayant été aussitôt interdit aux curieux. Toute la zone fut passée au crible avant la tombée de la nuit. Puis le capitaine de gendarmerie ordonna de transporter la dépouille à la mairie de la commune et fit le nécessaire pour la transférer ensuite à la morgue de Mende, où un médecin légiste ferait l'autopsie aussi vite que possible.

Robert Comballe et ses trois adjoints assistèrent en personne aux premières opérations et se mirent à la disposition des autorités judiciaires.

— Sale affaire ! fit Martial Legendre, le premier adjoint. On n'avait pas besoin de cette catastrophe dans la commune. Vous avez une idée sur qui a pu faire ça ?

Robert Comballe semblait terrassé. Son visage laissait transparaître une profonde inquiétude.

— Aucune, répondit-il évasivement. Un acte de barbarie de ce genre, je n'en ai jamais vu au cours de mes trois mandats.

— Le meurtrier devait sans doute vouloir se venger de quelque chose. Mais de quoi, mon Dieu ? Ce pauvre Cabanel n'avait pas d'ennemis dans la commune, que je sache ! C'était un brave homme, tranquille, qui n'aurait pas fait de mal à une mouche !

— Il faut se méfier de l'eau qui dort. Mais qui vous dit qu'il s'agit d'un meurtre ?

— Ça saute aux yeux. En tout cas, c'est l'avis du capitaine de gendarmerie.

— Hum… seule l'enquête pourra l'affirmer.

— Et vous, monsieur Audibert-Delorme, qu'en pensez-vous ?

Le fils du baron, lui, était resté placide depuis le début de l'intervention des gendarmes. Il avança :

— Il est trop tôt pour se faire une idée précise. Mais, à mon avis, ces mutilations, *ante* ou *post mortem*, me laisseraient plutôt penser à un rite, une sorte de pratique, comment dire…

— De sorcellerie, coupa Marial Legendre.

— Je ne l'affirmerais pas, mais ça y ressemble. Vous n'êtes pas de mon avis ?

— En ce domaine, je montrerais beaucoup de prudence. Car on aurait vite fait de monter l'affaire en épingle et d'aboutir à des conclusions un peu hâtives et de faire fausse route. Vous devinez où je veux en venir ?

— Certes, mais il ne faut écarter aucune hypothèse.

— Ce n'est pas à nous d'influencer l'enquête, n'est-ce pas, Robert ?

Le maire ne répondit pas, tout à ses pensées.

*
* *

Julien mit tout de suite Marie au courant de sa mésaventure. Il lui expliqua dans quelles circonstances il avait d'abord trouvé le ravin des menhirs le jeudi matin, pourquoi il avait préféré aller se réfugier à l'observatoire, comment il s'était senti poussé à retourner le lendemain voir les pierres plantées, sur le chemin du retour.

— Ne me dis pas que tu as cru ce que Manuella t'a raconté concernant ce fameux domaine des ombres ! Pas toi, Julien !

— Non, pas sur le moment. Et pas davantage maintenant. Mais j'avoue que, sur place, j'ai ressenti des choses bizarres. Et je ne m'explique pas ce qui m'a poussé à y retourner.

— Ta simple curiosité. Ne cherche pas plus loin ! Ton esprit cartésien ne peut souffrir de ne pas comprendre.

— Tu as peut-être raison, mais ces personnages fantomatiques que j'ai aperçus, cette sensation de chaleur au moment où j'ai posé la main sur la pierre... tout cela me paraît maintenant bien étrange.

— Tu ne vas pas te mettre à accréditer les théories ésotériques ! Tu as eu des hallucinations. Ça peut arriver à tout le monde, surtout dans les moments de fatigue physique intense.

— C'est ce que je me suis dit sur le coup. Mais pour ce qui est de cette zone dépourvue de neige autour des menhirs, comment comprends-tu cela ?

— Il doit y avoir une explication rationnelle. Celui qui a fait le coup ou qui a touché au corps de ce pauvre Cabanel a pu très bien dégager la neige ; pure mise en scène !

— Ça me paraît peu probable. J'espère que l'enquête nous expliquera ce mystère.

Dans les maisons du Saut-du-Loup, il n'était question que de l'« Affaire », comme on l'appelait déjà. Chacun s'étonnait, discutait à tout va, mais tous semblaient d'accord sur la même hypothèse : « C'est encore un coup des Carballo ! Y a qu'eux pour faire des choses pareilles ! »

À l'*auberge de la Croisée des chemins,* la vieille Germaine ne perdait pas une bribe des conversations qu'elle faisait mine de ne pas entendre, jouant de sa surdité. Quand elle sentait son interlocuteur sur le point d'avouer un fait qu'elle ignorait, elle avançait une thèse qu'elle avait entendue de quelqu'un d'autre et finissait ainsi, de fil en aiguille, par savoir tout ce qui se supposait dans la commune et quelle était l'opinion de chacun.

Or l'enquête s'avérait plus compliquée que prévu, d'autant plus que personne n'avait revu la victime depuis son départ, fin juin, et que celle-ci n'avait prévenu personne de son retour. Le capitaine de gendarmerie vint lui-même avertir le maire :

— Apparemment, M. Cabanel n'a pas été assassiné. Le médecin légiste n'a trouvé aucune trace de coup sur son corps.

— Mais que faites-vous des plaies au visage ? Ses yeux arrachés !

— Pour l'instant, je n'ai aucune explication, mais nous n'écartons aucune hypothèse. Ce que nous pouvons affirmer, c'est qu'aucune arme – ni arme blanche ni arme à feu – n'est à l'origine de son décès. En revanche, ce que le médecin peut certifier, c'est le jour de sa mort : celle-ci remonterait à mardi. Matin ou midi, il ne peut préciser davantage car, avec le froid, les chairs se sont très bien conservées.

— Ce qui fait que M. Estérel aurait pu très bien découvrir le corps lors de son premier passage sur le site des menhirs, le jeudi matin ! ajouta Robert Comballe qui étonna le capitaine par son sens aigu de la déduction.

— Parfaitement.

— Ça fait de lui non seulement un témoin, mais aussi un suspect, car rien ne peut affirmer qu'il n'est pas le dernier à l'avoir vu vivant !

— Monsieur Comballe, vos conclusions me paraissent un peu hâtives ! Je ne m'empresserais pas d'avancer de pareilles hypothèses. Je sais bien que dans votre commune on se méfie de tous les éléments étrangers, mais vous allez un peu vite en besogne ! Laissez-moi le soin de tirer moi-même mes propres conclusions. M. Estérel demeure le témoin n° 1 dans cette affaire. Pour l'instant, restons-en là, si vous voulez bien.

*
* *

Les déductions hâtives de Robert Comballe firent grand bruit dans la commune, malgré les mises en garde du chef de la gendarmerie, car le maire ne se priva pas de s'épancher devant ses amis qui, eux-mêmes, se mirent à parler. Ainsi, de bouche à oreille, comme jadis selon la bonne vieille tradition orale, la suspicion se répandit dans tout le village. Sans aucun doute, tout le monde en était persuadé : c'était soit le nouvel instituteur – mais il restait à découvrir son mobile ! –, soit un membre de la famille Carballo – et pour eux le mobile ne resterait pas longtemps secret d'État.

Julien s'aperçut rapidement qu'on le regardait désormais avec suspicion. Les parents d'élèves surtout l'évitaient à la sortie de l'école et reprenaient leurs enfants sans s'attarder. Quant aux écoliers qui entendaient parler de l'affaire chez eux, en toute innocence ils considéraient leur maître comme un être hors du commun, comme celui qui avait terrassé le dragon sous la coupe duquel ils avaient souffert trop longtemps avant sa mise à la retraite ! En classe, ils ouvraient en grand leurs oreilles quand il leur parlait, approuvaient tout ce qu'il leur racontait en ne cessant de dodeliner de la tête comme des poupées articulées, étaient prêts à lui demander sans vergogne : « Maître, comment avez-vous fait pour ne pas laisser de trace ? Et pourquoi lui avez-vous arraché les yeux ? »

Mais la majorité des habitants du Saut-du-Loup penchaient pour la culpabilité des Carballo.

— C'est un acte de sorcellerie, affirmaient les plus superstitieux. C'est évident, ils ont dû le séquestrer et le faire mourir à l'aide d'une de ces poupées qu'ils transpercent avec des aiguilles. Puis ils lui ont arraché les yeux et sont allés dissimuler son corps sous un tas de pierres près de ces maudits menhirs.

Certes, dans la commune, les pierres étaient l'objet de nombreuses légendes que beaucoup encore accréditaient. L'histoire des ombres, que

Manuella avait racontée à Julien, n'était pas issue de sa propre imagination ni du légendaire gitan. Elle faisait bien partie de l'imaginaire local que tous connaissaient dans les environs.

Ce fut encore Marie qui expliqua à Julien cette légende des ombres sortie de la nuit des temps :

— Les *fades*, les fées, sont omniprésentes dans toutes les Cévennes. Les sites sont variés où elles sont censées apparaître : des rochers, des grottes. La présence d'eau y est souvent associée. C'est le cas non loin d'ici au Pompidou pour le rocher des Fades, à Florac où le rocher des Fées surplombe un gour sur le Tarnon, à Bassurels encore où la grotte des Fées se situe sous la couronne de la can de l'Hospitalet.

— La can de l'Hospitalet ! Là où tu me disais que se tenaient, certaines nuits, des assemblées mystérieuses, comme à l'époque du Désert !

— Oui, c'est le même endroit.

— Décidément, ce lieu me paraît très intéressant. Il faudra que j'y aille !

— Ta mésaventure aux menhirs ne t'a pas servi de leçon !

— J'ai repris mes esprits, Dieu merci !

— Mais tu blasphèmes !

— Qu'à cela ne tienne ! Dieu reconnaît les siens, n'est-ce pas ? Moi, de toute façon, je ne suis qu'un pauvre mécréant déjà condamné à errer en enfer.

Marie enlaça Julien tendrement, ferma les yeux, attendit qu'il l'embrassât.

— Pas tant que tu n'auras pas fini ton histoire de fées ! lui dit-il.

— D'accord, je continue. Les fées peuvent avoir des pouvoirs bénéfiques ou maléfiques, mais toutes sont des êtres anthropomorphes féminins et de petite taille.

— Je m'en suis aperçu !

— Ben voyons ! Elles se manifestent presque toujours dans des endroits à l'abri des curieux et...

— Avec moi, c'était raté !

— ... et là où il y a des cavités rocheuses façonnées par l'eau ou par l'activité de l'homme.

— Si je comprends bien, le ravin des menhirs est un lieu privilégié : l'eau y tombe en cascade et forme une fontaine naturelle, et les pierres plantées attestent du choix des hommes pour y ensevelir leurs morts.

— Et tu oublies la cupule creusée dans le menhir couché ! C'est une autre marque humaine.

— Et quelle marque ! si ce qu'on raconte est vrai.

— Donc notre site est un endroit idéal pour que le légendaire des fées y trouve toute sa place.

— Et que raconte la légende locale ?

— Oh ! rien de très original. Des histoires à dormir debout, liées au fait qu'ici on a affaire à des menhirs.

— Je t'écoute.

— On raconte que les fées agrippent tous ceux qui s'approchent des pierres plantées pour les enlever et les emmener dans le royaume des ténèbres, dans l'au-delà.

— C'est la mort !

— Oui, d'où les menhirs.

— Ce sont donc des fées malfaisantes.

— On peut le comprendre ainsi. On dit aussi que la cupule creusée au centre du menhir couché, en plus de ce que racontent les catholiques sur les protestants sanguinaires, leur sert d'assiette : elles y mangeraient et elles iraient se désaltérer à l'eau du torrent.

— Cette même eau qui s'écoule ensuite vers Le Saut-du-Loup entre les arches du pont du Diable. Brr… tout cela donne froid dans le dos ! Je l'ai échappé belle en m'extirpant de cet endroit maléfique !

— C'est la preuve que tout cela n'est que légende !

— Une légende à laquelle les gens d'ici prêtent encore beaucoup d'attention.

Julien s'approcha de Marie, l'enlaça :

— Dis-moi, ma jolie fée, je crois que je veux bien être ensorcelé ce soir. Je serais volontiers ta victime consentante !

*
* *

L'enquête des gendarmes suivait son cours. Julien ne fut pas inquiété. Sa déposition, son passé, sa situation personnelle plaidèrent en sa faveur.

— Tenez-vous malgré tout à la disposition de la justice, lui conseilla le capitaine de gendarmerie. L'enquête ne fait que commencer.

Comme il s'y attendait et comme beaucoup le souhaitaient, les enquêteurs allèrent questionner les membres de la famille de Manuella. Aussi Julien trouva-t-il préférable d'attendre que l'affaire se tasse pour leur rendre visite et leur faire part de ses intentions concernant leur fille aînée.

Un fourgon de gendarmerie débarqua un beau matin chez les Carballo. Le capitaine en personne était à la tête de l'escouade, accompagné d'un inspecteur de la police judiciaire venu spécialement de Montpellier. Ils cernèrent aussitôt la maison, armes au poing et, après les sommations d'usage, entreprirent une perquisition en règle du mas et de ses dépendances, effrayant au passage chèvres, brebis, poules, dindons et canards. Chico, le père, eut beau tempêter de toutes ses forces, Sara, la mère, en appeler à la Madone, Manuella vociférer comme une jeune fille en train de se faire violenter, rien n'y fit. Les gendarmes passèrent tout au crible, à la recherche du moindre indice qui pût les mettre sur la piste.

— Où est votre fils Paco ? demanda l'inspecteur Gauthier.

— Je ne sais pas, répondit Chico. À Mende ou à Florac. Peut-être à Alès. Si vous croyez qu'il me raconte sa vie !

— Ne se cacherait-il pas plutôt dans la montagne parce qu'il craint de se faire prendre ?

— Mon fils travaille, monsieur l'Inspecteur !

— Et quel genre de travail fait-il ?

— Il cherche des clients pour les produits que nous fabriquons.

— Ben voyons ! Vous fabriquez quoi ?

— Nous rempaillons des chaises. Ma femme fait aussi du cannage et de la vannerie. Elle tresse des paniers, des corbeilles, des dessous-de-plat. Elle fabrique aussi des pélardons avec le lait de nos chèvres. Elle a appris ici, quand nous nous sommes sédentarisés.

Le capitaine et l'inspecteur interrogèrent tour à tour les trois Carballo présents au mas ce matin-là, firent mine de croire à leurs alibis pour le jour de la mort de Maxence Cabanel, décidèrent d'un commun accord de placer Chico en garde à vue.

— Vous n'avez pas le droit ! vociféra celui-ci. Je n'ai rien fait !

— Allez, embarquez-le ! ordonna le capitaine à ses hommes.

En réalité, l'inspecteur Gauthier n'avait rien de précis à lui reprocher. Son intention était d'incarcérer le père pour faire sortir le fils et lui mettre la main au collet. Certes, la thèse d'un acte rituel lié à une histoire d'envoûtement désignait du doigt les Carballo. Pour autant, dans l'état actuel de l'enquête, les motifs d'inculpation demeuraient bien minces.

— Il n'y a pas de fumée sans feu, avait fini par conclure l'inspecteur.

Le capitaine de gendarmerie, lui, était plus circonspect. Devant ses hommes, il se montrait plus prudent que son collègue de la police, comme pour se disculper d'agir selon les ouï-dire, les rumeurs persistantes qui ne cessaient de s'amplifier depuis le jour de la macabre découverte.

— Ils sont tous tombés sur la tête ! se désolait Julien chaque fois qu'il ressortait de l'auberge de la vieille Germaine, où les esprits s'échauffaient au fur et à mesure que le pastis déliait les langues.

— Vous ne voulez pas admettre que ces gens sont capables des pires malversations ! lui rétorqua un client dont le parti pris était évident.

— Moi, je ne crois que ce que je vois. Et je ne vois dans cette lamentable histoire qu'un acharnement aveugle et déplorable de toute une population contre des malheureux qui ne demandent qu'à vivre en paix avec tout le monde.

— Ça se voit, monsieur l'Instituteur, que vous n'êtes pas du pays. Chez nous, il y a des traditions qu'il faut respecter, des croyances qu'il ne faut pas mettre en doute, des évidences qu'il ne faut pas réfuter.

— Comme affirmer que de pauvres gens ont le mauvais œil, par exemple ! Que ce sont des ensorceleurs, des envoûteurs qui ont pactisé avec le diable !

— Parfaitement, monsieur. C'est prouvé !

— Fadaises que tout cela ! Comment pouvez-vous donner foi à toutes ces superstitions, vous qui, chaque dimanche, trempez vos doigts dans l'eau bénite et priez Dieu et la Sainte Vierge ? Au reste, vos concitoyens protestants aussi ont sans doute pactisé avec le diable, si j'ai bien compris l'histoire locale, puisqu'ils habitent tous de l'autre côté du pont, comme les Carballo ! Mais dites-moi, je ne leur ai encore jamais vu un œil au milieu du front !

Julien s'était emporté. Il ne pouvait admettre l'intolérance et la sottise quand des innocents en étaient les premières victimes.

— J'admets très bien qu'on puisse croire aux légendes, aux histoires de fées, de draquets ou de garamouches, tant qu'elles font partie de ce que j'appellerai la mémoire orale. Elles m'intéressent même beaucoup car elles appartiennent au patrimoine. Mais dès lors qu'elles servent à exclure, à montrer du doigt, à calomnier, à condamner, je dis halte ! Il faut cesser de se comporter comme des enfants.

— Monsieur, vous n'êtes pas notre professeur et nous ne sommes pas vos élèves ! s'entendit-il reprocher. Vous n'avez pas de leçons à nous donner.

— Si vous voulez rester longtemps à votre poste, menaça un autre client, qui se vantait d'avoir l'oreille du sous-préfet, vous feriez mieux de vous en tenir à votre classe et à votre enseignement. On ne vous demande rien d'autre ici que d'apprendre à nos enfants à lire, à écrire et à compter… et à leur faire obtenir leur certificat d'études. C'est là qu'on vous attend. Pour le reste, un conseil : ne vous mêlez pas de cette affaire. Pensez plutôt à avoir une attitude irréprochable dans vos rapports avec votre collègue, montrez le bon exemple à vos élèves !

Julien comprit que ses relations avec Marie étaient déjà découvertes.

Fou de rage, il sortit de l'auberge en claquant la porte et se jura bien de ne pas baisser les bras, ni dans l'« Affaire » ni dans sa vie privée.

— Demain, j'irai voir les Carballo ! maugréa-t-il en s'éloignant.

XI

La maison endormie

Comme il se l'était promis, le lendemain étant un jeudi, Julien partit de bon matin rendre visite aux parents de Manuella. Il n'avait pas averti Marie, pour éviter des explications qu'il ne souhaitait pas fournir.

À l'heure à laquelle il se mit en route, les paysans étaient déjà au travail dans leurs étables, dans leurs fenils ou leurs hangars, occupés à la traite ou à de menus rangements et réparations en prévision de l'hiver. Il put ainsi s'esquiver sans rencontrer âme qui vive, faisant un détour volontaire pour éviter l'épicerie et la boulangerie où il était sûr de trouver quelques mégères prêtes à rapporter au premier venu qu'elles avaient entrevu le jeune instituteur prendre de bon matin le chemin de l'école buissonnière. Dans ces petits villages en mal d'événements insolites, tout se savait très vite, le moindre déplacement, le geste le plus insignifiant, la parole la plus anodine étaient immédiatement colportés, commentés, interprétés et, souvent, déformés. Julien en avait fait la triste expérience à ses dépens. Pourtant, il s'était toujours montré très discret dans sa relation avec Marie. Jamais il n'en avait parlé, jamais il n'avait eu à son égard et en public le plus petit geste d'affection qui eût pu les trahir tous les deux. Néanmoins, les faits lui avaient été révélés avec la brutalité de ceux qui jugent *a priori*, sans chercher à comprendre. Sur le moment, il n'avait pas réagi, ne voulant ni polémiquer ni donner l'impression de se défendre d'avoir commis un acte répréhensible. L'état d'esprit des gens de la campagne, leur conception de la morale et des bonnes mœurs n'étaient pas les siens. Il savait qu'il devait se montrer prudent à leur égard afin de ne pas froisser leur susceptibilité. Se heurter de front à leurs convictions profondes était le meilleur moyen de se fermer leurs portes au nez et d'être à tout jamais relégué au banc des proscrits.

Chemin faisant, Julien réfléchissait à l'attitude qu'il devait adopter envers Marie. Il n'était pas encore trop tard pour interrompre leur relation qui ne faisait que commencer et qui – il en était conscient – pouvait leur être préjudiciable à tous les deux. La peine de Marie n'en serait que moins lourde, songeait-il sans conviction, s'il mettait fin à leur idylle maintenant plutôt que des mois plus tard, contraint peut-être par la rumeur ou simplement par la menace d'une sanction administrative. L'inspection académique ne badinait pas avec la moralité de ses représentants. « Nous ne sommes pas à l'abri d'une délation », se dit-il.

Parvenu à la bifurcation des deux chemins, il reprit ses esprits et son bon sens.

— Je ne céderai pas au chantage ! explosa-t-il à voix haute, comme pour mieux se convaincre lui-même. Je ne me laisserai pas me décourager par la médisance !

Puis, sans hésiter, il prit le chemin de gauche, celui que lui avait bien signifié Manuella, et s'enfonça dans la forêt. De part et d'autre, les ramures appesanties par la neige ployaient délicatement et formaient sur son passage une sorte de haie d'honneur couverte d'une mantille de jeune mariée. Au sol, le tapis immaculé ondulait comme une longue traîne d'hermine soyeuse aérée çà et là par les traces minuscules laissées par quelque rongeur en quête de nourriture. L'œil et l'ouïe aux aguets, il cheminait à pas prudents, craignant à chaque détour de la sente, au sortir d'un bosquet, un danger inattendu. Depuis sa macabre découverte, il ressentait malgré lui une impression étrange d'être guetté, épié, comme si derrière lui une ombre furtive le surveillait ou attendait son heure pour lui tendre ses rets maléfiques. Il ne pouvait détacher son esprit de toutes ces histoires mystérieuses que Marie lui avait racontées avec force détails. Sur le moment, il en avait ri en pensant que des adultes pussent encore accréditer de telles sornettes. Mais au fond de lui subsistait un relent de méfiance, un doute indéfinissable qui lui faisait craindre que ce que l'on se racontait au fond des chaumières, à l'ombre du géant de granite, ne comportât une parcelle de vérité.

La forêt semblait habitée par des êtres invisibles. Seuls les bruits qu'ils faisaient attestaient de leur présence : des branches sèches qui se cassent, des bruissements furtifs à l'approche de l'intrus, des grognements rauques d'un sanglier dérangé et apeuré, puis le fracas de sa fuite éperdue à travers les fourrés.

Tout à coup, le chemin déboucha sur une clairière. Manuella avait dit vrai : sa maison – en réalité une petite chaumière plus qu'un mas traditionnel – était nichée au centre d'un vaste espace déboisé où l'herbe avait repris ses droits. Le lieu-dit portait un nom évocateur qu'indiquait un panneau de signalisation à moitié gagné par la rouille : *Essartou*. Il se souvint de ses cours d'histoire médiévale qui lui avaient appris que le terme « les essarts » étaient un toponyme évoquant un lieu de défrichement datant du Moyen Âge. « L'endroit a sans doute été défriché il y a des siècles, pensa-t-il, peut-être par des moines ou des serfs affranchis ? Cette vieille masure doit renfermer des tas de secrets. Si ses pierres pouvaient parler ! Si, comme les menhirs, elles pouvaient sortir de leur silence ! »

Tout était calme autour de la modeste construction dont les moellons de granite semblaient avoir été montés à sec, sans aucun mortier. Seule la toiture n'était plus d'époque et trahissait des signes de restauration malencontreuse, sans aucun souci d'authenticité : si un pan présentait encore des lauzes d'origine, patinées par le temps, deux autres avaient été réparés avec des tuiles rondes dont la couleur ocre disparaissait sous le gris des vieilles mousses et des lichens. Juste à côté du bâtiment principal qui abritait l'habitation et l'étable, un hangar au toit de tôle ondulé encroûté par la rouille servait de fenil et d'abri à matériel. À l'écart, au centre d'une sorte de pataugeoire où la boue et le purin dégageaient une odeur nauséabonde, se dressait une cabane en rondins, l'antre de deux énormes truies aux tétines desquelles une douzaine de petits gorets affamés restaient voracement accrochés. Le spectacle émut Julien qui, du fait, en oublia les fantômes dont il se croyait poursuivi depuis son entrée dans la forêt.

Personne ne s'activait encore autour de la ferme. Et si ce n'étaient les couinements que faisaient les pourceaux dans leur fange, les lieux auraient pu passer pour inoccupés. La maison semblait totalement endormie. Julien n'ignorait pas que le père de Manuella, Chico Carballo, avait été arrêté et était toujours sous les verrous. Mais il pensait voir la maison plus animée : de la fumée au-dessus du toit, des éclats de voix, une porte qui claque et qui résonne, un chien qui aboie. Une ferme, ça vit ! Les gens et les bêtes vont et viennent !

Or, force lui était de constater que tout était très calme dans la maison de Manuella. Les volets étaient encore fermés, la porte bien close, la cheminée ne fumait pas. Pas de chiens, pas de chats aux alentours. Le lieu semblait inhabité.

« Je ne me suis pas trompé de chemin ! se mit-il soudain à douter. C'est bien l'endroit que m'a décrit Manuella. »

Intrigué, il s'approcha de la porte d'entrée, se tenant sur ses gardes. À cette heure avancée de la matinée, il trouvait vraiment anormal, voire étrange, que le mas tout entier, hormis la porcherie, fût plongé dans le silence. « Ils les ont peut-être tous embarqués ! » se dit-il en songeant à la police.

Il voulut actionner le marteau du heurtoir, mais celui-ci, rongé par la rouille, refusa de bouger.

Alors il frappa énergiquement à la porte, attendit. Personne ne broncha à l'intérieur. Il toqua sur le volet d'une fenêtre, insista.

— Il n'y a personne ? demanda-t-il avec virulence.

Il s'apprêtait à renoncer quand il entendit quelqu'un s'approcher en traînant les pieds.

— C'est pour quoi ? fit une voix rauque de l'intérieur.

— Je suis Julien Estérel, l'instituteur de l'école. Je désire parler aux parents de Manuella. Êtes-vous sa maman ?

La porte grinça sur ses gonds puis s'ouvrit lentement, mais resta entrebâillée, bloquée par une chaînette de sécurité. Une femme d'une bonne quarantaine d'années, mais qui paraissait plus âgée, apparut dans l'embrasure, les cheveux en bataille, déployés sur les épaules, les yeux gonflés de sommeil, l'air éperdu.

— Qu'est-ce que vous lui voulez à Manuella ?

— C'est votre fille ?

— J'ai rien d'autre à dire. J'ai déjà tout dit à la police.

— Je ne suis pas de la police, madame Carballo. Je suis l'instituteur de l'école du village. Je connais votre fille.

— Elle n'est pas là. Y a que ma plus jeune avec moi, Myriam. Qu'est-ce que vous lui voulez, à ma grande ? Elle a fait une bêtise ?

— Non, tranquillisez-vous ! Je veux simplement vous parler d'elle.

— Faut revenir plus tard. Mon mari est absent. Ils le retiennent en prison. Ils ont pas le droit, il a rien fait !

— Je suis au courant, madame Carballo. Ne vous inquiétez pas, ça s'arrangera. Votre fils Paco pourrait remplacer votre mari pour ce que j'ai à vous demander.

— Paco n'est pas là non plus. Je suis seule avec ma petite, je vous l'ai déjà dit. Je ne veux plus voir personne tant qu'ils n'auront pas relâché mon mari.

— S'il vous plaît, insista Julien. C'est important... pour Manuella.

— Allez-vous-en, je vous dis ! Je n'ai rien à dire. Et vous n'avez rien à faire ici. Vous êtes tous les mêmes, à nous vouloir du mal. Allez-vous-en au diable !

— Je vous en prie, madame Carballo, écoutez-moi !

— Fichez le camp !

Sara Carballo claqua sa porte au nez de son visiteur et se barricada de nouveau à l'intérieur de sa maison. Un chien se mit alors à aboyer.

— Ferme-la, sale cabot ! Retourne te coucher ! Y a rien à voir, entendit hurler Julien derrière la porte.

Celui-ci comprit qu'il était vain d'insister. Il tourna les talons et, déçu, s'apprêtait à s'éloigner quand, d'instinct, il sentit dans son dos le regard de quelqu'un posé sur lui. Il se retourna, leva machinalement les yeux vers le *fenestrou* du grenier et crut voir disparaître aussitôt l'ombre d'un visage. Dans son étonnement, il lui sembla avoir aperçu le visage de Manuella. Il hésita, faillit aller frapper une seconde fois à la porte. « À quoi bon ! se dit-il. Je reviendrai. »

Lorsqu'il fut de retour au village, à sa grande surprise, Manuella l'attendait à l'entrée de l'école.

— Comment, c'est toi ! s'étonna-t-il. Tu n'étais pas chez toi il y a une demi-heure ?

— Non, je vous attends depuis plus d'une heure. Je n'ai pas osé entrer dans la cour et frapper à votre porte. J'attendais que vous sortiez.

Julien se demanda qui pouvait bien se dissimuler derrière le fenestrou du grenier.

— Que me veux-tu ?

Manuella hésitait.

— J'étais venue vous demander de ne pas venir chez moi pour ce que vous m'avez proposé. En l'absence de mon père, ma mère ne vous recevra pas. Elle n'est pas dans son assiette.

— Merci de me prévenir, mais c'est trop tard, je m'en suis aperçu. Je reviens de chez toi à l'instant même.

— Vous avez vu ma mère ?

— Disons que je n'ai fait que l'entrevoir. Elle m'a à peine ouvert la porte. Elle m'a affirmé qu'elle était seule avec ta petite sœur. Pourtant, je suis presque certain que quelqu'un d'autre se trouvait dans la maison, quelqu'un qui te ressemble et qui se dissimulait dans le grenier. Je l'ai aperçu par une lucarne.

— Impossible puisque je vous attendais ici depuis une heure et que mon père est en prison.

— Alors, je me suis trompé.

Julien n'insista pas. Il laissa la jeune fille lui expliquer qu'il valait mieux attendre que son père revînt pour réitérer sa demande, que rien ne pressait. Il lui demanda son opinion sur l'affaire qui secouait tout le village, voulut savoir si elle connaissait des détails qui auraient pu éclairer la mort de M. Cabanel.

— Toi qui farfouilles partout, tu as peut-être vu ou entendu des choses qui intéresseraient la police et aideraient ton père à se disculper. Si tu sais quelque chose, il faut le dire, Manuella !

— Je ne sais rien. Pensez bien que si je savais quelque chose qui puisse aider mon père, je ne le garderais pas pour moi.

— Dis-moi, tu ressembles à ton frère... je veux dire, physiquement ?

— Pourquoi vous me demandez cela ?

— Pour rien, comme ça.

— On ne peut pas se tromper. Nous sommes bien du même moule. Tout le monde le dit : on se ressemble comme deux gouttes d'eau. On tient de notre père. Il nous a tout donné. Ma petite sœur, elle, a tout pris de ma mère. C'est heureux pour elle !

Julien en était maintenant certain : c'était bien Paco, le frère de Manuella, qu'il avait entrevu dans l'embrasure de la fenêtre du grenier. Mais pourquoi sa mère avait-elle menti en affirmant qu'il n'était pas là ? Si Paco n'avait rien à se reprocher, pourquoi se cachait-il dans le grenier ?

— Sais-tu où est ton frère ?

— Ça y est, ça recommence ! Vous aussi vous nous soupçonnez tous. Vous êtes donc comme les autres ! Ça vous arrangerait que ce soient les manouches qui aient fait le coup ! Vous me décevez ! Je me suis trompée sur votre compte.

— Manuella, je ne voulais pas dire ça. C'est que j'ai cru apercevoir ton frère tout à l'heure, chez toi. Il semblait se cacher.

— Vous vous trompez !

— Alors n'en parlons plus. Je croyais qu'en l'absence de ton père ton grand frère aurait pu prendre la décision à sa place. C'est dommage pour toi. Je t'aurais aidée à être comme les autres. C'est le rôle de l'école de donner les mêmes chances à tout le monde.

— Nous ne sommes pas comme tout le monde, nous les manouches ! Ne faites pas semblant de l'ignorer.

— Vous êtes différents. Mais nous sommes tous différents. C'est ce qui fait la richesse de notre nation. Elle est composée de peuples d'origines diverses, avec leurs langues, leurs religions, leurs coutumes particulières. Mais nous sommes tous unis dans un même creuset. Et chacun de nous a les mêmes droits que tous les autres. C'est ça l'égalité. Et au nom de cette égalité je voulais te faire profiter de ce que je peux t'apporter. Je croyais pouvoir expliquer ça à ta mère en attendant que la justice reconnaisse son erreur et libère ton père. Ne pourrais-tu pas convaincre ta maman de bien vouloir me recevoir à nouveau ?

Manuella se taisait depuis un bon moment, subjuguée par les paroles réconfortantes du jeune maître d'école qui avait fait sa conquête. Sur ces entrefaites, Marie, entendant discuter sous ses fenêtres, sortit dans la cour et les aperçut l'un en face de l'autre, comme deux êtres qui se font des confidences.

— Ce n'est pas un endroit pour discuter, leur dit-elle. Avec ce froid, vous finirez par prendre mal. Montez donc chez moi, je vous ferai un café bien chaud. N'aie crainte, Manuella, il n'y a aucun piège dans mon invitation. Tu pourras mieux t'expliquer avec Julien, assise bien au chaud.

La jeune fille remarqua que la maîtresse d'école appelait son collègue par son prénom et en fut étonnée. Elle n'osa refuser son invitation. Auscultant Julien du regard, elle ne dit mot.

— Montons, fit celui-ci. Marie a raison. Nous reprendrons cette conversation bien installés autour d'un bon café.

C'était la première fois que la jeune gitane entrait dans l'enceinte de l'école en y étant cordialement invitée. Elle suivit Julien d'un pas hésitant, l'œil vif, comme un petit animal rétif, prêt à déguerpir au moindre danger d'un lieu qu'il ne connaît pas. Marie les précédait.

— Entrez et installez-vous. Préfères-tu que je vous laisse ? ajouta-t-elle à l'adresse de Julien, en servant le café dans deux tasses en limoges.

— Reste, au contraire. Tu pourras peut-être finir de convaincre Manuella de l'intérêt que je lui porte. Apparemment, il y a un écueil au niveau de sa mère qui a refusé de me recevoir ce matin. Il faudrait que Manuella insiste auprès d'elle. Mais la situation dans laquelle se trouve son père n'est pas pour nous servir.

— Je comprends…

Marie s'approcha de la jeune fille, s'assit à ses côtés, lui posa la main sur le bras pour la mettre en confiance et lui parla longuement.

Julien les entendait sans les écouter, parti dans ses songes, subjugué à son tour par le charme des deux créatures assises devant lui et qu'il dévorait du regard. Manuella incarnait à ses yeux la beauté sauvage à l'état pur, la transparence d'un cristal de diamant non encore ciselé, la fierté des êtres libres dans une jungle d'apparences, de convenances, de bienséances, d'indifférences. Elle était l'eau vive qui jaillit de la source, le torrent fougueux non encore assagi, la lumière originelle au commencement du premier matin, Ève au moment de la Création. Marie, quant à elle, représentait la jeune femme libérée de toutes les contraintes, des asservissements de ce monde de préjugés où les archaïsmes résistaient encore face aux doutes qu'engendrait déjà la modernité. Sa beauté physique égalait sa beauté intérieure et son intelligence, dans une harmonie qui faisait d'elle un être presque parfait pour qui aimait la femme accomplie dans un siècle en grande mutation. Sa manière d'être, de réagir devant les autres, de faire l'amour trahissait toujours une spontanéité naturelle qui prouvait que rien en elle n'était composé, déguisé ou simplement prémédité. C'est ce qui la rapprochait de Manuella. Toutes les deux avaient au fond de l'âme la transparence du cristal qui les empêchait de transformer les apparences en fausses réalités. Cette authenticité faisait d'elles, aux yeux de Julien, des êtres d'exception dangereusement exposés au conformisme de ceux qui les entouraient.

Le cœur tout chaviré, l'esprit empêtré dans les images évanescentes de l'idéal féminin qu'elles incarnaient toutes les deux, Julien n'entendait plus que le son mélodieux de leur voix. Chant lointain des sirènes venu des profondeurs océanes ; mélopée scandée par une ronde de jeunes nymphes enivrant son corps en pâmoison ; petite musique d'une flûte enchantée sourdant de quelque cavité magique.

— Oh ! Julien ! Tu rêves ? Tu n'écoutes donc pas ce qu'on te dit !

— Euh... si... Excusez-moi, j'étais un peu dans la lune.

Les deux jeunes filles le regardèrent en même temps, le sourire aux lèvres.

— Eh bien ! qu'y a-t-il ? Qu'ai-je de si drôle ? s'inquiéta-t-il.

— Tu as l'air aux anges et complètement parti ! répondit Marie.

— Ce n'est rien, un peu de fatigue. J'ai mal dormi.

— As-tu entendu ce que Manuella te propose ?

— C'est-à-dire... non... pas exactement. Excusez-moi, je n'ai pas suivi.

— Manuella te propose de t'accompagner chez elle pour aller voir sa mère. Ensemble, elle pense que tu as plus de chance de forcer sa porte.

— Et son frère ?

— Décidément, tu n'as rien entendu ! Paco se cache effectivement dans le mas. Il a pu échapper à la perquisition de la police, mais il craint lui aussi de se faire arrêter comme son père. Manuella pense pouvoir le convaincre du bien-fondé de ta démarche. Elle lui fait confiance. Elle lui parlera.

Très étonné de voir les deux jeunes filles s'entendre à merveille, Julien restait coi. Il s'attendait à ce que Marie batte froid Manuella et que celle-ci, rétive, ne considère Marie non comme une rivale – ses sentiments envers Julien n'étant encore pétris que d'admiration et de reconnaissance, du moins c'est ce qu'il pensait – mais comme une entrave à ce qu'il croyait être une amitié naissante.

— Alors tout est pour le mieux. Nous irons ensemble voir ta mère, reprit-il.

Rendez-vous fut donc pris avec Manuella pour le jeudi suivant.

*
* *

Tôt le matin, comme la semaine précédente, afin de couper court à toute indiscrétion, ils se rendirent ensemble dans la clairière d'Essartou. La mère de Manuella laissait à sa fille suffisamment de liberté pour ne pas s'inquiéter de ses sorties ni de ses fréquentations. Quand ils furent à deux pas du mas, Manuella demanda à Julien de l'attendre à l'écart. La maison était plongée dans le même silence que huit jours plus tôt, les volets semblaient ne pas avoir été ouverts. Seuls les cochons, vautrés dans leur fange, et quelques poules créaient un peu de vie dans cet univers apparemment endormi.

— Vous n'ouvrez jamais les volets ? demanda Julien, intrigué. À cette heure, la plupart des gens de la campagne sont déjà à l'œuvre et leurs portes et fenêtres sont grandes ouvertes ! Pourquoi restez-vous ainsi dans le noir ? On dirait que vous craignez quelque chose ou quelqu'un !

— Ma mère est un peu neurasthénique, expliqua Manuella. Et depuis l'arrestation de mon père, elle a peur qu'on ne s'en prenne à elle ou à ma petite sœur.

— Qui est ce « on » ?

— Les gens du village. Vous savez aussi bien que moi qu'on ne nous aime pas ici. Et après ce qui est arrivé, c'est pire encore. On nous accuse à tort. Même le maire est de leur côté.

— Comment sais-tu tout cela ? Qui te renseigne ?

— Je le sais. J'ai des oreilles et je sais écouter.

— Ça, je m'en suis aperçu ! plaisanta Julien en caressant amicalement du bout des doigts ses longs cheveux de jais.

— Ma mère est morte de peur. C'est la raison pour laquelle elle n'a pas voulu vous ouvrir la semaine dernière.

— Mais ton frère est là pour vous protéger ! Avec lui, vous ne craignez rien.

— Mon frère ? Personne ne sait qu'il est là. Lui aussi doit se terrer comme un renard et ne sortir qu'à la nuit tombée. Pourtant, je vous jure qu'il n'a rien fait. Il n'est pour rien dans cette histoire.

— Je ne demande qu'à te croire. Mais je ne pense pas que c'est en se cachant qu'il prouvera son innocence. En fuyant les gendarmes, il tend à prouver qu'il a quelque chose à se reprocher.

— S'il va voir la police, ils l'arrêteront. C'est sûr. Ils n'ont pas hésité à coffrer mon père sans preuves.

— Si j'ai bien compris ses intentions, l'inspecteur de police a agi ainsi pour faire sortir ton frère de son trou.

— Vous voyez bien qu'ils veulent l'arrêter. Ni mon père ni mon frère ne sont coupables !

— Vois-tu, Manuella, M. Cabanel a été retrouvé dans un triste état. Or, chacun sait dans le village que tu as eu une sérieuse altercation avec lui peu avant la fin de l'année scolaire. De surcroît, il n'est un secret pour personne qu'il ne vous tenait pas non plus de son côté dans la meilleure estime. Le vieil instit était… comment dire…

— Il avait horreur des manouches, des romanichels, des gitans, des bougnouls et des Nègres ! Vous pouvez le dire. À coup sûr, je parie qu'il n'aimait pas les juifs ! Drôle de maître d'école ! Après ce que vous m'avez dit sur l'école de la République, sur son rôle social, sur l'égalité, votre M. Cabanel était un drôle de laïc ! À ce tarif-là, moi je préfère encore les curés ! Avec eux, au moins, on sait à quoi on s'attend si on pratique des actes qu'ils réprouvent.

— Comme des actes de sorcellerie, par exemple ?

— Par exemple, si vous appelez actes de sorcellerie des pratiques vieilles comme Mathusalem, qui nous servent encore à nous souvenir de nos origines ou simplement à nous soigner.

— Êtes-vous donc un peu guérisseurs dans ta famille ?

— Ma mère connaît l'usage des herbes. C'est mon père qui va les lui ramasser quand c'est la bonne lune, jamais en plein jour. Il en profite pour braconner un peu. Je compte sur votre discrétion !

— Elle en connaît qui empoisonnent ?

— Bien sûr ! Et même sans laisser de traces.

— Et toi, tu les connais aussi ?

— Certaines, pas toutes. Mais ma mère, avant de mourir, me transmettra son secret. Le pouvoir, comme elle dit.

Julien commençait à avoir des doutes. Les affirmations de Manuella, dans leur naïveté, étaient à même d'orienter l'enquête de police dans une direction qui ne serait pas bonne pour les siens. Il tut ses pensées et poursuivit :

— Vous les gitans, vous passez effectivement pour des gens qui ont un pouvoir que n'a pas le commun des mortels.

— Vous voulez dire que nous sommes capables de jeter un sort sur quelqu'un, de l'ensorceler ou de l'envoûter ?

— Je n'irais pas jusque-là. Car ce sont des pratiques auxquelles je ne crois pas.

— Vous avez tort. C'est bien réel. Mais notre religion nous interdit de telles pratiques.

— Il est vrai que vous êtes très catholiques. Ce n'est pas un peu contradictoire ?

— Le pouvoir qu'ont certains d'entre nous vient de leurs mains. Jésus lui-même utilisait ses mains pour guérir.

— Pas pour faire souffrir ni pour tuer à distance !

— Le pouvoir des mains est donné à chacun d'entre nous. Mais rares sont ceux qui savent s'en servir. Cela dépend de leur degré de sensibilité et de leur confiance en eux-mêmes également. C'est un don de Dieu que peu de gens sont capables d'exploiter.

— Et ta mère sait, elle !

— Un peu. Mais elle n'aime pas en parler. Elle sait que c'est parfois mal interprété. Surtout quand cela vient de nous, les gitans. Quand ce sont des personnes d'ici, les gens ont confiance. Ils ne trouvent rien à redire. Ils disent le « rebouteux », le « guérisseur », « celui qui a le pouvoir ». Quand il s'agit de nous, ils disent l'« ensorceleur », la « sorcière ». Vous voyez, c'est eux qui font la différence.

— Je comprends très bien ce que tu veux dire. Mais il faut éviter de donner du grain à moudre à ceux qui vous en veulent.

— En tout cas, ce n'est pas parce que je n'aimais pas M. Cabanel que nous lui voulions du mal. Jamais mes parents n'ont utilisé leur pouvoir pour nuire à autrui. Vous pouvez me croire.

— J'aimerais que les autres le croient.

— Un jour, je ferai parler la table pour tenter de savoir ce qui est arrivé à M. Cabanel. Si ça vous dit, vous pourrez m'assister.

— T'assister ! À faire parler une table ! C'est stupide !

— Pas du tout. Dans notre famille, nous savons tous faire tourner les tables et communiquer avec les morts. Ma mère lit aussi dans les cartes et sait prédire l'avenir. Moi, je sais lire dans les lignes de la main.

— Ce sont des bêtises ! Je n'ai jamais cru à toutes ces choses-là.

— Alors, acceptez ! Et vous verrez.

— Manuella, tu ne devrais pas t'adonner à de telles pratiques. Comment veux-tu qu'on te considère comme tout le monde, si l'on sait que tu fais des choses qui, jadis, auraient été considérées comme de la sorcellerie ?

— Les gens d'ici croient à des tas d'histoires étranges, autant les catholiques que les protestants !

— Oui, je sais. Mais ce n'est pas une raison pour en rajouter.

— Bon, n'en parlons plus. Mais vous ne m'empêcherez pas d'essayer de savoir.

— En attendant, il ne faudrait peut-être pas oublier l'objet de notre visite. J'aimerais convaincre ta mère et ton frère de me laisser te donner ta chance.

Manuella laissa Julien à ses interrogations et s'avança seule vers sa maison où régnait le plus grand calme. Elle s'éclipsa par-derrière, entra par la souillarde dont elle prit la clé sous un pot de fleurs, revint ouvrir la porte d'entrée en invitant Julien à s'approcher.

— On n'a pas de chance. Il n'y a personne. Ils ont dû partir pendant que nous étions au village. Il faudra revenir une autre fois.

Manuella n'avait pas terminé sa phrase qu'un jeune homme au teint ambré sortit de la grange, un fusil à la main. Julien reconnut immédiatement le frère de Manuella. Il avait les mêmes traits de visage, hormis une énorme cicatrice qui lui barrait la joue gauche du lobe de l'oreille à la commissure des lèvres.

— Qu'est-ce que vous voulez ? aboya-t-il sans faire attention à sa sœur.

— Paco, range donc ton fusil ! Tu vois bien que monsieur n'est pas de la police. C'est l'instituteur dont je t'ai parlé l'autre soir.

— Ah ! oui, l'instit ! Qu'il s'approche, mais pas trop près, là, juste assez pour que je le voie bien et puisse le mettre en joue.

— Paco, M. Estérel est venu pour nous aider.

— Nous aider ? On n'a besoin de l'aide de personne. Qu'il retourne d'où il vient !

— Où est maman ? C'est à elle qu'il veut parler d'abord. Il n'a que de bonnes intentions. Il ne nous veut aucun mal.

— Alors, qu'il vienne jusqu'à moi et entre lentement dans la grange ! Je ne veux pas qu'il entre dans la maison. Et toi, va chercher maman. Elle est cloîtrée dans sa chambre. Elle ne fait que prier la Madone pour qu'elle libère le père des mains de ses geôliers.

Tandis que Manuella obéit à son frère, Julien hésitait.

Toujours tenu en joue par Paco, il attendit la venue de Sara Carballo pour entamer enfin la discussion qu'il voulait avoir avec elle à propos de sa fille. Il entendit soudain des volets s'ouvrir, une porte claquer, un chien aboyer, la voix de Sara résonner comme dans une maison qui s'éveille.

XII

Scandale

— Qui est-ce ? demanda la gitane en ouvrant sa porte, méfiante.

— C'est moi, maman, répondit Manuella. Je suis avec M. Estérel, l'instituteur.

— Qu'est-ce qu'il veut encore ? Je lui ai pourtant dit d'aller au diable. Paco va s'en occuper.

— M. Estérel ne discutera pas sous la menace. Dis à ton fils de ranger son fusil où il l'a pris. M. Estérel ne nous veut aucun mal.

— J'ai rien à dire.

— Laisse-nous entrer, maman. Nous discuterons calmement à l'intérieur en présence de Paco, puisque le père n'est pas là.

Julien commençait à craindre que sa démarche ait peu de chance d'aboutir. « Ils sont trop méfiants, pensa-t-il. Je ne tirerai rien d'eux, en tout cas pas maintenant. »

— Je crois qu'il est préférable de ne pas insister, chuchota-t-il à l'oreille de Manuella. Mieux vaut attendre un autre jour. Quand leur esprit sera moins échauffé par cette lamentable affaire, nous leur parlerons à tête reposée. Il ne faut pas les brusquer.

— Leur attitude est ridicule. Suivez-moi.

Manuella prit Julien fermement par la main et l'entraîna vers sa mère, toujours campée dans l'embrasure de sa porte.

— Restez où vous êtes ! éructa Paco. Toi, Manuella, écarte-toi. Quant à vous, monsieur l'Instituteur, ne faites plus un seul pas en direction de ma mère. Fichez-lui la paix, sinon je vous fais sauter la cervelle.

— Et cette fois vous irez pour de bon en prison, en attendant qu'on ne vous tranche la tête. C'est ça que vous cherchez ? répondit Julien sans se départir de son calme apparent.

— S'ils me mettent la main au collet, de toute façon c'est ce qui m'attend. Qu'est-ce que je risque de plus ?

— Pour l'instant, la police n'a aucune preuve de votre culpabilité, ni de celle de votre père. Mais, à vous entêter ainsi, vous ne faites qu'accroître les soupçons qui pèsent sur vous.

— Pourquoi vous vous intéressez à nous ? Vous ne seriez pas un indic de la police, par hasard ?

— Paco ! coupa Manuella. M. Estérel veut simplement s'occuper de moi. Si seulement toi et maman vous vouliez l'écouter au lieu de brandir ton fusil comme un forcené ! Tu ne fais donc pas confiance à ta sœur ? C'est nouveau ça ! Je nous croyais unis comme les doigts de la main. Si tu te méfies de M. Estérel, c'est que tu n'as pas confiance en moi.

Manuella tentait de convaincre son frère par tous les arguments qu'elle pouvait trouver. Tout à coup, bousculant sa mère sans ménagement, la jeune Myriam accourut au-dehors et se jeta dans les bras de sa grande sœur.

— Manuella ! Manuella ! Ne fais pas de mal à Manuella, Paco. Ni à M. Estérel. Je le connais bien. Il est très gentil. Il n'est pas comme M. Cabanel, lui. Il nous aime bien, il est l'ami des gitans.

Paco commençait à rabattre de sa superbe. Il baissa le canon de son fusil vers le sol, le cassa en deux, dit d'une voix plus affable :

— C'est bon. Avancez vers moi. N'entrez pas dans la maison. Je ne veux plus voir aucun gadjo sous mon toit. La grange suffira bien pour ce que vous avez à nous dire. Mère, tu peux sortir à présent, il n'y a plus de danger. Je l'ai à l'œil. Quant à toi, Manuella, si tu m'as trompé, tu sentiras le cuir de mon ceinturon sur la peau de ton dos.

— Cesse donc d'aboyer comme un chien enragé ! On dirait que le monde entier est à tes trousses.

Se forçant à garder le sourire aux lèvres, Julien pénétra dans la grange, précédé de Manuella et de Myriam, et bientôt suivi de Sara. Paco s'installa sur une botte de paille, les jambes pendantes, prenant une posture volontairement détachée. Il portait des bottes de cheval élimées et un large chapeau de feutre à la manière des gardians camarguais. D'un air altier et sur un ton péremptoire, comme pour se donner de l'importance, il apostropha Julien :

— Vous êtes donc le nouveau maître d'école ! Que lui voulez-vous à ma sœur ? Elle n'a plus tout à fait l'âge d'aller en classe. Je ne vois pas ce que vous pouvez faire pour elle. À moins que…

Paco bondit brusquement sur le sol. Le ton de ses dernières paroles marquait de nouveau la colère. Ses yeux fusaient comme deux lames d'acier acérées, prêtes à trancher la gorge de son rival.

— Homme, si tu as sali l'honneur de ma sœur de tes mains de gadjo, sûr que ta cervelle va gicler dans la paille de cette grange car je vais t'envoyer en enfer !

— Paco ! s'écria Manuella. Comment oses-tu ?

— Tais-toi, petite traînée ! J'ai tout compris, ce n'est pas la peine de m'expliquer. Il a jeté son dévolu sur toi, n'est-ce pas ? Et il vient ici se justifier. Tu espères peut-être que je vais te laisser partir avec ce salopard ! Jamais, tu m'entends, jamais ! N'oublie pas que je suis ton frère aîné et que c'est moi qui veille sur toi. Surtout en l'absence du père.

Julien semblait abasourdi. Il n'avait pas imaginé un instant que la conversation pût prendre cette tournure. Sara, de son côté, ne disait mot, se contentant de froncer ses sombres sourcils et de jeter à sa fille un regard de feu accusateur.

— Vous vous méprenez complètement, se disculpa Julien. Mais puisque vous ne me faites pas confiance, je préfère laisser à votre sœur le soin de vous expliquer mes intentions.

— Écoute-la Paco, écoute-la ! ajouta Myriam qui s'était rapprochée de Julien et lui avait pris la main.

Le jeune gitan hésita, consulta sa mère d'un regard interrogateur, cassa de nouveau son fusil.

— C'est bon, je t'écoute, Manuella.

La jeune fille s'approcha de son frère et commença à lui narrer sa première rencontre avec Julien, l'indulgence de ce dernier quand il la surprit à l'espionner, son rendez-vous à l'école le lendemain, jusqu'à l'invitation de Marie la semaine précédente. Elle lui fit part de ses intentions à son égard et de sa propre envie de savoir tout ce qu'elle n'avait pas eu l'occasion d'apprendre puisqu'elle n'avait pas fréquenté l'école.

— Vous voulez qu'elle aille à l'école ? coupa Sara qui, sentant sa responsabilité de parent mise en cause, était déjà prête à se disculper.

— Seulement le soir après la classe, quand il n'y aura plus d'élèves. Je lui donnerai quelques leçons de français, de mathématiques et de culture générale. Elle apprendra vite, j'en suis persuadé. Elle sait déjà lire et écrire, m'a-t-elle affirmé.

— C'est moi qui lui ai appris, comme à mes autres enfants. Mon mari, lui, ne sait pas. Alors je m'en suis chargé. Ils ont appris dans le Livre.

— Le livre ! Quel livre ?

— Ben, l'Évangile ! On n'en a pas d'autre à la maison.

— Comme jadis les protestants quand ils se cachaient, remarqua Julien. Ils apprenaient à lire à leurs enfants dans la Bible malgré les dangers qu'ils encouraient.

— J'ignore toutes ces histoires. Nous, on est catholiques. La Sainte Vierge est notre Bonne Mère à tous. Et Sara notre sainte patronne. Nous vénérons aussi Marie de Magdala, Marie Salomé et Marie de Béthanie.

— Je connais un peu vos traditions religieuses et les raisons pour lesquelles vous vous rendez aux Saintes-Maries-de-la-Mer au mois de mai de chaque année.

— Pour le 24 mai, c'est exact…

Sara commençait à prendre confiance. Paco laissait sa mère discuter avec Julien sans s'interposer. Celui-ci s'intéressait à leurs croyances, à leurs coutumes, leur posait des questions sur leurs origines, faisait montre d'une grande curiosité à leur égard, d'une réelle compréhension. C'était la première fois qu'un gadjo les questionnait sans les soupçonner, les accuser, leur mettre sur le dos tous les maux de la terre. La vieille Sara en oubliait ses tourments et ses ressentiments. Sa langue se déliait au fil de ses souvenirs que les questions de Julien faisaient ressurgir de sa mémoire. Elle se revoyait à l'époque des grandes migrations à travers le sud de l'Europe, avec la roulotte de son mari et leur paire de chevaux, trimbalant derrière eux un âne et deux chèvres, et toujours une ribambelle d'enfants qui venaient des roulottes voisines. Car dans toutes les familles gitanes régnait une grande confiance, et tous les enfants passaient d'une roulotte à l'autre sans que leurs parents ne s'inquiètent. Cette vie de nomades, Sara la regrettait, même si – elle le reconnaissait – elle manquait terriblement de confort.

— Pourquoi vous êtes-vous sédentarisés ? demanda Julien.

— Oh ! c'était il y a une dizaine d'années ! Nous avions de plus en plus de difficultés à traverser l'Italie pour rejoindre nos lointains cousins des Balkans où nous avons nos racines. Et puis j'ai perdu plusieurs enfants en bas âge après la naissance de Manuella. J'ai failli rester sur le bord de la route et rejoindre le Père éternel. Un jour, un docteur qui nous rendait toujours visite aux Saintes-Maries m'a avertie que si je continuais ma vie d'errance, je ne reviendrais plus jamais en pèlerinage aux Saintes. Alors j'ai consulté les cartes et elles m'ont dit qu'il me fallait arrêter de voyager. Chico, mon mari, est un brave homme. Il a décroché les deux juments et m'a dit : « Femme, dorénavant, nous vivrons dans une maison, comme les gadjos. »

— Et comment avez-vous atterri ici, au Saut-du-Loup ?

Sara se rembrunit.

— Un héritage de mon mari, se contenta-t-elle d'expliquer.

Puis elle se tut brutalement.

— Suis-je indiscret ? insista Julien.

— Jeune homme, faites donc comme vous l'entendez avec Manuella. Paco est d'accord. Mais je ne peux pas vous payer, je n'en ai pas les moyens.

Julien comprit qu'il avait posé une question de trop. Il se rattrapa :

— Il n'était pas dans mes intentions de me faire payer. C'est un service que je tiens à rendre à votre fille, une aide personnelle, parce qu'elle en vaut la peine. Je ne voulais pas lui donner des leçons particulières payantes.

— Alors, faites d'elle une savante. Mais prenez garde de ne pas lui mettre de mauvaises idées dans la tête ! Qu'elle ne vienne pas ensuite renier ses origines !

— Il n'y a aucun danger, madame Carballo.

— Paco, tu veilleras à ce que personne ne fasse de mal à ta sœur du fait qu'on la verra à l'école.

— Nous tâcherons d'être discrets, rassura Julien. Ne vous en faites pas.

*
* *

Au bord du soir, après le départ des enfants, Manuella prit donc l'habitude de se rendre dans la salle de Julien. En cette saison, la nuit tombait vite et elle profitait de l'obscurité pour se faufiler dans la cour de l'école sans être vue de personne. Quant à la lumière, que chacun pouvait apercevoir par les fenêtres, elle prouvait simplement que le jeune enseignant, à l'instar de sa collègue, préparait consciencieusement sa journée du lendemain.

Manuella restait une heure ou deux à étudier des extraits de Victor Hugo, George Sand, Alexandre Dumas ou d'auteurs contemporains choisis par Julien en fonction de ses goûts personnels, Jean Giono, Jules Romains, Roger Martin du Gard. Mais c'est à André Chamson qu'allaient ses préférences, quand Julien lui faisait lire des extraits de *Roux le bandit* et du *Crime des justes*. Il comprit aussitôt qu'elle trouvait certaines analogies entre les héros de ces courts romans et son père ou son frère injustement accusés et pourchassés par la méchanceté humaine. Elle résolvait les problèmes d'arithmétique avec une fugacité et une rapidité étonnantes, se jouant allègrement des fuites de robinet et des retards de train que Julien se complaisait à rendre de jour en jour de plus en plus complexes. Elle ne décrochait pas les yeux des livres d'histoire et de sciences naturelles, et se montrait particulièrement curieuse de chercher sur les cartes de géographie l'emplacement de telle ou telle ville dont elle avait entendu parler par ses parents, quand ils évoquaient leur vie errante. Elle apprenait si vite que Julien lui dit un soir :

— Et si je te préparais au certificat d'études ! Qu'en penses-tu, Manuella ?

La jeune fille avait entendu parler de ce diplôme que les bons élèves décrochaient en fin de scolarité. Mais elle ignorait à quoi il pouvait leur être utile dans la vie, alors qu'elle revoyait la plupart d'entre eux travailler dans les champs ou derrière les troupeaux avec leurs parents.

— À quoi cela me servira-t-il ? demanda-t-elle sans conviction.

— D'abord à pouvoir te situer par rapport aux autres et à acquérir le niveau de fin d'études primaires. Ensuite à obtenir un certain savoir-faire exigé dans la vie professionnelle.

— Dans la vie professionnelle ! Mais vous oubliez qui je suis, monsieur Estérel. Ma profession, c'est gitane ! répliqua Manuella en plaisantant effrontément.

Julien rit à son tour et jugea inopportun d'insister.

— Cela te permettrait surtout de montrer aux autres que tu vaux autant qu'eux, que tu es leur égale, voire, si tu fais mieux qu'eux au classement du canton, de prouver que les gitans sont meilleurs que les gadjos dans leur propre domaine.

Manuella ne put refréner un sourire de satisfaction.

— Alors, dans ce cas, je veux bien essayer.

— Je te présenterai en candidate libre.

— Pourquoi libre ? Les autres élèves ne sont pas libres ?

Ce mot accrochait toujours ses remarques. Elle, qui se sentait libre comme l'air, ne pouvait comprendre ni admettre l'absence ou la privation de liberté. Ce qui exacerbait sa colère chaque fois qu'une allusion à la présence de son père en prison lui parvenait aux oreilles. Julien expliqua :

— Une candidate libre n'est pas présentée par l'école. Elle se présente seule, librement.

— Ah ! je comprends. C'est comme vous voulez.

— Nous sommes en décembre. Nous avons six mois pour nous préparer à l'épreuve. Je pense que tu peux y arriver.

Sans tarder, Julien fit part de sa décision à Marie. Celle-ci ne montra guère d'enthousiasme, se méfiant de la réaction des parents dans le village.

— Ne crains-tu pas le qu'en-dira-t-on ? Les parents trouveront anormal que tu t'occupes d'une jeune fille étrangère à l'école et te reprocheront de délaisser à son profit leurs propres rejetons.

— Oh ! tout cela n'a pas d'importance. Ils finiront par s'y faire. Pour moi la cause est juste. Alors elle est entendue.

— Si tu veux, je peux t'aider certains soirs. Il y a des épreuves pour lesquelles les filles se sentent plus à l'aise avec une maîtresse plutôt qu'avec un maître.

— Ce n'est pas de refus, Marie. Ça soulagera ma tâche. Que ne ferais-je sans toi !

Marie finissait par se demander si Julien n'était pas tombé sous le charme de sa jeune élève. Elle jugeait celle-ci, à juste titre, très attirante en dépit de son jeune âge, et aurait bien voulu éviter à Julien de commettre une erreur irréparable, pour sa carrière et pour leur relation personnelle. Elle n'éprouvait aucune jalousie à l'égard de Manuella, qu'elle considérait encore comme une enfant. Mais, à l'évidence, elle lui reconnaissait beaucoup d'attraits qui faisaient d'elle une jeune fille très convoitée. Sa beauté, ses formes, ses allures de jeune sauvageonne naïvement aguicheuse, tout en elle avait de quoi susciter les regards avides des hommes peu scrupuleux et faire succomber ceux qui, comme Julien, manquaient de prudence et pouvaient se laisser aller à quelque folie passagère. Aussi se mit-elle en tête de veiller à ce qu'il ne commette pas l'irrémédiable et lui montra-t-elle encore plus les sentiments qu'elle éprouvait pour lui.

Les soirées qu'ils passaient ensemble se terminaient invariablement au creux d'un lit douillet, chez l'un ou chez l'autre. Au petit matin, ils n'avaient que le temps de se préparer pour paraître sous leur meilleur aspect à leurs élèves respectifs. Jamais on ne les voyait l'un sans l'autre dans le village, si bien qu'il n'était plus un secret pour personne que les deux enseignants « faisaient ménage ensemble », comme disaient certains, ou encore « vivaient à la colle », comme affirmaient d'autres langues plus venimeuses.

*

* *

— Monsieur le Maire, ça ne peut plus durer !

Cette fois, la rumeur s'était tellement amplifiée qu'elle avait fait le tour de toutes les chaumières du Saut-du-Loup. Les vacances de Noël approchaient. Tous préparaient le jour de la Nativité : les uns en se rendant le soir à l'église pour aider le curé Bonal à construire la crèche qu'il voulait animée, les autres en passant par le temple pour choisir avec le pasteur les psaumes et les cantiques qu'ils chanteraient ce soir-là. Les deux communautés chrétiennes, dos à dos, n'avaient pas encore le bon sens de s'unir pour fêter ensemble l'événement d'importance qui était leur raison d'exister.

Une délégation de parents d'élèves avait demandé audience au premier magistrat de la commune, afin qu'il fasse cesser au plus vite le scandale. Non contents d'avoir aidé à mettre sous les verrous Chico Carballo par leurs médisances et les insinuations qu'ils avaient colportées sur son compte, ils s'en prenaient maintenant au nouvel enseignant dont le seul point commun avec le malheureux qui attendait encore de passer en jugement était d'être un étranger au pays. Un étranger se devait d'avoir un comportement irréprochable, de vivre selon les us et coutumes de tous, sans chercher à se démarquer !

— Qu'est-ce qui vous arrive ? demanda Robert Comballe. À la veille de Noël, vous n'allez pas encore m'annoncer une nouvelle catastrophe ! Le saccage de l'école, puis l'assassinat de ce pauvre Cabanel, ça commence à bien faire ! Ça suffit pour l'année. Attendez au moins l'an nouveau pour continuer la liste de nos malheurs !

Une mère d'élève, dont la fréquentation assidue à l'église témoignait de la bonne moralité, prit la parole :

— Monsieur Estérel a des mœurs pour le moins choquantes que nous ne pouvons plus tolérer. Nous en avons parlé entre nous. Nous sommes tous d'accord. Il faut faire cesser ce scandale au plus vite. Il s'affiche ouvertement avec Mlle Letellier, les enfants ne peuvent pas ne pas s'en apercevoir. Ça jase dans tout le village. C'est inadmissible !

— Madame Mazel, vous ne pouvez pas empêcher deux jeunes gens de s'aimer ! répondit le maire benoîtement, pour avoir l'air de ne pas condamner lui aussi sur des a priori.

— Quand il s'agit de deux enseignants d'une même école, monsieur le Maire, il faut exiger de leur part un minimum de retenue. Ils doivent montrer l'exemple à leurs élèves et respecter les règles de bonne conduite. Nous attendons de vous que vous y mettiez bon ordre.

— Je verrais ce que je peux faire, mesdames et messieurs. Je crois que ce problème trouvera vite une solution qui satisfera tout le monde.

— Ce n'est pas tout, monsieur le Maire.

— Qu'y a-t-il encore ?

— C'est au sujet de la jeune manouche.

— Laquelle ? La petite Myriam qui fréquente la classe de Mlle Letellier ?

— Non. Celle-là est encore trop jeune pour être au centre d'un scandale. Mais, pour sûr qu'elle y viendra un jour, si on n'y prend pas garde !

— Un autre scandale !

— Précisément. Et qui met encore une fois en cause notre fieffé instituteur. C'est un vrai coureur de jupons, cet homme-là !

— M. Estérel ?

— Oui. Hélas ! pas notre regretté M. Cabanel !

— Expliquez-vous donc, je vous en prie. Je vous écoute.

La mère d'élève hésitait. Ne sachant pas comment commencer, elle jeta un regard interrogateur aux autres parents venus l'accompagner.

— Vas-y, parle ! lui intima un homme derrière elle.

— Monsieur Mazel, vous pourriez aider votre épouse à s'exprimer. Je vois qu'elle n'ose pas parler. Serait-ce si grave que ça ?

Robert Comballe se mit soudain à penser qu'il pouvait s'agir de l'affaire Maxence Cabanel. Du coup, il se souvint que Julien Estérel avait été le premier à avoir découvert le corps en d'étranges circonstances et que l'inspecteur de la police judiciaire l'avait un peu rapidement disculpé. Il lui fallait reconnaître que l'arrestation de Chico Carballo avait bien arrangé ses affaires. Y aurait-il quelque chose de nouveau, une autre révélation d'importance ?

— Parlez donc, monsieur Mazel, nous gagnerons du temps.

Derrière les deux époux, l'impatience grandissait, les murmures s'amplifiaient.

— Si tu n'oses pas dire ce qu'on pense tous, moi je vais le dire, s'exclama un autre parent.

— Je vous écoute, monsieur Larguier.

— Ben voilà... on n'a pas de preuve, mais ça ne fait aucun doute. On les a vus ensemble. Et le soir ils se réfugient dans l'école quand il n'y a plus d'élèves.

— Mais qui donc, voyons ?

— Mais on vous l'a dit, l'instituteur !

— L'instituteur et qui d'autre ?

— L'instituteur et la roumie.

— La roumie... vous voulez dire, la jeune manouche, Manuella ?

— Exactement. Ça fait plusieurs semaines que ça dure. On ne sait pas ce qu'ils font dans la salle de classe, mais à coup sûr ça ne doit pas être bien comme il faut ! Vous vous rendez compte, à l'endroit même où nos enfants se retrouvent le lendemain pour étudier ! Pour un scandale, c'est un scandale ! Et en plus, ce Julien Estérel fréquente en même temps et sans se cacher sa jeune collègue. *Milladiou !* c'est du propre ! Un vrai bigame, ce type-là !

Les autres parents accompagnaient les révélations de leur semblable par des clameurs d'approbation de plus en plus soutenues. Face au tintamarre qui commençait à résonner dans toute l'enceinte de la mairie, Robert Comballe tenta d'apaiser ses administrés.

— Allons, voyons, un peu de silence ! Gardez votre calme et votre sang-froid. Je vais étudier cette histoire et tâcher de faire toute la clarté. En fonction de ce que vous m'apprendrez de précis, j'aviserai. Mais je ne peux rien décider devant vous tous, ici et maintenant. Vous me semblez trop énervés. Vous allez rentrer chez vous. Seuls trois d'entre vous, parmi les mieux informés de cette histoire, vont rester avec moi pour m'expliquer cette affaire en détail.

Les trois parents qui avaient pris la parole, poussés par les autres, se retrouvèrent bientôt dans le bureau du maire, après que tous eurent quitté les locaux de la mairie.

— Je vous écoute, reprit Robert Comballe. Si j'ai bien compris, vous avez vu M. Estérel en compagnie de la jeune Manuella Carballo.

— Ils se rendaient ensemble dans la forêt, par le chemin d'Essartou.

— Jusque-là, on ne peut rien leur reprocher. Ils allaient peut-être chez elle.

— Ils se revoient chaque soir à l'école.

— En êtes-vous sûrs ?

— J'ai aperçu la gitane y entrer, avoua Mme Mazel.

— Quant à moi, ajouta son mari, lorsque ma femme m'a raconté ce qu'elle avait vu, je les ai surveillés, pour en avoir le cœur net, plusieurs fois de suite. Ma femme ne s'était pas trompée. Ils se donnent bien rendez-vous dans la salle de classe des garçons.

— Avez-vous vu ce qu'ils faisaient ?

— Oh ! monsieur le Maire. Je n'ai pas osé regarder ! Mais on peut très bien le deviner.

— Hum ! fit Robert Comballe. De toute façon, cette petite voleuse n'a rien à faire dans l'école. Ce n'est pas la première fois qu'elle y pénètre. On l'a déjà réprimandée avec ce pauvre M. Cabanel. Ça ne lui a pas servi de leçon. Cela constitue déjà une première faute grave. Et si ce que vous me dites est vrai, le sort de M. Estérel sera vite réglé. Je peux vous l'assurer. Ah ! j'avais bien pressenti que cet instituteur nous causerait des ennuis. Il est louche, cet individu. Il aurait mieux valu qu'on nous envoie quelqu'un de chez nous.

— Qu'allez-vous faire ?

— Je m'en occupe, ne vous inquiétez pas.

Le soir même, le maire courut au château avertir son ami, Jean-Charles Audibert-Delorme, des faits qui lui avaient été rapportés.

XIII

Délation et inspection

Nul n'ignorait au village la complicité entre les deux hommes. Jean-Charles Audibert-Delorme, certes, n'était que l'adjoint de Robert Comballe. Mais chacun savait que ce dernier n'avait retrouvé sa place que par l'appui et l'influence du châtelain. Lors des dernières élections municipales, sa liste avait été mise en péril, et le châtelain avait dû lui-même battre la campagne pour influencer les électeurs hésitants. Aussi, Robert Comballe lui était-il très reconnaissant et entièrement dévoué.

Jean-Charles, qui n'attendait pas la mort de son père pour s'attribuer le titre de baron, n'avait pas brigué personnellement la charge de maire, une fois les élections gagnées, bien qu'il en eût grande envie. Il avait préféré laisser le poste à Robert Comballe, tête de liste sortante. Pourtant, celui-ci ne faisait plus l'unanimité parmi ses propres électeurs et reconnaissait volontiers que le pouvoir usait même les meilleures volontés. Le jeune baron l'avait secoué et assuré de toute son aide afin qu'il restât en place, lui promettant d'être derrière lui, d'être son ombre en toutes occasions.

— Vous comprenez bien, mon cher Robert, qu'étant donné ma situation, il n'est pas souhaitable que je brigue la tête de liste, lui avait-il expliqué à l'époque. Un baron, maire d'une commune, dans un pays si farouchement attaché aux valeurs républicaines et par ces temps de turpitude, ça ferait désordre ! Il vaut donc mieux que vous restiez à votre place. En ce moment, la montée des rouges est à craindre. Ne jetons pas de l'huile sur le feu. Je me fonderai dans la liste et passerai mieux inaperçu. De plus, j'ai quelques arguments pour décider ceux qui seraient tentés d'accorder leur soutien à nos adversaires à voter pour nous.

Robert Comballe se laissa convaincre et gagna les élections d'une courte avance grâce aux voix des électeurs catholiques. Les protestants, qui ne cachaient pas leurs sympathies pour la liste de gauche, où socialistes et communistes s'étaient retrouvés après des années de séparation, avaient crié à la manipulation, au bourrage de crâne, à la violation des règles élémentaires de la citoyenneté et de la démocratie. Mais force leur fut de constater que leurs candidats avaient été battus, et ils finirent par l'accepter.

Comme dans la plupart des communes cévenoles, les catholiques votaient plutôt à droite, les protestants plutôt à gauche et en faveur de la laïcité.

Aussi, au Saut-du-Loup, la séparation entre les deux communautés prenait-elle encore plus d'acuité. L'opposition religieuse se teintait en plus d'une forte connotation politique, et chacun avait encore en mémoire les houleux débats consécutifs à la loi de séparation de l'Église et de l'État de 1905.

Jean-Charles Audibert-Delorme savait qu'il pouvait compter sur le vote catholique, mais son aura avait moins d'influence que celle de son vieux père auprès des habitants de la commune, qui, étrangement, en cette quatrième décennie du XXe siècle, semblaient encore vivre sous le joug du seigneur du lieu. Le vieux baron, lui, s'était toujours gardé de prendre parti dans les affaires communales et dans les débats politiques en général. Il se contentait d'asseoir son autorité par le rang et la place que lui conférait son titre nobiliaire dans la société.

Lorsque Robert Comballe vint entretenir son ami du problème que les parents d'élèves venaient de lui soumettre, celui-ci trouva immédiatement la parade :

— Faites descendre son inspecteur pédagogique à l'improviste après lui avoir exposé les faits.

— Je crains que cela ne soit pas suffisant. Il faudrait avancer des preuves et non se contenter de plaintes fondées uniquement sur des on-dit.

— Je connais personnellement le secrétaire de l'inspecteur, c'est un ami. Je lui en parlerai et il préparera le terrain. De toute façon, ce Julien Estérel me semble bien trop gênant pour qu'on le laisse faire. À fouiner partout comme il le fait et à se ranger du côté de cette famille de gitans, il finira par nous nuire. Il faut l'empêcher d'agir par les moyens... disons les plus adaptés à sa fonction. Il s'est mis lui-même dans une situation pour le moins pas très nette. Preuves ou pas, il faut lui coller une affaire de mœurs sur le dos. L'inspecteur ne transigera pas avec ce genre d'histoire. Il sera muté immédiatement loin d'ici, peut-être même sera-t-il radié !

— Vous voulez donc que j'envoie une lettre à l'inspecteur d'académie afin de l'informer des soupçons des parents ? Ça pourrait passer pour une lettre de délation. Ce n'est pas très adroit !

— Faites savoir seulement que votre instituteur utilise les locaux de l'école publique à des fins personnelles et lucratives. Ça, c'est strictement interdit et ça va à l'encontre du principe de la laïcité et de la gratuité. Insistez sur le fait qu'il donne, en tête à tête, des leçons particulières à une jeune adolescente et que cela vous semble peu conforme à la règle scolaire, voire à la bonne moralité. Mesurez vos mots, allez-y avec prudence et délicatesse. Suggérez plutôt que d'affirmer. Laissez à l'inspecteur le soin de comprendre ce que nous voulons qu'il comprenne.

— Et pour ce qui concerne ses relations avec Mlle Letellier ?

— Je me charge d'en parler à mon ami de l'inspection académique. Il fera le nécessaire.

Le soir même, Robert Comballe prit sa plus belle plume et, par une lettre circonstanciée qu'il soigna particulièrement, tint informé l'inspecteur d'académie et demanda l'inspection de Julien Estérel.

*
* *

Celle-ci ne tarda pas à venir. Au cours de la première semaine de janvier, sans s'annoncer, l'inspecteur pédagogique débarqua dans la classe de Julien.

Il frappa poliment à la porte et, sans attendre d'être invité à entrer, pénétra dans la salle, créant étonnement et stupéfaction parmi les enfants. Il traversa la classe en direction du bureau du maître, vint froidement saluer celui-ci, se présenta succinctement :

— Bonjour, monsieur Estérel. Je suis votre inspecteur pédagogique. Ne faites pas attention à moi, je vais m'installer au fond de la classe. Veuillez me fournir votre progression annuelle et vos fiches de préparation, s'il vous plaît.

Puis, se retournant vers les enfants :

— Faites comme si je n'étais pas là. Continuez le travail que votre maître vous a donné.

— Je m'occupais des cours préparatoires, monsieur l'Inspecteur, pendant que les cours moyens faisaient leurs exercices de géométrie sous le tutorat des fins d'études.

— Sous le tutorat ? s'étonna l'inspecteur.

— Les aînés aident de temps en temps leurs cadets. Ça les valorise et encourage leur esprit de solidarité.

— Hum... l'idée me paraît intéressante. Continuez donc, mes enfants !

Julien n'avait pas été inspecté depuis la classe dans laquelle il avait fait son stage d'apprentissage à Nice. À la suite de cette épreuve pratique, il avait obtenu une appréciation élogieuse et une bonne note, ainsi que les félicitations de l'inspecteur, ce qui lui avait permis d'obtenir sa dérogation pour un poste hors de son département d'origine. Puis il avait mis à profit ses dernières vacances d'été pour étudier les méthodes innovantes d'enseignement. Certaines lui avaient semblé trop farfelues ou trop avant-gardistes, car trop éloignées des préoccupations premières et du rôle fondamental de l'école qui étaient, pour lui, d'inculquer les savoirs fondamentaux aux enfants. Mais la rigidité et l'extrême rigueur des méthodes que ses maîtres lui avaient transmises à l'École normale lui paraissaient parfois excessives et privaient les élèves de la spontanéité et de la liberté dont ils avaient besoin pour pouvoir s'exprimer. Contrairement à ce qu'on lui avait enseigné concernant la place du maître au centre de sa classe et de son enseignement, de la stricte discipline qu'il devait exiger en matière de silence, de déplacement, de prise de parole, il avait pris ses distances. Il estimait que les élèves étaient au centre du système éducatif, et non le maître, et que chacun étant un cas particulier, il devait respecter toutes les différences. Pour cette raison, il ne punissait pas ses élèves quand ceux-ci s'oubliaient en classe et parlaient patois. Il les reprenait gentiment, leur répondait dans son propre patois, qui ressemblait beaucoup à celui des Cévenols, leur expliquait qu'ils devaient attendre la leçon consacrée à l'occitan pour user de leur langue aux intonations chantantes. Julien, en effet, avait aussi innové en instaurant deux fois par semaine des séances de discussion dans la langue locale. Les enfants s'en donnaient à cœur joie et se trouvaient ravis, et leurs parents, pour une fois, ne lui avaient rien reproché.

Il craignit que l'inspecteur ne condamnât toutes ces nouveautés qu'il ne pouvait dissimuler. Ses élèves, habitués à se déplacer pour s'entraider, à parler discrètement entre eux pour partager les solutions à leurs problèmes ou pour rechercher les questions d'histoire et de leçon de choses, ne se gênèrent pas pour continuer leurs conciliabules malgré la présence de l'intrus auquel ils ne prêtèrent aucune attention. Julien fit lire les plus petits et n'hésita pas à leur souffler le mot en occitan, comme il en avait l'habitude, pour les aider à déchiffrer plus aisément le vocable dans la langue de Molière sur lequel ils trébuchaient. L'inspecteur laissa faire, enregistra, fit mine de s'intéresser aux fiches de préparation de Julien, d'éplucher sa progression pédagogique annuelle et, de temps en temps, prenait des notes dans un cahier.

De son côté, Julien ne changea rien à ses méthodes d'apprentissage, mais resta vigilant, intrigué par le silence de son supérieur hiérarchique qui ne pipait mot et restait de marbre chaque fois qu'un élève prononçait un mot de patois pour mieux enregistrer le mot français correspondant.

Au bout d'une petite heure, l'inspecteur se leva, alla se camper devant le tableau noir, saisit une craie blanche et, feignant d'ignorer Julien, s'adressa directement aux élèves :

— Voyons les enfants, je vais vous poser quelques questions auxquelles vous me ferez le plaisir de répondre en bon français.

— *Parlas pas patoues, moussu ?*[1], fit un petit élève à la chevelure tout ébouriffée.

Julien ravala sa salive, faillit s'étrangler.

— C'est que, vois-tu mon petit, je ne suis pas de cette région, répondit l'inspecteur. En Alsace, d'où je viens, on parle un dialecte germanique

1. *Vous ne parlez pas le patois, monsieur ?*

qui ressemble beaucoup à l'allemand. Mais pas à l'école !

— C'est plus facile d'apprendre à bien lire et à écrire le français quand on connaît le mot patois correspondant, ajouta un autre élève.

— C'est ce que nous allons voir.

L'inspecteur cassa sa craie en deux parties égales et écrivit quelques mots au tableau en s'appliquant à bien développer les pleins et les déliés. Puis il demanda à un enfant du cours préparatoire de déchiffrer la phrase ; ce qu'il fit lentement.

— Très bien ! très bien ! nota l'inspecteur d'un air satisfait.

Il ajouta quelques mots supplémentaires et recommença une seconde fois. Puis il demanda aux cours moyens d'ouvrir leurs livres d'histoire et en fit lire deux ou trois, les questionna. Quand vint le tour des fins d'études, il s'arrêta, réfléchit, demanda à l'un d'entre eux d'amorcer *La Marseillaise.* L'enfant s'exécuta, entonna le premier couplet de l'hymne national, enchaîna les suivants sans hésitation. Il l'interrompit après quelques couplets, puis questionna :

— Qui peut me dire ce que signifie : « Qu'un sang impur abreuve nos sillons ? »

Les enfants se turent, consultèrent leur enseignant du regard.

— Votre maître a dû sans doute vous expliquer la signification de notre hymne national !

Julien avait longuement débattu de la question avec sa classe. Il se crut pris en faute. Peut-être n'avait-il pas été assez explicite ?

Un jeune élève d'une dizaine d'années leva timidement le doigt et attendit que l'Inspecteur le vît gesticuler :

— Oui, toi ! tu peux m'expliquer ?

— *La Marseillaise* est un chant de guerre, monsieur, qu'un certain Rouget de Lisle a écrit en 1792 pour les soldats français qui venaient de Marseille et allaient défendre nos frontières de l'Est envahies par nos ennemis. Le « sang impur », ça veut dire nos ennemis, monsieur ; et « abreuve nos sillons », ça veut dire que leur sang coulera dans la terre de nos champs, qu'on les tuera, s'ils continuent à nous envahir. Il faut qu'on soit toujours prêts à défendre notre patrie.

— Hum ! mais c'est très bien, mon petit. Je vois que tu as bien retenu ta leçon d'histoire. Il faut en effet que, plus tard, quand vous serez grands, vous soyez toujours prêts à donner votre vie pour votre pays.

Un autre élève se leva, se hissa sur la pointe des pieds en réclamant la parole.

— Oui, tu veux ajouter quelque chose ?

— Notre maître nous a dit qu'il ne fallait plus faire la guerre et que ces paroles, il ne fallait pas les prendre au pied de la lettre, car elle pourrait attiser un désir de vengeance. Qu'il faudrait un jour chanter un hymne à la paix pour remplacer celui-là qui correspondait à une période de guerre.

— Monsieur Estérel vous explique des choses très intéressantes, vraiment !

Julien comprit, au ton de sa voix, que l'inspecteur n'avait pas apprécié ce que son jeune élève, naïvement et en sortant ses propres paroles de leur contexte, avait pu laisser comprendre. « Ça y est, il m'a donné l'estocade, pensa-t-il. Mon compte est bon ! »

— J'ai terminé, monsieur Estérel. C'est l'heure de la récréation. Il est temps de laisser vos ouailles aller s'ébattre dans la cour. Vous les faites beaucoup travailler et leur niveau ne laisse pas à désirer. Félicitations ! Maintenant, je vais rendre visite à votre collègue, ensuite je vous verrai tous les deux séparément pour un entretien. Allez donc surveiller vos chères têtes blondes !

*
* *

À la fin de la matinée, vers 11 h 30, Julien donna congé à sa classe et s'entretint le premier avec l'inspecteur pendant une bonne demi-heure. Puis ce fut le tour de Marie. Quand les deux entretiens furent terminés, l'inspecteur réunit les deux enseignants et leur déclara :

— J'ai vu ce que j'avais à voir. Votre école est bien tenue, vos élèves suivent bien, ils font preuve de beaucoup de bonne volonté, leur niveau est très satisfaisant et ils sont propres et bien élevés. Pour le reste, vous attendrez mon rapport pour savoir ce que je pense de vos prestations respectives. Je vous mettrai bien entendu la note que vous méritez, sans tenir compte des... comment dire... des rumeurs qui me sont parvenues aux oreilles.

Ni Marie ni Julien ne bronchèrent. L'inspecteur leur décocha un clin d'œil tout en gardant un visage de marbre, enfonça son couvre-chef jusqu'au milieu du front, ajouta :

— Soyez discrets. Et… si possible, régularisez vite votre situation.

Il tourna les talons, sortit de l'enceinte de l'école et s'engouffra dans sa vieille Panhard-Levassor, qui laissa derrière lui un lourd panache de fumée noire.

— Alors, comment ça s'est passé ? s'enquit Marie après son départ. Que t'a-t-il dit pendant ton entretien ?

— Oh ! il a l'air coincé sous ses allures de clergyman et son air renfrogné, mais au fond il m'a fait plutôt bonne impression. Il a été surpris par mes méthodes peu conventionnelles, surtout par le fait que je n'interdise pas totalement le patois en classe.

— Je t'avais prévenu que tu prenais de gros risques. Moi, je n'aurai jamais osé !

— Mais comme je l'accepte pour aider à l'apprentissage de la lecture et de l'écriture et au cours de séances de discussion organisées, il ne m'a pas donné tort. Il m'a dit que c'était une expérience intéressante.

— Et pour le reste ?

— Il a été surpris par l'ambiance de ma classe, très étonné même que les enfants puissent travailler en toute liberté de parole et de mouvement. Au début, le bruit l'a un peu perturbé. Mais, quand il s'est aperçu que les enfants apprenaient aussi vite et mieux qu'en restant figés et rivés à leurs pupitres, il m'a fait encore la même remarque : « Tant que vous obtenez des résultats probants, je m'abstiendrai de mal juger vos méthodes. » Et pour toi, comment ça s'est passé ?

— Oh ! moi, tu me connais. Je suis classique, conventionnelle. Il a apprécié ma rigueur et le contact que j'ai avec mes élèves. Il m'a fait quelques petits reproches, de jeunesse, m'a-t-il dit, mais sans gravité… En fait, t'a-t-il parlé de Manuella ?

— J'attendais ta question. Tu penses bien qu'il était au courant ! D'ailleurs, je suis persuadé que sa visite n'était pas le fruit du hasard. Je me demande qui a bien pu le renseigner !

— Alors ?

— Oui, il m'en a parlé.

— À moi aussi, je te l'avoue maintenant.

— Je lui ai expliqué mes intentions. Et il a reconnu que vouloir donner sa chance à une gamine qui n'avait pas été scolarisée n'avait rien de scandaleux ni de choquant tant qu'on ne se cachait pas pour le faire et que ce n'était pas au détriment des autres. Je lui ai dit qu'ensemble nous voulions la préparer au certificat d'études. Là, il m'a paru soulagé. Et que t'a-t-il dit de ton côté ?

— Il m'a avoué que si moi aussi je participais à cette action, qu'il a qualifiée de charitable, sa méfiance n'avait plus de raison d'être.

— Donc tout est pour le mieux. Nous pouvons dormir sur nos deux oreilles en attendant son rapport et sa note.

— Combien me donnes-tu ? plaisanta Marie.

— Oh ! je ne sais pas, je ne voudrais pas trop m'avancer, mais si tu es aussi douée en classe qu'avec moi au lit, ta note sera sans aucun doute excellente !

Julien ouvrit ses bras. Et, sans se soucier qu'il était bientôt l'heure de reprendre leurs élèves, ils s'enlacèrent pour savourer leur victoire.

Quelques jours plus tard, ils reçurent leur rapport d'inspection qui faisait l'éloge de leurs compétences, de leur esprit d'initiative, de leur rayonnement auprès de leurs élèves et, pour Julien, du succès de ses méthodes innovantes qu'il était invité à poursuivre et à divulguer parmi ses autres collègues.

*

* *

— Alors monsieur Estérel, vous avez reçu il y a quelque temps la visite de votre inspecteur ? s'enquit Robert Comballe, qui avait laissé passer quinze jours pour aller aux nouvelles afin de ne pas donner l'impression qu'il était à l'origine de ce contrôle pédagogique inopiné.

— C'est exact. Je suppose que l'inspecteur est allé ensuite vous voir dans votre bureau. Car c'est peut-être sur votre initiative qu'il est venu si vite me contrôler !

Le maire se racla la gorge, s'empourpra.

— Mais pas du tout, voyons ! Pourquoi aurais-je fait cela ? L'école en tant qu'édifice public est de mon ressort et je dois vous assurer les meilleurs moyens d'y exercer votre noble tâche d'enseignant, mais je n'ai pas le droit de m'immiscer dans votre pédagogie.

— Il est quand même curieux que l'inspecteur fût au courant des leçons de rattrapage que Mlle Letellier et moi-même donnons à la jeune Manuella Carballo ! Comment l'appelez-vous déjà ?... La manouche, la roumie, c'est cela n'est-ce pas ?

— Mais je n'y suis pour rien ! D'ailleurs, j'ignorais que vous vous intéressiez à cette jeune fille.

— Vous m'étonnez ! Qui donc aurait pu informer l'inspecteur de cette histoire ?

— Allez savoir ! Les choses se savent vite au village. Ça jase beaucoup. Certains ont pu s'étonner ou se plaindre en haut lieu.

— En tout cas, sachez que l'inspecteur approuve notre initiative et qu'il nous a même conseillé de la poursuivre jusqu'au certificat d'études.

— Parce que vous avez l'intention de présenter cette gitane… euh, enfin… cette jeune Manuella au certificat d'études !

— Parfaitement. Avec Mlle Letellier, nous lui avons promis que nous réussirions. D'ailleurs, voici mon rapport d'inspection et ma note, je ne vous mens pas, l'inspecteur nous soutient totalement.

Julien exhiba sous le nez de Robert Comballe la lettre officielle estampillée du sceau de l'inspection académique. Surpris, le maire ne put que la lui prendre des mains et la parcourut, mi-curieux, mi-désappointé.

— Eh bien ! c'est très encourageant pour un début de carrière, monsieur Estérel ! Je vous félicite. Je vois que la voie tracée par votre prédécesseur n'est pas abandonnée. Les parents d'élèves ne pourront que se réjouir d'avoir retrouvé un excellent maître pour leurs enfants. Je ne manquerai pas de leur en faire part.

Robert Comballe parlait d'un ton mielleux. Son regard fuyant trahissait son malaise et les tremblements de sa main, que la feuille de papier amplifiait, exprimaient sa colère mal contenue et une tension intérieure qu'il avait peine à dissimuler.

— Excusez-moi, mais les affaires m'appellent. Vous savez ce que c'est… la mairie, les gens qui viennent sans cesse se plaindre, ça n'arrête pas.

— Les gens qui colportent, pourriez-vous ajouter !

— Qu'allez-vous chercher là, monsieur Estérel ? Au Saut-du-Loup, nous vivons tous en bon voisinage.

Robert Comballe rendit son rapport à Julien et s'éloigna aussi déçu et furieux qu'il n'avait été curieux de connaître le résultat de sa délation.

*
* *

— C'est cuit ! se contenta-t-il de déclarer le soir même devant son ami Jean-Charles Audibert-Delorme. Il faudra trouver un autre moyen de s'en débarrasser. L'inspecteur est entré dans son jeu et lui a donné raison.

— L'imbécile ! Mais ne vous inquiétez pas, mon cher Robert. Nous veillerons à ce que ce jeune impudent d'instituteur ne nous fasse pas d'ombre plus longtemps. Continuez à le surveiller discrètement. Qu'il n'aille pas trop s'intéresser aux Carballo, sinon il pourrait tomber dans la fange de leurs cochons, c'est moi qui vous le dis.

— En fait, qu'en est-il du procès du vieux Chico ?

— C'est pour bientôt. J'espère que les juges seront moins stupides que cet inspecteur pédagogique et qu'ils nous débarrasseront pour longtemps de cette famille en condamnant le père !

XIV

Sur les traces de la Vieille Morte

L'HIVER ÉTAIT ENTRÉ dans ses plus grands retranchements. Toute la région s'était couverte d'un épais manteau de neige. La circulation sur les routes devenait de plus en plus aléatoire. Bon nombre de petits villages étaient coupés du reste du monde et vivaient repliés sur eux-mêmes. Le Saut-du-Loup n'avait pas échappé à la règle. Tous ses accès étaient bloqués et le ravitaillement ne parvenait plus. Le mont Aigoual semblait courber l'échine sous le poids de sa carapace neigeuse. À son sommet, les congères pouvaient atteindre plus de quatre mètres de hauteur, rendant l'observatoire totalement inaccessible. Le météorologue avait l'habitude de se retrouver bloqué pendant plusieurs semaines en compagnie de ses collègues. Grâce aux provisions qu'ils prévoyaient de mettre en réserve, ils pouvaient tenir ainsi jusqu'à ce qu'un redoux vienne les délivrer de leur prison de glace ou jusqu'à ce que les secours dégagent la route. Isolés comme dans un phare au beau milieu de la tempête, ils poursuivaient, néanmoins, leurs observations et les transmettaient aux scientifiques avec les moyens du bord afin que ceux-ci puissent les analyser et compléter leurs informations.

Dans le village, les habitants s'entraidaient pour dégager les rues et les principaux accès aux commerces qui alimentaient la communauté. Aussi circulait-on, à pied certes, mais on circulait. Des hameaux isolés, on voyait les hommes arriver, une pelle sur l'épaule, essoufflés. Ils se rendaient aux nouvelles et venaient chercher leur provision de pain et de victuailles de première nécessité à la boulangerie et à l'épicerie. *L'auberge de la Croisée des chemins* était dégagée la première. La vieille Germaine pouvait compter sur ses habitués pour aller à son secours, car pour rien au monde ils ne se seraient passés de son comptoir.

Le Castellas aussi faisait l'objet des soins les plus attentionnés. Le vieux baron employait chaque année une équipe d'une dizaine d'hommes pour dégager les allées du parc ainsi que la route de liaison avec le reste du village. Son fils ordonnait aux quatre employés municipaux affectés à la voirie de se joindre à eux pour accélérer leur travail et permettre au château de rester en contact permanent avec la mairie.

Ainsi, Le Saut-du-Loup reprenait vie de l'intérieur comme une ruche assiégée qui se replie sur elle-même en attendant des jours meilleurs.

Les enfants se rendaient à l'école chaudement bottés et emmitouflés. La plupart restaient sur place à midi et emportaient casse-croûte et gamelles que Julien et Marie faisaient réchauffer sur le poêle à bois. Tous se mettaient en chaussons sur le parquet ciré pendant que bottes et godillots séchaient au fond de la classe. Il régnait dans l'école une atmosphère de fête malgré le froid, car, loin d'attrister les esprits, cette coupure du reste du monde rendait les gens plus solidaires et rapprochait les enfants de leurs maîtres.

Ceux-ci en profitaient pour leur faire des leçons appropriées de géographie, mais aussi de bonne conduite en cas de danger. Julien aimait laisser ses élèves raconter les histoires qu'ils connaissaient et qui étaient, pour beaucoup, les légendes que leurs parents leur avaient transmises, et qu'ils transmettraient à leur tour à leurs enfants. Parfois, Marie joignait sa classe à celle de Julien, et les deux groupes réunis de filles et de garçons s'échangeaient leurs histoires. C'était comme une grande veillée autour du poêle à bois qui ronronnait sous la mélodie entonnée par les petites voix des enfants. Pour le plus grand plaisir de tous, les deux maîtres les récompensaient alors par une distribution de chocolat chaud au moment du goûter.

Les élèves se laissaient aller volontiers à la confidence dans un succulent mélange de patois et de français que ni Julien ni Marie ne corrigeaient. Ces séances de contes devinrent très vite, pendant l'hiver, les moments les plus attendus par tous, grands et petits, chacun voulant faire part de son histoire.

— L'expression orale est le meilleur moyen pour développer leur langage et leur imagination, affirmait Julien. Il faut les laisser libres. De plus, ils ont l'impression de nous apprendre quelque chose. Ça les valorise.

— C'est l'élève qui apprend au maître ! Encore une méthode innovante ! plaisanta Marie.

— Les maîtres ont beaucoup à apprendre de leurs élèves.

Julien enregistrait surtout les histoires légendaires qui faisaient intervenir des fées, des pierres plantées, des phénomènes surnaturels. Le soir venu, il s'empressait de transcrire par écrit ce qui avait le plus attiré son attention, pour pouvoir mieux comprendre les raisons pour lesquelles ces légendes avaient encore autant d'importance dans l'imaginaire collectif de cette région des Cévennes.

Un après-midi, un jeune garçon de sa classe lui raconta l'histoire de la Vieille Morte.

— La Vieille Morte ! s'étonna Julien, c'est un nom bien curieux.

L'enfant prit un air sérieux et commença :

— Il y a plusieurs versions à cette histoire. C'est mon père qui me l'a dit. Quand il était jeune, il habitait à Saint-Germain-de-Calberte avec ses parents. À la maison, on connaît celle qui parle d'une méchante *fade*, une méchante fée.

— Nous t'écoutons, fit Julien, très intéressé.

— Voilà. Il était une fois, il y a très, très longtemps, une fée habitait sur le mont Mars, qui ne se trouve pas très loin de l'Aigoual. Cette fée avait souvent de violentes sautes d'humeur et pouvait être très méchante. C'était une *méchantasse* ! Un jour, elle a passé sa colère sur une vieille femme des environs de Saint-Germain-de-Calberte qui était venue la voir pour lui demander pardon de la faute qu'elle avait commise. Cette femme était veuve, mais elle avait fauté avec un homme et avait eu un enfant malgré son âge avancé. Pour la punir, la méchante fée l'a condamnée à arracher de ses mains un *laupiàs*, une pierre énorme, et à errer jusqu'à la fin de sa vie avec sa pierre, son enfant, son âne et son chien à travers la montagne. Elle est partie en direction de l'autre versant et est passée par la crête. À la Pierre plantée, elle a rempli sa bouteille d'eau dans un petit ruisseau. En repartant, elle l'a oubliée. Il faisait très chaud. Son bébé crevait de soif. Mais elle n'avait plus d'eau. Alors son bébé est mort étouffé de chaleur, pas loin de Barre. Elle a poursuivi son chemin vers Trabassac. Là-bas, sur la montagne, il y avait un *rove*, un gros chêne blanc. Sur le rocher, son âne a glissé et, en glissant, il a donné un coup de sabot au pauvre chien qui le suivait de trop près. Le petit chien est mort. Elle l'a enterré au pied du chêne dans un trou qu'elle a creusé avec ses mains. Puis elle est redescendue plus bas. Là, un violent orage a éclaté et la rivière a grossi. Elle devait la traverser, mais il n'y avait pas de pont. Alors elle est passée à gué. Elle, avec sa grosse pierre qui pesait lourd, elle a pu traverser sans être emportée par le courant, mais son âne, lui, était trop léger. Le torrent l'a emporté et il s'est noyé. Ça s'est passé vers Saint-Germain-de-Calberte. Poursuivant péniblement son chemin, la vieille femme a commencé l'ascension de la montagne qui se trouvait devant elle. Mais, avec sa pierre sur le dos, elle était épuisée. Avant d'atteindre le sommet, elle s'est arrêtée pour se reposer. Alors elle a abandonné son fardeau et elle est morte une fois parvenue sur la crête. Ce serre, on l'appelle toujours la montagne de la Vieille Morte. On dit qu'après son corps s'est desséché et que le vent a emporté ses cendres au loin et les a déposées dans la plaine entre Anduze et Quissac dans un endroit qu'on appelle *Vielha Seca*, Vieille Sèche[1].

L'enfant se tut. Il avait terminé son histoire. Tous ses camarades attendaient, le nez en l'air, bouche bée d'admiration et d'étonnement.

— Quelle histoire ! remarqua Julien. Je te félicite, tu l'as admirablement bien racontée. Bien sûr, tout cela n'est qu'une légende, mais…

— Non, monsieur, c'est vrai. Ça s'est passé comme ça ! répliqua le jeune garçon, vexé. C'est mes parents qui me l'ont dit. Ils ne me mentent jamais !

— Voyons, cette fée, cette vieille femme qui a un enfant, et qui porte une énorme pierre, c'est impossible ! Réfléchissons !

— Si, c'est possible, monsieur, puisqu'on connaît tous les endroits par où elle est passée.

— Mais la fée, voyons !

— Les fades, ça existe. Il faut y croire. Sinon ça porte malheur !

Julien n'insista pas, mais se promit d'éclaircir cette étrange histoire.

Marie fit diversion :

— Et toi, Myriam, tu n'as pas une jolie légende à nous raconter ? Une histoire des gens du voyage ? Tu dois en connaître tout plein, toi aussi !

— Oh ! oui, madame. Je peux vous raconter la légende de Sara.

Les autres élèves émirent un murmure de désapprobation.

---

1. *Aujourd'hui Villesèque.*

Marie intervint sur-le-champ :

— Eh bien ! qu'y a-t-il ?

— Oh ! madame, les histoires de gitans, ça ne nous intéresse pas, répliqua un jeune garçon d'un air effronté.

— Comment ça, Jérémie, ça ne vous intéresse pas ! Et pourquoi donc ?

— C'est des histoires de sorcellerie.

— Pas du tout ! intervint Myriam. C'est vous, les gadjos, qui racontez des histoires de sorcières, pas nous !

— D'ailleurs, s'interposa Julien, je crois savoir que Sara fait partie du légendaire catholique ! Qui est catholique parmi vous ?

Les enfants se consultèrent du regard, hésitèrent à répondre. Puis, l'un après l'autre, ils levèrent timidement le doigt. Une grande majorité se dessina.

— Alors, tu vois Jérémie, reprit Marie, toi qui es catholique, tu devrais être le premier à t'intéresser à la légende que ta petite camarade désire nous raconter.

Le jeune élève rougit de confusion, se renfrogna, ne répondit pas. Des voix de filles, derrière Myriam, l'encourageaient : des petites protestantes qui n'avaient pas levé le doigt à la question de Julien.

— Vas-y, Myriam, vas-y ! Raconte ! N'aie pas peur !

— Nous t'écoutons, intervint Marie. Et gare à ceux ou à celles qui t'interrompent !

Myriam se leva et commença son récit :

— Oh ! ce n'est pas long, mais pour nous c'est important. Voilà. Quand Jésus prêchait dans son pays, il avait beaucoup de disciples qui le suivaient.

Trois d'entre eux étaient des femmes. Elles s'appelaient Marie Salomé, Marie Madeleine et Marie Jacobé. Elles étaient accompagnées de leur jeune servante à la peau sombre qui s'appelait Sara. Après la mort de Jésus sur la croix, on raconte qu'elles ont été arrêtées toutes les quatre par les méchants Romains, avec beaucoup d'autres. On les a condamnées à mort et, pour les exécuter, on les a mises dans un petit bateau sur la mer, sans voile, sans rames, sans nourriture et sans eau, pour qu'elles meurent de faim ou périssent dans la tempête.

— Et alors ? coupa un petit garçon, tout ouïe.

— Avec l'aide de Dieu, le bateau a traversé toute la mer Méditerranée et s'est échoué sur le rivage de la Gaule, à l'endroit où aujourd'hui se trouve la ville des Saintes-Maries-de-la-Mer.

— C'est pour ça que ça s'appelle comme ça ? demanda naïvement une de ses petites camarades.

— Oui, c'est pour ça.

— Elles ont été sauvées ?

— Oui, et elles ont survécu. Sara, c'est notre Vierge à nous, les gitans, la patronne de notre peuple. Nous la vénérons plusieurs fois par an en allant en pèlerinage aux Saintes-Maries, surtout au mois de mai.

— Tu sais qui était Sara, avant l'époque de Jésus ? demanda Julien qui ne manquait pas de connaissances bibliques malgré son agnosticisme.

— Non, je l'ignore, répondit Myriam. Pour moi, il n'y a que deux Sara : Sara de mon histoire et ma maman qui s'appelle aussi Sara.

Les enfants rirent bruyamment de bon cœur.

— Eh bien ! ajouta Julien, Sara était l'épouse d'Abraham, le patriarche de l'Ancien Testament. Alors vous qui êtes tous chrétiens, catholiques ou protestants, cette histoire, légende ou pas, devrait vous intéresser ! Non ?

— Euh... oui, monsieur, répondirent en chœur plusieurs enfants...

*
* *

Julien était de plus en plus persuadé que les habitants du Saut-du-Loup, comme beaucoup de Cévenols, attachaient de l'importance à leurs légendes parce qu'elles représentaient pour eux une sorte d'héritage sacré, de patrimoine oral incontestable. Or plus qu'ailleurs, dans une région où les richesses sont rares et où l'histoire est pétrie de faits douloureux et de violents antagonismes, ce qu'on raconte de génération en génération avait valeur de mémoire collective, de vérité historique même, de justification morale à son attachement à ses racines. Les racines sont les seules richesses des pauvres, avait-il expliqué à Marie qui ne comprenait pas son acharnement à vouloir trouver les fondements de telles croyances qu'elle assimilait à de simples superstitions.

— Si je parviens à comprendre la mentalité de ces gens apparemment méfiants et peu hospitaliers en ce qui nous concerne, nous les estrangers comme ils disent, cela me permettra de mieux m'intégrer à eux et peut-être de parvenir à les convaincre de leurs erreurs, notamment vis-à-vis des Carballo.

— Et peut-être aussi de connaître la cause de la mort de ce pauvre Maxence Cabanel ! ajouta Marie en plaisantant.

— Pourquoi pas ? Quelque chose me dit que cette terrible histoire n'est pas sans lien avec toutes les croyances des gens d'ici.

— Que comptes-tu faire ?

— Pour l'instant, dès que le temps le permettra, aller sur les traces de la Vieille Morte.

— Pardon ?

— Tu as bien entendu : aller sur les traces de la Vieille Morte, pour mieux comprendre le sens de cette légende. Ça pourrait m'aider.

*

* *

La neige ne tint pas plus d'une semaine. Très vite, les routes redevinrent praticables et les villages, les uns après les autres, furent libérés de leur fardeau d'albâtre.

Une fois de plus, Julien confia sa classe à Marie pour une demi-journée, et se mit en route un samedi de bon matin, bravant le froid qui, malgré le redoux, piquait encore au visage. Muni de la paire de raquettes que le brave météorologue lui avait confiée lors de sa première visite à l'observatoire – depuis, il lui en avait rendu plusieurs –, il prit la direction du mont Mars. Deux jours durant, il franchit serres et valats, marcha souvent dans la neige qui n'avait pas fondu partout, traversa à gué rus et torrents, s'enfonça dans les forêts les plus sombres. Plus d'une fois, il se trouva nez à nez avec des animaux sauvages en quête de nourriture, chassés de leur tanière par la faim, apprit à repérer à l'oreille les grognements des sangliers, les mugissements des cerfs, les cris à peine perceptibles des écureuils dans les branches décharnées. Chaque fois qu'il traversait un hameau ou s'approchait d'un mas isolé, il allait au-devant de leurs habitants pour leur parler et leur demander des renseignements sur la légende de la Vieille Morte. Il fut toujours reçu avec beaucoup d'hospitalité dès lors qu'il leur montrait de l'intérêt. La plupart étaient des paysans protestants car, dans la Vallée Française et en pays de Calberte où la légende était très répandue, la religion de Martin Luther et de Jean Calvin avait trouvé un refuge idéal pour se propager à l'époque de l'intolérance religieuse.

Il reconnut, non sans peine, les lieux-dits correspondant aux différentes étapes de l'histoire légendaire, inscrivant dans un carnet à spirale tous les détails qu'on ne se privait pas de lui fournir à grand renfort d'anecdotes locales. À la mémoire collective, chacun rajoutait sa part de légende. Il s'aperçut ainsi que celle-ci variait quelque peu d'une bouche à l'autre. Il nota en premier lieu les rochers pittoresques du mont Mars, site caractéristique, remarqua-t-il, pour la naissance d'une histoire de fades. Ici un chaos de rochers, au Saut-du-Loup des pierres plantées ! écrivit-il dans son carnet en croquant le paysage de quelques coups de fusain bien précis. Puis il passa par le col de Laupies, où on lui affirma que la Vieille y avait arraché son *laupiàs*, sa pierre de douleur. On le dirigea ensuite vers *lo valat de la Botelha*, le ruisseau de la

Bouteille, où la malheureuse avait rempli et oublié sa bouteille d'eau.

À la fin de la première journée, il fit halte à Barre, dans une auberge située à la sortie du village, afin d'y passer la nuit. Accueilli chaleureusement par une vieille femme qui aurait pu tenir le rôle de la Vieille Morte, il reprit des forces devant le repas le plus plantureux qu'on lui ait jamais servi. À nulle occasion auparavant, il n'avait eu à ingurgiter autant de plats les uns après les autres. La vieille aubergiste, craignant sans doute que son hôte ne meure de faim en chemin, lui sortit les restes des plats qu'elle avait servis à ses clients de la veille, auxquels elle ajouta sans compter les plats du jour qu'elle avait longuement mijotés sur son fourneau depuis le petit matin.

— Si vous voulez parvenir au bout de votre périple, lui avoua-t-elle d'un air moqueur, il faut manger, jeune homme ! Sinon votre sort sera le même que celui de la Vieille Morte. Le chemin est rude, par où elle est passée. Et vous n'êtes pas encore au bout de vos peines.

— Si une vieille femme alourdie d'une grosse pierre y est parvenue, j'y arriverai bien ! plaisanta Julien.

— Certes, vous me semblez de taille, mais prenez quand même votre content de nourriture. Il ne faut pas mourir de faim en cours de route.

— *Aquò m'arriba pas jamai !*[1] répondit Julien en patois.

---

1. *Oh ! moi, ça ne m'arrive jamais !*

La vieille aubergiste, surprise, écarquilla les yeux, ajouta dans la même langue :

— *Parlas patoues ?*[1]

— Un peu, répondit Julien.

— *Mès alòr sias sans besounh !*[2]

— Je ne suis pas riche, mais il est vrai que j'ai la chance de ne manquer de rien.

Repu et amusé par la conversation à bâtons rompus qu'il eut avec son hôtesse, Julien monta tardivement se coucher. Dans la chambrée collective, trois autres chemineaux ronflaient déjà à cœur joie quand il s'allongea sur son bat-flanc.

Le lendemain matin, il reprit sa route en direction du Plan de Fontmort où, d'après les dires de l'aubergiste, était mort l'enfant de la vieille femme, *Fontmort* signifiant « enfant mort ». Suivant le chemin à travers la lande et la forêt, il retrouva difficilement le gros chêne sur la Roquette, lieu-dit que les habitants appelaient *lo Cros del chin*, « la Tombe du chien ». De fil en aiguille, de révélation en révélation, il parvint dans un petit village reculé où, lui apprit-on, la vieille femme avait évité un groupe de curieux qui se seraient dit en la voyant : « *De qué fai aquela femna ? Mès fai lo torn !*[3] » Depuis ce village s'appelle « Le Tour ». Parvenu en bas du valat, il traversa la rivière au pont de Négase et se fit expliquer que l'*ase nagat* signifiait « l'âne noyé ».

1. *Vous parlez patois ?*
2. *Mais alors vous êtes sans besoin !*
3. *Que fait cette femme ? Mais elle fait le tour !*

Chaque lieu-dit qu'il traversait avait un lien avec cette étrange histoire. Julien n'en perdait aucun détail, faisant toujours un croquis de chacun dans son carnet. Il imaginait très bien cette misérable bonne femme, sur laquelle la mauvaise fée avait jeté un sort, tel Sisyphe écrasé par sa pierre, peinant pour atteindre un lieu inaccessible jusqu'à la fin des temps. Et pour une faute qui, somme toute, n'aurait, en ce presque milieu du XXe siècle, aucune importance majeure dans la société urbaine.

À la fin de la seconde journée, il acheva enfin son périple en gravissant la pente du serre qui portait son nom légendaire. La Vieille Morte ruisselait d'or et de lumière sous le soleil couchant. Dépourvues de neige, cuirassées de schiste mordoré, ses arêtes scintillaient de cuivre, d'or et d'argent. En quelques endroits, des taches grises et brunes trahissaient la présence en son sein de châtaigneraies dépourvues de ramures en cette morte saison, ainsi que celles de rares mas isolés, accrochés à ses flancs comme des navires à la dérive. Il trouva rapidement le menhir que la pauvresse avait abandonné avant d'aller expirer sur la crête, non loin d'une ruine qui, lui avait-on affirmé, était peut-être les restes d'un temple dédié au dieu Mercure en des temps immémoriaux. Il gisait de tout son long[1], comme elle l'avait abandonné selon la légende. Il en examina attentivement la surface rugueuse. Tel le menhir couché du Saut-du-Loup, elle était toute burinée de cupules et ornée de croix.

---

1. Il a été redressé depuis en 1961 sur l'initiative de Marceau Lapierre (NDLA).

« Étrange ! pensa-t-il en passant sa main sur les stigmates du mégalithe, ce mélange de marques païennes et d'ornements chrétiens. Si cette pierre pouvait parler ! »

Il se concentra, caressa le menhir, cherchant à percevoir la présence de la vieille femme morte d'avoir transporté la pierre sur le flanc de cette montagne qui portait maintenant son nom. Il sentit bientôt son être se vider de sa substance, un grand flou l'envahir, la même impression que celle qu'il avait ressentie au pied des menhirs du Saut-du-Loup quelques mois auparavant. Il s'assit sur la pierre, puis s'y allongea, l'enlaça pour y puiser la force qui pouvait en émaner. Il resta ainsi un long moment sans avoir conscience du temps qui passe, hors du temps et de l'espace où il se trouvait. Autour de lui, tout était devenu fugace, évanescent, impondérable. Il sut alors que la mort, celle qu'avait rencontrée la malheureuse condamnée par la fée maléfique, n'était que la délivrance d'un poids énorme que chacun transporte sur son dos toute sa vie. Cette pierre n'était que le poids de la vie. L'abandonner donnait accès à l'éther le plus léger, à l'azur le plus éblouissant ; c'était la délivrance de tous ses maux, le prix à payer pour l'éternité.

Le soir tomba bientôt sur la crête, enveloppant la Vieille Morte d'un châle d'ombre et de froidure qui raidirent le corps rompu de fatigue de Julien. Celui-ci reprit ses esprits et, vacillant comme on vacille au sortir d'un profond sommeil, il douta de ce qu'il venait de ressentir.

« Ai-je rêvé après m'être endormi ? se demanda-t-il, ou bien ai-je réellement touché du doigt cette limite entre la vie et la mort ? Cette vieille femme, j'ai eu vraiment l'impression de ressentir sa présence au contact de la pierre ! Est-ce que je deviens fou ou est-ce que les pierres me parlent ? »

Trop perturbé par ce que son esprit venait de traverser, Julien entreprit la descente du serre, tel un somnambule. Son corps était glacé, pas tellement par le froid qu'il faisait dehors – il avait emporté une veste épaisse –, mais par le vide qui creusait son être de l'intérieur. Ses forces l'avaient complètement abandonné. Il dut s'arrêter plusieurs fois pour reprendre haleine, finit par vomir ce qu'il avait dans le ventre. Il suivit machinalement le chemin qui descendait en direction de Saint-Étienne-Vallée-Française et fit halte dans une grosse ferme située sur la ligne de crête.

— Où suis-je ? demanda-t-il au paysan qui l'accueillit.

— Vous êtes au Pereyret. Vous pouvez rester pour la nuit, si vous voulez, nous offrons l'hospitalité à tous ceux qui nous la demandent. Le prochain village est à plus d'une heure de marche d'ici. Dans la nuit, mieux vaut ne pas s'aventurer seul sur les chemins. On ne sait jamais ce qui peut arriver. Restez bien au chaud chez nous. Nous vous donnerons le gîte et le couvert. Vous vous êtes égaré ?

— Euh... un peu, répondit Julien encore tout abasourdi. Demain, il me faut reprendre la route de Florac.

— Florac ! Mais ce n'est pas la porte à côté ! Après une bonne nuit, je vous conseille de descendre sur Alès, vous trouverez bien quelqu'un à Saint-Paul-la-Coste pour vous y conduire. Il vous restera à prendre le train de la montagne.

Julien accepta l'hospitalité de son hôte et, le lendemain, suivit son conseil. Il rejoignit Alès dès le lever du jour et prit le premier train en partance pour Clermont-Ferrand, puis la correspondance pour Florac à Sainte-Cécile-d'Andorge, comme lors de son arrivée dans les Cévennes six mois plus tôt. De là, il regagna le Saut-du-Loup au milieu de l'après-midi.

*
* *

— Alors ? s'enquit Marie sans attendre que Julien ne se remette de ses fatigues. Tu as encore manqué une journée de classe ! Décidément, ça devient une habitude ! Heureusement que je suis là pour prendre en charge tes élèves ! Sinon, que diraient les parents ?

— Excuse-moi, Marie, mais je ne pensais pas rentrer si tard. Je me suis laissé entraîner par cette légende de la Vieille Morte, et il m'est arrivé le même malaise que près des menhirs du Saut-du-Loup. J'ai l'impression que ces vieilles pierres veulent me parler.

— Tu divagues, mon chéri ! Reprends-toi !

Marie enlaça son ami, l'étreignit comme une femme amoureuse, l'embrassa longuement.

— Tu m'as manqué, lui glissa-t-elle à l'oreille.

— Pour deux petits jours d'absence !

— Un seul et tu me manques déjà.

— Je t'aime, Marie. Toi aussi tu m'as manqué.

— Raconte-moi, que conclus-tu de tes découvertes ?

— Oh ! pour l'instant, pas grand-chose ! Cette légende s'apparente de près ou de loin à d'autres légendes où des êtres fantastiques féminins portent de grosses pierres sur leur dos. Les fées y jouent toujours un rôle important. C'est ce qui court à propos de beaucoup de menhirs, d'après ce qu'on m'a raconté. En réalité, je me suis aperçu que tous mes narrateurs avaient leur propre version de l'histoire et y ajoutaient un épisode en fonction du lieu où ils habitent. Ainsi, si je mets bout à bout tous les éléments locaux que j'ai entendus, ma légende ne cesse de s'amplifier. Ma première conclusion me ferait dire que toutes ces histoires ne valent que parce qu'elles expliquent la toponymie locale. Avec elles, les habitants s'identifient à leur région, à leur valat, à leur quartier de vie. Ils marquent les limites de leur territoire pour mieux le reconnaître, se l'approprier. Ils ont conscience qu'ils appartiennent à la même communauté. Le légendaire toponymique ne fait que s'ajouter au légendaire fantastique qui, lui, met en scène des fées, des êtres mystérieux. Il donne du sens réel à la légende puisque celle-ci, grâce à lui, s'inscrit dans les lieux. Il l'accrédite.

— Au fond, c'est comme les récits bibliques. Ce sont souvent des légendes qu'il faut savoir interpréter. La plupart sont racontées de manière fantastique pour accroître l'attention de ceux à qui elles sont destinées et pour aider à les mémoriser. Ainsi est allée la mémoire orale à travers les siècles.

— C'est exact.

— Et ce qui se passe avec la Bible se passe probablement avec ces légendes cévenoles : il y a ceux qui prennent tout au pied de la lettre, qui ne démordent pas de l'idée qu'Adam et Ève furent les deux premiers êtres humains de la Création ou que Jésus était un grand magicien capable de transformer l'eau en vin ou de marcher à la surface de l'eau, et ceux qui s'attachent au sens caché de ces faits mystérieux racontés par les textes.

— Attention, Marie, tu es en train de blasphémer ! Mais je crois que tu es dans la vérité. C'est pourquoi la justification toponymique ne me satisfait pas pleinement. Nous nous trouvons ici en plein cœur d'une communauté à ce point superstitieuse qu'elle ne met pas en doute le légendaire qui plane sur le village. Comme si tous avaient gardé intacte leur naïveté ou leur crédulité d'enfant. Cela me paraît étrange.

— Crédulité et superstitions que certains entretiennent peut-être à dessein !

— Je crois que tu as deviné ce que je pense depuis quelque temps. Reste à découvrir les raisons secrètes de cette volonté à entretenir toutes ces affabulations. À qui profite la crédulité des gens ? En tout cas, cette légende de la Vieille Morte[1] m'aura au moins servi à découvrir la région et à bien connaître la mentalité de ses habitants. Reste à faire parler les pierres de cette commune qui doivent, c'est certain, receler quelques mystérieux secrets.

1. *Encore appelée légende de la pierre de la Vieille (NDLA).*

XV

Sacrifice

EDWIGE AUDIBERT-DELORME était ce que les habitants du village appelaient une « grande dame ». Appartenant à l'ancienne aristocratie française, issue de la lointaine lignée de Diane de Poitiers, elle avait consolidé par son mariage avec le fils du vieux baron la noblesse de ce dernier dont le titre ne remontait qu'au Second Empire. D'une apparence hautaine, se tenant volontairement à distance des affaires brassées par la famille de son mari, elle préservait toujours dignement son rang. Elle était l'âme du Castellas et prétendait qu'un lointain ancêtre avait été à l'origine de sa fondation – ce que rien n'était venu confirmer ni infirmer. Ses affirmations lui permettaient néanmoins d'accréditer sa théorie du juste retour au bon ordre des choses : Diane de Poitiers avait jadis protégé le territoire du Saut-du-Loup ; son ancêtre, vassal de la grande dame du royaume, avait édifié le château ; l'ancien ordre féodal, dont elle se montrait encore partisane avec beaucoup de fierté, était donc rétabli. Les Audibert-Delorme avaient apporté l'argent nécessaire pour redorer le blason perdu, puis retrouvé, et qu'elle-même avait rendu à sa juste place par son mariage, à défaut d'avoir pu imposer le nom de sa noble lignée.

La grande dame du Saut-du-Loup restait un mystère pour beaucoup de gens. Peu la connaissaient vraiment et d'aucuns affirmaient sans preuves que même le vieux baron la craignait.

D'une beauté froide, elle en imposait à son entourage par son élégance jamais prise en défaut, la qualité de sa conversation, les remarques cassantes qu'elle ne se privait pas d'envoyer comme des flèches empoisonnées à tous ceux qui osaient la contredire.

Le vieux baron se tenait à distance de sa belle-fille avec l'assurance de ceux qui détiennent le réel pouvoir de décision sous leur toit familial, parce qu'ils détiennent les cordons de la bourse. D'ailleurs, il la tenait peu au courant des affaires qu'il brassait et avait exigé, lors du mariage de son fils, un contrat en bonne et due forme, afin de bien séparer la part de fortune que chacun des deux partis apportait. Il lui savait gré seulement d'ajouter à sa maison une illustre racine. Elle lui avait ouvert les portes des familles les plus fortunées de France parmi la vieille aristocratie, dont les membres, toujours influents, ne manquaient pas de faire fructifier un patrimoine loin d'être totalement dissous.

— Le monde des affaires, affirmait le vieux baron à ses amis, ne connaît pas les différences de rang. Il faut aller chercher l'argent là où il se trouve. Et ces vieux nobles sont beaucoup plus riches qu'on ne le croit.

Aussi, sans vergogne, s'était-il fait dans sa longue carrière d'affairiste de nombreux amis issus de tous les milieux : parmi les plus vieilles familles de l'aristocratie française dont les caisses alimentaient encore secrètement les groupes et partis politiques royalistes, parmi les jeunes parvenus qui faisaient fortune aussi rapidement qu'ils disparaissaient dans le monde de la Bourse, du cinéma ou de la presse à scandale, en passant par les fortunes les plus diverses et déjà anciennes constituées dans l'industrie ou l'immobilier. Partout il savait pouvoir trouver des gens intéressés par ses tractations. Beaucoup le contactaient des quatre coins du pays pour être informés les premiers d'une bonne affaire bien avant les autres.

Son fils, Jean-Charles, n'avait pas son envergure. Edwige elle-même reprochait à son mari de ne s'intéresser qu'aux petites affaires, de ne pas avoir l'ambition et la stature de son père, de ne briguer que des postes misérables, tant à la mairie, où elle aurait souhaité au moins qu'il fût maire, qu'au conseil général du département, dont il avait refusé d'être le candidat du canton.

Entre les deux époux régnait une sorte d'entente cordiale, qui n'avait de cordiale que l'apparence, ce qui ne trompait plus personne depuis longtemps. Depuis des années, les deux nobles conjoints ne faisaient plus chambre commune et, mis à part quelques rares exceptions, la « grande dame » n'ouvrait plus son lit à son mari.

Celui-ci, dans la plus grande discrétion, entretenait des relations pour le moins intimes avec certaines amies de son épouse. Ses maîtresses ne restaient jamais longtemps attitrées afin, pensait-il, de ne pas leur laisser croire qu'un jour elles pourraient prendre la place de la future baronne. Celle-ci n'ignorait pas les frasques de son mari, pas moins que le vieux baron d'ailleurs, mais fermait les yeux, trop attachée qu'elle était à rester dans la place, au milieu des murs, des courtines et des tours qu'elle estimait être son digne héritage.

Dans le village, tout le monde évitait d'évoquer les relations tumultueuses qu'avaient parfois Jean-Charles et Edwige Audibert-Delorme. Certes, leurs éclats de voix ne parvenaient pas à transpercer l'épaisseur des murailles du Castellas, mais les soubrettes et les valets de chambre se permettaient parfois quelques petites indiscrétions qui auraient fait les choux gras des langues malveillantes si, dans le village, ne s'était instauré depuis longtemps un consensus pour étouffer la moindre révélation à ce sujet. Ce qui, au pays des ouï-dire et des rumeurs, pouvait être considéré comme contradictoire.

Même si le vieux baron passait toujours pour le patriarche de la famille, celui qui dirigeait et la châtellenie et la commune, même si personne n'ignorait que son fils, à sa place d'adjoint, influençait toutes les décisions du maire, Robert Comballe, il n'en restait pas moins vrai que la descendante de Diane de Poitiers avait autour d'elle une influence indéniable. Son seul passage en voiture à travers le village écartait les curieux, les indiscrets, les téméraires qui affirmaient ne craindre personne, les poltrons et les condescendants qui étaient toujours prêts à s'avilir pour obtenir les miettes d'un déjeuner de prince. Edwige connaissait bien les faiblesses des hommes et en usait : par son charme discret et suave avec ceux qu'elle désirait comme amants pour mieux se satisfaire et les asservir, par ses manigances subtiles et jamais gratuites avec ceux qu'elle détestait et dont elle avait juré la perte.

Robert Comballe était de cette dernière catégorie. Le maire de la commune n'était à son avis qu'un être pitoyable et pleutre. Elle lui reprochait surtout d'être à la solde de son mari. La collusion entre les deux hommes les rendait à ses yeux encore plus détestables. Elle, qui croyait incarner une certaine image de la France, trouvait avilissant que le père de ses propres enfants condescende à se mettre dans l'ombre d'un manant – c'était le mot dont elle affublait volontiers Robert Comballe pour mieux le remettre à sa place.

— Vous finissez de me décevoir, mon ami ! avait-elle un jour jeté au visage de son mari. Vous vous prostituez. Et avec un homme en plus, un gueux ! Vous ne serez jamais qu'un miséreux parvenu, un vulgaire anobli.

Toutes les injures glissaient sur le visage impavide du baron. Lui méprisait ces aristocrates qui sentaient la poudre de l'Ancien Régime et qui croyaient représenter encore le socle de la haute société, pleine d'arrogance, de mépris et de condescendance. Il reconnaissait cependant avoir épousé Edwige par amour : « Elle était si belle quand nous nous sommes rencontrés ! Elle avait tant de classe ! » se justifiait-il parfois dans les bras d'une maîtresse curieuse de savoir comment il avait pu épouser une femme qui le haïssait tant maintenant. Edwige, elle, avait su garder ses esprits, et le mariage ne lui avait pas fait perdre de vue la raison qui l'avait poussée dans les bras et le lit du jeune baron. Elle ne s'en était pas cachée longtemps, ce qui, au fil des années, avait contribué à empoisonner les relations entre les deux époux. Petit à petit, celles-ci étaient devenues exécrables et il fallut toute la diplomatie de Charles, le patriarche des lieux, pour éviter le scandale qu'aurait été un divorce. Au reste, si Jean-Charles l'avait souhaité, n'ayant rien à perdre qu'un peu de prestige, Edwige s'y était toujours refusée, non pour rester au plus près de ses enfants, mais pour demeurer maîtresse du Castellas.

*
* *

— C'est étrange comme cette famille pèse de tout son poids sur les habitants du village ! s'étonnait souvent Julien. On dirait qu'ils ont peur d'elle, qu'ils sont sous influence.

— Oh ! ce doit être souvent le cas dans les petits villages où le châtelain a encore de l'importance, remarqua Marie. Tiens, moi je connais un autre village où c'est le cas : Quérac, près de Saint-Hippolyte-du-Fort. J'ai des cousins qui habitent là-bas, les Chabrol. Ils sont bergers de père en fils. Ma mère est la nièce du vieil Antoine Chabrol qui s'est toujours heurté à un autre baron, un certain Auguste Donnadieu, qui voulait devenir le seigneur des drailles. Eh bien ! tu peux me croire, quand j'étais petite, ils nous racontaient des histoires de relations avec leur châtelain dignes d'une autre époque ![1]

---

1. *Voir* L'Appel des drailles *et* Les Drailles oubliées, *du même auteur, même éditeur (NDLE).*

— C'est sûrement leurs titres de noblesse qui leur montent à la tête.

— Trois révolutions n'ont pas suffi à rabaisser leur arrogance !

— Tu verras, au printemps, si le Front populaire triomphe aux prochaines élections, il n'y aura pas qu'eux qui cesseront de pavoiser.

— Tu souhaites le succès du Front populaire ?

— Pas toi ?

— Je ne sais pas très bien.

— Je te croyais acquise aux idées de gauche ! Après ce qui s'est passé il y a deux ans, cette flambée du fascisme, avec, entre autres, la collusion des ligues d'extrême droite et des ligues monarchistes, comment peux-tu encore hésiter ? Toi, une institutrice, digne représentante de la laïcité et de l'idéal républicain !

— Je crains qu'avec les communistes nous ne courions vers d'autres problèmes.

— Fais donc confiance à Léon Blum. Il sait ce qu'il fait. Il ne se laissera jamais déborder sur sa gauche.

— Que pensent les gens d'ici, d'après toi ? Le maire, de quel bord est-il ? Il affirme toujours ne pas faire de politique.

— Oh ! Comballe ! Il est du bord où le pousse son mauvais génie.

— Le fils du baron ?

— Oui, ce Jean-Charles Audibert-Delorme. Je ne sais pas pourquoi, mais je ne l'aime guère, ce jeune prétentieux.

— Jeune ! Pas tant que ça. Il a la quarantaine bien sonnée !

— Je m'entends : jeune par rapport à son père, le baron.

— Il a deux grands enfants auxquels sa femme est très attachée, paraît-il.

— Oui, c'est exact. Un garçon : Xavier ; et une fille : Audrey. On les voit peu dans la commune. Surtout Audrey, elle sort peu du Castellas. C'est une jeune fille très discrète ou très renfermée, je ne sais pas. Mais bien comme il faut en tout cas, d'après ce qu'affirme la boulangère.

— Celle-là, je m'en méfie comme de la peste. Je la soupçonne de colporter sur nous des ragots pas très jolis. Si je pouvais me dispenser de prendre mon pain chez elle ! Malheureusement, il n'y a pas d'autre boulangerie dans le village !

— Dis-lui que nous allons nous fiancer ! Comme ça, à la vitesse des rumeurs qui circulent, nous serons vite blanchis d'entretenir des relations amorales !

— Vrai ? Tu veux que je dise un tel mensonge !

— Mensonge, mensonge, c'est à voir !

Marie sauta au cou de Julien et, ses yeux droits dans les siens, lui dit :

— Dis-moi la vérité : tu penses vraiment qu'on pourrait se fiancer !

— C'est une éventualité à laquelle je viens de songer à l'instant ! répliqua Julien d'un air amusé.

— Je te prends au mot. Tu ne pourras pas nier de l'avoir dit.

*

* *

Tandis que les deux tourtereaux se prélassaient dans l'insouciance, le village était encore dans tous ses émois : deux paysans téméraires, partis bûcheronner dans la forêt, étaient rentrés tout bouleversés par une étrange découverte qu'ils avaient faite par hasard. Pourtant, eux ne croyaient pas aux histoires de sorcellerie. Passant près de la clairière des menhirs, dans le bois de l'Hom, ils n'avaient pas résisté à la tentation de se rendre à l'endroit où la dépouille du pauvre Maxence Cabanel avait été retrouvée. En examinant le menhir couché, ils avaient été stupéfaits de découvrir la cupule remplie de sang. Sans se poser de questions, ils ne s'étaient pas attardés et, prenant leurs jambes à leur cou, avaient fui ce lieu malfaisant. Ils étaient venus aussitôt raconter leur macabre trouvaille au premier venu. De bouche à oreille, l'histoire était arrivée aux portes de la mairie, où un agent administratif vint immédiatement prévenir Robert Comballe au beau milieu d'une séance de conseil municipal.

— Qu'y a-t-il encore pour me déranger en plein conseil ? s'insurgea ce dernier.

L'employé de mairie lui glissa deux mots à l'oreille. Les autres conseillers et adjoints trouvèrent l'intrusion un peu audacieuse et commencèrent à manifester leur mécontentement. Le maire jeta un regard interrogateur en direction de son troisième adjoint, Jean-Charles Audibert-Delorme, et demanda une suspension de séance.

— Qu'est-ce qui se passe ? demanda le jeune baron. Encore une catastrophe !

— Gardons notre calme.

Ils tinrent conciliabule quelques instants, puis Robert invita ses collègues à reprendre place autour de la table de réunion.

— Je préfère vous avertir sans tarder des faits qui m'ont été rapportés, fit-il en reprenant sa place. Vous prendrez garde de ne pas interpréter ce que je vais vous révéler. Contentez-vous des faits, rien que des faits, même s'ils laissent à penser que tout n'est pas fini avec le meurtre... enfin je veux dire la mort de Maxence Cabanel.

— Mais que se passe-t-il donc, Robert ? Parle !

— Tu nous dis de ne pas interpréter les faits et tu viens toi-même d'insinuer que ça pourrait avoir un rapport avec ce pauvre Cabanel ! s'insurgea un membre de son opposition. Tu voudrais qu'on fasse le contraire de ce que tu dis de faire que tu ne t'y prendrais pas autrement !

— Alors, vas-y ! Raconte.

— Jeannot et Ernest ont trouvé du sang frais dans la cupule du menhir couché, au bois de l'Hom.

L'assistance retint son souffle. Nul n'ignorait ce qu'on racontait à propos de cette cupule : que, jadis, les protestants y égorgeaient les catholiques pour se venger de l'oppression dont ils étaient victimes.

Un membre du conseil avança :

— C'est pas Dieu possible que les guerres de Religion vont recommencer ! C'est donc pas fini ces histoires de camisards !

— Oh ! Fernand ! reprit son voisin. Ne fais pas l'andouille. Ne nous fais pas croire que tu penses aux querelles entre catholiques et protestants. D'ailleurs, toi, t'es bien papiste, non ? Et moi parpaillot ! Et je n't'ai pas encore égorgé, jusqu'à présent !

— Messieurs, s'interposa Robert Comballe, vous n'allez pas déterrer la hache de guerre pour une histoire qui n'a sans doute aucun lien avec nos anciennes querelles religieuses.

— Alors qu'est-ce que ça signifie, toutes ces simagrées ? demanda un autre conseiller.

— *Vaï !* tu sais bien ce que ça signifie ! fit un quatrième édile. C'est encore une machination de ces manouches.

— Allons, allons ! interrompit Jean-Charles Audibert-Delorme. Robert vous a demandé de ne pas en rajouter et d'éviter d'interpréter l'événement en l'absence de preuves.

Il jeta un regard complice en direction de Robert Comballe et poursuivit :

— Je vous propose de nous rendre dès demain sur les lieux du cr..., de l'événement, se reprit-il de justesse. Ce soir, il fait nuit, il est trop tard.

Puis il se leva le premier et s'approcha aussitôt de Robert Comballe. Les autres conseillers ne bronchèrent pas.

— C'est parfait, ça tombe à pic ! lui glissa-t-il à l'oreille.

Le maire jeta un regard intrigué en direction de son mentor et déclara la séance suspendue.

— À demain, messieurs. Pour ceux qui veulent constater avec moi ce qui s'est passé, rendez-vous à 10 heures devant la mairie.

*

* *

Un épais brouillard enveloppait la région et tardait à se dissiper. Le conseil au grand complet ne s'était pas découragé pour autant, même si certains pensaient au fond d'eux-mêmes que c'était là un mauvais présage.

Robert Comballe et Jean-Charles Audibert-Delorme, vêtus d'un treillis de chasseur et d'une grosse vareuse de cuir, prirent la tête de l'expédition. Les autres suivaient à la queue leu leu, muets comme des carpes, s'attendant peut-être à subir quelque autre maléfice ou sortilège de la part de ces fades qui hantaient le bois de l'Hom. La tension parmi eux était intense. Personne ne pouvait oublier ce qui s'était passé quelques mois plus tôt dans cette sombre forêt : ce pauvre Cabanel mort dans de si étranges circonstances, énucléé puis abandonné dans cet antre de Lucifer ! Qu'attendait-on pour châtier les coupables ?

Chemin faisant, les langues commencèrent à se délier en même temps que les muscles raidis par une mauvaise nuit d'insomnie. Chacun avait en tête le futur procès de Chico Carballo, au cours duquel il devait paraître, accusé d'homicide sur la personne de l'instituteur. Le journal de la veille, en effet, les avait rassurés : le procès aurait lieu aux assises de Montpellier dans une semaine. L'instruction avait été longue car minutieuse ; elle avait abouti à une conclusion pour le moins étrange : l'énucléation avait été reconnue comme cause indirecte du décès. Sous la menace, Maxence Cabanel était mort de peur, avant même d'avoir été énucléé. « Il a dû être terrifié ! répétait-on dans le village. Faut-il avoir fait pacte avec le diable pour commettre de telles atrocités sur son prochain ! » Les commentaires ne tarissaient pas de détails spécieux et amplifiaient la rumeur affirmant que les Carballo étaient un couple qui s'adonnait à la sorcellerie.

Lorsque le petit groupe parvint sur les lieux, le brouillard, toujours aussi dense, ne s'était pas levé. La cascade mugissait d'une eau tumultueuse. Il en émanait un bouillonnement vaporeux, comme si les pierres sur lesquelles elle se brisait gardaient en elles la chaleur des entrailles terrestres d'où elles avaient surgi des millions d'années plus tôt.

Ils laissèrent sur le côté la petite grotte que Julien avait remarquée lors de sa première visite du site. Cette grotte était bien connue des protestants de la région. Eux-mêmes racontaient qu'à l'époque des camisards les femmes protestantes venaient y accoucher pour préserver leurs enfants des dangers, puis qu'elles allaient les faire baptiser au Désert, dans les assemblées clandestines, la plus proche étant celle de la can de l'Hospitalet, sur la corniche des Cévennes. C'était l'époque où les dragons du roi les privaient de toute liberté. Longtemps après, les catholiques virent encore dans cette pratique une preuve supplémentaire de l'hérésie protestante : le lieu en effet, étant fréquenté par des fées malfaisantes, on eut vite fait d'en déduire l'hypothèse que les nouveau-nés, qui voyaient le jour au rocher des Fées, non loin des menhirs, étaient dédiés au diable et non à Dieu. Depuis, de telles histoires passaient pour anecdotes, mais... certains n'étaient pas loin de penser que les lieux étaient encore ensorcelés.

Seuls les plus audacieux décidèrent de descendre dans l'antre des menhirs. Les autres, plus poltrons, prétextèrent que le passage était glissant et très dangereux, qu'il fallait des cordes. La majorité attendit donc au pied de la cascade, non loin de la grotte, et laissa Robert Comballe, le baron et trois autres conseillers s'aventurer sur le lieu maudit.

Les menhirs ruisselaient d'humidité et donnaient l'impression de pleurer l'un des leurs, étendu au milieu d'eux. Dans les branches dénudées des ormes et des peupliers, des chouettes, dérangées dans leur sommeil diurne, hululaient de mécontentement. Des rongeurs, apeurés, se faufilèrent dans les feuilles mortes comme des esprits furtifs qui s'évanouissent dans un monde invisible.

Les cinq hommes s'approchèrent du menhir couché à pas prudents, s'attendant à quelque mauvaise surprise. Aucun d'eux n'avait rompu le silence de mort qui régnait autour des étranges mégalithes. Tous pensaient à la même chose : la présence des fées. Même les plus incrédules ne pouvaient s'empêcher de songer à toutes ces histoires qui couraient à propos de ce lieu mystérieux. Tous étaient prêts à déguerpir au premier signal de danger.

Jean-Charles Audibert-Delorme fut le premier à s'étonner :

— Regardez, dit-il d'une voix qui trahissait l'incompréhension. La cupule est vide !

Les autres s'approchèrent de la pierre couchée et constatèrent le même fait.

— Ernest et Jeannot m'ont pourtant affirmé qu'elle était remplie de sang. Celui-ci n'a pas pu s'évaporer !

— Il y a encore des traces de sang séché, remarqua Robert Comballe. C'est certain, Ernest et Jeannot n'ont pas eu des hallucinations. Il y avait bien du sang dans cette cupule. C'est tout frais.

— Le sang de quoi ? demanda Martial Legendre, le boulanger, premier adjoint. Ou de qui ?

— On ne pourra jamais le savoir, dit Jean-Charles Audibert-Delorme. En tout cas, c'est sûr, quelqu'un est venu ici faire une sorte de sacrifice, comme dans le temps. C'est à cela que servait cette cupule.

— Vous voulez dire que des protestants auraient pu...

— Non, je n'accuse pas les protestants de renouer avec cette vengeance camisarde. Mais il faudrait quand même éclaircir cette histoire !

Les supputations allaient bon train, quand l'un des membres du groupe, le cantonnier municipal, Maurice Combe, se détacha des autres et, attiré par une seconde trouvaille, s'en alla fouiller dans un buisson.

— Regardez ce que j'ai trouvé !

Il brandissait à bout de bras une touffe de plumes.

— Ce sont des plumes d'oie, je les reconnais bien.

— Des plumes d'oie ! C'est donc probablement une oie qui a été saignée sur cette pierre pas plus tard qu'hier, remarqua judicieusement Robert Comballe.

— Le sang, c'était pour nourrir les fades ! s'écria un autre comparse. Elles sont venues pendant la nuit et elles ont bu le sang. Elles ne sortent que la nuit. Quelqu'un vient leur offrir du sang comme nourriture pour s'attirer leurs bonnes grâces.

— Allons, Fernand ! Ne dis pas de sottises !

— Si, si, c'est pas des sottises. C'est pas que des légendes tout ça, Robert. Tu le sais aussi bien que moi.

— En tout cas, moi, j'en connais qu'un qui élève des oies sur la commune, ajouta Maurice Combe : c'est le Chico Carballo. Y a que chez lui que vous trouverez des oies.

— C'est eux qui ont encore fait ce coup-là ! conclut hâtivement Martial Legendre. Vous voyez, tout se tient. C'est eux qui sont à l'origine de toutes ces sales histoires. Le Chico ne s'en sortira pas comme ça ! Et son fils, le Paco, il ne perd rien pour attendre. Qu'on le surprenne et il verra ce qu'on en fera !

Les cinq hommes remontèrent rejoindre leurs collègues au pied de la cascade, brandissant leur trophée.

— Regardez, fit Martial Legendre sans attendre. On a la preuve que c'est les manouches. C'est eux qui ont sacrifié une oie sur la pierre couchée. Ils pactisent avec le diable, ces gens-là, par l'intermédiaire des fées. Ils nourrissent les fées avec du sang. Pour le pauvre Cabanel, ils ont dû faire la même chose. Ils l'ont vidé de son sang.

— Allons chez eux pour les obliger à avouer !

— Allons leur tordre le cou ! s'écrièrent ensemble deux hommes du conseil.

— Gardez votre sang-froid ! s'écria Jean-Charles Audibert-Delorme. Rien ne sert de se précipiter. Voilà ce que je vous propose : demain après-midi, nous allons nous rendre tous ensemble chez les Carballo, M. le maire en tête. Nous exigerons des explications, et nous les aurons. Nous ferons toute la vérité sur cette lamentable histoire.

— Qu'on les chasse ! s'écria un membre du groupe, tout excité.

— Oui, c'est ça, qu'on les chasse ! reprirent les autres tous en chœur.

Robert Comballe ne disait mot. Il semblait dépassé par les événements et commençait à craindre que cette lamentable histoire ne se termine mal.

XVI

Représailles

Occasionnellement, après s'être occupé de Manuella, Julien allait volontiers passer son début de soirée à l'auberge de la vieille Germaine. Il y restait une petite demi-heure, le temps de se changer les idées avant de se remettre au travail pour préparer sa journée du lendemain. Il aimait se mêler à la conversation des hommes du village qui, sans lui faire de larges sourires, avaient fini par s'habituer à sa présence. Ses relations avec Marie commençaient à être mieux acceptées depuis que la plupart d'entre eux, par l'entremise du maire, connaissaient la position de l'inspecteur pédagogique. Le bruit courait même maintenant que les deux enseignants s'étaient fiancés – la rumeur, une fois de plus, s'était répandue comme un feu de paille.

Si on évitait encore de parler devant lui de sujets trop familiers, la méfiance s'étant estompée, on ne se privait pas de commenter les affaires de la commune. Il y avait toujours, accoudés au comptoir ou attablés avec d'autres comparses, deux ou trois membres du conseil municipal qui ne se privaient pas de tenir au courant les autres clients toujours avides des derniers potins.

Ce soir-là, les commentaires sur l'affaire du jour alimentaient sans tarir les conversations. Il n'était question, dans toutes les bouches, que de l'expédition aux menhirs et de l'étrange découverte des plumes d'oie.

Julien ignorait l'histoire du sang trouvé dans la cupule. Quand on la lui apprit, il pensa aussitôt à une sourde machination.

— Vous ne pouvez pas croire à de telles affabulations ! s'insurgea-t-il devant tout le monde.

— Le sang, c'est pour du vrai ! répliqua Victor Mazel, un conseiller municipal habitué de l'auberge. Moi, j'y étais et j'ai vu les traces qui restaient sur la pierre. Ainsi que les plumes d'oie. Ernest et Jeannot vous le confirmeront. C'est eux qui ont découvert la cupule remplie de sang.

Le vin aidant, le ton montait entre les clients de l'auberge. La vieille Germaine, selon son habitude, ne prenait pas part à la conversation, mais laissait traîner ses oreilles et ne ratait aucun détail.

— Moi, je vous dis que vous faites erreur, glissait-elle parfois entre deux supputations.

Mais personne ne faisait cas de ce qu'elle marmonnait dans sa bouche édentée. Julien s'inquiétait de la tournure que prenaient les événements. Il sentait les esprits échauffés. Il demanda :

— Que comptez-vous faire ?

— Dès demain, fit le conseiller, nous allons tous nous rendre chez les Carballo et nous allons les obliger à avouer.

— À avouer quoi ?

— Ben que c'est eux qui sont à l'origine de cette sale affaire. Car tout se tient : la mort de l'instituteur, ces histoires bizarres dans le village, maintenant ces étrangetés aux menhirs…

— Il y a de la sorcellerie dans l'air ! coupa Julien pour se moquer.

— Parfaitement, monsieur l'Instituteur. Je sais bien que vous n'y croyez pas. À l'école, vous ne faites que l'affirmer à nos enfants, mais…

— C'est mon devoir, monsieur le Conseiller. En tant que représentant de l'école de la République, je me dois de lutter contre l'obscurantisme et de m'opposer à la superstition. Et je vois qu'ici, au Saut-du-Loup, il y a beaucoup à faire !

— Monsieur, que vous vous mêliez des affaires de l'école, il n'y a là rien d'anormal, c'est votre domaine. Pour le reste, ne vous en mêlez pas ! Laissez-nous faire. En tant que représentant de la municipalité, moi, je vous dis que tout ça n'est pas très catholique et que nous en aurons le cœur net pas plus tard que demain.

— Et moi, je vous dis que vous vous trompez, susurra de nouveau la vieille Germaine sans attirer l'attention de ses clients.

Julien évita de polémiquer et tenta de détourner la conversation :

— Dites-moi au juste, que pensez-vous de la famille du châtelain ?

— Les Audibert-Delorme ? s'étonna Victor Mazel. Rien. Ils font beaucoup pour la commune, où ils sont implantés depuis très longtemps. M. Jean-Charles est notre troisième adjoint, il fait bien son travail.

— Vous ne les trouvez pas un peu trop... comment dire... oppressants ?

— Oppressants ! Je ne vois pas ce que vous voulez dire.

— Grands seigneurs, si vous préférez.

— Ils ont un rang à tenir. Et le village a toujours été uni autour du château. À toutes les époques. Ça remonte à la nuit des temps, avant même que les châtelains actuels n'arrivent ici. Avant la Révolution, c'était la famille de Mme Edwige qui possédait le château. Enfin, c'est ce qu'elle affirme. Puis celui-ci a été confisqué, vendu comme bien national et racheté par un grand bourgeois de Nîmes qui l'a délaissé. Pour sûr qu'il n'avait pas assez d'argent pour l'entretenir ! Finalement, c'est sous le Second Empire que les Audibert-Delorme ont racheté le manoir et ses terres. Depuis, c'est eux nos châtelains.

— Vos châtelains ! On dirait que vous dépendez encore d'eux comme à l'époque des seigneurs ! Nous sommes en République ! Et depuis plus de soixante ans sans discontinuité.

Victor Mazel se tut, tourna le dos à Julien et, levant son verre en direction de ses amis, porta un toast pour couper court à la conversation :

— Au succès de notre expédition de demain !

— À la tienne, Victor ! répondirent ses amis.

Julien ne leva pas son verre et se jura bien d'aller prévenir les Carballo dès le petit matin de ce qui s'était tramé à leur encontre.

*

* *

Dès l'aube, alors que le village était encore endormi, il prit la route du bois de l'Hom, bifurqua sur sa gauche à la fourche des deux chemins, parvint à la ferme des Carballo bien avant que la mère de Manuella n'attise les braises dans la cheminée pour ranimer le feu.

Dans sa précipitation, il tambourina virilement avec ses poings contre la porte, sans prendre de précautions. Manuella vint lui ouvrir la première.

— Vous ici ! s'étonna-t-elle. Qu'est-ce qui vous amène de si bon matin ?

— Il faut que vous partiez. Tout de suite.

— Partir ! Tout de suite ! Mais pourquoi ?

— Qu'est-ce qui se passe, Manu ? À qui tu parles ?

Julien reconnut la voix rauque de Sara.

— Puis-je entrer ? demanda-t-il.

— C'est que...

— Ah ! oui, j'oubliais ! Ton frère ne veut pas qu'un gadjo entre chez lui. Bon, nous pouvons discuter sur le seuil de la maison.

Manuella hésita, regarda derrière elle, invita Julien :

— Entrez. Il fait froid. Vous prendrez mal.

Julien ne se fit pas prier, mais se renseigna :

— Que dira ton frère ?

— Paco, il dort. Dites-moi plutôt ce qu'il y a de grave pour venir ainsi à une heure si matinale ! L'école a brûlé cette fois ?

À cet instant, Sara sortit de sa chambre, les cheveux ébouriffés, les yeux tout ensommeillés :

— Qu'est-ce que vous voulez encore, monsieur l'Instituteur. Y a quelque chose qui cloche ?

— Asseyez-vous, je vais préparer un peu de café, proposa Manuella, apparemment ravie d'avoir fait entrer Julien chez elle.

— Nous n'avons pas le temps !

Il s'appuya à la grande table de ferme qui trônait au centre de la pièce. Celle-ci ressemblait à toutes les pièces à vivre des maisons paysannes qu'il avait vues, parfois, en allant rendre visite aux parents de ses élèves. Autour de la table, quelques chaises de paille remplaçaient les bancs traditionnels. Il remarqua combien leur paillage était parfait. Dans un coin de la pièce, des bottes d'osier reposaient contre le mur, des paniers inachevés étaient empilés les uns sur les autres, dégageant une douce odeur de paille séchée. Quelques chaises éventrées attendaient d'être réparées, tandis qu'un grand chaudron de cuivre, posé à même le sol, regorgeait d'ustensiles hétéroclites du même métal, provenant de récupérations diverses. Dans un angle, une horloge ancienne battait la mesure du temps de son ample balancier, faisant face à la cheminée où couvaient les braises de la nuit. Au mur, dans le prolongement de la table, un crucifix semblait regarder une vierge noire implorante, posée sur un petit guéridon, les mains jointes en position de supplique : « Sara, la patronne des gitans », pensa Julien.

— Alors ? demanda Manuella.

— Il ne faut pas perdre un instant, expliqua Julien. Ils vont arriver d'un moment à l'autre.

— Mais qui, voyons ?

— Une délégation du conseil municipal, accompagnée sans doute par les plus enragés du village.

— Que veulent-ils ?

— Vous demander des comptes. Toujours pour ces sales histoires que certains colportent sur ta famille.

— Sont tous des fils du diable ! s'exclama Sara. Qu'ils aillent en enfer ! Je m'en vais les recevoir, moi, vous allez voir.

— Calme-toi, maman ! Mieux vaut ne pas réveiller Paco en sursaut. Racontez-nous, monsieur Estérel.

Et Julien d'expliquer ce qu'on lui avait rapporté à l'auberge, la veille au soir.

— C'est idiot ! s'emporta Manuella. Sacrifier des volailles, donner du sang à boire à des fées qui n'existent que dans leur imagination ! Quels imbéciles !

— Il faut vous éloigner avant qu'ils n'arrivent.

— Paco ne voudra jamais, intervint Sara.

— Laissez-moi tenter de le convaincre, proposa Julien. Où est-il ?

— Il dort là-haut dans le grenier, prêt à déguerpir au cas où les gendarmes viendraient à l'improviste pour le cueillir.

— Alors ça tombe bien. Laissez-moi monter pour lui parler.

Manuella insista auprès de sa mère pour le laisser faire, puis le précéda dans l'escalier.

— Que se passe-t-il ? demanda la jeune Myriam, que le va-et-vient avait sortie brutalement du lit.

— Rien de grave, fit Manuella pour la rassurer. Habille-toi et prépare-toi à partir quelques jours. Nous partons tous.

Étrangement, Paco n'opposa aucune résistance face à Julien. Il finit par faire confiance quand celui-ci lui expliqua qu'il ne fallait surtout pas ajouter de l'huile sur le feu à quelques jours du procès de son père, et qu'il était préférable de s'évanouir dans la nature en attendant le verdict.

Tous s'habillèrent promptement et, sous les dernières recommandations de Julien, s'éclipsèrent avant que la meute d'excités n'arrive sur les lieux.

*

* *

Celle-ci ne tarda pas à poindre à l'orée de la clairière, Robert Comballe en tête, arborant maladroitement son écharpe tricolore, suivi de ses adjoints, de la plupart de ses conseillers et d'une dizaine de citoyens ordinaires, au-dessus de tout soupçon et se disant tous grands défenseurs de l'ordre public. Jean-Charles Audibert-Delorme, plus discret, fermait la marche.

Après avoir longuement parlementé, le maire avait obtenu des plus belliqueux qu'ils remisent leurs fusils à leurs râteliers.

— Vous êtes des chasseurs de gibier et d'honnêtes citoyens, avait-il proféré sur le parvis de la mairie avant de se mettre en route. Pas des chasseurs de primes ni des assassins. Alors, vous n'avez pas besoin de vos fusils.

— On ne sait jamais, avait rétorqué un des hommes armés. Si on tombe sur le Paco, lui, il n'hésitera pas à nous tirer dessus. Il est complètement fada, ce manouche !

— Range ta pétoire, Henri. Sinon, personne ne partira d'ici. Et les autres, faites pareil !

Les chasseurs du groupe avaient maugréé, mais avaient fini par obéir.

Julien n'était pas resté sur les lieux à les attendre. Après avoir aidé les Carballo à fermer portes, fenêtres et volets, et à mettre à l'abri les volailles qui picoraient sur le tas de fumier, il leur proposa de se séparer.

— Nous savons où aller, expliqua Paco, fou de rage de devoir abdiquer sans pouvoir en découdre. Mais ils ne perdent rien pour attendre, ces sales gadjos !

— Paco, tu oublies que M. Estérel n'est pas des nôtres ! s'indigna Manuella.

— Oh ! lui, c'est pas pareil !

— Vous reviendrez nous voir ? demanda timidement Myriam.

— Bien sûr ! Ne t'inquiète pas. Et je dirai à ta maîtresse que tu as dû t'absenter. Elle comprendra.

— Où allez-vous ? s'enquit Manuella dont le regard de braise troublait Julien.

— Je vais faire semblant de rattraper le groupe d'enragés en chemin et me joindre à eux pour tempérer leur ardeur belliqueuse. On ne sait jamais ce qu'ils sont capables de faire.

Julien s'éloigna de la ferme à bonne distance pour pouvoir se faire doubler par le groupe sans se découvrir. Quand celui-ci passa devant lui, il attendit une bonne minute pour apparaître derrière et feignit de le rejoindre, tout essoufflé. Jean-Charles Audibert-Delorme l'aperçut le premier.

— Que faites-vous là ? s'étonna-t-il, sans parvenir à dissimuler une certaine gêne. Vous n'êtes pas à l'école avec vos élèves ?

— C'est jeudi aujourd'hui, monsieur Audibert !

Julien fit exprès de ne prononcer que le premier nom du jeune baron. Il n'aimait ni les noms à particule ni les doubles patronymes qui, estimait-il, fleuraient trop l'aristocratie ou la grande bourgeoisie parvenue. Il marquait ainsi le peu de sympathie dans laquelle il tenait le troisième adjoint.

Il poursuivit :

— J'ai ouï-dire au village qu'une vingtaine d'hommes tout excités se rendait chez les Carballo. Puis-je savoir ce que vous leur voulez ?

Le jeune baron expliqua succinctement les raisons de l'expédition.

— Si vous nous désapprouvez, vous n'avez rien à faire parmi nous, monsieur Estérel. Partez ! Nous saurons de quel côté vous penchez.

— Je penche toujours du côté des opprimés et de la justice, monsieur l'adjoint. Mais vous ne m'empêcherez pas de vous accompagner.

— Faites donc comme il vous plaira.

Tandis que les deux hommes s'expliquaient, le reste de la troupe était parvenu devant le mas. Ils les rattrapèrent aussitôt.

Personne ne fit d'autres remarques à Julien. Devant la porte et les volets clos, tous s'étonnèrent.

— On dirait qu'il n'y a personne ! s'exclama l'un d'eux.

Ils se mirent à appeler, à cogner contre les volets, à vitupérer, à menacer d'entrer par la force, à invectiver Paco et Manuella.

— Hé ! la gitane, tu fais moins la fière à présent ! s'écria un jeune homme d'une vingtaine d'années à l'allure martiale. Tu as fini de nous aguicher, maintenant il va falloir payer ton dû.

— Et toi, Paco, tu as la trouille ! Sors donc de ton trou à rat pour voir si tu es un homme !

Robert Comballe commençait à craindre d'être débordé par ses hommes. Il tenta de les calmer en s'adressant à ses conseillers. Mais ceux-ci tenaient avec les autres.

— On n'a qu'à rentrer en force, proposa l'un des hommes du groupe. S'ils ne veulent pas sortir d'eux-mêmes pour s'expliquer, on les sortira.

— Qu'on sorte la sorcière ! s'écria un enragé au milieu du groupe.

— Oui, qu'on sorte la sorcière ! répondirent les autres après lui.

Tous se mirent à tambouriner avec véhémence. Deux hommes, aussi trapus l'un que l'autre, proposèrent d'enfoncer la porte d'un coup d'épaule. Le ton montait, les jurons volaient bas, les menaces pleuvaient. Robert Comballe, complètement dépassé par les événements, jeta un regard inquiet en direction de son troisième adjoint qui, lui, ne s'était pas départi de son calme. Il ôta lentement son écharpe tricolore et se replia, laissant les plus enragés s'exciter contre la porte d'entrée du mas.

Julien contourna le groupe et tenta de s'interposer.

— Arrêtez ! s'écria-t-il. Vous n'avez pas le droit.

— Mais dites voir, monsieur l'Instituteur, rétorqua le jeune blanc-bec à la carrure d'athlète, vous êtes venu défendre votre petite protégée, à ce qu'on voit ! Il est vrai que vous lui accordez toutes vos faveurs et tout votre temps le soir, dans l'intimité de votre salle de classe.

— Je ne vous permets pas ! Vous ne valez pas mieux que de vulgaires bandits.

— Finissons-en ! Fracassons la porte, on n'a que trop attendu ! éructa l'un des deux paysans qui avaient commencé à donner de l'épaule.

Il écarta brutalement Julien d'un revers de main. Celui-ci, déséquilibré, s'affala par terre et tomba dans une flaque de boue sous les rires moqueurs de la plupart.

— Votre place n'est pas ici, monsieur l'instituteur. Laissez-nous faire notre travail.

Se reprenant aussitôt, les deux acolytes défoncèrent la porte de trois coups d'épaule bien assénés. Tous se ruèrent alors à l'intérieur sans attendre. Espérant trouver Sara et ses filles complètement apeurées derrière la porte, ils se figèrent, muets d'étonnement.

— Attention ! fit l'un d'eux. Le Paco doit nous attendre en haut de l'escalier avec sa pétoire…

Tel un groupe d'assaut, ils se répartirent dans la maison et tout autour. Robert Comballe et Jean-Charles Audibert-Delorme, seuls, devisaient dans la grande cuisine, craignant le pire. Julien, sachant ce qui allait se passer, laissait se dérouler les événements.

— Y a personne ! annoncèrent-ils les uns après les autres. Ils sont tous partis. Quelqu'un a dû les avertir de notre visite.

Se retournant vers Julien, les justiciers se firent menaçants.

— Ça ne serait pas vous, par hasard, monsieur l'Instituteur ? demanda l'un d'eux, d'un ton inquisiteur.

— Messieurs, messieurs, gardez votre sang-froid, je vous prie, s'opposa Robert Comballe. Ne nous détournons pas du but de notre intervention.

— C'est ça, visitons les lieux ! fit l'un des comparses.

Aussitôt la meute passa la maison au crible de la cave au grenier, ainsi que toutes les dépendances. Ils sortirent à grands coups de pied les poules, les canards et les oies qui, effrayés, s'égaillèrent aux quatre coins de la basse-cour. Ils chassèrent les malheureuses chèvres et brebis de leur étable et tentèrent en vain de pousser les cochons hors de leur auge. Ils renversèrent les meubles comme des déchaînés, vidant les tiroirs, brisant la vaisselle, éparpillant le linge.

— Venez voir ! fit l'un d'eux. Regardez ce que j'ai trouvé dans la soupente de l'escalier.

Il retira lentement une espèce de console en bois de merisier joliment sculptée, munie de trois larges tiroirs galbés. Il ouvrit le premier et en sortit une boîte en carton qui, jadis, avait dû contenir une paire de chaussures de luxe. Il en ôta le couvercle et resta stupéfait, sans oser toucher au contenu de la boîte :

— Des boules de cristal ! s'extasia-t-il. Elles brillent comme des diamants.

— Tu m'étonnes ! remarqua Robert Comballe. Les manouches, c'est bien connu, lisent dans les lignes de la main et prédisent l'avenir dans les boules de cristal !

Dans le deuxième tiroir, il sortit une autre boîte identique à la première, dans laquelle reposaient deux jolis crucifix de style baroque, deux voilettes de crêpe noir et un jeu de tarots. Enfin dans le troisième, des amulettes et autres grigris dont des pattes de lapin, de loutre et de fouine naturalisées. En outre, un grand miroir était aussi entreposé dans la soupente, recouvert d'un voile noir de la même facture que les deux autres trouvés dans la boîte à chaussures.

— À quoi tout cela peut-il bien servir ? demanda naïvement Victor Mazel.

— *Bou Diou !* Mais ce sont là des ustensiles de sorcellerie, répondit le boulanger, Martial Legendre, sûr de lui. Ça ne fait aucun doute ! Tout le monde sait cela.

— Non ! s'insurgea Julien. Vous ne pouvez pas affirmer de telles bêtises. Vous savez aussi bien que moi que les gitanes sont souvent des diseuses de bonne aventure, comme on dit. C'est dans leur culture de lire les lignes de la main et de prédire l'avenir en interprétant le marc de café ou en lisant dans les boules de cristal ou encore dans les cartes d'un jeu de tarots.

— Précisément, dans un jeu de tarots, il y a des cartes qui représentent le diable !

— Vous vous trompez, il n'y a aucune sorcellerie là-dedans.

— Et que faites-vous de ces pattes d'animaux, des crucifix, des voiles noirs et du miroir recouvert comme s'il attendait qu'on vienne le faire parler avec les morts ?

— Vos concitoyens protestants recouvrent aussi les miroirs quand il y a un décès chez eux, et ils arrêtent les pendules ! Ce ne sont ni des actes de superstition ni des actes de sorcellerie, à ce que je sache ! Alors laissez aux gitans leurs croyances et leurs pratiques, et cessez de les vouer aux gémonies. Respectez-vous les uns les autres !

— Mais, *môssieur* l'instituteur nous fait la morale à présent ! poursuivit Martial Legendre. Moi, je vous dis que cette Sara a le mauvais œil et qu'elle a ensorcelé ce pauvre Cabanel avant de lui arracher les yeux.

— Foutons le feu à la maison du diable ! s'écria quelqu'un dans le groupe.

— Ça suffit ! s'époumona Robert Comballe, qui commençait à craindre que l'expédition ne tourne au drame. Si vous voulez commettre un délit, faites-le sans moi. En tant que maire de la commune, je ne peux pas vous suivre sur ce chemin-là. Je n'ai pas envie de me retrouver derrière les barreaux.

— Vous avez déjà commis un délit en saccageant la maison de ces pauvres gens, coupa Julien.

— Robert a raison, ajouta le baron pour calmer les esprits. Nous en avons assez fait pour aujourd'hui. Et nous en avons assez vu pour avoir la conviction que les Carballo continuent de pratiquer sur notre commune des actes peu conformes, disons, à la morale publique.

— Alors, qu'on les chasse pour de bon !

— Nous y pourvoirons, n'est-ce pas, Robert ?

Le maire, exsangue, ne semblait plus réagir.

— N'est-ce pas, Robert ? insista Jean-Charles Audibert-Delorme.

— Euh... oui, très certainement. Dès que le procès aura eu lieu et que Chico Carballo aura été condamné, il nous sera plus facile de chasser ces indésirables.

— Vous êtes tous des assassins ! s'insurgea Julien. Vous ne valez pas la corde pour vous pendre.

— Monsieur Estérel, reprit le jeune baron, mesurez vos paroles, je vous prie. Vous oubliez que vous êtes en présence du maire et que vous êtes, vous-même, un représentant de la République !

— Précisément, la République ne saurait admettre que certains de ses ressortissants utilisent des procédés d'un autre âge pour pratiquer l'exclusion. Nous ne sommes plus à l'époque de l'Inquisition, monsieur le représentant de la féodalité.

— Je ne vous permets pas ! Vous aurez de mes nouvelles !

— À bon entendeur, salut, monsieur le Baron !

Très calme, Julien tourna les talons et, sans regarder personne, se fraya un passage dans le groupe qui s'était agglutiné autour de lui.

— On se reverra ! menaça Jean-Charles Audibert-Delorme. Vous entendrez parler de moi, jeune homme ! Sous peu.

XVII

Le mauvais œil

Le temps s'était mis à la pluie. Le ciel, chargé d'humidité, ne cessait de se déverser sur les flancs de la montagne. La couche de neige sur l'Aigoual fondait à vue d'œil et allait grossir les eaux tumultueuses du Tappoul que les rus alimentaient de toutes parts. Le vent s'était levé, un souffle tiède et humide venu de l'ouest, de ces hautes terres herbeuses sous influence océanique. Les averses cinglaient les visages, tambourinaient contre les vitres des fenêtres, s'immisçaient dans le conduit des cheminées, faisaient déborder les chenaux et les gouttières, inondaient les ruelles et diluaient le fumier dans la cour des fermes. Pourtant, février n'avait pas encore cédé sa place à mars, le mois des premiers redoux et du retour timide des pluies. Plus que des superstitions, les dictons concernant le temps avaient depuis toujours, dans l'esprit de beaucoup, valeur de véritables prévisions météorologiques. La proximité de l'observatoire du mont Aigoual ne changeait en rien la croyance des gens. Aussi chacun se complaisait à affirmer, non sans raison, que si le vent cassait, si le temps venait à s'adoucir, si les nuages ne cessaient de monter et de s'amonceler, on aurait de nouveau la neige. De même disait-on encore : *Quand bofadel costat de l'Aigual, pren tos buous e vai a ton ostau*[1] ; ou bien : *Lo vent que se leva la nuech, dura pas tres jorns entièrs*[2]. À lui seul, le mont Aigoual était un vrai baromètre. Et beaucoup se moquaient de cette étrange citadelle scientifique érigée sur son sommet.

Julien aimait ces journées assombries où il avait l'impression que ses élèves se regroupaient encore plus autour de lui, comme s'ils craignaient un danger extérieur. Une grande intimité se créait alors dans sa salle de classe sous le ronronnement réconfortant du poêle en fonte qui dispensait une douce chaleur. Les vitres se couvraient de buée et s'opacifiaient, faisant apparaître les crêtes encapuchonnées de nuages gris et noirs comme des êtres fantomatiques et menaçants. Il se complaisait alors à faire de longues lectures en choisissant, dans le livre de textes des plus grands, les passages les plus savoureux, ceux qui tenaient le plus les élèves en haleine. Après avoir lu lui-même quelques pages, il donnait souvent la lecture au petit Barthélemy, le fils du maire, âgé de onze ans. Malgré le peu de sympathie qu'il éprouvait pour son père, jamais Julien n'avait renoncé à pousser son jeune élève à qui il reconnaissait volontiers des capacités nettement supérieures à celles de ses camarades du même niveau. L'enfant résolvait déjà des problèmes d'arithmétique du cours supérieur, finissait

1. *Quand il pleut du côté de l'Aigoual, prends tes bœufs et va à ta maison.*

2. *Le vent qui se lève la nuit ne dure pas trois jours entiers.*

les dictées jusqu'au bout, comme les plus grands de sa classe, et souvent sans fautes, montrait une facilité déconcertante à apprendre ses leçons. Robert Comballe s'en montrait très fier et ne se privait pas de congratuler son génie de fils devant tout le monde, ce qui avait rendu l'enfant quelque peu suffisant et trop sûr de lui. Mais ses camarades l'admiraient et il savait en profiter. Néanmoins, ne voulant pas faire de son élève un être à part, Julien le félicitait quand il le méritait, l'encourageait sur son chemin de réussite, mais savait aussi le reprendre quand il péchait par excès de vanité.

En dépit de son âge, le jeune garçon se distinguait des autres par son allure toujours très fière, sa prestance de petit homme, son maintien en classe qui ne laissait jamais à désirer. Les cheveux toujours bien lissés et coiffés en arrière, les habits tirés à quatre épingles, il ne montrait jamais aucun signe de négligence ni de laisser-aller. Il détonnait par rapport à ses camarades qui, eux, venaient en classe la tête souvent ébouriffée, la chemise mal boutonnée, la même qu'ils portaient tout au long de la semaine sous des chandails grossièrement tricotés avec de la laine de récupération et qu'ils dissimulaient tant bien que mal sous leur blouse anthracite d'écolier. Barthélemy, lui, savait mettre de la coquetterie dans cette humble chasuble qui passait pour le symbole de l'égalité entre tous les enfants, riches ou pauvres. Il la portait toujours impeccablement repassée et sans la moindre salissure, la ceinture correctement bouclée à la taille ; il ne laissait jamais rien traîner dans le fond de ses poches afin de ne pas les déformer, alors que ses camarades y enfournaient cargaisons de billes, d'osselets, quand ce n'étaient pas de *blanchettes*, ces petites châtaignes cuites à l'eau et pelées qu'ils emportaient pour grignoter dans la cour de récréation.

Lorsqu'il faisait la visite de propreté, plusieurs fois par semaine, Julien savait qu'il n'aurait rien à lui reprocher. Contrairement aux autres, jamais l'enfant n'avait montré trace de gale sur la peau des mains ou présence de poux et de lentes dans les cheveux. Et si d'aucuns présentaient parfois des marques de crasse autour du cou et des poignets, lui, en revanche, sentait toujours l'eau de Cologne dont il s'aspergeait abondamment avant de venir en classe.

Julien en avait discuté avec son père : Barthélemy pourrait sauter une classe à la rentrée prochaine pour se préparer au plus vite à l'école primaire supérieure et, plus tard, à la classe du brevet. Le certificat d'études primaires serait pour lui une simple formalité. Il le passerait à douze ans, le brevet à quatorze ; et à quinze, il pourrait entrer à l'École normale pour devenir enseignant, s'il en manifestait le désir.

Comme bon nombre d'instituteurs, Julien pensait en effet que le plus beau débouché pour ces jeunes villageois était l'accès à l'École normale. Former les jeunes esprits pour se faire remplacer dans les mêmes fonctions était pour les membres du corps enseignant leur plus noble tâche, leur plus grande fierté.

Barthélemy avait sa cour autour de lui, comme son père avait son conseil. Il savait s'imposer malgré sa petite taille, et n'hésitait pas à recourir à des « mon-père-par-ci, mon-père-par-là », ce qui avait le don d'irriter Julien qui ne se privait pas alors de le reprendre vertement.

Les autres élèves faisaient peu de cas de l'afféterie et de l'obséquiosité du fils du maire. Pour la quasi-majorité d'entre eux, ils étaient fils de paysans et se savaient destinés à aider puis à remplacer un jour leur père à la ferme. Beaucoup, déjà, étaient très sollicités par leurs parents, et il n'était pas rare que certains – toujours les mêmes – arrivent en classe avec un bon quart d'heure de retard, le matin, parce qu'avant de partir à l'école ils avaient dû aider à la traite ou au nettoyage de l'étable.

Julien avait été surpris, à son arrivée, par l'absence de plusieurs élèves le jour de la rentrée. Marie lui avait expliqué que certaines familles, parmi les plus modestes, partaient faire les vendanges dans les vignobles du bas pays et emmenaient leurs enfants comme complément de main-d'œuvre. Après le 15 octobre, l'effectif s'était retrouvé au complet, mais il s'attendait maintenant à ce que, dès la mi-mai et surtout en juin, les bancs de sa classe s'éclaircissent de jour en jour.

— Au mois de mai, lui avait dit Marie, les premiers commencent à déserter l'école, à cause de la soie. Leurs parents descendent dans les villages séricicoles du Languedoc et des Cévennes méridionales pour la campagne coconnière. Puis après la Saint-Médard, tu verras, la moitié de tes grands et de tes moyens seront absents.

— Pour quelle autre raison ?

— La transhumance. Beaucoup se louent comme *traspastres*, comme apprentis bergers. Ils accompagnent les troupeaux transhumants qui estivent sur l'Aigoual et même plus loin jusque sur le causse.

Cet absentéisme l'avait mis en souci et obligé à planifier son travail sur six bons mois de l'année au lieu de neuf, ce qui, pour les élèves de fin d'études, présentait un sérieux handicap. Tous n'avaient pas, de loin, les mêmes facilités que Barthélemy Comballe.

— Ne t'inquiète pas, lui avait expliqué Marie pour le rassurer. C'est la même chose dans toutes les écoles rurales. Ça n'empêche pas les élèves méritants d'obtenir leur certificat. C'est à nous de les tenir sans cesse sous pression.

— Remarque, en cas d'échec de leur rejeton, les parents ne peuvent s'en prendre qu'à eux-mêmes !

— Ne crois pas cela ! L'échec de leur enfant, ils te le feront porter, que crois-tu ? Si un gamin échoue, ce n'est jamais parce qu'il est mauvais ou parce qu'il a manqué la classe ; c'est parce que son maître n'a pas été au niveau. On nous a à l'œil.

— C'est toujours le mauvais œil ! plaisanta Julien.

— Oh ! dans les villages, c'est bien pareil que dans les villes ! Et n'oublie pas que nous sommes dans une commune à majorité catholique.

— Et alors ?

— La communale et l'Église n'ont jamais fait bon ménage, je ne t'apprends rien. Nous, les instituteurs, nous passons tous pour de méchants athées !

— Nous le sommes pour beaucoup d'entre nous !

— Nous devons nous méfier. Le curé n'a qu'un mot à dire et les parents l'écouteront : ils retireront leurs enfants de l'école publique et les mettront chez les bonnes sœurs. Il y a une école catholique dans une commune voisine.

— Ils devront y emmener leurs enfants tous les matins. Ça ne leur sera pas commode !

— C'est pour cette raison qu'ils nous les envoient. S'ils pouvaient faire autrement, ils le feraient. Mais si nous ne nous montrons pas à la hauteur de leurs espérances ou de leurs exigences, tu peux être certain qu'ils n'hésiteront pas à franchir le pas. Ils s'arrangeront entre eux. Les plus fortunés, c'est sûr, partiront les premiers.

— Pourquoi ne l'ont-ils pas fait avant ? s'étonna Julien.

— Dans un village, l'école est la fierté du maire. Robert Comballe est un bon catholique. Il ne s'en cache pas. Et le curé est de ses amis. Il a intérêt à ce que son école soit bien remplie ; mais en même temps, il ne peut se passer de son électorat catholique.

— Nous sommes donc en haute surveillance !

— Exactement. Il suffirait que nos effectifs baissent, que des parents plus nombreux encore se plaignent, et c'en est fini de nous et de notre carrière.

— L'inspecteur n'a pas montré beaucoup d'affabilité à cet escogriffe de maire ! Il nous a plutôt soutenus.

— Sais-tu qu'il part à la retraite après les vacances de Pâques ?

— Je l'ignorais. Hum ! ça peut être mauvais pour nous !

— Disons que nous sommes condamnés au succès de nos élèves de fin d'études et à ce qu'aucun autre élève ne doive redoubler sa classe.

— À ce propos, j'ai quelques soucis avec le petit Rouquette.

— Baptiste ?

— Oui. Il me paraît complètement perdu. Nous sommes maintenant au milieu du gué. On attaque bientôt le sixième mois de l'année scolaire, or il ne sait toujours pas lire. Normalement, à Noël, tous doivent savoir déchiffrer. Lui, il en est loin !

— Il y parviendra d'ici les vacances de Pâques. Tu as encore du temps devant toi.

— Je crois, hélas ! qu'il n'y parviendra pas. Il a pris un sérieux retard.

— Quelle en est la raison ?

— Il refuse de participer. Il est complètement replié sur lui-même. Au cours des premiers mois, je n'y ai pas prêté attention ; il est jeune, et c'est sa première année à la grande école. Mais il n'a pas progressé d'un pouce depuis des mois. Il refuse même le tutorat d'un de ses camarades plus âgé. Pourtant, je lui ai adjoint le jeune Reboul. Arthur est un gentil garçon, très aimable et il a le cœur sur la main.

— As-tu fait attention à leur religion respective ?

— Ma foi non ! Je ne me préoccupe pas de religion en classe. Toi non plus, je suppose ! L'école laïque respecte toutes les religions et toutes les croyances, mais n'a pas à s'intéresser de près à celle des enfants, ni à s'immiscer dans leurs relations.

— Certes, tu as raison. Mais je ne serais pas étonnée que ton problème vienne de là.

— Peux-tu m'expliquer ?

— Baptiste est catholique et Arthur est protestant.

— Et alors ? En classe, je ne fais aucune différence.

— Baptiste, lui, la fait certainement ! Ou bien on lui a dit de refuser l'aide de son camarade. Il est jeune, donc influençable.

— Qui « on » ? Ses camarades de classe ?

— Ou ses parents, va savoir. Renseigne-toi discrètement. Si telle n'est pas la cause, alors cherche ailleurs. Mais, si tu veux un conseil : ne laisse pas cet enfant retranché dans son mutisme. Ses parents ne te pardonneront pas de ne pas avoir su lui apprendre à lire et à écrire.

Après cette longue et riche discussion, Julien se sentit coupable. Ne pas avoir su ou pu résoudre le problème du petit Baptiste Rouquette lui paraissait, de sa part, une faute gravissime. « Je suis inexcusable de ne pas m'en être préoccupé plus tôt ! se mortifiait-il. S'il échoue, ses parents affirmeront que je suis un mauvais enseignant, et ils risquent de mettre leur enfant à l'école privée à la rentrée prochaine. La honte jaillira sur moi. Et cette affaire risque ensuite de faire tache d'huile. »

Il ne ferma pas l'œil de toute la nuit, ressassant les raisons qui l'avaient empêché de se pencher sérieusement sur le cas de son petit élève. À l'évidence, il s'était montré négligent, pas assez soucieux. Il avait sans doute cru que le temps résoudrait le problème. Or, il ne s'était pas aperçu du temps qui s'était écoulé. Pourtant, il savait très bien que les jalons de la lecture devaient être posés dès Noël, sous peine d'encourir le risque que l'enfant ne sache pas se débrouiller correctement à Pâques. Alors pourquoi avait-il occulté ce principe élémentaire ?

Il se reprocha soudain de s'être trop occupé de Manuella ; d'elle en particulier et de sa famille. « Que diront les parents, pensait-il en son for intérieur, si elle réussit son certificat d'études et si leurs enfants échouent ? J'en porterai doublement la responsabilité. Or, c'est sûr, douée comme elle est, Manuella réussira. Et que dire de sa famille que tout le village rejette ! Je suis le seul à m'en préoccuper et à les défendre contre la vindicte de toute la population. Si Chico est reconnu coupable, ils me reprocheront de défendre un suppôt de Satan au détriment de leurs enfants à qui je dois éducation et instruction. Je serai indéfendable. C'est sûr, l'école va se vider de ses élèves à cause de moi. Peut-être même qu'on la fermera, faute d'effectif. Marie devra aller enseigner ailleurs – remarque, c'est ce qu'elle désire, mais quand même ! Et moi, où serai-je envoyé ? Si le nouvel inspecteur n'a pas les mêmes idées que son prédécesseur, mon compte est bon. Il me conseillera d'aller vendre des lacets sur le marché plutôt que de continuer à massacrer mes élèves... »

Julien rumina de sombres pensées jusqu'au petit matin.

Le lendemain, en classe, il se promit de consacrer plus de temps à son jeune élève et de chercher la raison pour laquelle il adoptait une attitude de repli sur lui-même quand son camarade s'occupait de lui.

*
* *

Au début de la récréation, Julien demanda au petit Baptiste de rester avec lui dans la salle de classe. L'enfant crut qu'il avait commis quelque chose de répréhensible et que le maître allait le réprimander. Il ne bougea pas de son pupitre, attendant la fatale punition, la tête baissée, le regard fuyant, les genoux en perpétuelle agitation.

Julien s'approcha de lui, rassurant, s'assit à ses côtés, lui demanda :

— Peux-tu m'expliquer ce qui ne va pas, Baptiste ?

L'enfant piqua le nez dans son livre de lecture resté grand ouvert devant lui et ne dit mot.

— Lis-moi la première ligne de la page, montre-moi que tu y parviens comme les autres, lui ordonna gentiment Julien.

Baptiste posa le doigt sur le premier mot et prononça en détachant les syllabes : « Le pe-tit a-ni-mal... » Puis il buta et s'interrompit. Julien, qui connaissait le texte par cœur, lui souffla : « mange dans... » Machinalement, il regarda le livre de son élève, s'arrêta, surpris.

— Mais tu mets ton livre à l'envers ! Comment peux-tu lire de cette façon ?

Baptiste connaissait le début du texte pour l'avoir entendu maintes et maintes fois dans la bouche de ses camarades. Mais il était incapable d'utiliser son livre. Il se perdait, hésitait, ne savait plus le lendemain ce qu'il avait appris la veille. « Il est vraiment très perturbé », pensa Julien.

— Regarde-moi, Baptiste. Peux-tu me dire ce qui te chagrine ? On te fait des misères à la maison ? À l'école ? Dis-moi.

L'enfant restait prostré. Il se mit à pleurer en sourdine. Ses larmes coulèrent sur son livre de lecture. Il le repoussa d'un geste colérique.

— Pourquoi refuses-tu l'aide d'Arthur ? Il est gentil, Arthur !

— Je ne veux pas qu'il m'aide !

— Mais pourquoi donc ?

L'enfant se renfrogna de nouveau. Julien insista :

— Je veux savoir. Tu ne peux pas rester ainsi en échec. Tous tes camardes de CP savent déjà déchiffrer correctement les phrases du début du livre. Ils sauront lire à la fin de l'année. Tu es le seul à ne pas savoir. Il faut faire un effort et avoir confiance en ton camarade qui est très patient avec toi et qui lit très bien. Il ne demande qu'à t'aider.

— C'est un parpaillot !

— Un protestant, oui ; et alors ? Tu sais très bien qu'ici, en classe, je ne fais aucune différence entre vous. Je vous ai souvent fait la leçon de morale au sujet de l'égalité et du respect des autres. Moi-même, je ne suis ni catholique ni protestant ; pourtant, je vous aime bien tous et je crois que vous m'aimez bien aussi.

— Vous, c'est pas pareil. Vous êtes notre maître. Lui, c'est un parpaillot. Je n'aime pas qu'il m'aide.

— Mais pourquoi donc ? Il n'y a aucune raison !

— Les parpaillots ont un œil au milieu du front et ils ensorcellent. Ce sont des gorges noires. Ils sont méchants.

— C'est absurde ! Qui t'a raconté ça ?

— Mes parents. Ils m'ont dit qu'il fallait les fuir, qu'ils portaient malheur ; ils ont le mauvais œil.

— Voyons, c'est une façon de parler, pour se moquer. Ils ne pensent pas vraiment ce qu'ils disent, tes parents. D'ailleurs, tu vois bien que ni Arthur ni les autres protestants de la classe n'ont un œil au milieu du front.

— Il va pousser quand ils seront plus grands.

— Si c'est pour cette raison que tu refuses son aide, je peux t'assurer que tu te trompes. Tout ça, ce sont des histoires que les parents racontent à leurs enfants pour leur faire peur et pour qu'ils leur obéissent.

— Mes parents ne mentent pas ! C'est pas des méchants, eux !

L'enfant s'obstinait. Julien comprit qu'il ne parviendrait pas en si peu de temps à le faire changer d'opinion. La superstition avait trop de prise sur l'esprit de son jeune disciple. « Il faudrait d'abord éduquer les parents ! » songea-t-il en refermant le livre de lecture de Baptiste.

— Bon, à partir de demain, je demanderai à Pierre Raspal de t'aider. Lui, il est catholique. Tu veux bien ?

L'enfant esquissa un timide sourire et dodelina de la tête de bas en haut.

*
* *

— Tu avais raison, avoua Julien dès qu'il put s'entretenir avec Marie. Le petit Baptiste refusait l'aide d'Arthur simplement parce qu'il est protestant.

— La rancune est tenace !

— Il faut reconnaître que, avec tout ce que les uns et les autres colportent entre eux comme bêtises, il y aurait, dans ce village, de quoi refaire les guerres de Religion ! Ça ne paraît pas pensable qu'à notre époque on puisse encore faire peur aux enfants avec de telles inepties.

— Tu sais, ailleurs, ce n'est pas mieux. Je me souviens d'une camarade de promotion qui venait du nord de la France. Elle me racontait que là-haut, quelques semaines avant Noël, ils fêtent la Saint-Nicolas. Ce jour-là, les enfants sages reçoivent des cadeaux. Mais pour les discipliner, on leur fait peur avec le père Fouettard, qui viendra les corriger avec son martinet s'ils ne sont pas sages. Partout, les adultes inventent des histoires, pas drôles d'ailleurs, pour faire peur aux enfants. Ici, tu le sais, on leur parle de la roumèque ou du draquet. Il n'y a pas à s'étonner. Après tout, les enfants croient au merveilleux avec le Père Noël ; il est peut-être bon qu'ils croient au méchant avec la roumèque ou le père Fouettard. C'est une façon de leur inculquer les notions du bien et du mal, non ?

— Je ne te suivrai pas sur ce chemin-là. Je n'aime pas qu'on abuse de la crédulité des enfants. Leur esprit est trop malléable et trop fragile pour qu'on puisse se permettre de s'en moquer.

— Tu as peut-être raison. Pour finir, que t'a raconté Baptiste ?

— Ce que tu m'avais un jour expliqué : que les catholiques attribuent aux protestants un œil au milieu du front et d'autres balivernes de ce genre ; que ce sont des gorges noires, qu'ils portent malheur, qu'ils ensorcellent. Bref, toute la panoplie du fantastique. On ne sort pas du monde des êtres fantasmagoriques.

— Au Saut-du-Loup, on est en plein cœur du pays des légendes. Je croyais que tu aimais ça !

— Ce n'est pas pour me déplaire, je l'avoue. J'aime savoir pourquoi les gens sont encore imprégnés de toutes ces histoires. Mais je m'opposerai toujours à ce que des innocents soient victimes de leurs superstitions.

— Comme les Carballo !

— Oui. Et comme leurs enfants qui vivent dans la peur des autres. Tu comprends, cette peur nourrit la haine qu'ils risquent d'éprouver plus tard, si l'on entretient ce climat de méfiance et de mauvaises croyances.

— Je crains fort que tu te battes contre des moulins à vent. Les croyances sont ancestrales et très tenaces. Et tu ne seras toujours, ici, qu'un étranger dont on se méfiera.

— Je n'ai pas l'âme d'un don Quichotte. Moi, je ne crois qu'en l'école, Marie. Toujours l'école ! C'est sa mission de rendre la lumière aux aveugles, de fortifier les faibles contre l'obscurantisme, de lutter contre l'empirisme.

— Tu parles comme un pasteur !

— La vérité jaillira du savoir. C'est pour cela que nous sommes là. C'est pour ça que j'ai demandé à venir enseigner dans ces Cévennes profondes où il y a encore beaucoup à faire pour débarrasser les esprits des entraves qui les empêchent de voir la lumière du jour. Nous sommes en 1936, bon sang, pas au Moyen Âge ! Alors, en ce qui me concerne, ces histoires de sorcellerie finiront bientôt par ne plus m'amuser du tout.

Julien s'emportait quand il prenait conscience de la bêtise humaine. Rien ne l'irritait plus que de se heurter à un mur d'incompréhension, quand il ne parvenait pas à rendre à la raison les gens les plus obstinés, ancrés dans leurs certitudes. Il fallait alors toute la patience de Marie, qui l'écoutait sans l'interrompre, pour qu'il retrouve enfin son calme et sa clairvoyance. Selon elle, il finissait par se prendre à son propre jeu : s'intéressant de trop près, par curiosité, à la mentalité des habitants du pays, à leur mémoire orale, il s'acharnait trop à tenter de percer leurs secrets qu'ils ne désiraient pas forcément lui dévoiler, pour toutes sortes de bonnes ou de mauvaises raisons.

— Tu sais, lui conseilla-t-elle, tu devrais te garder de froisser la susceptibilité des gens. Laisse-les croire à ce qu'ils veulent. Évite de pénétrer dans leurs jardins secrets. Maxence Cabanel est peut-être mort d'avoir violé un secret trop bien gardé.

— Tu penses que sa mort n'est pas due à un acte crapuleux ?

— Je pense qu'on veut faire croire à un acte de sorcellerie. Ici, c'est le milieu idéal. Un acte crapuleux, non, je n'y crois pas. Je ne crois pas que notre collègue ait été victime d'un voyou de passage. Je pense plutôt à quelque chose de plus mystérieux. Mais quoi ? Je l'ignore.

— En tout cas, l'enquête n'a pas vraiment éclairé l'affaire. Elle laisse planer le doute sur les Carballo. Elle finira par laisser croire qu'eux aussi ont le mauvais œil. Et Chico risque de passer pour un vulgaire assassin victime de la médisance et partisan d'agissements diaboliques.

— Faisons confiance aux juges et à la justice !

XVIII

La lettre

LE JOUR DU PROCÈS de Chico approchait. Dans le village, on ne parlait plus que de cela. Chacun y allait de ses arguments, de ses hypothèses, de ses conclusions hâtives. Pour beaucoup, l'affaire était réglée et, à l'auberge de la vieille Germaine, les clients buvaient déjà au bon débarras qu'assurerait la condamnation du gitan.

Manuella évitait de traîner dans les rues et dans les champs de la commune. Elle savait les esprits excités et ne voulait pas davantage les attiser par sa présence. Le soir, elle se faisait plus discrète que jamais en se rendant à l'école pour les leçons de Julien. Mais, pour rien au monde, elle n'en aurait manqué une. Au reste, ses progrès étaient fulgurants et elle rattrapait son retard avec une aisance déconcertante.

Entre le maître et l'élève s'était nouée une relation amicale qui, sans aucun doute, aurait jeté définitivement le discrédit sur Julien si un quidam les avait observés. Julien plaisantait souvent, se penchait par-dessus l'épaule de Manuella pour vérifier son orthographe lors des dictées ou la justesse de ses calculs, lui prenait parfois la plume des mains pour la corriger. Manuella riait et sentait monter en elle un trouble étrange quand leurs mains se frôlaient ou quand son souffle au-dessus de sa longue chevelure lui caressait le visage. Jour après jour, ils avançaient ensemble dans le programme du certificat et en vinrent très vite à être au diapason du cours supérieur.

Julien avait prêté des livres de classe à sa grande élève. Elle les avait emportés chez elle afin de pouvoir se préparer aux leçons suivantes. Elle avait déjà dévoré le manuel d'histoire et celui de géographie. Il lui avait suffi de quelques jours pour connaître les fleuves de France et leurs affluents des deux rives, les grands ensembles de relief, les départements et leur chef-lieu. Elle connaissait tout ce qui concernait les productions agricoles et industrielles du pays. Les grands règnes de l'histoire nationale, ponctués de nombreuses dates et d'événements majeurs, n'avaient plus de secrets pour sa mémoire. Elle excellait en rédaction et n'avait pas sa pareille pour exprimer ses sentiments lors des sujets libres que Julien lui donnait à rédiger à la maison. Les sujets imposés, en revanche, lui convenaient moins. Julien s'en inquiétait car, le jour de l'examen, les élèves devaient montrer leurs compétences sur des thèmes très académiques et souvent très ennuyeux – Julien le reconnaissait volontiers. Aussi, en classe, lui donnait-il régulièrement des sujets très précis à rédiger en une heure, tels que : *Décrivez la maison de vos rêves et faites part de vos impressions* ; ou encore : *Imaginez un grand moment de bonheur ou de malheur dans votre vie. Racontez-le en faisant part de vos sentiments.*

Manuella préférait, de loin, laisser sa plume vagabonder seule sur la page blanche de son cahier d'écolier, sans se laisser enfermer dans un cadre imposé. Son écriture était soignée, son orthographe presque parfaite, son style alerte, tantôt léger et enjoué, tantôt prégnant. Elle aimait jouer avec les mots, contourner le sens des idées reçues pour affirmer les siennes, partir d'une rencontre fortuite qu'elle avait faite, d'une impression qu'elle avait eue au cours de ses promenades dans la nature. Elle adorait décrire les paysages qui avaient baigné toute son enfance et son adolescence, dépeindre les êtres qu'elle connaissait ou qu'elle aurait bien voulu connaître. Son imagination n'avait pas de bornes, sa sensibilité n'avait pas de fond, son amour pour la vie pas de limites. Elle étonnait Julien par sa sagacité, la vivacité de son esprit, la perspicacité de ses raisonnements.

Un jour, alors qu'il s'était assis à côté d'elle sur le même banc, comme il le faisait fréquemment avec les élèves de sa classe, il lui avoua :

— Sais-tu que, si tu étais l'une de mes élèves, tu serais de loin la meilleure ? Tu leur donnerais une sacrée leçon !

— Mais je suis une de vos élèves ! lui répliqua-t-elle, tout sourire.

— Tu as raison. Tu vois, c'est moi qui fais maintenant la différence. Je me contredis. Je te fais mes humbles excuses.

Manuella s'aperçut du trouble de son jeune maître et s'écarta de lui. À son âge, elle n'ignorait rien de ce qui pouvait se passer au fond des êtres, des mauvais comme des bons sentiments. En bonne devineresse, elle ne fut pas longue à s'apercevoir que l'amitié de Julien pouvait un jour se transformer en un sentiment plus fort. Elle ignorait son âge exact mais devinait que cinq ou six ans seulement les séparaient. Et que ce faible écart d'âge pouvait rendre leurs relations très périlleuses.

Manuella semblait émue. Julien comprit la confusion de son élève, se leva aussitôt, balbutia :

— Je... je ne devrais pas te dire que tu es la meilleure. Cela pourrait te monter à la tête et te rendre orgueilleuse.

— Il faut toujours dire ce qu'on pense ou ce qu'on a sur le cœur, répondit la jeune fille, qui semblait faire la leçon à son maître.

— Cela dépend. Gardons-nous des jugements hâtifs qui pourraient blesser son prochain ou l'induire en erreur.

Manuella posa délicatement son porte-plume dans la rainure du pupitre, referma son cahier de brouillon, déclara sans ambages :

— Je vous aime !

— Que dis-tu ? s'étonna Julien.

— Je vous dis ce que je ressens au fond de mon cœur, sans honte et sans détour : je vous aime, je n'y peux rien ; et je sais que vous m'aimez.

— Voyons, Manuella, tu déraisonnes ! C'est impossible. Si l'on t'entendait !

— Je ne vous cache pas la vérité. C'est vous qui m'avez appris l'honnêteté et la droiture dans vos leçons de morale. Je ne vous dissimule donc pas ce que j'éprouve pour vous. J'ai bientôt seize ans. Je ne suis plus une enfant, je sais ce que je ressens et ce que je dis.

Surpris et confus à son tour, Julien ne sut comment réagir à la déclaration de Manuella. En son for intérieur, il se méfiait depuis longtemps du trouble qui l'envahissait chaque fois qu'il se trouvait en sa présence, et s'efforçait de penser à tout autre chose, pour chasser de son esprit ce qu'il sentait naître en lui à son corps défendant. En retrouvant Marie, il retrouvait la raison, et son cœur s'apaisait.

Il réagit aussitôt :

— Il faut oublier ce que tu viens de me confier, Manuella. Sinon, je ne pourrai plus t'autoriser à venir le soir à l'école. Tu comprends, entre un maître et son élève, il ne peut y avoir de sentiments autres que le respect et la reconnaissance mutuelle.

— Mais je ne peux pas mentir ! Si je vous ai avoué mes sentiments pour vous, c'est parce que je sais que vous éprouvez les mêmes pour moi.

— Moi, pas du tout, voyons !

— Si, je le sais ! ça se voit et je le ressens. On ne peut rien cacher à une gitane !

— Sois raisonnable, Manuella ! Tu es en train de tout gâcher.

— Je ne le pense pas. Si je vous parle ainsi, c'est pour vous, pour votre bien. Pour qu'il n'y ait pas d'équivoque entre nous. Pour ne pas laisser se développer en vous des idées qui finiraient par vous obséder et vous faire souffrir. La vérité vous fera réagir, alors que le silence vous laisserait vous démêler avec des sous-entendus et des mensonges. Avouez comme moi que vous m'aimez, ainsi vous ne vous empoisonnerez plus la vie. Reconnaissez avec moi cette évidence ! Elle s'impose à nous. Nous n'y pouvons rien.

— Je me demande qui de nous deux est le plus raisonnable, en fin de compte. Manuella… je reconnais que tu ne m'es pas indifférente…

— Vous voyez !

— Mais il faut raison garder et en rester là.

— Maintenant que le plus dur est dit et que nous savons à quoi nous en tenir tous les deux, la situation est plus claire entre nous.

— Je ne peux plus continuer à te faire cours !

— Si, au contraire ! Entre nous, il n'y a plus aucun miroir pour déformer la vérité en mensonge.

— Il n'y avait pas de mensonge de ma part.

— L'omission volontaire est un mensonge ! Les cachotteries aussi. Mais vous aimez également Mlle Letellier. Ne la délaissez pas, elle souffrirait trop. Moi, je ne suis qu'une fille des rues, une ombre fugitive, une fille qui passe et s'envole, une manouche.

— Non, Manuella, tu mérites mieux que cela !

— Alors, aimez-moi comme je suis et acceptez que je puisse vous aimer. N'étouffez pas vos sentiments pour moi, car ils ne sont pas honteux. C'est la réaction des autres qui crée la honte. Restons amis, mais continuez à vous occuper de moi ; je vous en prie.

Julien faisait les cent pas entre son bureau et la première rangée de pupitres. Son esprit était très perturbé et son cœur tourneboulé. Il eût préféré s'accommoder du vague sentiment qui l'habitait jusqu'alors, sachant pertinemment que, jamais, il n'aurait franchi le pas en déclarant son amour à Manuella. D'ailleurs, était-ce réellement de l'amour qu'il éprouvait pour elle, ou simplement cette impression d'aimer qu'il ressentait toujours chaque fois qu'une fille lui plaisait ?

En lui parlant sans détour, Manuella l'avait placé devant ses responsabilités et devant une question à laquelle il n'avait jamais vraiment songé : les relations entre un maître et son élève peuvent-elles devenir ce que sont les relations entre deux êtres ordinaires : froideur, dédain, détachement, indifférence, mais aussi attachement, estime, affection, amitié... amour ? Était-ce une simple question qu'il se posait soudain ou une réalité tangible ? Quand l'âge les rapproche, tout est possible, se dit-il. Un maître et son élève sont deux êtres d'âme et de chair, que rien ne différencie des autres êtres. Le piédestal, l'aura de l'enseignant sont des attributs bien fragiles au regard des sentiments humains. Un rien peut les faire basculer dans le néant, un rien peut déchirer l'image académique du maître que l'institution s'efforce de véhiculer.

Julien venait de tomber de son piédestal grâce à la franchise de Manuella.

— Décidément, lui dit-il, tu n'es vraiment pas une fille comme les autres. Tu m'as mis en face d'une vérité que je n'osais même pas m'avouer à moi-même. Et cette vérité aurait fini par m'empoisonner, tu as entièrement raison. Grâce à toi, tout est devenu plus clair et plus simple entre nous. Si tes sentiments à mon égard sont sincères – et je ne doute pas qu'ils le soient –, alors aide-moi à les préserver intacts en ne faisant rien qui puisse les avilir. Ce sera notre façon de nous respecter.

— De nous aimer, corrigea Manuella.

— Si tu veux.

À partir de cette soirée de confidences, toute clarté étant faite, il n'y eut plus, entre le maître et son élève, ni équivoques ni malentendus ni sous-entendus. Et si l'amour qui les liait se lisait dans leurs yeux, jamais il n'y eut, de la part de l'un et de l'autre, aucun geste déplacé, aucune parole malheureuse qui auraient pu mettre péril en la demeure.

Mais Marie, qui n'était pas aveugle, continuait – à tort – de s'inquiéter.

*
* *

Le procès de Chico commença un lundi à 9 heures aux assises de Montpellier. Il était prévu pour durer trois jours. Les journaux régionaux s'en firent largement l'écho et relatèrent jour après jour le déroulement des auditions, des témoignages et des plaidoiries.

Plus qu'un procès de la petite criminalité, ce fut très vite le procès des pratiques rituelles de toute une catégorie de personnes peu appréciées par les honnêtes citoyens que le juge dut mener. Mais le procureur de la République eut beau appeler à la barre tous les témoins à charge qu'il trouva au Saut-du-Loup, ses diatribes ne reposèrent sur aucun fondement solide pour prouver la culpabilité de l'accusé. L'avocat commis d'office de Chico Carballo n'eut aucun mal à démontrer que l'instruction ne reposait en réalité sur aucun fait probant, qu'elle ne se fondait que sur des rumeurs, des diffamations à connotations racistes, sur les sentiments de rejet qu'éprouvaient certains témoins à charge, et qu'il n'y avait aucune preuve irréfutable de la culpabilité du prévenu.

Julien fut appelé à témoigner, ainsi que Marie, par l'avocat de la défense, le troisième jour du procès. Tous deux, sans prendre ouvertement le parti de Chico, expliquèrent ce qu'ils savaient et ce qu'ils ressentaient depuis leur installation respective dans la commune.

Finalement, devant la complexité de l'affaire et en l'absence de preuves véritables, le président du tribunal prononça un non-lieu et acquitta Chico qui fut immédiatement remis en liberté, après plusieurs mois de détention provisoire.

Manuella, qui avait assisté à l'intégralité du procès aux côtés de sa mère, dès la sentence prononcée, se retourna sur son banc en direction de Julien et de Marie, leur sourit et, de la main, leur envoya des baisers.

— Elle t'aime bien, cette petite, fit Marie, ça se voit !

— Oui, je crois, répondit Julien. Et moi aussi, je l'aime bien. Mais c'est toi que j'aime et que je veux.

— Vrai ?

— Croix de bois, croix de fer, si je mens je vais en enfer !

— Au royaume de Lucifer !

— Nous y vivons déjà !

— C'est vrai, j'oubliais. Mais ce procès a enfin remis les choses à leur place. J'espère que, désormais, l'attitude des habitants du Saut-du-Loup va changer ! La justice a parlé.

— Espérons-le !

*
* *

Julien profita de son court séjour à Montpellier pour visiter la ville en compagnie de Marie. Il ne connaissait pas la capitale du Languedoc. Aussi se montra-t-il très enthousiaste devant ses beautés et ses richesses architecturales. Ensemble, ils déambulèrent de longues heures, après l'audience, dans les ruelles de la vieille cité historique qu'on appelait l'*Écusson*, de la tour de la Babotte aux remparts, jusqu'à la faculté de médecine jadis fréquentée par Rabelais lui-même. Ils visitèrent la cathédrale Saint-Pierre, mais lui préférèrent les églises Saint-Roch et Saint-Anne, se promenèrent dans le jardin du Peyrou dominé par la grandiose porte Louis-XIV. Ils s'extasièrent devant l'aqueduc et ses multiples arceaux qui, jadis, amenait l'eau dans la cité à l'instar de Nîmes, sa rivale. Ils flânèrent devant les vitrines des magasins cossus de la rue de la Loge et des boutiques plus populaires de la rue de l'Aiguillerie ou de la rue Saint-Guilhem. Le soir, ils allèrent voir une pièce lyrique au théâtre de la place de la Comédie, puis s'attardèrent devant un café liégeois dans un bistrot à la mode sur l'esplanade du Champ-de-Mars.

Quand il fallut choisir un hôtel, minuit venait de sonner à tous les clochers de la ville. Ils s'écartèrent du centre et se réfugièrent dans une modeste pension de famille à proximité du cours Gambetta. Le gardien de nuit leur fit signer une fiche d'identité sans demander leurs papiers. Pour ne pas mettre Marie dans l'embarras, Julien inscrivit simplement son nom, précédé de *M. et Mme*, et demanda une chambre à lit double pour une seule nuit.

— Vous êtes de passage ? s'enquit curieusement le gardien.

— Si l'on veut, répondit Julien, laconique.

— Et vous n'avez pas de bagages ?

— Nous ne sommes à Montpellier que pour deux jours, jusqu'à demain.

Sur le comptoir de la loge traînait un exemplaire du *Provençal* qui avait fait sa une avec l'ouverture du procès de Chico Carballo. On pouvait lire en gros titre, sur trois colonnes : *Un gitan accusé d'un meurtre rituel aux assises de Montpellier.* Le journal datait de l'avant-veille, du premier jour du procès. Julien s'en empara et lut rapidement l'article. Le gardien le regarda par-dessus ses lunettes de presbyte et poursuivit :

— C'est tous de la racaille, cette engeance. Ils viennent en France pour profiter de tout ce qu'on a acquis et ils empêchent les braves gens de dormir tranquilles. C'est comme tous ces bougnouls et ces négros. Y en a de plus en plus, et c'est pas fini ! Faut dire qu'on va les chercher dans les colonies. Faudrait les laisser là où ils vivent. On n'a pas besoin d'eux chez nous !

Julien faillit répondre vertement. Marie lui posa la main sur le bras pour lui faire comprendre qu'il n'était plus l'heure de polémiquer. Il se retint, reposa le journal à sa place et donna sa fiche au gardien. Celui-ci revissa sa casquette sur son front, gribouilla quelques mots sur son registre d'une écriture maladroite, tendit une clé de chambre :

— Je vous donne la dernière, la 14. Je n'ai plus que celle-là de convenable. À un petit couple d'amoureux, je ne peux donner une chambre sous les toits. Vous n'êtes pas superstitieux, j'espère !

— Pourquoi ?

— Parce qu'en fait elle devrait porter le numéro 13. Mais vous savez comme moi que, dans les hôtels, il n'y a pas de numéro 13.

— Il n'y a que les imbéciles qui croient au qu'en-dira-t-on et à ce genre de bêtise.

— Remarquez, le chiffre 13 peut aussi porter bonheur, à ce qu'on dit !

— Dans ce cas, vous auriez dû l'afficher. En fait, je voulais vous dire que je suis venu à Montpellier pour témoigner en faveur de l'accusé du procès des assises. Et le gitan a été reconnu innocent. Vous ne voyez pas d'inconvénient à ce que je loge dans votre humble établissement ?

Le gardien ravala sa salive, balbutia :

— Euh… c'est-à-dire que… pour les commodités, c'est au même étage, au fond du couloir à gauche.

La chambre était sobre, vaste et vieillotte. Les meubles cirés dégageaient une forte odeur d'encaustique. Aux fenêtres, les rideaux n'étaient pas très nets et étaient marbrés d'auréoles grisâtres. Le lit, surmonté d'un imposant baldaquin aux montants moulurés, datait du siècle précédent et était recouvert d'un épais édredon de plume. Sur les murs, une tapisserie fanée présentait des scènes naïves d'angelots qui se miraient dans des fontaines et s'éclaboussaient à l'eau d'une cascade. Un large miroir au cadre doré réfléchissait la lumière d'un lustre en verrerie de pacotille, muni de plusieurs ampoules dont une seule s'éclairait.

— Ce n'est pas le luxe ! remarqua Julien. Mais c'est convenable.

— Un enseignant ne peut pas se permettre de s'offrir un palace ! répondit Marie. Mais il est vrai que tu n'es pas issu d'un milieu modeste. Tu dois avoir l'habitude de fréquenter des hôtels plus luxueux.

— Mes parents n'ont jamais eu la folie des grandeurs. Et si mon père gagne bien sa vie, il est vrai, il ne jette pas l'argent par les fenêtres. Quant à moi, je ne suis pas entré dans l'enseignement pour faire fortune. Je savais ce qui m'attendait. Et je me contente très bien de mes modestes conditions d'existence. L'essentiel ne réside-t-il pas dans le bonheur que nous ressentons à donner à nos élèves les savoirs essentiels et à les aider à devenir d'honnêtes citoyens, au service de la République ? Ce procès, je l'avoue, a renforcé mes convictions républicaines. Un moment, j'ai craint que les jurés ne se laissent convaincre par les effets oratoires du procureur de la République. Quand il a réclamé la peine de mort pour Chico, j'en ai eu froid dans le dos. J'ai imaginé ce pauvre Chico la tête tranchée, tombant dans un panier de sciure. Brr... brr... c'était horrible !

— Tu es contre la peine de mort ?

— Oui. C'est un acte de barbarie.

— Notre République ne la réfute pas et la Révolution a fait grand usage de la guillotine.

— Ce n'est pas ce qu'elle a fait de mieux, hélas !

— Je te croyais très attaché aux valeurs de la Révolution !

— La guillotine n'en est pas une. La Terreur est une déviation plus que malheureuse, condamnable, de la Révolution et de son idéal d'égalité et de tolérance. Heureusement que la justice républicaine sait faire la part des choses entre vérité et affabulations !

— Tu oublies l'affaire Dreyfus. Elle a entaché l'honneur de la République pendant de nombreuses années.

— Nul n'est à l'abri d'une erreur, hélas ! Sinon, nous serions au paradis.

Julien et Marie discutèrent encore longtemps. Puis ils s'enlacèrent et firent durer la nuit jusqu'aux aurores. Le lendemain matin, les yeux gonflés par le manque de sommeil, ils regagnèrent les Cévennes.

*
* *

Au fur et à mesure que le train se rapprochait de la gare d'Alès, Julien se souvint du vieux paysan avec qui il avait voyagé le premier jour de son arrivée. Ses mots résonnaient encore dans ses oreilles : « Alors, jeune homme, je vous souhaite bonne chance et bon courage ! » lui avait-il souhaité en apprenant qu'il se rendait au Saut-du-Loup pour y prendre son poste d'instituteur. Il raconta sa conversation à Marie qui s'étonna de la remarque du voyageur.

— Même si elles sont fréquentes, ces histoires de rivalité ne sont pourtant pas exceptionnelles, lui fit-elle remarquer.

— C'est le Saut-du-Loup qui est exceptionnel, peut-être ! Avec ses légendes du pont du Diable, des menhirs, de la Roche aux Fées, ses histoires de loup, de camisards et j'en passe, cette commune semble rassembler à elle seule tous les ingrédients légendaires qui circulent dans les Cévennes. C'est une vraie mine pour tous ceux qui s'intéressent à la mémoire orale de cette région. Et en plus de la rivalité entre catholiques et protestants vient se greffer cette chasse aux sorcières à l'encontre d'une famille de gitans. Vraiment, le Saut-du-Loup est un condensé de toutes les attitudes archaïques qui se rencontrent dans la profondeur des campagnes. On croirait rêver !

— Tu regrettes d'y avoir été nommé ?

— Non, au contraire. Tout cela excite ma curiosité.

Julien et Marie furent de retour le jeudi soir. Un vent froid et piquant cinglait les visages et avait rincé le ciel de ses derniers nuages. La neige ne tomberait pas de nouveau, contrairement à ce qu'on avait craint, le souffle du nord s'étant imposé et ayant repoussé les assauts des turbulences océanes. Mais le mercure avait chuté. La terre commençait à se craqueler sous l'effet du gel. Des filets d'eau s'étaient cristallisés dans les caniveaux. Le froid s'immisçait en lames d'acier sous les portes des vieux mas et cognait aux vitres en bourrasques impétueuses.

Personne ne traînait dans les rues. Même l'*auberge de la Croisée des chemins*, où le car les déposa, était désespérément vide. Germaine était en train de fermer ses volets quand elle aperçut Julien et Marie descendre du car. Sa curiosité fut la plus forte.

— Alors, s'enquit-elle, ils vont lui trancher le cou ?

— Pas du tout, Germaine, répondit Julien en relevant le col de son manteau. C'est aux mauvaises langues et aux superstitions qu'ils ont tranché le cou !

— Hum ! marmonna Germaine, j'avais bien dit qu'ils se trompaient !

Les deux jeunes gens se quittèrent sagement dans la cour de l'école. Chacun monta dans son appartement respectif, sans s'attarder, le vent glacial ayant raison de la fièvre qui les avait animés la nuit précédente.

— On se reverra demain, à la récréation ! fit Julien en embrassant Marie tendrement. Je monte vite corriger quelques cahiers. Bonne nuit, Marie.

— Bonne nuit, Julien.

En montant chez lui, Julien eut vaguement l'impression de ne pas être seul dans la cage d'escalier. Il s'arrêta à mi-course, jeta un regard intrigué en bas dans le vestibule, crut entendre le souffle retenu de quelqu'un qui se dissimulait.

— Qui est là ? demanda-t-il sans bouger.

Personne ne répondit. Il fit mine de redescendre quelques marches, l'œil aux aguets. « Est-ce Marie qui m'a suivi ? » songea-t-il.

— C'est toi, Marie ? Réponds !

Tout à coup, la lumière s'éteignit et un bruit de cavalcade s'ensuivit. La porte claqua sur ses gonds. Un grand souffle de vent glacé s'engouffra dans l'escalier jusqu'à l'étage.

« La porte était mal fermée, pensa Julien, et cette bourrasque a dû faire claquer l'ampoule. Je la changerai demain matin. »

À pas prudents, il redescendit fermer la porte, puis, se tenant à la main courante, dans le noir, regagna son appartement. Il alluma aussitôt la lumière et referma sa porte derrière lui sans s'attarder, l'esprit encore troublé. Machinalement, il regarda à ses pieds. Une lettre l'attendait, glissée sous la porte. Il posa sa valise et, sans prendre le temps de se débarrasser et de se mettre à l'aise, s'empara de l'enveloppe sur laquelle aucun destinataire n'était mentionné. Intrigué, il hésita à l'ouvrir, l'examina sous tous les angles.

« Quelqu'un était bien caché dans le vestibule, pensa-t-il aussitôt. Et ce n'est pas le vent qui a ouvert la porte et fait claquer l'ampoule. »

Il se précipita sur le palier et actionna l'interrupteur. La lumière jaillit.

« Je m'en doutais ! Quelqu'un est donc venu glisser cette lettre sous la porte en mon absence. Quelqu'un qui ne tenait pas à être reconnu. Surpris, il a juste eu le temps de se cacher et m'a laissé monter pour pouvoir filer sans se faire voir. Qui cela peut-il être ? »

Il alla chercher un Opinel dans la cuisine et, avant d'ouvrir la mystérieuse enveloppe, se versa un verre de brandy et s'assit dans un fauteuil.

« Je n'aime pas ça du tout ! » se dit-il.

Il avala une gorgée et amorça l'entame de l'enveloppe. Il en sortit prudemment une feuille de papier blanc soigneusement pliée en quatre, l'ouvrit, lut tout haut en détachant bien les mots comme le faisaient la plupart de ses élèves :

La curiosité est un vilain défaut.

Celui qui va derrière la montagne ne sait pas ce qu'il va chercher[1].

---

1. *Proverbe cévenol.*

Pensez à l'œil du cyclope. Seulement au royaume des cieux, les aveugles sont rois.

Protestants arrogants qu'an lo diable dius lo sang[1].

Prenez garde à vous.

Abasourdi, Julien finit d'un trait son verre de brandy. Il relut la lettre une seconde fois sans rien y comprendre. Sur le coup, il ne prêta pas attention à sa forme. C'est seulement après une bonne minute qu'il s'aperçut que chaque mot avait été découpé dans un journal et que la missive n'était pas signée.

« Une lettre anonyme dans sa plus belle forme ! » soupira-t-il entre ses lèvres.

Il relut, huit, neuf, dix fois le texte qui lui semblait tout à fait incohérent, mélange de dictons cévenols, d'allusions mythologiques, bibliques et de mises en garde. Certes, il comprenait le sens premier de chaque phrase, y compris la phrase écrite en patois. Mais il ne saisissait pas ce que l'auteur de la lettre lui voulait. Et pourquoi avait-il tenu à rester dans l'anonymat ?

Se sentant menacé, il ferma vite ses volets, puis sa porte à double tour, avala une autre rasade de brandy et se mit au lit sans même penser à préparer ses leçons du lendemain.

---

1. *Autre proverbe cévenol : Protestants arrogants qui ont le diable dans le sang.*

XIX

Décryptage

Julien trépignait d'impatience. Il avait hâte de retrouver Marie dans la cour de récréation pour lui montrer la lettre anonyme. Il la tenait bien cachée dans la poche de sa blouse et, régulièrement, comme s'il avait peur que quelqu'un ne la lui dérobe, il y glissait sa main pour la toucher du doigt.

— Écartons-nous, proposa-t-il à son amie. Je ne veux pas que les enfants puissent entendre.

— Que se passe-t-il ? Tu as un secret à me confier ?

— Regarde ! lui dit-il en lui tendant la lettre.

Marie prit l'enveloppe sans paraître étonnée et lut calmement.

— C'est une plaisanterie ! Qui t'a remis cette lettre ?

— Elle était glissée sous ma porte quand je suis rentré hier soir. Et je suis certain que son auteur était caché dans la cage d'escalier quand je montais. Je l'ai entendu détaler.

— En es-tu sûr ?

— Presque. Je n'ai vu personne, mais j'ai entendu.

Marie relut la lettre en fronçant les sourcils et demanda :

— Tu y comprends quelque chose ?

— Pas trop. Je ne vois pas le rapport entre les phrases.

— Viens chez moi ce soir après la classe, nous l'étudierons de plus près.

— J'ai une leçon avec Manuella, et elle compte sur toi aussi pour lui donner des notions d'économie ménagère.

— J'avais oublié. Ne pourrais-tu pas espacer un peu tes cours avec elle ? Elle nous mange trop de temps !

Julien remarqua dans le ton de Marie une pointe de jalousie mêlée à un début d'agacement. Il n'insista pas, mais en resta chagriné jusqu'à la fin de la journée.

Ne voulant pas déplaire à son amie, il écourta le soir même sa leçon de mathématiques et expliqua à Manuella que Marie ne pouvait la prendre, prétextant qu'elle était un peu fatiguée.

— N'allez pas trop vite avec elle ! lui répondit Manuella, laconique. Elle est fragile.

— Que veux-tu dire ?

— Je ne sais pas trop ce que je ressens quand je suis en sa présence, mais, depuis quelque temps, je la trouve anxieuse. Quelque chose s'est… comment dire… brisé en elle.

— C'était l'approche du procès de ton père, sans doute. Comme moi, elle craignait qu'il ne soit condamné. Elle est très émotive.

— Non, ce n'est pas la raison. Il y a quelque chose d'autre. Ça crève les yeux. Mais je préfère ne pas vous en parler.

— Tu es bien mystérieuse, aujourd'hui, Manuella ! En fait, comment va ton père ? J'aimerais le rencontrer bientôt. Sais-tu que je ne le connais pas encore ?

— Je lui ai parlé de vous. Il vous attend, quand vous voulez.

— Dis-lui que je passerai le voir jeudi matin. Nous avons tant de choses à nous dire.

— Je le crois aussi.

Manuella partit de bonne heure ce soir-là. Julien retrouva aussitôt Marie chez elle. Elle ne semblait plus l'attendre et s'était déjà mise en tenue de nuit, prête à aller se coucher. Julien s'en étonna :

— Tu es malade, Marie ?

— Non, juste un peu fatiguée. Que me vaut ta visite ?

— Mais, voyons, tu m'as demandé de passer avec la lettre. L'aurais-tu déjà oublié ?

— La lettre ! Quelle lettre ?

Julien écarquilla les yeux.

— La lettre anonyme que j'ai reçue hier soir.

— Ah ! oui, bien sûr ! Mais je me suis dit que tu préférerais sans doute rester avec Manuella.

Le ton de Marie était devenu plus cassant. Julien ressentit tout à coup une fêlure dans son cœur. Pour la première fois, Marie venait de le rabrouer et de le peiner.

— Excuse-moi, ajouta-t-elle, mais je n'ai pas envie de veiller ce soir. Je voudrais aller me coucher tôt.

— Il n'est que 19 heures ! s'étonna Julien. Dis-moi ce qui ne va pas. Tu n'as pas l'habitude d'aller te coucher avec les poules ! C'est à cause de Manuella ?

— Pas du tout ! Pourquoi voudrais-tu que j'en veuille à cette gamine ? Tout est clair entre nous, non ? Tu m'as expliqué. J'ai enregistré… Au fond, je ne m'étais pas trompée.

— Ce qui veut dire ?

— Rien, je me comprends. Je suis fatiguée, Julien. Laisse-moi, veux-tu !

Julien n'osa insister. Contrit, il rentra chez lui et tenta d'oublier l'humeur et l'étrange réaction de Marie en se jetant dans le travail.

*

* *

Dans les jours qui suivirent, Marie redevint comme elle était avant. Elle semblait avoir oublié la scène qu'elle avait faite à Julien et que celui-ci mit sur le compte de la jalousie. Elle ne fit aucune allusion ni à la lettre ni à Manuella, à qui elle continua d'accorder son temps, le soir, avant ou après Julien, selon ses disponibilités.

Une semaine après leur retour de Montpellier, Julien eut la désagréable surprise de voir arriver au cours d'une récréation d'après-midi un homme en costume sombre, tête nue, lunettes cerclées sur le nez, la mine austère, le regard d'acier. Il se présenta sans attendre et invita Julien à entrer dans sa salle de classe. Celui-ci crut d'abord à la visite d'un nouvel inspecteur.

— Monsieur Estérel, fit le visiteur, vous ne me connaissez pas sans doute. Je suis Henri Fage, conseiller général du canton. Je ne vais pas y aller par quatre chemins. On m'a rapporté que, en tant qu'enseignant dans cette école publique, qui est de ma circonscription, vous vous intéressiez un peu trop à des affaires qui ne sont pas de votre ressort. Vos agissements commencent à exaspérer la population de cette commune. Que vous ayez pris parti pour un accusé de meurtre au tribunal, c'est votre affaire. La justice a tranché dans le sens que vous souhaitiez ; cela ne vous donne pas le droit de vous croire tout permis. Aussi j'aimerais que vous cessiez sur-le-champ de narguer les braves citoyens de cette commune en vous intéressant de trop près à cette jeune gitane, dont le père n'a bénéficié que d'un non-lieu, je vous le rappelle.

— Mais, monsieur…

— Je ne vous permets pas de m'interrompre. Je n'ai pas fini ! J'ai ouï-dire aussi que vos méthodes personnelles d'enseignement ne sont pas très conventionnelles. Des parents se sont plaints en haut lieu. Ils craignent que leurs enfants soient mal instruits. Vos méthodes par trop révolutionnaires choquent. De plus, vous délaissez certains de vos élèves, le petit Rouquette par exemple, pour ne citer que lui. C'est inadmissible !

— Mais qui vous a dit…

— Laissez-moi terminer ! Je vous préviens immédiatement : je ferai tout ce qui est en mon pouvoir pour que vous soyez muté loin d'ici à la rentrée prochaine. J'ai suffisamment de relations pour qu'on vous envoie sur un poste difficile où vous aurez tout le loisir d'exercer vos talents de pédagogue. J'ai envoyé un rapport circonstancié à l'inspection primaire. On ne manquera pas de vous dépêcher le nouvel inspecteur dès qu'il sera nommé après Pâques. Je le connais. Je l'ai déjà mis au courant. Il sait à quoi s'en tenir.

Le représentant du canton ne laissa pas Julien s'expliquer. Après sa longue diatribe, il tourna aussitôt les talons, sortit précipitamment de la salle de classe et disparut aussi vite qu'il était apparu.

Julien en resta médusé pendant quelques minutes, puis se reprit et alla rejoindre Marie dans la cour. Celle-ci, devant sa mine défaite, s'inquiéta :

— Qui était-ce ?

— Le conseiller général.

— Le conseiller général ! Que venait-il faire ici ?

— Me mettre au pas et m'annoncer mon renvoi du Saut-du-Loup à la prochaine rentrée.

Marie ne dit mot. Elle respecta le silence de Julien qui restait plongé dans ses pensées.

— C'est la suite du différend que j'ai eu avec Audibert, reprit-il en se frottant la nuque comme s'il avait reçu un coup de matraque. Je l'avais traité de « digne représentant de la féodalité », lorsque nous nous sommes séparés devant la maison des Carballo.

— Tu vas trop loin, Julien. Je t'avais prévenu. Ici, il faut savoir ménager la susceptibilité des gens et ne pas les déranger dans leurs habitudes.

— Tu me donnes tort, à présent, de m'occuper du sort de Manuella ? Je croyais pourtant pouvoir compter sur ton appui !

— Manuella ! Manuella ! Tu n'as que son nom à la bouche. Et moi, je ne compte plus ? Tes élèves non plus ?

Marie s'emportait, laissant deviner ses ressentiments. Julien dut la reprendre :

— Mais tais-toi donc, les enfants nous entendent et nous regardent !

Le soir même, Julien renvoya Manuella dès qu'elle arriva, sous prétexte d'avoir trop de travail pour le lendemain.

— Demain, c'est jeudi ! lui fit-elle remarquer. Vous devriez vous reposer, monsieur Estérel. Et écouter votre cœur.

— Que veux-tu dire encore ?

— Rien. Mais j'ai vu des choses étranges... À demain. N'oubliez pas la visite que vous avez promise à mon père.

Manuella s'éclipsa, laissant Julien songeur.

*

* *

Comme promis, il se rendit chez les Carballo dans la matinée et rencontra Chico pour la première fois. L'entrevue des deux hommes fut brève, car le père de Manuella se sentait très fatigué et affaibli par sa longue incarcération. Il le remercia sincèrement de s'occuper de sa fille et d'avoir témoigné en sa faveur lors du procès. Il lui promit aussi de lui révéler un jour un secret qui lui ouvrirait les yeux.

— Ne m'en demandez pas plus pour aujourd'hui. Je ne voudrais pas vous attirer des ennuis. Plus tard, peut-être, quand cette histoire sera tassée. Je me sens trop épuisé pour remuer toute cette boue. J'ai le cœur en breloque et je crains qu'il ne me lâche un de ces jours.

Le gitan ne retint pas son visiteur. Sara raccompagna Julien sur le seuil de la porte et demanda à Paco de faire un bout de chemin avec lui. Le fils, toujours méfiant, se fit prier.

— Je connais la route, objecta Julien. Je n'ai pas besoin de garde du corps !

— Méfiez-vous, jeune homme, susurra Chico du fond de la pièce. Soyez sur vos gardes !

Manuella se proposa de remplacer son frère.

— Non, laisse. Pas toi ! fit Paco. J'y vais.

Julien comprit que Paco se méfiait, ou craignait un danger. Décidément, l'atmosphère autour de lui commençait à devenir bien étrange.

De retour à l'école, il évita Marie et rentra directement à son appartement.

Une seconde lettre l'y attendait, glissée sous sa porte.

Son cœur bondit. Il ramassa l'enveloppe, se rua sur le premier couteau de cuisine qu'il trouva, oubliant de refermer la porte derrière lui. Il lut en blêmissant :

Le vendredi vers minuit
Sur la can de l'Hospitalet
Des voix vous entendrez
Comme sorties de la nuit.

Il froissa rageusement le papier sur lequel, de la même manière que la lettre précédente, les mots avaient été découpés dans un journal.

— Qu'est-ce que c'est que cette nouvelle histoire ? ne put-il se retenir de dire à voix haute.

— Que se passe-t-il encore ?

Julien sursauta, se retourna brutalement, sur ses gardes :

— Ah ! c'est toi, Marie ! Je ne t'ai pas entendue monter l'escalier. Tu m'as surpris.

— Ta porte était ouverte. Je t'ai entendu parler tout haut. Tu peux m'expliquer ?

— Tiens, lis toi-même !

Marie s'empara de la lettre et lut, tremblant légèrement de la main.

— Que comptes-tu faire ?

— Y aller. Pour me rendre compte. Si on essaie de me faire peur, j'y découvrirai peut-être les tenants et les aboutissants de cette histoire. Pour l'instant, j'avoue ne plus rien comprendre. Tout me paraît très confus.

— Asseyons-nous et tâchons de réfléchir. Relisons ensemble les deux lettres, nous y verrons peut-être plus clair aujourd'hui.

— Tu me sembles aller mieux, remarqua Julien. Je me trompe ?

Il enserra Marie dans ses bras et l'embrassa longuement. Elle lui prit lentement le couteau des mains. Il se laissa faire sans s'en rendre compte. Elle lui rendit avec tendresse son étreinte, parut se détendre.

— Je me suis toujours bien portée, ajouta-t-elle, en déposant le couteau sur la table derrière son dos. Je t'aime, tu sais.

— Je sais, ma chérie. Moi aussi. N'aie aucune crainte.

Ensemble, ils relurent plusieurs fois et posément les deux messages énigmatiques et tentèrent d'en percer le sens caché.

— Dans le premier avertissement, commença Marie, l'auteur n'a utilisé que des proverbes ou des dictons : *La curiosité est un vilain défaut.* Ça me semble clair : c'est une mise en garde.

— D'autres m'ont menacé sans prendre des gants : Jean-Charles Audibert et son acolyte de conseiller général, Henri Fage, n'ont pas utilisé des moyens détournés !

— Peut-on néanmoins les soupçonner de t'avoir envoyé ce genre de message pour te faire peur ?

— Je n'écarte aucune hypothèse *a priori.*

— Poursuivons : il y a ensuite deux dictons cévenols dont un en patois. Je les connais bien : *Celui qui va derrière la montagne ne sait pas ce qu'il va chercher.* Puis cet autre : *Protestants arrogants qui ont le diable dans le sang.*

— Donc, l'auteur est sans doute cévenol, suggéra Julien. De plus, il connaît le patois. Crois-tu que les Audibert-Delorme connaissent le parler local ?

— C'est peu probable ; pas des gens de leur rang.

— Hum ! le premier dicton me paraît clair : il semble signifier qu'à vouloir trop farfouiller on ne sait jamais sur quoi l'on peut tomber ! ça pourrait effectivement m'être adressé.

— Ça peut aussi vouloir dire que Maxence Cabanel s'est intéressé de trop près à des affaires qui ne le regardaient pas. C'est peut-être lui qui est désigné dans ce dicton !

— Ou moi, qui ai découvert son corps, va savoir ! Si l'on considère maintenant l'autre dicton écrit en patois, ce sont cette fois les protestants qui semblent interpellés. On les accuse ici d'être liés au diable !

— Donc, menace des catholiques !

— Pas si sûr. Maxence Cabanel était catholique, je me suis renseigné. Sa mort ne peut donc être un acte de vengeance des catholiques ; ça se contredirait.

— Et l'allusion mythologique, comment l'interprètes-tu ?

— À ce niveau, ça se complique : l'œil du cyclope, tu te souviens, Ulysse l'a crevé afin de le rendre aveugle et d'avoir le champ libre pour s'enfuir de la caverne. Quant à la référence biblique qui suit, c'est clair : le royaume des cieux, c'est la mort.

— Or Maxence Cabanel est mort et on l'a rendu aveugle en lui crevant les yeux, ou en les lui arrachant, c'est pareil ! Qu'avaient donc découvert ses yeux pour qu'il mérite la mort ?

Julien ne savait plus que penser.

— Tout est confus dans cette première lettre, remarqua-t-il.

— Son auteur l'a sans doute fait exprès pour embrouiller les pistes que tu cherches à éclaircir, et pour te décourager d'aller plus loin. D'où la menace qu'il profère à la dernière ligne : *Prenez garde à vous.*

— C'est peut-être un conseil, pas une menace. Cette phrase peut s'interpréter de deux façons.

— Nous ne sommes pas plus avancés ! soupira Marie, découragée.

— Reste le second message, qu'il a pris soin d'écrire en vers. Qu'en penses-tu ?

— Souviens-toi : je t'avais expliqué que certains affirment avoir entendu des psaumes ou des cantiques chantés en chœur, certaines nuits, dans les rochers de la can de l'Hospitalet.

— Je me souviens, là où se tenaient jadis des assemblées clandestines au Désert, comme disent les protestants.

— Ce n'est qu'une légende !

— Légende ou pas, c'est encore une allusion qui touche les protestants. On voudrait m'y attirer qu'on ne s'y prendrait pas autrement. Je commence à croire qu'on veut mettre les protestants au centre de tous ces mystères. Reste à faire le lien avec les Carballo qui, eux, sont catholiques, il ne faudrait pas l'oublier !

— Catholiques, mais gitans !

— Vraiment, tout cela est déroutant !

Julien se leva, prit une feuille de papier, traça deux colonnes :

— D'un côté je mets les éléments suivants : protestants, œil au milieu du front, mauvais œil, diable, le pont du Diable et la légende du Saut-du-Loup, les Carballo, sorcellerie. Ça fait beaucoup ! De l'autre : catholiques, mort d'un catholique : Maxence Cabanel, les menhirs et la légende des fées, le rocher des Fées – où les protestantes allaient soi-disant accoucher –, la cupule et sa légende sanguinaire.

— La grotte des Fées et la cupule, on peut les inscrire dans les deux colonnes. Mais où places-tu les menaces dont tu as fait l'objet de la part d'Audibert et d'Henri Fage ?

— Je ne sais pas. Ça n'a pas l'air d'avoir un lien avec le reste. Pour moi, ils veulent que je tempère mes ardeurs de fouineur, parce que mes agissements les gênent pour chasser une famille de gitans qui a mauvaise presse.

Julien ne comprenait plus rien au puzzle qu'il venait de résumer en quelques mots et s'interrogeait. Quand, tout à coup, son attention fut attirée par la feuille de papier sur laquelle il venait d'écrire. Il s'empara des deux lettres anonymes et les compara à elle.

— Regarde Marie ! Tu ne remarques rien ? C'est le même papier que le mien !

La jeune femme, interloquée, examina attentivement les trois feuilles de papier qui, d'un premier abord, ressemblaient à n'importe quelles feuilles de papier à écrire que l'on trouve dans le commerce.

— Toutes les feuilles de papier se ressemblent ! dit-elle.

— Pas du tout. Je reconnais bien les miennes. J'ai acheté ce papier à Nice avant de venir ici. Il porte un petit filigrane très discret. Il m'en reste encore quelques feuilles.

— C'est un hasard !

— Un hasard bien étrange, tu l'avoueras !

— Qu'en déduis-tu ?

— Rien pour l'instant. L'auteur de ces lettres aurait pu utiliser mon propre papier. Bizarre, non ?

— Il se serait donc introduit chez toi en ton absence, aurait découpé tous les mots dans un journal qu'il aurait pris soin d'apporter, et aurait confectionné sa lettre sur place, au risque de se faire surprendre ! Non, ça ne tient pas debout.

Julien n'était pas satisfait de l'hypothèse de Marie.

— À moins, reprit-il, qu'il m'ait dérobé le papier et fait ses lettres plus tard, tranquillement, chez lui.

— À qui as-tu ouvert ton appartement, à part moi ?

— À personne. J'ai beau réfléchir, je ne vois pas.

— Tu n'as jamais apporté ton paquet de feuilles dans ta salle de classe pour travailler le soir ?

— Peut-être. Je n'en sais rien, mais c'est fort probable. De toute façon, tu ne penses pas, quand même, qu'un élève aurait pu…

— Un élève, non, mais quelqu'un d'autre qui a aussi accès à ta salle.

Marie se tut. Elle lut dans les yeux de Julien que celui-ci venait de comprendre ce qu'elle sous-entendait.

— Non ! fit-il. Ce n'est pas possible, voyons ! Pas elle !

À son tour, il garda le silence comme pour mieux voir clair en lui.

— Pas Manuella ! reprit-il, horrifié. C'est impossible.

— Peux-tu en être sûr à cent pour cent ?

— Mais pourquoi ? Pour me menacer ou me mettre en garde ?

— Il est trop tôt pour le savoir. Je t'en supplie, Julien, méfie-toi d'elle. Elle n'est peut-être pas dangereuse ; mais qui sait ce qu'elle a dans la tête ? Elle est amoureuse de toi, c'est encore une gamine, elle pourrait profiter de toutes ces sales histoires pour t'attirer à elle par tous les moyens.

— C'est absurde. Je connais Manuella mieux que quiconque. Elle est incapable de faire de telles choses.

— Je t'en conjure. Ne commets pas d'imprudences !

— Avec elle ? Mais tu es vraiment jalouse, Marie !

— Ne va pas à la can de l'Hospitalet.

— Pourquoi ?

— N'y va pas, j'ai peur.

Julien prit Marie dans ses bras.

— Rassure-toi, lui confia-t-il. Je serai prudent. Mais promets-moi auparavant d'oublier ta jalousie, s'il te plaît.

Marie enfonça ses ongles dans le cou de Julien et se suspendit à ses lèvres.

— Je t'aime trop ! lui susurra-t-elle dans l'oreille. Je ne te laisserai pas te perdre.

XX

Traquenard

AVEC LE RETOUR DU PRINTEMPS, la nature s'éveilla soudain, sans attendre. De nouveau, l'aube éclaboussa de lumière les hameaux encore tout endormis et engourdis. Les frondaisons laissaient échapper dans l'air frais du petit matin mille senteurs miellées et acidulées. Les premiers bourgeons paraient les ramures de minuscules boursouflures prêtes à éclore. La bise du nord finissait de ressuyer l'excès d'humidité et mêlait les suaves fragrances florales aux lourds effluves acides d'humus et de feuilles mortes. Des écharpes de brume alanguies s'accrochaient encore à la cime crénelée des sapins et des mélèzes, avant de s'évaporer sous l'effet conjugué du vent et du soleil. Peu à peu, la chaleur du jour terrassa les dernières froidures ; la terre gonfla et reprit une belle couleur brune avant de passer au vert tendre des premières éclosions. Les châtaigniers et les mûriers se teintèrent d'émeraude, les prairies se piquetèrent d'or et de nacre. Les vieux schistes mordorés étincelèrent comme de nouveaux joyaux lustrés par la main habile d'un orfèvre. Les granites, sertis dans leurs écrins de bruyère et de genêt, révélèrent au grand jour leurs éclats d'ébène et d'argent.

Après les ténèbres de l'hiver, la vie reprenait, les esprits retrouvaient la lumière, les cœurs battaient d'espoir. Chaque année, c'était l'époque des bonnes résolutions, des promesses et, parfois, des grands pardons. Il en était des hommes comme des livres : quand une page est tournée, c'est une autre histoire qui commence.

Au Saut-du-Loup, l'annonce du non-lieu du procès de Chico Carballo, après avoir suscité quelques commentaires amers et parfois regrettables, finit par ne plus faire la une des conversations. Le travail accaparait trop les esprits et, pour l'heure, les contingences agraires l'emportaient sur les préoccupations judiciaires. En outre, l'approche des élections législatives commençait à prendre le dessus sur tout le reste. La commune, comme partout en France, se divisait entre les partisans de l'alliance du Front populaire et ceux du gouvernement de droite, dont les difficultés n'avaient cessé de s'aggraver. Dans les Cévennes, Le Saut-du-Loup ne faisait pas exception : les catholiques soutenaient plutôt la droite au pouvoir, les protestants les partis de gauche coalisés. Robert Comballe, voulant ménager la chèvre et le chou, ne prenait pas encore position. Seul parmi ses adjoints, Jean-Charles Audibert-Delorme ne cachait pas son opinion ni ses préférences, et commençait à mettre en garde ses concitoyens. En cas de victoire des rouges, leur affirmait-il, les terres allaient être confisquées comme au pays des Soviets, et chacun se retrouverait dépouillé et à la merci d'un État tout-puissant.

Il battait la campagne discrètement et tenait souvent le haut du comptoir de la vieille Germaine à lui tout seul.

— *Bou Diou !* après le procès des sorciers, voilà celui des rouges ! grommelait l'aubergiste entre ses dents éparses. Pourriez pas aller vous disputer ailleurs ? Mon auberge n'est pas une auberge espagnole ni un champ de foire !

Personne ne lui répondait, car personne n'avait entendu ses bougonnements.

Malgré les menaces qu'il avait reçues de la part du jeune baron et du conseiller général en personne, Julien persistait à fréquenter l'*auberge de la Croisée des chemins*. Il ne voulait pas donner l'impression de perdre la face ni de s'incliner. Parmi les clients de Germaine, tous, d'ailleurs, ne lui étaient pas hostiles. Certains, protestants pour la plupart, s'affirmaient à cent lieues des idées véhiculées par les plus superstitieux de leurs concitoyens. Ils le soutinrent même quand ils apprirent que le troisième adjoint avait fait pression au canton pour qu'on le change d'école. Ils l'assurèrent de leur sympathie, dans le cas où l'inspection suivrait les mauvaises langues et se dirent prêts à témoigner en sa faveur.

— Nos enfants vous apprécient, monsieur Estérel. Vous leur avez apporté du sang neuf. Et vos méthodes leur plaisent énormément, lui disaient-ils. N'écoutez donc pas les ragots. Ici les langues de belle-mère sont les plus longues de tout le haut pays.

Et la salle de l'auberge de s'esclaffer de rire.

À vrai dire, l'opposition entre catholiques et protestants prenait souvent des apparences ubuesques. Julien commençait à penser qu'il s'agissait d'un jeu entretenu à dessein par les deux communautés, un jeu qui avait simplement pour but d'entretenir la mémoire de tous.

— C'est leur façon de se souvenir ! suggéra-t-il un soir à Marie. À mon avis, si ce n'était cet acharnement aveugle contre les Carballo, je n'y verrais que querelles de clochers. Vu de l'extérieur, ce serait même plutôt amusant.

— Sauf quand ils s'accusent de faire couler le sang des autres et qu'il y a mort d'homme !

*

* *

Plusieurs semaines s'étaient écoulées depuis que Julien avait reçu la seconde lettre anonyme. Il avait volontairement tempéré son envie d'agir aussitôt pour éviter de tomber dans le piège de son auteur, si piège il y avait. Quant à Manuella, il continuait de la préparer au certificat comme si de rien n'était, ainsi que Marie, sans tenir compte des remarques du conseiller général. Mais il tenait ses distances vis-à-vis d'elle, l'épiait discrètement, afin de percevoir le moindre indice qui pourrait lui prouver qu'elle était bien l'auteur des deux lettres.

Ainsi laissa-t-il traîner exprès, sur son bureau, un paquet de feuilles qui avaient servi à leur rédaction. Plusieurs fois, il fit allusion aux messages laconiques. Il laissa à sa portée des objets attirants pour attiser sa convoitise. Un soir, en guise de dictée, il osa même prononcer les phrases des deux lettres qu'il noya dans un texte de sa composition, et guetta sa réaction. Manuella ne broncha pas. Elle trouva seulement amusant qu'un texte d'auteur parlât de la région.

— Ce texte est de moi, reconnut Julien. Comment le trouves-tu ?

Il crut donner l'estocade avec cette ultime tentative pour la dévoiler. Manuella, très calme et concentrée sur son travail, comme chaque soir, répondit avec le plus grand sérieux et la plus grande franchise :

— C'est pas mal. Mais je préfère les textes des grands auteurs, sans vous offenser.

Julien sourit et fut rassuré.

Le soir même, il confia à Marie :

— Ce n'est pas elle. J'en suis persuadé. Je lui ai tendu de nombreux pièges. Elle n'a jamais bronché.

— Elle est plus fine que tu le crois ! Elle s'amuse de toi, mon brave chéri.

— Dans quel dessein ? Je ne comprends pas pourquoi !

— Elle t'aime, tu me l'as avoué. Tu lui as dit que tu l'aimais aussi, mais que tu ne désirais pas renoncer à l'amour que tu éprouvais pour moi. Elle essaie de te faire craquer.

— Je n'y crois pas. C'est elle qui m'a dit de prendre soin de toi, parce qu'elle te sent fragile.

— Qui sait si elle ne joue pas la comédie avec tout le monde ? Le saccage de l'école, c'était peut-être elle, au fond. Et même…

— Non Marie ! Je t'arrête tout de suite avant que tu ne dises une bêtise, une énormité.

— Elle vous a tous ensorcelés avec ses airs de sainte-nitouche !

— Arrête, Marie ! Tu déraisonnes.

— Soit, je n'ai rien dit. Oublions ça.

Julien était prêt à reprendre ses investigations. Selon lui, quelqu'un avait intérêt à faire croire aux légendes, à les utiliser pour taire un mystérieux secret et mieux se dissimuler grâce à la cabale montée et entretenue contre les Carballo. Il poursuivit :

— Pour te prouver que tout cela n'a aucun sens, je vais me rendre sur la can de l'Hospitalet, vendredi soir. Nous verrons bien si ces mises en garde ou ces menaces tiennent debout, ou si elles sont pure élucubration de la part d'un malade. J'ai attendu exprès. Si je m'étais précipité le premier vendredi après la seconde lettre, la coïncidence aurait pu paraître étrange dans le cas où j'aurais trouvé quelque chose de suspect. Depuis, le temps a passé. Je pourrai mieux me rendre compte.

— Que crois-tu y découvrir ? Cette histoire est abracadabrante. Je te l'ai déjà racontée, ce n'est qu'une légende.

— N'oublions pas que la mort de Maxence Cabanel n'a toujours pas été élucidée, remarqua-t-il en posant sa main sur la bouche de Marie. N'ajoute plus rien, mon amour. Je suis très lucide, ajouta-t-il, énigmatique, en la fixant dans le blanc des yeux. Je vois en toi. Et ce que je vois... c'est que tu m'aimes. Trop peut-être !

Marie écarquilla les paupières. Une lueur de crainte brilla un bref instant dans ses prunelles. Julien lui faisait peur tout à coup. Mais ses dernières paroles la rassuraient.

Il desserra son étreinte, posa ses lèvres sur les siennes, les ouvrit, attendit son baiser.

— Tu m'aimes plus que tout ? lui demanda-t-elle, une pointe de crainte dans la voix.

— Je t'aime par-dessus tout, lui répondit-il. En douterais-tu ?

*
* *

Le vendredi suivant, il se rendit d'abord à Florac, immédiatement après la classe. Ce soir-là, il laissa Manuella dans les mains de Marie et trouva un prétexte pour ne pas lui faire cours. Il emprunta une vieille Citroën qu'il loua dans un garage et attendit la tombée de la nuit pour se rendre à l'Hospitalet, sur la corniche des Cévennes.

— Faites attention à ne pas brusquer la voiture ! lui conseilla le garagiste. La route de la Corniche est à peine carrossable. C'était jadis une route royale, puis c'est devenu une nationale ; mais elle n'est pas très bonne, même si c'est maintenant un itinéraire touristique depuis que le Club cévenol s'en est occupé[1].

— Où pourrais-je passer la nuit sans m'en écarter ?

— Oh ! à l'Hospitalet. Il y a une sorte d'auberge là-haut. Vous y trouverez le gîte et le couvert si vous n'arrivez pas trop tard.

Julien s'engagea prudemment sur la route tortueuse qui serpentait en direction de Saint-Laurent-de-Trèves, la commune devenue célèbre dans la région pour ses empreintes de pas de dinosaures. Là encore, la légende s'était emparée du phénomène

1. *En 1927.*

en y ajoutant sa part de fantastique. Julien avait entendu dire que, pour certains, ces traces fossilisées dans la pierre étaient celles du diable en personne. « Décidément, tout ce pays me semble ensorcelé ! songea-t-il quand il passa devant le site préhistorique. Je comprends que les superstitions y soient si tenaces et fassent encore tant de ravages ! »

À l'approche de Barre, il retrouva pour la seconde fois le pays de la légende de la Vieille Morte. Dès qu'il atteignit la can de l'Hospitalet, la route devint plus rectiligne. Le petit causse, enchâssé dans la verdure, ressemblait à un îlot calcaire perdu entre les colosses de granite de l'Aigoual au sud et du Lozère au nord ; une table horizontale couverte d'une lande éparse et de forêts sauvages. Entre les villages, pas âme qui vive ! Le « Désert », pensa Julien. Il ne pensait pas si bien dire. Il avait hâte d'en découvrir un. Mais en plein milieu de la nuit, l'idée lui parut soudain un peu effrayante.

Il trouva facilement l'auberge que le garagiste lui avait indiquée. Il s'y reposa, prit un copieux souper. Puis il avertit la patronne qu'il désirait s'absenter et qu'il rentrerait tard. Celle-ci parut surprise. Elle se demanda ce que son visiteur du soir pouvait avoir à faire, la nuit, dans un lieu aussi reculé que le plateau sur lequel veillait son établissement. Mais elle n'osa le questionner.

— Alors je vous donne une clé pour rentrer par la porte de service, lui dit-elle. Sinon, vous coucheriez dehors. Vous allez à Barre ?

— Euh… oui ! mentit Julien. J'y ai quelqu'un à voir.

— Vous auriez mieux fait d'y prendre pension. Ça vous aurait évité de faire l'aller-retour en pleine nuit.

— Je connais une auberge à la sortie du village. J'y ai déjà dormi. Mais j'ai préféré la vôtre. Elle me paraissait plus tranquille.

— Oh ! pour être tranquille, ici, c'est tranquille. Prenez garde toutefois de ne pas tomber en panne. Personne ne viendra vous aider à cette heure-là.

L'aubergiste était une femme d'une quarantaine d'années, assez rustre, comme beaucoup dans les campagnes reculées. Elle avait une façon de s'exprimer bien étrange. Julien comprit qu'elle se méfiait de lui. De forte corpulence, les cheveux tirés en arrière et noués par un catogan, le visage fermé, la mâchoire carrée et en perpétuelle crispation, elle semblait ne craindre personne. Sa voix rauque amplifiait son allure masculine et ses larges mains calleuses montraient que les travaux virils ne la rebutaient pas. En guise de sarrau, elle arborait, noué sur son ventre proéminent, un tablier de tonnelier d'un bleu sombre, sur lequel elle ne cessait de s'essuyer les mains comme par manie, chaque fois qu'elle s'en revenait de sa cuisine. Elle fut cependant aux petits soins pour son unique client, craignant peut-être que celui-ci ne changeât d'avis au dernier moment et ne s'en allât ailleurs trouver un gîte pour la nuit.

La salle de l'auberge était sombre, éclairée seulement par deux ou trois chandelles et par les flammes de l'immense cheminée où brûlait un énorme billot de fayard.

— Vous n'avez pas d'autres clients ? s'enquit Julien, intrigué et peu rassuré.

— Non. Ici les gens de passage sont rares en cette saison, répondit l'aubergiste de sa voix grave. C'est encore trop tôt. Faut dire que l'endroit n'attire pas beaucoup les âmes solitaires. En été, les touristes s'aventurent davantage.

— Et vous êtes seule à tenir cet établissement ?

— Mon mari est en vadrouille. Il aime chasser. Quand ça lui prend, il oublie souvent de rentrer. Il dort chez des amis ou à la belle étoile. Mais il peut rentrer d'un moment à l'autre. C'est à lui que vous devez le sanglier que je vous ai fait manger. Remarquez, c'est pas moi qui le retiendrai ! Quand il n'est pas là, j'ai la paix ! C'est qu'il n'est pas toujours commode avec les clients, quand il a un verre dans le nez. Les gendarmes ont beau l'avoir à l'œil depuis qu'il est sorti de prison, rien n'y fait. Je ne devrais pas vous avouer tout ça, mais c'est plus fort que lui ; il boit toujours un coup de trop, et après il s'emporte pour un rien. Heureusement que je le maîtrise bien. Avec moi, il ne bronche pas.

Julien ne put s'empêcher de penser à l'auberge de Peyrebelle, en Ardèche, où la légende, une fois de plus, avait amplifié l'horrible histoire des tenanciers sanguinaires qui, au début du XIXe siècle, détroussaient leurs clients après les avoir fait passer de vie à trépas. La mine patibulaire de l'aubergiste sema soudain la crainte dans son esprit.

Il regagna sa chambre, son repas terminé, et attendit, allongé sur son lit. Peu avant minuit, il s'esquiva discrètement de l'auberge. Celle-ci était plongée dans un profond silence ainsi que les alentours. C'était une nuit de pleine lune. Derrière lui, son ombre se profilait comme un spectre furtif. Il éteignit sa lanterne ; il y voyait suffisamment.

Il s'éloigna de la route et de l'auberge à pas prudents, l'œil aux aguets et surtout les oreilles à l'écoute, et se dirigea vers le chaos de rochers aux formes étranges qui s'étendait devant lui. Il se retrouva très vite sur la grande draille de Margeride. Celle-ci venait du col de l'Asclier et rejoignait Florac en passant au pied du mont Aigoual. Sur le plateau, elle s'élargissait parfois sur une dizaine de mètres et permettait aux troupeaux de se rassembler, de gonfler comme les flots d'un fleuve puissant, avant d'attaquer la montagne aux passages enserrés dans la roche. Julien imagina un instant ces moutonnements de laine à l'infini, ces cortèges aux reflets multicolores et aux sons joyeux. En Provence, il avait souvent rencontré des troupeaux transhumants. Les bêtes, parées de leurs pompons de toutes les couleurs et munies de leurs sonnailles, s'égrenaient allègrement à travers la montagne, ivres à l'idée de regagner les verts pâturages. Il savait qu'il en était de même dans les Cévennes et que, d'ici trois bons mois, sous l'effet de l'appel des drailles, les montées à l'estive allaient se succéder. « Il faudrait qu'un jour j'accompagne un troupeau », se dit-il en imaginant la scène du vieux berger tirant ses bêtes derrière lui, son bissac sur l'épaule, sa houlette à la main et son chien à ses côtés.

Il s'engagea bientôt dans les rochers épars et ruiniformes qui donnaient à l'endroit un aspect d'abandon, mieux de destruction. Il connaissait sur le grand causse le site de Nîmes-le-Vieux. Un dimanche, Marie l'y avait amené pour une longue balade à pied à partir de Florac. Dans les deux sites, l'érosion avait taillé la roche des millions d'années auparavant et laissé derrière elle un paysage lunaire assez inquiétant pour ceux qui s'y aventuraient la nuit.

Julien pensa aux camisards de l'époque de Louis XIV et comprit aisément pourquoi ils avaient fait de cet endroit, à l'abri des regards, un lieu clandestin de rassemblement. Il se souvint de ce que l'aubergiste lui avait raconté tandis qu'il enfournait la daube de sanglier qu'elle lui avait proposée pour souper :

— En réalité, on ne connaît pas très bien l'endroit précis où les protestants se rassemblaient. Mais c'est sûr qu'ils devaient se cacher dans ces rochers. À l'époque, il n'y avait pas cette grande route, même si c'était déjà un axe de passage très ancien fréquenté par les marchands. Ils postaient des gardes aux avant-postes afin d'être prévenus de l'arrivée éventuelle des dragons.

— Vous n'avez pas une anecdote à me raconter, lui avait-il demandé. Une histoire qui aurait marqué les lieux et qui serait passée dans la légende ?

— Oh si ! On raconte qu'un soir, il y a longtemps de ça, il y a eu un massacre. Les protestants de la région devaient se rassembler dans les rochers. Mais un enfant a vendu la mèche pour des pièces d'or qu'on lui aurait promises. Quand ils se sont retrouvés tous ensemble, pris de remords, l'enfant aurait tout avoué. Mais il était trop tard. Les soldats étaient déjà là, embusqués. Il y a eu beaucoup, beaucoup de morts, parce que la plupart n'ont pas eu le temps de s'échapper par en bas vers le village de Masbonnet[1].

— C'est tout ?

— Oui. On n'en sait pas plus. Mais c'est pour ça qu'encore aujourd'hui il y a des rassemblements ici, pour commémorer ce massacre.

— Est-ce vrai qu'il y a parfois des gens qui se réunissent la nuit, clandestinement, pour chanter des psaumes ou des cantiques ?

— Qui vous a raconté ça ? demanda l'aubergiste d'un ton cassant.

— On me l'a dit.

— Ça, c'est une vraie légende ! Pourquoi se cacheraient-ils la nuit ? Ce sont des idées bizarres !

— Je l'ignore.

Julien n'en avait pas dit davantage, de crainte de dévoiler le but véritable de sa venue sur les lieux. L'aubergiste avait pris soudain un air énigmatique et avait prétexté être fatiguée pour laisser son unique client à ses supputations.

Dans le clair de lune argenté, chaque relief, chaque buisson prenait un aspect étrange, et le silence rendait suspect le bruit le plus ténu. Julien s'enfonça entre les rochers, à l'affût du moindre indice qui aurait pu le mettre sur la piste de ce qu'il était venu chercher : une assemblée de quelques énergumènes commémorant en pleine nuit et dans le plus grand secret le souvenir d'un massacre

1. *Rapporté par Pierre Laurence :* Du pays et des temps. La mémoire orale en Cévennes et en pays de Calberte, *tome I, page 66, Éditions du Parc national des Cévennes, 2004.*

remontant à près de deux siècles et demi. « Mais pourquoi dans le secret ? se demanda-t-il soudain, alors que des rassemblements ont lieu en plein jour au su et au vu de tous, comme dans la petite commune de Mialet ? »

Il songea à quelque secte secrète, des déviants ésotériques adeptes de pratiques peu conformes à leur religion d'origine, de nouveaux hérétiques qui s'adonneraient à des cérémonies louches sous couvert de se souvenir, voire de se venger d'actes passés, dont leurs ancêtres auraient été victimes. Les descendants de ces malheureux, massacrés par les soldats du roi et trahis par un enfant ? Rien n'était certifié dans cette sombre histoire. N'était-ce pas en réalité une de ces légendes dont toute l'épopée de la révolte camisarde était truffée ? De plus, quel était le rapport avec ce qui se passait au Saut-du-Loup ?

La seule chose qui retint son attention était cette trahison de l'enfant pour des pièces d'or. Il arrêta ses pas, s'assit sur une pierre, écouta le silence profond de la nuit. Pas le moindre écho ne lui parvenait aux oreilles, pas même un souffle de vent. Il réfléchit et se souvint de cette autre légende que l'aubergiste de Barre, cette fois, lui avait racontée, quand il s'était lancé sur les traces de la Vieille Morte. Une légende de plus, qui n'avait pas attiré particulièrement son attention – il en avait tellement entendu, des légendes ! C'était celle de la cloche ensevelie du mont Mars, situé un peu plus à l'ouest. Sur l'un des deux sommets de ce massif, les moines évangélisateurs de l'ordre de saint Clément auraient édifié au VIIIe siècle une chapelle chrétienne qui donna naissance ensuite au village de Saint-Clément. Bien des siècles plus tard, à l'époque du chevalier du Guesclin, alors que tout le Gévaudan était ravagé par des bandes de routiers anglais, le village fut abandonné par ses habitants qui se réfugièrent sur les causses voisins avec leurs troupeaux. Mais avant de partir, le curé de la paroisse aurait fait enterrer dans un endroit secret la cloche de son église dans laquelle les habitants auraient déposé tout leur or. Jamais ceux-ci ne revinrent dans leur village. Personne ne sut pourquoi. Au cours des siècles suivants, la cloche ensevelie attira de nombreux curieux qui fouillèrent avec acharnement les flancs du mont Mars, sans jamais retrouver le fameux trésor.

Sur le moment, Julien n'avait pas retenu cette légende qui, d'ailleurs, n'avait rien d'original : les histoires de trésor caché, à commencer par celui des Templiers, étaient nombreuses. Mais, étant donné les éléments qu'il cherchait maintenant à mettre en relation, il commençait à changer d'avis. Le point commun entre ces deux légendes lui paraissait évident : l'or.

Son indicateur anonyme, en l'envoyant sur les lieux d'un massacre, ne voulait-il pas lui signifier que la recherche d'un trésor ou simplement la quête du métal précieux était au centre du mystère qui entourait la mort de Maxence Cabanel ? L'instituteur ne cherchait-il pas l'or caché par les habitants de Saint-Clément ? N'aurait-il pas découvert l'emplacement de la cloche légendaire ? Certes, jusqu'à présent les chercheurs avaient songé aux flancs du mont Mars. Ne se seraient-ils pas trompés ? Le rat d'archives qu'était Maxence Cabanel n'avait-il pas trouvé seul le secret bien gardé ? Secret que d'autres possédaient et qu'il aurait découvert, ce qui aurait provoqué sa mort subite ! Pour le reste, la mise en scène ésotérique sur le lieu le plus emblématique du Saut-du-Loup, la tentative de faire porter le crime par les Carballo, sous couvert de leur mauvaise intégration dans la commune… Tout cela, pour lui, se comprenait mieux à présent.

« On m'a attiré ici pour me faire réfléchir à tous ces liens, se dit-il. Donc, quelqu'un désire que je sache et que je poursuive mes investigations. Qui, bon sang ? »

De fait, il eut beau rester à écouter attentivement, dans la profondeur de la nuit et pendant plusieurs heures encore, le moindre chuchotement venu des lointains, il ne perçut aucune incantation, aucun chant mystérieux psalmodié par de machiavéliques partisans de cérémonies secrètes.

« Je crois qu'on s'est servi du discrédit dont les protestants font l'objet pour les faire passer pour des suppôts de Satan. Une façon de plus pour embrouiller les pistes. »

Vers 3 heures du matin, bredouille, Julien décida de rentrer à l'auberge pour y finir sa nuit. Puis, vers 10 heures, il se remit au volant de sa Citroën de location et reprit la route de Florac, l'esprit rempli de pensées confuses, mais soulagé de s'en être sorti à si bon compte.

Fatigué à cause d'une nuit écourtée, il rentra chez lui sans passer voir Marie. Quand il ouvrit la porte de son appartement, il resta médusé sur le seuil : tout était dévasté, les meubles renversés, les tiroirs vidés, les murs barbouillés de graffiti. Machinalement, il descendit avertir Marie, jeta un œil en passant dans sa salle de classe : le même spectacle de désolation l'arrêta net.

Il se frotta le front avec la paume de sa main, puis les yeux :

— Mon Dieu ! s'exclama-t-il, ce n'est pas possible ! Qui a fait ça ?

*

* *

— Je crains fort que tu ne sois tombé dans un traquenard, lui dit Marie dès qu'il l'avertit du désastre.

Les deux enseignants allèrent sur les lieux pour constater les dégâts. Le visiteur avait visiblement procédé de la même manière dans les deux endroits : il n'y avait pas de traces de violence incontrôlée ni de démence. Tout laissait penser à un acte délibéré, perpétré en toute tranquillité, sans crainte de se faire surprendre. Les meubles avaient été renversés sans casse, les effets éparpillés sans hargne, presque déposés sur le sol.

— Il n'a pas voulu faire de bruit, suggéra Marie.

— Tu n'as rien entendu ? lui demanda Julien, la mine défaite.

— Non, rien. Remarque, s'il a agi la nuit, je dormais comme un loir. J'avais pris un calmant. J'étais trop inquiète pour toi.

— Ce n'était pas la peine de t'en faire. Je ne risquais rien.

— De toute façon, même de jour, une fois introduit, un visiteur malintentionné peut agir à sa guise en toute quiétude. De mon appartement, je ne peux rien entendre s'il prend des gants.

— Tu n'as rien vu de suspect en mon absence ?

— Non. Je suis restée enfermée et me suis abrutie dans le travail pour éviter de me faire du souci.

— Hum ! on m'a attiré là-bas exprès, c'est sûr ! Mais pourquoi avoir tout saccagé.

— C'est la seconde fois que cela se produit à l'école, remarqua Marie. C'est peut-être la même personne.

— Je ne comprends pas les raisons de cet acharnement.

— Cette fois, c'est toi qui es visé. Pas seulement l'école.

— Tout est de plus en plus confus. Il est temps d'essayer de faire le lien entre les éléments dont nous disposons. Car, à mon avis, tout est lié depuis le début, depuis la mise à sac de l'école en juin dernier.

Aidé de Marie, Julien remit en ordre sa salle de classe, puis son appartement. Heureusement, il n'y avait rien de cassé et ils vinrent rapidement à bout des graffitis sur les murs en les lessivant énergiquement.

— J'ai comme l'impression qu'on t'a attiré dans un traquenard ! répéta Marie en s'affalant dans un fauteuil.

— Traquenard ! Peut-être pas, répondit Julien évasivement.

XXI

Mise au point

Au château, le vieux baron ne décolérait pas contre son fils. À l'âge où il aurait pu espérer passer tranquillement le flambeau et vivre une retraite bien méritée, il se voyait encore contraint d'assurer lui-même le suivi de ses affaires. À soixante-dix ans passés, c'est lui qui prenait toujours les grandes décisions alors qu'il avait initié son fils, Jean-Charles, à prendre sa relève. Mais celui-ci, trop préoccupé par ses propres tractations et par les affaires communales, se désintéressait des relations de son père et lui abandonnait sans cesse les plus gros dossiers. Or, en ce printemps d'élections législatives, il paraissait urgent, aux yeux du châtelain, de s'assurer que les biens familiaux étaient à l'abri de tout aléa politique qui pût les mettre en danger et de ficeler les affaires en cours au plus vite.

— On ne sait jamais ce qui peut arriver avec les rouges ! s'exclamait sans cesse Charles Audibert-Delorme. Plus vite nous aurons mis un terme à nos démarches, plus vite nous serons hors de danger. Un contrat signé est un contrat signé !

Edwige, sa belle-fille, le soutenait et ne se privait pas de critiquer ouvertement son mari lorsque le baron reprochait à son fils sa nonchalance et sa négligence.

— Cessez donc d'être sur mon dos, père ! lui répliquait alors le jeune baron. Et faites-moi confiance une fois pour toutes. Dans quelque temps, je vous épaterai et vous me remercierez d'avoir eu le flair opportun pour réaliser la plus belle affaire du siècle.

— La plus belle affaire du siècle ne vaudra rien si la gauche parvient au pouvoir, mon cher Jean-Charles. Votre père a raison de vouloir prendre les devants. Nous sommes à un mois des élections et vous perdez encore votre temps à vous pavaner dans la commune comme un homme politique en campagne. On dirait que vous êtes vous-même candidat à la législature ! Revenez donc sur terre, mon ami. Laissez cette besogne à vos collègues de la municipalité qui ont l'habitude d'aller tâter le cul des vaches, permettez-moi l'expression. Vous n'êtes quand même pas de leur monde. Vous finissez de vous dégrader.

— Ma chère Edwige, il n'y a rien de déshonorant à s'intéresser aux affaires de la commune. Et, dans votre bouche, vos propos sont choquants et méprisants pour nos élus. N'oubliez pas que nos gens sont d'origine paysanne. Sans eux, vous ne mangeriez pas grassement à votre table tous les jours.

— Ce n'est pas une raison pour vous mêler à eux sans retenue. Tenez votre rang et occupez-vous des affaires du château. Vous semblez oublier que vous avez deux enfants. Qu'adviendra-t-il d'eux si vous ne leur laissez que les ruines de la fortune que votre père s'échine à faire fructifier ?

— Il me semble que la fortune des Audibert-Delorme vous intéresse beaucoup, ma tendre épouse !

— Elle a raison de s'en préoccuper ! coupa le vieux baron. Puisque mon propre fils est un bon à rien.

Les disputes entre le père et le fils s'amplifiaient chaque jour davantage. Le châtelain avait beau tout faire en son pouvoir pour convaincre son fils de l'urgence de la situation, celui-ci ne lui prêtait qu'une oreille distraite et ne cessait de répéter que les affaires resteraient les affaires, droite ou gauche au pouvoir, et que les résultats des élections ne changeraient pas le cours des événements.

— Vous savez aussi bien que moi que seul l'argent est le nerf de la guerre. Si les rouges tentent de confisquer le bien des riches, le temps qu'ils réagissent l'argent se sera envolé en Suisse ou ailleurs, dans des coffres-forts bien gardés. Croyez-moi, je suis bien renseigné. Ce Léon Blum est un juif. Il a le sens des affaires. Et il ne laissera jamais le pouvoir à ses petits camarades communistes. En cas de victoire de la gauche, il est encore notre meilleur rempart contre le bolchevisme qui vous fait tant craindre pour l'avenir, père.

— Quoi qu'il en soit, Jean-Charles, j'ai déjà pris toutes mes précautions. Et j'exige que tu conclues, avant les élections, les affaires dont je t'ai laissé la charge. Je veux que tous les actes soient signés en bonne et due forme devant notaire.

— Ne vous tracassez pas, père, ils le seront. Dussé-je passer outre certaines barrières qu'il me reste à lever.

— Nous comptons sur votre zèle, ajouta Edwige. Et sur vos connaissances, puisque vous vous vantez d'en avoir qui pourraient nous être utiles.

La jeune Audrey avait assisté, bien malgré elle, à cette dernière dispute entre son père et son grand-père. Le bruit qu'ils avaient fait l'avait attirée à son corps défendant vers le grand salon. En temps ordinaire, la jeune fille, trop bien éduquée, ne se serait jamais permis de s'immiscer dans leur conversation, les affaires familiales restant le domaine réservé de ses parents. Mais, ce soir-là, elle crut bon d'intervenir et d'ajouter naïvement :

— Est-ce que le nouvel instituteur est aussi gênant pour vos affaires que ne l'était M. Cabanel ?

La question de la jeune fille tomba comme un couperet et jeta un froid glacial dans la conversation. Le vieux baron, le premier, la reprit aussitôt :

— Tu écoutes aux portes à présent, ma petite-fille !

— Vous vous disputez si fort que même les domestiques vous entendent des communs. Vous ne finirez donc jamais de vous quereller !

— Audrey, s'il te plaît ! s'insurgea Edwige. Ce n'est pas une façon de parler à ton grand-père !

— À vous entendre, vous ne vous en privez pas avec papa, mère !

— Comment oses-tu ?

— Laisse-nous, veux-tu, appuya le jeune baron. Ce que nous avons à nous dire ne te concerne pas.

— Qu'elle reste ! coupa le châtelain. Et qu'elle s'explique !... Que voulais-tu insinuer avec tes histoires d'instituteur ?

Audrey s'approcha de la cheminée où de grosses bûches de hêtre finissaient de se consumer. Elle s'empara du soufflet et attisa les flammes, l'air songeur. Ses parents et son grand-père la regardèrent, intrigués. C'était la première fois qu'elle osait interrompre une de leurs disputes. Le vieux baron se racla la gorge, demanda à nouveau :

— Alors, parle, nous t'écoutons !

— Je voulais savoir si le jeune instituteur est aussi gênant pour vous que l'ancien, reprit Audrey.

— Je ne vois pas ce que tu veux dire, ma petite-fille. Sois plus claire !

— Vous avez bien chassé M. Cabanel du château. Je ne l'ignore pas. Que faisait-il de mal ? Quand il travaillait dans notre bibliothèque, j'ai eu souvent l'occasion de bavarder avec lui. C'était quelqu'un de très passionnant, de très cultivé.

— Un rat d'archives, un peu trop curieux ! coupa Jean-Charles.

— Un chercheur, un passionné d'Histoire et de Préhistoire.

— Un fouineur ! devrais-tu dire.

— C'est pour cette raison, père, que vous l'avez flanqué dehors ?

— Ce ne sont pas tes affaires, Audrey. Tu n'as pas à juger ce que je fais. Je suis ton père, tu sembles l'oublier !

Le vieux baron s'était assis auprès de sa petite-fille, face à la cheminée. Ses yeux trahissaient l'étonnement et la colère et commençaient à s'injecter de sang. Il intervint :

— Continue, Audrey ! Pourquoi es-tu venue parler du nouvel instituteur ?

— Je n'ignore pas que, sur intervention de mon père – la jeune fille se tourna vers ce dernier –, le conseiller général est venu en personne le menacer de renvoi s'il continue à agir comme il le fait dans la commune et à donner des leçons à une jeune gitane.

— Les bras m'en tombent ! s'indigna Jean-Charles. Comment es-tu au courant de tout cela ? Tu écoutes aux portes, ma parole ! Ton grand-père avait raison de te le faire remarquer il y a un instant.

— Je n'en ai pas besoin. J'ai d'autres sources d'informations, père.

Le vieux baron paraissait le plus surpris de tous. Quant à Edwige, médusée par l'attitude inattendue de sa fille, elle ne disait mot.

— Qui t'a raconté tout cela ? finit-elle par demander.

— Peu importe. Je le sais. Décidément, on n'aime pas les instituteurs dans notre famille. Pourtant, certains m'ont rapporté que M. Estérel est un très bon enseignant. De plus, il est jeune et bel homme, je l'ai croisé une ou deux fois dans le village.

— Audrey, ça suffit ! s'offusqua Edwige.

— Laissez-la ! coupa le vieux Charles Audibert-Delorme. Mais que sont donc toutes ces histoires, ma petite-fille ? Je n'ai jamais donné l'ordre à quiconque de mettre M. Cabanel à la porte. Le château et sa bibliothèque lui étaient grands ouverts. Il est parti de son plein gré. J'ai toujours cru qu'il avait terminé son travail de recherche.

Audrey garda le silence. Le baron se tourna vers son fils. Celui-ci fusilla sa fille du regard et quitta la pièce sans ajouter un mot.

— Qu'est-ce qui t'a pris d'accuser ton père ? demanda Edwige. Ce n'est pas que je désire prendre sa défense, mais je crois que tu as dépassé les bornes.

— Je n'aime pas les injustices. J'aimais bien M. Cabanel. Et je sais que les enfants du village aiment bien M. Estérel. Les magouilles de père me révoltent. Il est prêt à tout pour obtenir ce qu'il désire. Ça me dégoûte !

La jeune fille se prit le visage dans les mains et se mit à sangloter.

— Mon père me dégoûte ! pleurnicha-t-elle. J'ai honte de sortir dans le village.

— Voyons, ma petite-fille, releva le grand-père. Reprends-toi ! Je comprends ta désillusion. À ton âge, tu n'as pas encore l'expérience de la vie. Tu sais, on ne fait pas toujours ce qu'on veut.

— C'est ça que vous appelez la vie ! Il y a longtemps que j'étouffe ici, prisonnière de votre château lugubre, de vos convenances dépassées, de notre rang à tenir ! Vous nous avez élevés, mon frère et moi, dans l'apparence des réalités, dans un luxe trompeur, en nous protégeant derrière des principes qui m'encombrent l'esprit et me pourrissent la vie. J'ai honte de ce que nous représentons alors qu'il y a tant de malheureux autour de nous. Aussi, quand je vous entends tous vous préoccuper de mettre vos biens à l'abri parce que vous craignez que les élections ne vous soient défavorables, j'ai envie de m'enfouir trois pieds sous terre pour ne plus vous entendre.

— Elle a perdu la tête ! s'exclama Edwige. Audrey, tu déraisonnes, ajouta-t-elle, outrée par les propos extravagants de sa fille. Qui t'a mis de telles idées dans le crâne ? Ce ne serait pas ce M. Cabanel, par hasard ?

— Il n'a cessé de m'ouvrir les yeux sur la réalité de notre monde, si vous voulez tout savoir.

— Je m'en doutais. Je vous le disais, père. Ah ! ces instituteurs ! Dire que nous avons toujours refusé d'envoyer nos enfants à l'école laïque pour éviter qu'ils ne tombent sous l'emprise de ces hussards de la République ! Bien grand mal nous a pris de laisser ce M. Cabanel entrer dans nos murs ! Nous avons invité le loup dans la bergerie.

— En tout cas, une chose est sûre : ce n'est pas moi qui l'ai chassé, rétorqua le baron en se tenant le menton dans le creux de la main comme pour mieux réfléchir. Qu'est-ce qui a pris à Jean-Charles de le faire sans m'en avertir ? Et pourquoi s'acharne-t-il maintenant sur le nouvel instituteur ? Comment s'appelle-t-il déjà ?

— Julien Estérel, grand-père. C'est Ma..., c'est une amie, dans le village, qui me l'a dit.

— Parce que tu as des amies dans le village, à présent ! s'étonna Edwige. Et depuis quand ?

— Mère, vous ne croyez quand même pas que je vis au château comme un oiseau en cage !

— Décidément, je connais bien mal mes propres enfants ! Et ton frère, que va-t-il bientôt m'apprendre de son côté ?

« Pourquoi donc s'acharne-t-il sur les instituteurs ? » s'interrogeait encore dans son coin le vieux baron, n'écoutant plus les explications de sa petite-fille.

— Monte dans ta chambre ! ordonna Edwige. Et en passant, va donc t'excuser auprès de ton père.

— Mère, voudriez-vous me faire croire que vous tenez autant que ça à la tranquillité d'esprit de votre mari ?

— Mon mari, comme tu dis si bien, est aussi ton père, je te le rappelle. Et tu lui dois le respect. Ne discute pas !

Audrey se leva d'un bond et, sans un regard pour sa mère, se dirigea vers la porte qui était restée grande ouverte.

— Grand-père, ajouta-t-elle en se retournant, je sais que vous n'y êtes pour rien.

*
* *

Julien, lui aussi, tentait de faire le point, seul, sans la présence de Marie qui, parfois, l'intriguait par ses réactions inopinées. Certes, il mettait celles-ci sur le compte de la jalousie, bien féminine, pensait-il, néanmoins quelque chose en elle le perturbait. Il avait l'impression qu'elle essayait depuis quelque temps de le dissuader de poursuivre ses recherches. Ne lui avait-elle pas avoué le soir même du saccage de son appartement : « À vouloir trop fouiner, Maxence Cabanel en est mort ! Tu devrais méditer cela et te méfier. »

Qu'avait-elle voulu dire ?

Il n'ignorait pas que le vieil instituteur avait porte ouverte au château, où il aimait passer de longues heures à déchiffrer des documents d'archives, à lire des livres anciens de la bibliothèque personnelle du baron que ses ancêtres, avant lui, avaient hérités des premiers châtelains en acquérant le domaine.

Toutes les données se bousculaient dans sa mémoire.

Il reprit les faits les uns après les autres et tenta d'y trouver des corrélations, des liens étroits à défaut d'être logiques. Il étala devant lui plusieurs feuilles de papier – les dernières qui lui restaient du paquet qui avait servi aux lettres anonymes – et inscrivit sur chacune d'elles les éléments qui lui revenaient à l'esprit, en les classant selon leur nature.

Il établit d'abord une fiche sur l'école et y porta les deux actes de vandalisme dont elle fut l'objet en l'espace de neuf mois. Il écrivit la question/réponse : *Sont-ils de la même personne ? Rien ne permet de l'affirmer.* Il ajouta les deux visites impromptues qu'il avait reçues : celle de l'inspecteur primaire qui lui fut favorable malgré ce que ce dernier avait appris – *par qui ?* –, puis celle du conseiller cantonal qui, lui, n'avait pas caché le but de sa visite, ni la cause. Il marqua noir sur blanc : *Le fils du baron, Jean-Charles Audibert-Delorme, veut me voir partir. Pourquoi ?*

Il prit une seconde feuille de papier et y porta en en-tête : *Affaire Cabanel.* Il indiqua dans le désordre : *Mort étrange de mon prédécesseur retrouvé dans le bois de l'Hom, près des menhirs et de la grotte aux Fées, non loin de la maison des Carballo. Mort non élucidée. Pourquoi lui a-t-on arraché les yeux ? Avant ou après sa mort ? Pour faire croire à un acte rituel ? A eu des mots violents avec la jeune Manuella après l'avoir surprise à l'épier dans les locaux de l'école ; en réalité, Manuella ne pensait qu'à s'instruire en écoutant ses leçons, comme elle l'a fait ensuite avec moi.*

Sur une troisième, il mentionna le nom des Carballo. À eux seuls, ils valaient bien une page spéciale car, estimait-il, ils étaient sans aucun doute au cœur du mystère. Il écrivit : *Famille de gitans rejetée par la plupart des habitants de la commune, surtout par la communauté catholique. Taxée de sorcellerie, de mauvais œil, de pacte avec le diable. Le père, Chico, accusé du meurtre de Maxence Cabanel, disculpé faute de preuves. Paco, son fils, personnage un peu trouble, un peu voyou, mais sans doute pas méchant. Manuella, jeune fille très intelligente, très attachante, d'une beauté à faire fondre un iceberg, un feu follet dans la commune qui exaspère certains, attise la convoitise de beaucoup, se joue de tous impunément ; dit m'aimer ; se joue-t-elle de moi ? Suis-je vraiment tombé amoureux d'elle ? Suit avec moi et Marie des cours du soir en vue de passer son certificat d'études ; aime à entretenir le mystère autour d'elle.*

Enfin, sur une quatrième feuille, il indiqua en lettres capitales : *LÉGENDES DU SAUT-DU-LOUP ET DES ENVIRONS*. C'est le plus gros morceau, se dit-il en reposant sa plume avant de poursuivre. Il réfléchit un long moment, ne sachant par quel bout commencer à dévider le fil de sa mémoire. Il résuma succinctement, dans le désordre, toutes les histoires fabuleuses qu'il avait entendues de la bouche même de Marie ou de celle des aubergistes qu'il avait rencontrées et qui avaient été une mine d'informations. Il déclina successivement celles du Saut-du-Loup et du pont du Diable, sans omettre la part historique qui remontait à la période de Diane de Poitiers pour expliquer la séparation des deux communautés religieuses. Puis celle des menhirs et de la cupule sanglante. Celle de la grotte aux Fées où les protestantes allaient accoucher dans le secret. À ce niveau, il mentionna : *Protestants considérés par les catholiques comme des suppôts du diable.* Il griffonna quelques lignes sur la légende de la Vieille Morte, puis sur celle de la cloche ensevelie en insistant sur la quête de l'or comme d'une quête du Graal. Il en ajouta quelques autres qui lui revinrent à l'esprit, mais ne retint pas celles qu'on lui avait racontées – et elles étaient nombreuses – à propos des héros camisards, ni celle de l'auberge sanglante de Peyrebelle, ni encore celle, plus récente, de Roux le bandit, qui, toutes, pour lui, n'étaient pas du même registre puisqu'elles reposaient sur des faits avérés.

Il s'arrêta un moment, réfléchit, se dit : « Tout cela est incompréhensible ! Il n'y a aucun lien entre toutes ces histoires et les faits précis qui se sont déroulés ici depuis mon arrivée, notamment les actes de vandalisme et la mort de Maxence Cabanel ! Pourtant, je fais bien l'objet de pressions, de cela, j'en suis sûr. Est-ce uniquement parce que je m'occupe de Manuella ? »

Julien allait ajourner ses réflexions, quand Marie frappa à la porte.

— Puis-je entrer ? demanda la jeune femme. Je ne te dérange pas ?

— Non. J'étais en train de faire le point sur tout ce qui est arrivé au Saut-du-Loup depuis mon installation.

— Alors ?

— Oh ! c'est très embrouillé. Pour l'instant, je ne retiens que deux explications cohérentes.

— Lesquelles ?

— D'abord celle que colportent les gens les plus superstitieux de la commune : les fées viennent manger ce qu'on leur donne en offrande dans la cupule du menhir couché. Ensuite, les Carballo, des gitans exclus de leur communauté sous prétexte qu'ils auraient le mauvais œil et qu'ils pactiseraient avec le diable, égorgent leurs volailles dans la fameuse cupule pour nourrir ces étranges fades ; ce qui explique les traces de sang.

— Quel rapport avec la mort de Cabanel ?

— J'y viens. Ces fées maléfiques sont capables de tuer. C'est donc elles qui ont ôté la vie à Maxence Cabanel par l'entremise des Carballo qui lui auraient jeté un mauvais sort. Cela expliquerait qu'il n'y a pas eu de traces de coups sur la dépouille. Une mort décidée à distance, si tu préfères.

— Ils auraient pu utiliser une sorte de poupée et des aiguilles ?

— Pourquoi pas ! J'ignore à quoi pensent les gens… Je poursuis : elles lui auraient ensuite arraché les yeux parce qu'il s'intéressait trop aux menhirs, leur domaine, et aurait sans doute découvert les liens qui existaient entre elles – les fées – et les gitans. Les yeux, tu comprends, c'est avec eux qu'il a vu ce qu'il ne devait pas voir !

— Ça devient très symbolique, ton histoire de sorcières et de méchantes fées !

— En conclusion, Cabanel aurait été victime de sa curiosité et ce sont les Carballo, véritables suppôts de Satan, qui seraient indirectement responsables de sa mort, par envoûtement maléfique et pacte avec les fées, voire avec le diable.

— Dis-moi, c'est une nouvelle légende que tu viens d'inventer ! Je suppose que tu ne crois pas un seul mot de toutes ces sornettes !

— Bien sûr que non ! J'essaie simplement de me mettre à la place de ceux qui sont prêts à accepter cette explication, les plus superstitieux des habitants du Saut-du-Loup, ceux qui ne se posent pas trop de questions quand on leur parle des légendes du coin et autres fadaises de ce genre. D'ailleurs, dans le village, cette explication, c'est ce que certains racontent déjà. Les esprits les plus simples abondent en ce sens. Il n'y a qu'à considérer l'attitude des gens au moment du procès de ce pauvre Chico pour s'en convaincre. Ils croient ferme au pouvoir maléfique des Carballo.

— Dans les Cévennes, la croyance au mauvais œil et aux ensorceleurs ne date pas d'hier !

— En tout cas, je reste persuadé qu'un mystérieux personnage sait très bien manipuler les esprits les plus crédules et utiliser les mentalités locales pour parvenir à vouer les Carballo aux gémonies.

— On veut les chasser, à coup sûr. Je suis bien d'accord avec toi sur ce point. Et par tous les moyens, y compris en accréditant des histoires de sorcellerie et en insistant sur les croyances des habitants dans les légendes locales.

— Sur leur crédulité, devrais-tu dire.

— Et quelle est ta propre façon de percevoir les choses ?

— Pour l'instant, je ne tire qu'une seule conclusion sérieuse : les cupules, dans les mégalithes, ne sont pas rares. En général, elles attestent simplement d'une fonction païenne remontant au Néolithique. Le légendaire véhiculé aujourd'hui, si j'ai bien compris, résulterait d'une forme de *camisardisation* de certains sites mégalithiques : les cupules ayant servi à des rites sanglants à certains peuples préhistoriques seraient devenues des cupules sacrificielles pour des actes de vengeance pratiqués par des catholiques sur des protestants à l'époque camisarde[1]. Là-dessus, ici au Saut-du-Loup, s'est greffé un autre légendaire de type fantastique avec la présence d'une grotte aux Fées fréquentée par les femmes protestantes, à propos desquelles les catholiques se complaisent à rapporter qu'elles venaient y accoucher en présence des fées, donc du diable, par extension. Ce qui rejoint l'explication du pont du Diable qui sépare depuis des siècles les deux communautés. En réalité, croyances païennes – les fées, les esprits, les sacrifices rituels – et croyances bibliques ou chrétiennes avec le diable et la diabolisation des protestants se recoupent étroitement.

— Donc, pour toi, fées maléfiques, protestants, diable et gitans sont à mettre dans le même sac !

— Pour moi, non ; mais pour certains qui ont intérêt à le faire croire, oui. Au fond, d'un côté les forces du bien, de l'autre les forces du mal. C'est tout simplement manichéen !

— Et machiavélique ! Mais ne crains-tu pas qu'à vouloir trop fouiller, à ton tour, dans ces histoires qui ne te concernent pas, tu finisses comme ce pauvre Cabanel ?

---

1. *Légende empruntée à celle du mont Bougès.*

— Tu oublies une chose, Marie : moi, je ne repousse pas les Carballo. Donc on ne pourra jamais affirmer que ceux-ci m'ont ensorcelé pour me faire mourir à petit feu ou disparaître. Cabanel, lui, avait eu des démêlés avec Manuella. Il n'aimait pas non plus cette famille de gitans. Certains ont utilisé son ressentiment à leur égard. C'est sûr !

— À propos de Manuella, sais-tu ce qu'elle m'a avoué récemment ?

— Encore un mystère !

— Non. Mais une chose étrange quand même.

— Je t'écoute.

— Elle m'a raconté qu'elle savait comment pénétrer dans le château des Audibert sans se faire prendre.

— Elle connaît quelqu'un de connivence ?

— Non, enfin, je ne pense pas. À moins que… Elle m'a aussi appris qu'elle connaissait la petite-fille du châtelain, Audrey. Elles se seraient rencontrées par hasard en se promenant toutes les deux dans les *faïsses*[1] autour du château. Elles sont à peu près du même âge. Et la jeune Audibert ne voit pas grand monde autour d'elle. Elle sort peu. Elles se seraient liées d'amitié toutes les deux. Tu te rends compte : la petite-fille du châtelain et la jeune gitane, unies par les liens de l'amitié ! On croirait rêver ! Si les Audibert le savaient, ça barderait au château, et je ne donnerais pas cher à nouveau des Carballo.

— J'ai l'impression que Manuella cherche les ennuis. Mais tu ne m'as pas dit comment elle s'y

1. *Faïsses : terrasses cultivées.*

prend pour pénétrer dans le château. Est-ce sa nouvelle amie qui l'introduit à l'insu de ses parents ?

Marie se tut. Elle se leva de sa chaise, alla regarder par la fenêtre, vérifia que personne n'écoutait derrière la porte, revint vers Julien pour l'enlacer tendrement.

— Tu t'intéresses donc toujours à elle ? lui susurra-t-elle en lui mordillant le lobe de l'oreille. Il y aura donc toujours cette fille entre nous ! Dis-moi, as-tu couché avec elle ?

Julien repoussa Marie brutalement.

— Comment peux-tu imaginer une chose pareille, Marie ? Tu ne me fais donc plus confiance ! Je crois avoir été honnête avec toi. Je ne t'ai rien caché. Mais tu doutes encore de moi !

— J'ai peur seulement que ta générosité t'emporte loin de moi, mon chéri. Tu n'es qu'un homme. Et Manuella a tout pour séduire l'homme le plus obstiné à lui résister. Tu n'es pas un roc. Et moi, je t'aime.

— Douterais-tu de mes sentiments ? Mon cœur ne balance pas entre vous deux. Je vous aime toutes les deux. C'est clair. Mais c'est toi seule qui es toute ma vie.

— Tu es aussi compliqué que toutes ces histoires dans lesquelles tu te complais. Je vais finir par croire que toi aussi tu es ensorcelé. Tu ne sais plus où est la réalité.

— J'ai l'esprit clair, Marie. C'est ton manque de confiance et d'objectivité qui t'aveugle.

— Non, c'est mon amour pour toi !

Marie se mit à sangloter. Elle s'effondra dans un fauteuil et ne se retint plus. Julien s'empressa de la réconforter, lui caressa les cheveux, lui écarta les mains de son visage, embrassa ses joues ruisselantes de larmes.

— Allez, viens dans mes bras, mon bébé ! lui glissa-t-il tendrement dans l'oreille. Laisse-toi aller. Tu sais bien que c'est toi que j'aime.

Une question taraudait l'esprit de Julien. Vu les circonstances, il n'osa la poser. Il se dit que, dès qu'il reverrait Manuella, il lui demanderait par quel subterfuge elle était parvenue à entrer dans le château sans se faire surprendre, et ce qu'elle allait y faire.

XXII

Rebondissement

La période de Pâques approchait. Avec elle, les beaux jours l'emportaient définitivement sur les incertitudes des débuts printaniers. La douceur s'installait lentement dans le haut pays, reculant parfois pendant quelques jours devant les derniers assauts d'un hiver qui ne voulait pas abandonner sa place. L'herbe se levait avec paresse ; les prairies prenaient leur temps pour s'embellir, mais embaumaient déjà de mille parfums de fleurs sauvages. Les pentes du mont Aigoual se dépouillaient de leur grisaille cendrée et revêtaient les habits verts du renouveau dans un éclaboussement quotidien de lumière. Les unes après les autres, les bergeries s'ouvraient, laissant échapper des effluves âcres de suint et de fumier que le vent du nord dissipait rapidement. Le soleil absorbait la rosée matinale, chauffait les pierres, invitait les essaims à sortir des ruches et à butiner les premiers nectars. La vie jaillissait partout à la fois jusque dans le cœur des pierres.

Julien décida de prendre un peu de recul avec les événements qui, en l'espace de quelques mois, avaient modifié son existence. Il annonça à Marie et à Manuella son intention de rentrer chez lui, à Nice. Il n'avait pas revu ses parents depuis la fin du mois de septembre précédent et commençait à ressentir la nostalgie de son pays enchâssé dans l'azur, baigné par le soleil et la mer.

Dès le premier jour des vacances pascales, il refit à l'envers le chemin qui l'avait conduit au Saut-du-Loup, avec la ferme détermination d'oublier pour deux longues semaines tout ce qui le tracassait. Il se mit en tête de renouer avec ses amis qui, eux, ne s'étaient pas expatriés, de rendre visite à ses oncles, à ses tantes, à ses nombreux cousins, de tisser de nouvelles relations au gré de ses sorties.

Il tomba sans retenue dans les bras de ses parents. Hélène, sa mère, à qui il n'avait cessé de se confier dans les longues lettres qu'il lui avait adressées, ne put contenir ses larmes quand il apparut à l'entrée du jardin, derrière la grille de fer forgé. Anna, la domestique, ne se retint pas d'aller déranger son père en pleine consultation, pour lui annoncer l'heureuse nouvelle.

— M. Julien est de retour, Monsieur ! Il est là, avec Madame, dans le vestibule.

Le docteur Estérel expédia son patient et, ne se contenant plus à son tour, bondit hors de son cabinet pour tomber dans les bras de son fils.

— Julien, explosa-t-il de joie, enfin tu es de retour !

— Père, comme je suis heureux de vous revoir tous réunis !

— Il y a si longtemps que tu es parti ! reprit aussitôt sa mère. Entre, ne reste pas dans le vestibule.

Tu dois être fatigué après un si long voyage ! Raconte-nous.

— Laisse-le donc arriver et poser ses valises, fit son père.

Julien n'eut pas assez de la première soirée pour contenter la curiosité de ses parents et les rassurer que tout allait parfaitement dans son nouveau poste. Il passa sous silence ses démêlés avec les gens du château et avec les élus locaux, ne parla pas de la mort de son prédécesseur ni des liens qu'il avait noués avec la famille Carballo. Il leur avoua seulement qu'il s'était épris de sa jeune collègue, ce qui n'eut pas l'air d'enchanter sa mère.

— Tu ne lui as rien promis au moins ? s'enquit-elle. Et tu n'as pas fait de bêtises ?

— Mère, j'aime Marie. Et je lui ai dit qu'aujourd'hui elle était toute ma vie. Mais rassure-toi, tu ne seras pas grand-mère dans les jours à venir !

— C'est que… tu es encore jeune, Julien. Tu as le temps pour te mettre un fil à la patte. Et j'avoue que j'ose espérer un meilleur parti pour mon fils qu'une simple institutrice.

Julien parut étonné par les propos de sa mère. Il répliqua sans attendre :

— Je ne suis moi-même qu'un modeste maître d'école, et qui plus est d'une école rurale.

— Si tu m'avais écoutée, tu serais au moins médecin comme ton père.

— Nous avons déjà discuté de ce problème, intervint le docteur Estérel. Julien a fait un choix qui l'honore de vouloir s'occuper des enfants des gens humbles. Nous devons le respecter. Ce n'est pas un mauvais choix !

— Je ne te reproche pas de l'avoir laissé prendre cette voie, Armand, répondit Hélène, un peu vexée, mais je peux quand même exprimer le fond de ma pensée !

La mère de Julien tenta d'en savoir un peu plus sur les liens qui unissaient son fils à sa jeune collègue. Devant ses réticences et les yeux sourcilleux de son mari, elle n'insista pas et préféra lui parler de ce qui s'était passé à Nice en son absence.

Julien reprit très vite ses habitudes d'aller flâner dans les ruelles de la vieille ville. Il adorait l'ambiance italienne du vieux Nice, ses venelles étroites et colorées qui sentaient les épices et les parfums d'Orient ; ses immeubles aux façades étroites tout en hauteur qui se touchaient presque d'un toit à l'autre ; ses badauds et ses camelots qui vantaient leurs marchandises à toute heure de la journée ; la foule qui grouillait, toujours volubile mais nonchalante ; les enfants qui couraient en tous sens au milieu des anciens qui prenaient l'air frais jusque tard dans les chaudes nuits d'été. Il aimait rôder sur les quais du vieux port, où il avait tant rêvé dans son enfance partir un jour de l'autre côté de la Grande Bleue, vers ces pays lointains qui fleuraient si bon l'aventure exotique. À ses yeux, Nice était encore un coin d'Italie, une cité à l'égale de ses grandes sœurs prestigieuses dont le seul nom évoquait toute la richesse d'un passé révolu mais toujours aussi précieux : Venise, Gênes, Parme, Florence. Comme il aurait aimé vivre à l'époque des Marco Polo, Christophe Colomb et autre Amerigo Vespucci, pour partir à la découverte du monde et de ses arcanes ! Il n'avait jamais abandonné son esprit aventureux et son goût pour l'inconnu, ce qui, pensait-il, quand il y réfléchissait, expliquait peut-être la raison qui l'avait poussé à vouloir enseigner dans une région encore peu connue du grand nombre et pleine de mystères.

Très vite, il retrouva ses amis et, ensemble, ils allèrent manger la socca et la pissaladière dans les petits restaurants qu'ils fréquentaient jadis quand ils étaient étudiants. Tôt le matin, il alla se promener sur le bord de mer et profita des plus belles journées pour prendre son premier bain dans une eau encore fraîche mais revigorante. Le soir, il déambula sur la promenade des Anglais jusqu'à ce que l'astre solaire tombât derrière l'horizon, réchauffant de ses derniers rayons l'immensité marine qui ondoyait jusqu'aux lointains africains. Il s'y perdait en songes et, invariablement, ses pensées revenaient toujours vers Marie et vers Manuella qu'il ne pouvait dissocier. La blonde et la brune, l'eau et le feu, rêvassait-il en souriant de l'intérieur, heureux et malheureux de se sentir attiré par deux êtres à la fois qui se partageaient son cœur et à qui il ne désirait faire aucun mal.

Loin du Saut-du-Loup, il croyait qu'il pourrait se libérer de cette double attirance, que son esprit, enfin, allait y recouvrer plus de clarté et de sérénité. En retrouvant les siens, il pensait renouer avec ses racines et sentir combien il était étranger à cette terre cévenole qui ne l'avait pas encore adopté. En réalité, Julien se sentait maintenant complètement déraciné. Il avait l'impression d'avoir été coupé de son passé, de ne plus appartenir à la région qui avait bercé son enfance. « Est-ce l'amour qui m'éloigne des miens et de ma terre natale ? » songeait-il sans aucune amertume. Plus il essayait de ne pas penser à ce qu'il avait vécu au cours de ces sept derniers mois, moins il parvenait à écarter de son esprit l'image des deux êtres chers qui exacerbaient ses sentiments. « Elles m'ont ensorcelé toutes les deux ! se disait-il, chacune à sa manière. Je ferais mieux de ne plus retourner dans ce pays aux légendes vivantes. »

Son père, toujours aux petits soins pour les gens les plus modestes à qui il consacrait toute sa science et la plus grande partie de son temps, l'encourageait dans la voie qu'il avait prise, au service des enfants d'une région peu favorisée, où la vie moderne n'avait pas encore dispensé ses bienfaits. Curieux, il faisait mine de s'étonner quand son fils décrivait dans le détail leurs conditions d'existence, avouant que l'électricité n'était pas encore installée partout, que l'eau courante sur l'évier était inconnue dans la plupart des maisons et que la cheminée au feu de bois n'était pas un élément de confort comme dans les belles villas de la Côte d'Azur, mais le seul moyen de se chauffer dans une région aux hivers rudes et longs.

— Et, comme on dit là-bas, expliquait-il avec humour : avec la cheminée tu te brûles le visage, mais tu te *sanglaces* le dos car, pour éviter qu'elle ne fume, il faut toujours laisser une porte ouverte ! Quant aux salles de bains et aux toilettes, personne ne sait ce que c'est ! La cuvette et le grand baquet d'eau chaude sont la règle pour tout le monde. Et le petit coin, c'est le coin de nature !

— Comment peut-on encore vivre dans de telles conditions ! s'étonnait Hélène, dont les origines bourgeoises l'avaient toujours éloignée des dures réalités de la vie des nombreux patients de son mari. J'espère au moins que toi tu es convenablement installé !

— Je n'ai pas à me plaindre. Par rapport à la majorité de mes élèves, je suis sans aucun doute un privilégié, ce qui, dans ma situation, pourrait passer pour un comble.

Julien ne décrivit pas en détail les deux pièces modestes dans lesquelles il vivait. Quand il songeait à la vieille ferme de Manuella, il ne s'estimait pas trop mal loti.

Son père tout à coup se leva, attrapa un journal et le lui tendit !

— Tu as entendu parler de cette histoire, je suppose !

Julien déplia le quotidien et lut le titre de la colonne de droite : *Procès de la sorcellerie aux assises de Montpellier.*

Suivait un article sur une colonne resserrée où il était question du procès de Chico Carballo.

Son père poursuivit :

— Il s'agit d'un gitan du Saut-du-Loup, en Lozère. C'est bien la commune où tu enseignes ?

— C'est exact. C'est une drôle d'histoire. Mais je n'ai pas trop suivi, mentit Julien.

— Pourtant, il était question de la mort de ton prédécesseur !

— Oui, je ne l'ignore pas. Mais, tu sais, père, je n'aime pas me mêler des histoires des autres, surtout quand elles ne sont pas très nettes.

— Tiens, regarde encore ! poursuivit Armand Estérel. Il y a un autre article dans le journal de ce matin.

Étonné, Julien ne put cacher son émotion :

— De ce matin ! Ce n'est donc pas fini !

Il arracha le journal des mains de son père et lut le titre du nouvel article : *Rebondissement dans l'affaire des sorciers de Lozère.* Puis le début de l'article : *Le maire de la petite commune du Saut-du-Loup a été retrouvé mort dans les mêmes conditions que la première victime, Maxence Cabanel, l'ancien instituteur de l'école publique communale...*

Julien dévora le reste de l'article sans s'arrêter. Son teint trahissait son émotion. Sa mère le remarqua :

— Pour quelqu'un qui ne s'intéresse pas aux autres, tu me parais bien affecté par cette histoire !

— C'est que... je... Je ne comprends pas ce qui se passe. Quand donc a eu lieu ce nouveau drame ?

— Ce meurtre, devrais-tu dire ! précisa Armand Estérel. C'est écrit au début de l'article. Tu as lu trop vite.

Julien relut les premières lignes, s'étonna :

— Le jour même de mon départ. Quelle coïncidence !

— Au moins, on ne pourra pas te soupçonner ! remarqua Hélène. Tu as un alibi.

— Comment oses-tu plaisanter, mère !

— Je ne plaisante pas. Mais tu sais, Julien, avec la police, on est vite suspect. Et on se retrouve facilement derrière les barreaux.

— Ta mère a raison, ajouta Armand Estérel. C'est ce qui est arrivé à ce malheureux gitan qui a défrayé la chronique, quand on l'a inculpé du premier meurtre. Il a été innocenté, mais il est passé très près de la guillotine !

— J'espère que tout ne va pas recommencer ! soupira Julien.

— Tu sembles bien soucieux ! s'étonna sa mère.

Julien ne répondit pas immédiatement. Il regarda son père qui le regarda à son tour et finit par avouer :

— Le sort semble s'acharner sur la famille de ce malheureux gitan. Tous les habitants les rejettent pour la simple raison qu'ils ne sont pas comme tout le monde, qu'ils sont gitans.

— Ces gens-là ne sont aimés nulle part ! remarqua Hélène. Ce n'est pas un cas exceptionnel. Il faut reconnaître que lorsqu'on les voit arriver avec leurs chaises à rempailler, leurs serpillières ou leurs paniers en osier, on n'a pas très envie de leur ouvrir nos portes !

— J'espère que ce n'est pas ce que tu penses vraiment, mère. Mais tu as malheureusement raison : c'est ainsi que réagissent la plupart des honnêtes gens ! C'est une raison suffisante pour les défendre, surtout quand ils font l'objet de la vindicte populaire.

— Tu me fais plaisir, mon fils, de parler ainsi, ajouta le docteur Estérel. Il y a trop d'injustices dans ce pays sans encore y ajouter la xénophobie. Que comptes-tu faire pour ta part ?

Julien réfléchit, pensa à Manuella, à ses parents, puis, évitant de croiser le regard déjà convaincu de sa mère, déclara :

— Je rentre dès demain. Je veux en avoir le cœur net. Mais auparavant, je vais acheter une voiture d'occasion. J'en avais l'intention avant de repartir. Viendras-tu avec moi, père, pour me conseiller ?

— Bien entendu, avec joie. Tu sais que l'automobile est ma grande passion. Ton salaire te permet-il déjà cette petite folie ?

— Oh ! il me faudra rester modeste ! Et faire un petit crédit.

— Ton banquier est tout trouvé, Julien. Mon portefeuille t'est grand ouvert.

Le docteur Estérel ferma son cabinet après son dernier patient et proposa à son fils de faire le tour des garages de la ville, en vue de dénicher la perle rare.

— Je ne veux pas qu'elle soit trop voyante, précisa Julien. Il suffit qu'elle soit en bon état et qu'elle grimpe bien les côtes. Car, dans les Cévennes, les routes sont tortueuses et pentues.

— Alors je vais t'amener chez un ami garagiste. Je soigne sa femme depuis de nombreuses années pour un mal de dos récurrent et invalidant. Il te fera un bon prix.

Le lendemain matin, dès le lever du jour, Julien fit ses adieux à ses parents et, au volant de sa Peugeot 201 de 1930, partit allègrement sur les routes de l'ouest en direction du Massif central.

— Elle date de six ans, lui avait confié le garagiste avant qu'il ne fît son choix définitif. Mais je l'ai entièrement révisée, elle tourne comme une horloge. Je peux vous assurer qu'elle ne vous lâchera pas en cours de route.

*

* *

Une fois sur les petites routes des Cévennes, Julien eut l'impression de découvrir pour la première fois les paysages qui défilaient sous ses yeux. Était-ce parce qu'il les parcourait en automobile ou bien parce qu'il s'était absenté plus d'une semaine et avait donc coupé les ponts avec ce qui avait constitué son nouvel univers ? Il ne trouvait d'explications à son émerveillement que dans la majesté des montagnes austères où il s'enfonçait, dans la beauté mystérieuse de leurs valats resserrés et de leurs serres affûtés comme des lames de faux, entaillés dans les vieux schistes mordorés. Aux basses Cévennes, aux pentes découpées en terrasses et couvertes de vertes châtaigneraies, succédait le haut pays, plus rude, buriné dans les granites les plus coriaces, aux crêtes couvertes de sombres forêts de hêtres et de conifères et parsemées de landes d'ajoncs, de bruyères et de genêts.

Après avoir dépassé Valleraugue, il atteignit en effet le pays des forestiers et des éleveurs, tous hommes taciturnes et rudes façonnés par la montagne. Il contourna les flancs du mont Aigoual au sommet duquel l'observatoire disparaissait dans une écharpe de brouillard qui commençait à envahir la vallée du Tappoul. Il s'arrêta une bonne heure au village des Rousses, un fief protestant dont les habitants gardaient toujours dans leur cœur la fierté de leurs aïeux qui avaient résisté à l'emprise catholique de la seigneurie de Florac, sous Diane de Poitiers. Puis, quand le jour déclina, il reprit la route sinueuse en direction du Saut-du-Loup où personne, pas même Marie, ne s'attendait à le voir revenir si tôt.

Sans prendre le temps d'aller déposer sa valise chez lui, il se précipita chez son amie qui, surprise, ne cacha pas sa joie de le retrouver plus tôt que prévu.

— Je ne t'attendais pas avant samedi soir, mon chéri, lui dit-elle en se jetant à son cou.

— Je n'ai que quelques jours d'avance.

— Pourquoi as-tu écourté ton séjour ? Est-ce parce que je te manque à ce point ?

Julien embrassa Marie tendrement. L'odeur de ses cheveux, la douceur de sa peau le replongèrent brutalement dans la réalité de sa vie, cette vie qu'il finissait par aimer parce qu'il l'avait choisie.

— Oui, tu m'as beaucoup manqué, reconnut-il. Mais je dois t'avouer que je suis rentré plus tôt parce que j'ai appris ce qui s'était passé le jour même de mon départ, il y a dix jours.

— Tu l'as lu dans le journal ?

— Mon père n'a pas manqué de me montrer l'article.

— On n'a pas retrouvé le corps immédiatement. Mais la police est certaine du jour de l'accident.

— Accident !

— Du meurtre, si tu préfères. Et qu'en penses-tu ?

— Il est trop tôt pour que je me fasse une idée précise. Cette mort est si inattendue !

— Tu devrais te tenir à l'écart de tout cela. Ne cherche pas à savoir. Je crains qu'il n'y ait une sombre machination au Saut-du-Loup. Cette histoire ne nous concerne pas. Ça nous dépasse. Il devient dangereux de chercher à comprendre.

Julien rassura Marie, mais ne put taire sa crainte d'apprendre bientôt que l'enquête provoquerait sans doute la réouverture de l'affaire Carballo.

*
* *

La mort mystérieuse de Robert Comballe, retrouvé au même endroit que Maxence Cabanel et dans les mêmes conditions, sema le trouble, l'horreur et la consternation dans toute la population. Cette fois, les passions se déchaînèrent et il fallut toute la diligence et l'ardeur de l'inspecteur de la police judiciaire pour mettre un terme à la velléité de justice populaire dont fit preuve immédiatement un certain nombre d'habitants de la commune. Toujours aidé par la gendarmerie, le policier reprit son enquête là où il l'avait laissée lors de la première affaire et exigea de faire ratisser toute la commune, terres, bois et taillis, afin de trouver le moindre indice qui pourrait le mettre sur la piste du ou des coupables.

— Je crains fort que ce ne soit long, déclara-t-il à Martial Legendre, le premier adjoint, qui avait momentanément remplacé Robert Comballe dans ses fonctions de maire. Ça m'a tout l'air d'être une affaire très compliquée. Et cette fois, même si *a priori* je considère ces gitans comme principaux suspects, je n'écarte pas l'hypothèse qu'il y ait autre chose derrière tout cela. Quelque chose ou quelqu'un ! Mais qui ou quoi ?

Dans les jours qui suivirent, Julien se tint tranquille, écoutant les conseils de Marie. Il évita de sortir dans le village où, se doutait-il, les pires calomnies devaient déjà circuler sur le compte des

Carballo. Au reste, personne ne s'était aperçu de son retour précipité et, si certains virent devant l'école une automobile qu'ils ne connaissaient pas, aucun ne pensa sur le moment qu'elle pût appartenir au jeune instituteur.

— Tu m'emmèneras me promener dans ta nouvelle voiture ? ne manqua pas de lui demander Marie, dès le lendemain de son retour.

— Aussitôt que les esprits dans le village se seront calmés et que nous pourrons nous afficher ensemble sans susciter de nouvelles médisances. Je commence à me méfier ! Qui sait ce qu'on va encore imaginer en me voyant si vite revenu ?

— Tu crains qu'on ne pense que, alerté par la nouvelle, tu es rentré pour prendre à nouveau la défense des Carballo ?

— On ne manquera de le divulguer. Tout se sait ici avant même que ça n'arrive. Les gens ont vite fait de te prêter des intentions que tu n'as pas encore eues.

— On est tous un peu sorciers dans ce pays. Tu le sais aussi bien que moi.

— Hélas ! tu ne m'apprends rien.

La veille de la rentrée des écoliers, Julien reçut la visite inattendue de l'inspecteur Gauthier, chargé de l'affaire. Celui-ci ne cacha pas ses intentions et lui apprit sans détour que Chico et Paco Carballo avaient disparu. Devant la surprise non feinte de Julien, il se rembrunit :

— Vous avez bien témoigné en faveur de Chico Carballo lors de son procès, n'est-ce pas ?

— Je n'ai dit que ce que je savais, sans rien inventer, ce qui ne fut pas le cas de tout le monde.

— Vous le défendiez, pourquoi ?

— Je n'avais pas à l'accuser. Les calomnies dont il était victime l'écrasaient déjà suffisamment sans en rajouter. D'ailleurs le tribunal n'a pas suivi ceux qui l'accusaient sans preuves.

— Hum… les preuves n'ont pas été avérées, certes, mais le doute subsiste.

— L'affaire a été classée sans suite. Chico Carballo a bénéficié d'un non-lieu.

— Ce nouveau meurtre va permettre de rouvrir le dossier. Quant à sa cavale en compagnie de son fils, je crains qu'elle ne soit la signature de leur crime.

— Vous allez vite en besogne, inspecteur !

— Vous les défendez encore ?

— À votre place, je ne parierais pas si vite sur leur culpabilité.

— Vous n'êtes pas à ma place, monsieur l'Instituteur. Faites votre métier et laissez-moi faire le mien, je vous prie.

Le policier posa encore de nombreuses questions à Julien qui se trouva dans l'obligation de justifier son absence, mais cacha la vraie raison de son retour hâtif.

— Je vérifierai votre alibi, monsieur Estérel. J'espère qu'il est sans faille.

— Mes parents et mes amis niçois vous confirmeront mes dires.

— Cela vaudra mieux pour vous.

— Dois-je comprendre que vous me considérez comme suspect ?

— Dans cette troublante affaire, je considère tout le monde comme suspect. Mais j'ose espérer que votre retour précipité est sans aucune relation avec la disparition des Carballo !

Saisi de stupéfaction, Julien sentit la rage l'envahir. Il se retint de répondre pour ne pas attirer davantage sur lui les soupçons d'un mauvais limier.

— C'est vous, inspecteur, qui venez de m'apprendre leur disparition, fit-il d'un air courroucé.

— Il faudra me le prouver. Pour l'instant, je vous demanderai de ne pas quitter le territoire de la commune sans y avoir été autorisé et de vous tenir à la disposition de la police.

— Je connais parfaitement mes devoirs de citoyen, inspecteur. Dois-je également éviter de fréquenter certaines personnes, tant qu'on y est ?

— Ne le prenez pas sur ce ton, je vous prie ! Vous avez tout intérêt à aider la police à faire toute la clarté sur cette pitoyable affaire.

— Vous feriez mieux de vous intéresser à ceux qui soufflent sur les braises de la calomnie pour savoir pourquoi ils le font.

— Je connais mon métier, monsieur Estérel. Et, comme je vous le disais, personne n'échappera à mes investigations.

Julien ne retint pas son visiteur et referma aussitôt sa porte derrière lui. Il le suivit des yeux dans la cour et le vit monter ensuite chez Marie. Tard dans la soirée, il se rendit chez elle aux nouvelles.

— Alors, lui demanda-t-il, il t'a aussi cuisinée ?

— Oui, gentiment. Et toi ?

— Ça s'est plutôt mal passé.

— Je t'ai déjà conseillé de te montrer diplomate.

— T'a-t-il également appris que Chico et Paco Carballo avaient disparu ?

Marie blêmit, apparemment surprise.

— Non, avoua-t-elle. Disparu, comment ça ?

— Je ne sais rien de plus. Mais j'ai l'impression que ce flic croit que je suis revenu de Nice exprès pour les aider à disparaître, comme si j'avais été au courant de l'affaire bien avant tout le monde.

— Il te croit coupable de complicité ?

— J'en ai bien peur !

— Mais c'est absurde, puisque c'est ton père qui t'a appris la mort de Robert Comballe par le journal.

— Mon alibi est solide, mais il peut toujours affirmer que j'ai accouru pour aider les Carballo à s'enfuir avant qu'il ne soit trop tard.

Julien semblait troublé au plus haut point de se savoir soupçonné de complicité. Il restait persuadé que la disparition des deux Carballo n'était pas la preuve de leur culpabilité. Il demanda à Marie de rester auprès de lui, ce soir-là, pour réfléchir et retrouver ses esprits.

— Le père et le fils Carballo se sont enfuis par crainte, et à juste titre, qu'on ne les soupçonne à nouveau à tort ! S'ils étaient restés, il est plus que certain que cet inspecteur les aurait immédiatement mis en garde à vue. Et tout aurait recommencé. D'autant qu'on a dû lui raconter que le maire lui-même se méfiait d'eux et a chargé Chico au tribunal. De là à accuser celui-ci de s'être vengé, il n'y a qu'un pas à franchir.

— Reste donc tranquille, Julien ! Ne va pas te mêler de cette nouvelle histoire qui ne peut que t'apporter des ennuis. Moins on te verra t'agiter, moins on pensera à tes relations avec les Carballo.

— Et Manuella, tu y as songé ? Je ne vais pas la renvoyer parce qu'un inspecteur suspicieux cherche à donner raison à la rumeur ! Il faut absolument qu'elle m'explique ce qu'elle sait. Car je suis persuadé qu'elle en sait plus que tout le monde. Et d'abord, je veux savoir ce qu'elle a découvert en s'introduisant secrètement dans le château des Audibert.

— Par effraction ! coupa Marie.

— Le mot est un peu fort, tu ne trouves pas ? Je veux savoir aussi quelles sont ses relations avec la petite-fille du châtelain.

— Je n'aurais pas dû te parler de tout cela ! se reprocha Marie. Ta curiosité finira par te causer de véritables ennuis et par te jouer un mauvais tour. Prends garde à toi, Julien ! Ne commets pas d'imprudences. Tu sais bien que tu n'es qu'un étranger ici.

— Oui, je sais. On me l'a assez fait ressentir. Il n'empêche, je veux voir clair dans ce brouillard épais et glauque qui englue cette commune dans le mensonge, la peur et la délation. Ce ne sont pas là des réactions qui honorent ses habitants.

Marie ne put raisonner Julien ni le faire revenir sur ses intentions. Ce soir-là, trop énervé par ce qu'il venait de subir de la part de l'inspecteur de police, il ne parvint pas à satisfaire ses désirs. Pour le consoler, Marie l'enveloppa chaleureusement dans ses bras et s'endormit, la tête nichée au creux de son épaule.

XXIII

Révélations

POUR JULIEN, la mort de Robert Comballe semblait inexplicable. Pourtant, il n'en doutait pas, elle était étroitement liée à celle de Maxence Cabanel. Les deux corps avaient été retrouvés au même endroit sans aucune trace de coup, les orbites énucléées comme si les deux hommes étaient décédés de mort naturelle et qu'on leur avait ensuite arraché les yeux par un acte inconsidéré de sauvagerie.

Une fois encore, l'autopsie pratiquée sur la dépouille du maire ne donna aucun résultat. Le médecin légiste ne put que constater un arrêt cardiaque et affirma, comme pour le cas précédent, que l'ablation des yeux avait été pratiquée après la mort du malheureux, n'ayant pas provoqué une hémorragie qui aurait pu le vider lentement de son sang.

L'inspecteur Gauthier s'affairait. Il avait pris pension chez la vieille Germaine afin de se trouver sur les lieux du drame, le temps nécessaire de faire toute la lumière sur ce qu'il considérait comme l'affaire de sa carrière. Il osa reconnaître devant les clients de l'aubergiste qu'une belle promotion au grade d'inspecteur principal l'attendait dans le cas où il bouclerait avec succès la double énigme du Saut-du-Loup. Aussi se montrait-il très diligent, persuadé qu'il était de la culpabilité d'un des deux Carballo, voire des deux. Quant à Julien, il ne croyait pas à sa culpabilité, mais n'omettait pas l'hypothèse de sa complicité éventuelle par le fait qu'il tentait de venir en aide aux deux fugitifs.

Dès son retour sur les lieux, il avait rendu visite aux Carballo pour les interroger, avait longuement questionné Sara, puis Manuella, tenté de sortir la vérité de la bouche innocente de la petite Myriam. Toutes les trois tinrent le même langage ; elles ignoraient où étaient partis les deux hommes de la famille et n'avaient qu'un espoir : qu'ils soient très loin en lieu sûr pour qu'ils puissent à jamais échapper aux griffes d'une police partisane.

— Méfiez-vous, menaça l'inspecteur Gauthier. Si vous ne dites pas la vérité, vous serez à votre tour accusées d'entrave à la justice et, plus grave, de complicité.

— Je la connais, moi, la vérité, explosa Manuella telle une furie. Mais vous êtes borné comme un vieux cheval aveugle ! Vous nous croyez coupables uniquement parce que nous sommes gitans. Vous n'êtes qu'un gadjo comme les autres ! Vous ne valez pas mieux.

— Je ne te permets pas d'insulter la police ! s'insurgea l'inspecteur. Un mot de plus et je t'arrête pour outrage à inspecteur dans l'exercice de ses fonctions.

— Ah ! elle est belle la police française ! ronchonna Sara. Quand il s'agit de braves citoyens au-dessus de tout soupçon, vous prenez des précautions. Mais quand il s'agit de nous, les gitans, des Noirs ou des Arabes, vous n'hésitez pas. Ça fait place nette !

L'inspecteur Gauthier n'insista pas. Il promit de revenir et exigea des deux femmes de se tenir à sa disposition jour et nuit.

— Quant à toi, reprit-il avant de partir en s'adressant à Manuella, si tu sais quelque chose, tu as intérêt à me le dire. Sinon, à la première occasion, je te coffre.

Manuella se rebiffa :

— D'abord, monsieur l'Inspecteur, je ne vous permets pas de me tutoyer. Je suis gitane mais aussi française. Vous n'avez pas à vous adresser à moi comme à une inférieure. Nous n'avons pas élevé les cochons ensemble, n'est-ce pas ? Ensuite, si je sais quelque chose, vous serez bien le dernier à qui j'irais en parler.

— Nous nous reverrons, jeune demoiselle. Nous nous reverrons, je vous le promets ! En attendant, les gendarmes vous ont à l'œil. Et si votre père et votre frère osent s'approcher de cette maison, leur compte est bon. Qu'ils en soient assurés !

— Vous ne les prendrez pas si facilement. N'oubliez pas : nous sommes gitans ; nous savons ruser !

L'inspecteur repartit de chez les Carballo en maugréant, le mors aux dents et l'estomac ulcéré.

« Cette gamine me nargue ! enrageait-il au fond de lui-même sur le chemin du retour. Mais je ne la raterai pas. Elle ne perd rien pour attendre. »

*
* *

La vie reprit son cours. Certes, les esprits étaient bouleversés par l'événement tragique qui venait une fois encore d'affecter la petite commune. Mais l'échéance des prochaines élections approchait et exacerbait les tensions entre les deux camps opposés. En l'absence de Robert Comballe, leur maire qui, jusqu'à présent, avait tempéré ses adjoints – hormis Jean-Charles Audibert-Delorme, qui avait toujours marqué sa différence –, tous les membres du conseil municipal prirent à l'unanimité, moins une voix, l'engagement de laisser leurs concitoyens libres face à leur responsabilité, sans influencer leur vote. Eux-mêmes étaient divisés à l'image de la population : la majorité, constituée de catholiques, penchait pour les candidats de la droite conservatrice, la courte minorité protestante pour les candidats du Front populaire.

Julien, lui, n'avait jamais caché son adhésion aux idées de gauche lorsqu'il participait aux discussions parfois houleuses qui animaient les soirées de l'*auberge de la Croisée des chemins*. Mais depuis que l'inspecteur Gauthier y avait établi ses quartiers, il avait renoncé à s'y rendre et, de ce fait, laissait ses contradicteurs s'expliquer seuls entre eux.

Malgré les circonstances, il ne cessa de donner ses leçons à Manuella. Chaque soir, la jeune fille venait à l'école et tâchait de ne pas évoquer l'affaire en sa présence. Elle savait Julien intrigué par le mystère qui plongeait Le Saut-du-Loup dans l'actualité judiciaire et n'ignorait pas que l'inspecteur le suspectait de complicité avec les siens.

D'elle-même, un soir, elle lui proposa de ne plus venir à l'école.

— Peut-être vaudrait-il mieux pour vous que nous cessions de nous voir, lui avoua-t-elle.

— Ce serait donner raison à l'inspecteur, objecta Julien. Je ne le désire pas. De plus, l'échéance du certificat d'études approche. Tu es presque prête. Ce n'est pas le moment de fléchir ni d'abandonner.

Manuella semblait perturbée. Julien s'en aperçut, lui demanda :

— Tu as peur pour moi ?

— Oui, avoua la jeune fille. Mais ce n'est pas l'inspecteur qui m'inquiète.

— Qui donc ? Ton père et ton frère ? Ne crains rien, je n'ai eu aucun contact avec eux. On ne peut rien me reprocher.

— Ce n'est pas d'eux qu'il s'agit.

— De qui d'autre alors ? Je ne vois pas qui tu peux craindre !

Manuella détourna le regard de celui de Julien, se tut quelques secondes, déclara d'une voix hésitante :

— Il s'agit de Marie.

— De Marie ! s'étonna Julien. Mais pourquoi ? Tu n'as aucune raison. Ne me dis pas que, toi aussi, tu…

— Non, coupa Manuella en devinant ce que Julien allait dire. Je ne suis pas jalouse d'elle. Mais…

— Mais quoi ? Allons, tout cela est absurde !

— Hier soir, je lui ai tiré les lignes de la main. Au début elle ne voulait pas, comme si elle craignait que je ne découvre quelque chose qu'elle ne voulait pas que je sache.

— Et alors ?

— J'ai insisté. Elle a fini par accepter.

— Tu ne devrais pas t'adonner à de telles pratiques. Tu ne fais qu'accréditer ce que les méchantes langues colportent sur les tiens.

— Je suis gitane, Julien ! Vous l'oubliez.

— Bon, d'accord, je te le concède. Et qu'as-tu découvert qui t'a à ce point inquiétée ?

Manuella s'assombrit, se troubla, tarda à répondre.

— Rien, finit-elle par avouer. C'est idiot ! Ce n'était pas très net, feignit-elle d'expliquer. Et puis les lignes de la main peuvent se tromper.

Julien sourit, lui prit les deux mains dans les siennes, observa ses paumes où se dessinaient de longues courbes sans aucune cassure. Il garda sa main gauche, celle du cœur, l'embrassa et fit semblant de lire ce qu'elle lui révélait. Manuella, amusée, se laissa faire, le cœur tremblant d'émotion.

— Tu as de très belles lignes dans ta main, déclara Julien. Et si je ne me trompe pas, ta ligne de vie est bien dessinée, sans accrocs, très longue. Tu vivras très longtemps, sans rencontrer aucun obstacle. Quant à ta ligne de cœur, oh ! ta ligne de cœur, elle est très riche ! Tu es amoureuse, Manuella, et tu vivras un grand amour toute ta vie. Tu seras très heureuse.

— Ne vous moquez pas ! fit Manuella en retirant brutalement sa main de celles de Julien.

— Je ne me moque pas. Je sais ce qui nourrit ta crainte. Mais ne sommes-nous pas convenus ensemble de ce que nous devions être l'un pour l'autre ? Je croyais que tout était clair entre nous !

— Il ne s'agit pas de nous deux, mais de vous deux. J'ai peur, Julien, qu'un jour vous regrettiez...

— Chut ! fit Julien en posant son doigt sur les lèvres de la jeune fille. Tais-toi ! Tu vas dire une bêtise.

Puis, s'approchant d'elle, il effleura de ses lèvres les siennes, lui caressa tendrement le visage en écartant ses longs cheveux de jais, lui chuchota à l'oreille :

— Je t'aime aussi, Manuella, tu le sais bien. Laisse le temps accomplir notre destin.

— J'ai lu le destin. Je sais que vous allez souffrir si vous n'y prenez pas garde.

— Ne dis pas de sottises. Je ne crois pas à ces sornettes. Sinon je serais obligé de croire ce qu'on raconte sur les tiens et leurs pouvoirs de sorcellerie. C'est ce que tu veux ?

— Il n'y a pas que du faux dans ce qu'on raconte !

Julien ne répliqua pas à la remarque de Manuella. Il la sentait trop fragilisée pour la pousser dans ses extrémités. La conversation devenait trop sérieuse pour rire de ce que la jeune fille avait sur le cœur. Il ajouta :

— J'aime Marie, Manuella. Je ne te l'ai jamais caché. Ne me demande pas ce soir de choisir entre elle et toi. Je sais que cela peut paraître étrange, voire anormal, qu'un homme puisse aimer deux filles en même temps. Pourtant, c'est ce qui m'arrive. Et si je me laisse aller à l'errance, je ne verrai plus clair en moi. Alors, je suis le chemin qui semble s'imposer à moi, en espérant que tout s'éclaircira vite.

Manuella accrocha à nouveau un sourire à son visage. Son regard était plein de tendresse pour l'être qu'elle osait aimer malgré les obstacles qu'elle rencontrait. Elle redevint celle que Julien aimait voir venir vers lui chaque soir.

— Je suis jeune, c'est un handicap. Mais c'est aussi un avantage, lui dit-elle en prenant une craie blanche et en retournant au tableau où l'attendait l'énoncé d'un problème d'arithmétique. J'ai toute la vie devant moi et je suis patiente.

Julien ne la reprit pas et pensa en son for intérieur que, à son tour, Manuella faisait une petite crise de jalousie. Il s'en voulut.

— Tout est de ma faute, reconnut-il. Je n'aurais jamais dû t'avouer que j'étais également tombé amoureux de toi.

— Je l'avais deviné. Je sais aussi lire dans le cœur des gens. Et j'ai su dès le premier jour que je vous plaisais et que vous m'aimeriez.

— Tu m'as jeté un sort !

— Peut-être, qui sait ce dont je suis capable ? répondit Manuella, énigmatique.

*
* *

Les révélations de Manuella concernant Marie finirent par intriguer Julien. Elle avait paru si sincère lorsqu'elle lui avait affirmé ne pas être mue par un quelconque sentiment de jalousie envers elle, qu'à mieux y réfléchir il pensa qu'elle avait décrypté dans les lignes de sa main quelque chose de mystérieux. Manuella n'osait peut-être pas parler pour ne pas l'inquiéter ou pour ne pas faire de tort ou de mal à Marie ; il s'en persuada tout au long de la soirée. « Je finirai bien par savoir », songea-t-il.

Il veilla tard cette nuit-là, ne trouvant pas le sommeil.

Le lendemain, il passa la soirée en compagnie de Marie avec qui il évoqua longuement l'actualité nationale et les perspectives d'une victoire du Front populaire. La jeune femme s'enflammait moins que lui à l'idée d'un changement radical de politique. Elle ne croyait pas beaucoup à un renversement de situation. Étant donné la conjoncture internationale et surtout la montée du fascisme dans les pays voisins, elle se montrait très pessimiste quant à l'avenir, affirmant d'un ton morose, presque fataliste, que le pays allait être entraîné vers la réaction en cas d'isolement, ce qui ne saurait manquer si l'alliance socialo-communiste gagnait les élections.

Jamais Julien n'avait vu Marie si défaitiste. Elle réagissait comme si tout était perdu d'avance. Elle avouait ne plus croire en rien, affirmait que l'avenir de la France était bouché, que la guerre était inéluctable à court terme.

Elle inquiéta Julien au point que ce dernier crut qu'elle était traversée d'une soudaine crise dépressive, tant son esprit s'était bizarrement assombri. Elle mit aussi en question la relation qu'elle entretenait avec lui, avoua douter de l'amour qui les unissait tous deux et ne plus savoir ce qu'elle éprouvait vraiment.

— Comment peux-tu dire des choses si insensées ? s'étonna Julien. Il y a seulement quelques jours, à mon retour, tu me suppliais au nom de notre amour de renoncer à m'aventurer dans cette histoire scabreuse qui bouleverse le Saut-du-Loup !

Et aujourd'hui, tu ne sais plus si tu m'aimes ! Que se passe-t-il, Marie ?

La jeune femme demeurait taciturne, le regard dans le vague, en proie à de sombres pensées.

— Tu ne m'aimes plus, Julien ! Je le vois bien. Tu ne t'intéresses plus qu'à Manuella. D'ailleurs, tu n'es pas honnête, ni avec elle ni avec moi. Tu dis nous aimer toutes les deux et me donner ta préférence. Tu n'es pas un homme normal ! Tu nous trompes toutes les deux.

— Écoute-moi, Marie !

— Non, va-t'en ! Je ne veux plus te voir. Va au diable !

Marie s'était emportée brutalement. Jamais Julien ne l'avait vue dans un tel état d'excitation. La jeune femme semblait submergée par un flot de colère qu'elle ne contrôlait plus. Elle se mit à vociférer des paroles injurieuses. Son visage se durcit. Ses yeux se firent d'acier.

— Marie ! Marie ! s'écria Julien en la secouant énergiquement. Regarde-moi, reprends-toi !

Mais Marie continuait à vociférer des paroles haineuses, n'écoutant plus, ne ressentant plus rien d'autre que sa déconvenue. Elle se dégagea lestement des bras de Julien qui la retenaient prisonnière pour mieux la contrôler, pivota sur elle-même, lui asséna un violent coup de poing sur la tempe.

À moitié groggy, Julien trébucha, faillit tomber, se retint de justesse à une chaise. Marie tournait dans la pièce comme une folle. Alors Julien l'attrapa d'une main énergique et la gifla sans retenue, mais sans intention de lui faire mal.

Marie se débattit, cria, pleura, finit par s'effondrer dans le canapé, totalement épuisée. Plus un mot ne sortait de sa bouche qui retrouva rapidement le dessin charnel qui attirait tant Julien dans leurs moments d'intimité. Les rides de son visage s'effacèrent, le rictus disparut. Ses yeux reposaient en paix derrière leurs paupières closes.

Elle s'endormit dans ses bras comme une masse, sans s'en apercevoir. Deux, trois heures s'écoulèrent. Sa respiration reprit un rythme lent et régulier. Son corps se détendit, redevint docile.

Julien essuyait son front, lui caressait les cheveux comme il aurait caressé un enfant malade, la couvrait de baisers, la berçait dans ses bras consolants pour écarter le vent de folie qui s'était emparé d'elle. Il ne put s'empêcher de songer que son esprit était peut-être sous l'emprise d'un sortilège tant son comportement lui paraissait anormal, comme dirigé par une force extérieure dont elle n'était pas maîtresse et qui exacerbait les ressentiments qu'elle gardait en elle.

La crainte de savoir qu'elle pût être possédée l'envahit soudain. Il avait beau se convaincre de l'idiotie de pensées si aberrantes, il ne parvenait pas à éloigner de son esprit cette idée grotesque.

Quand Marie se réveilla, elle reprit lentement des couleurs, ouvrit de petits yeux comme au sortir d'un profond sommeil, sourit à la vue de Julien penché au-dessus d'elle, dit :

— Mais que fais-tu là, mon chéri ? Et pourquoi suis-je dans tes bras comme une malade ? Il m'est arrivé quelque chose ?

Julien la rassura aussitôt, ajouta, inquiet :

— Tu ne te souviens pas ?

— De quoi ? fit-elle. Que m'est-il donc arrivé ?

— Rien de grave, mentit Julien. Un petit passage à vide. Heureusement que j'étais là pour m'occuper de toi !

Marie ne se souvenait de rien, ni de la conversation pessimiste qu'elle avait eue au début de la soirée, ni des paroles désagréables qu'elle avait adressées à Julien, ni de son état d'extrême irritabilité.

— Je me sens lasse, se plaignit-elle. Je suis vidée.

— Il faut te reposer, Marie. Demain je m'occuperai de tes élèves et préviendrai l'inspection que tu dois garder la chambre. Le médecin te fera un certificat médical. Ne t'inquiète pas, je m'occupe de tout.

La jeune femme regarda Julien avec tendresse, comme si rien ne s'était passé, l'attira vers elle pour l'embrasser, perçut un scintillement bizarre dans ses yeux, se ravisa :

— Que se passe-t-il ? demanda Julien, de nouveau inquiet. Tu ne m'embrasses pas !

— Si, bien sûr ! J'ai eu l'impression que c'était toi qui ne voulais pas m'embrasser.

*
* *

Le lendemain, Marie resta au lit. Julien fit appeler le docteur Rouvière dont le cabinet se trouvait au centre du village. Il prit en charge les élèves de sa classe mais, à la récréation, vint aussitôt aux nouvelles.

— Qu'a-t-elle docteur ? demanda-t-il en aparté au médecin, tandis que celui-ci rédigeait encore son ordonnance.

— Je n'ai rien trouvé d'anormal. Mais elle m'a tenu des propos, comment dire… incohérents, pour le moins qu'on puisse dire ! Tantôt chaleureux et sensés, tantôt glacials et embrouillés. Cette jeune personne semble souffrir d'un trouble de la personnalité. Je ne suis pas psychiatre, mais à mon humble avis elle a l'esprit très perturbé. Pour le reste, je ne peux que lui conseiller de se reposer une huitaine de jours et lui prescrire un bon sédatif. Qu'elle dorme ! Ça lui fera le plus grand bien. Je ne peux rien vous dire de plus ; secret médical. Vous n'êtes pas de la famille, n'est-ce pas ?

— Non. Mais, dites-moi, il n'y a rien de grave, docteur ?

— Pour l'instant, rien de sérieux. Mais si ses sautes d'humeur venaient à se multiplier, conseillez-lui d'aller consulter mon confrère, le docteur Lartigue, à Florac. Il est plus spécialiste que moi pour ce genre de problème.

Le docteur Rouvière n'en dit pas plus, laissant Julien dans le doute et la crainte. Sur le coup, celui-ci s'en voulut d'avoir plongé lui-même son amie dans cette situation. « Elle n'a pas supporté l'idée que j'aime aussi Manuella, se reprocha-t-il. Elle est trop fragile pour admettre une telle bizarrerie et accepter de se sentir en rivalité. Pourtant, comme elle se trompe ! »

En son for intérieur, Julien savait qu'il se mentait à lui-même. Il aimait Manuella autant que Marie. Seules les circonstances de leur rencontre, la différence d'âge, le fait qu'il était le maître et elle l'élève l'avaient toujours retenu d'aller plus loin dans sa relation avec elle. Aurait-il eu le courage de rompre avec Marie s'ils s'étaient trouvés dans une autre situation ? Il se sentait de plus en plus partagé et, la rage au cœur, s'en voulait de s'être mis dans un tel embarras.

Toutefois, ce qu'avait révélé le docteur Rouvière sur Marie lui faisait craindre qu'il était en train de la perdre. « Que s'est-il donc passé dans son esprit ? se demanda-t-il tout au long de la journée. Pourquoi s'est-elle laissée aller à la déraison au point de ne plus être elle-même et de sombrer dans l'amnésie ? »

Le soir même, quand il vit Manuella arriver pour sa leçon quotidienne, il eut envie de la renvoyer, la tenant un instant pour responsable de ce qui s'était produit. Mais la jeune fille avait tellement l'air heureuse de le revoir, comme chaque soir, qu'il n'en fit rien.

Pour occuper son esprit à d'autres pensées avant de lui proposer le texte d'Émile Zola qu'il avait choisi comme dictée du jour – un extrait de *Germinal* –, il lui demanda :

— Me diras-tu enfin comment tu es parvenue à pénétrer dans l'enceinte du château sans te faire surprendre et comment tu es devenue amie de la petite-fille du châtelain ?

— Non seulement je vais vous le dire, Julien, mais si vous le voulez, demain, c'est jeudi, vous êtes donc libre, n'est-ce pas… eh bien ! je vous y emmènerai.

— Demain, en plein jour !

— Oh ! il n'y a rien à craindre. Je connais parfaitement le chemin. Et le château n'a plus de secrets pour moi. Je vais vous faire une révélation : vous y découvrirez des choses qui ne manqueront pas de vous intéresser... En fait, comment va Marie ?

— Marie ! Euh... elle va mieux... Mais comment sais-tu qu'elle est souffrante ?

— Je devine bien des choses, Julien. Je suis gitane, rappelez-vous !

XXIV

Étranges découvertes

COMME CONVENU, Julien retrouva Manuella tôt le lendemain matin. L'heure lui parut étrange pour entreprendre une action qu'il considérait à juste titre comme une véritable effraction. S'introduire en plein jour chez autrui lui paraissait très risqué, mais la jeune fille eut vite fait de le rassurer une nouvelle fois avant de se mettre à l'œuvre.

— Je vous certifie qu'il n'y a pas grand risque. Vous comprendrez vite pourquoi.

— Quoi qu'il en soit, prévint Julien, si notre aventure tournait mal, je crois qu'il serait prudent de fournir la même réponse à la question qu'on ne manquera pas de nous poser.

— Vous n'aurez qu'à me laisser dire. J'affirmerai que je vous ai entraîné malgré vous.

— En m'ensorcelant ? plaisanta Julien.

— Pourquoi pas ! Au point où nous en sommes.

— Restons sérieux. Dans quelle intention m'aurais-tu entraîné dans cette mésaventure ?

— Pour vous révéler un mystère que j'ai découvert au château. Je prendrai tout sur moi. D'ailleurs, c'est la stricte vérité.

— Hum ! ça me semble tiré par les cheveux. Espérons que nous n'aurons pas besoin de nous expliquer.

Julien n'avait pas mis Marie dans la confidence. Il craignait que son esprit, encore fragilisé par la crise dépressive qu'elle venait de traverser, n'en soit à nouveau perturbé. Aussi avait-il donné rendez-vous à Manuella à l'orée du bois de l'Hom en toute discrétion.

Le ciel semblait être avec eux, s'étant couvert dès le petit matin d'un épais brouillard qui ne se dissiperait pas avant plusieurs heures. Leurs silhouettes se profilaient dans la grisaille opaque comme des êtres fantomatiques. Ils marchaient avec précaution, les oreilles aux aguets, les yeux rivés au sol afin d'éviter les branches sèches. Ils empruntèrent des chemins détournés où ils étaient sûrs de ne rencontrer personne. À cette heure matinale, même les coqs de basse-cour étaient encore douillettement tapis au fond des poulaillers.

Parvenus en bordure des terres du château, Manuella demanda à Julien de l'attendre, caché derrière un gros orme.

— Je vais voir si la voie est libre, lui dit-elle pour toute explication.

— Tu n'as pas l'intention de traverser la réserve à découvert comme si nous étions attendus ! s'étonna Julien.

— Ne vous inquiétez pas. Mon passage est loin d'être à découvert.

Julien prit son mal en patience. Il commençait à se piquer au jeu. Le mystère que Manuella faisait planer autour de leur expédition l'excitait. « Cette fille, décidément, n'a pas froid aux yeux ! songea-t-il dans l'attente de son retour. Elle n'a peur de rien ni de personne. » Puis, se ravisant : « Je me demande si je ne commets pas une erreur en l'écoutant. Qui sait ce qu'elle a dans la tête ? »

Autour de lui, le brouillard s'était épaissi. Mis à part le tronc de l'orme au pied duquel il patientait depuis plus d'un quart d'heure, rien ne s'offrait à sa vue. Il n'avait plus aucun repère et aurait été bien en peine de retrouver son chemin pour rentrer au village. Les bruits de la forêt voisine lui parvenaient étouffés, comme filtrés par une ouate dense. Il crut entendre des pas lui tourner autour, des craquements de bois sec, des halètements saccadés, des chuintements intermittents, interrompus par de longs moments de silence. Il eut l'impression d'être surveillé, épié, crut apercevoir dans le flou des yeux fixés sur lui, vifs comme ceux d'un loup affamé guettant sa proie. Il se souvint soudain de ce qu'il avait ressenti et perçu lorsqu'il s'était aventuré la première fois sur le site des pierres plantées. À vol d'oiseau, celles-ci n'étaient pas très éloignées du Castellas. Le bois de l'Hom, où les menhirs se dissimulaient, marquait la limite septentrionale des terres du château. Au Moyen Âge, ce bois appartenait à la réserve seigneuriale et il était interdit aux vilains qui vivaient sur les tenures du domaine d'y ramasser bois mort pour le chauffage, glands pour leurs cochons, baies sauvages et, *a fortiori*, d'y chasser, sauf en y étant autorisés après acquittement des banalités d'usage. Depuis la Révolution, il était devenu bois communal, mais les habitants du Saut-du-Loup avaient gardé l'habitude d'éviter les lieux, respectant encore les anciens interdits comme des traditions qu'ils n'osaient remettre en question. La présence des menhirs et la légende qui leur était accolée avaient accru ce sentiment de méfiance dans la population. Jamais personne n'avait remis en cause l'appartenance au Castellas de ce bois mystérieux, même si, d'après le cadastre et les actes notariés, rien ne permettait d'affirmer que les châtelains successifs en avaient toujours été les seuls et vrais détenteurs.

Manuella revint au bout d'une demi-heure.

— Où étais-tu partie ? demanda Julien, soulagé. J'ai cru que tu m'avais planté là pour me jouer un mauvais tour !

— Vous vous méfiez de moi ?

— Ce que tu m'entraînes à faire me paraît si bizarre !

— Quand je vous ai proposé de vous conduire au château, vous n'avez pas refusé !

— Peut-être, mais quand tu m'as révélé ton secret, tu savais que je mordrais à l'hameçon. Je commence à te connaître.

— Venez ! fit Manuella en prenant Julien par la main. Ne craignez rien. Faites-moi confiance.

Au contact de la main de sa protégée, Julien ressentit une grande chaleur. Il se dégageait d'elle une force reposante, une impression que rien ne pourrait lui arriver. Elle était son guide dans le brouillard, son ange gardien dans l'univers glauque où elle l'entraînait, sa lumière dans le monde ténébreux des ombres et des légendes, une voix rassurante dans le silence des pierres.

— J'ai confiance en toi, Manuella. Sinon je ne serais pas là.

— Vous m'aimez vraiment ? Comme Marie ?

— Tu connais la réponse.

— Un jour, vous saurez la vérité.

— Quelle vérité ? Tu es bien énigmatique !

— Venez, c'est par ici, fit-elle en éludant la question.

Ils s'enfoncèrent à nouveau dans le bois. Julien trouva bizarre de s'écarter des terres du château alors qu'ils en étaient en bordure. Manuella lui demanda de se courber et de faire attention aux branches et aux ronces qu'elle écartait sur son passage et qu'elle prenait soin de rabattre derrière elle. Le sentier était indécelable mais, au bout d'une centaine de mètres, il déboucha sur une étroite fissure pratiquée dans une paroi rocheuse.

— L'entrée d'une grotte ? s'enquit Julien.

— Non. Cette fente dans le rocher n'est pas naturelle. C'est le débouché d'un souterrain qui conduit au château. Il y a longtemps que ce passage a dû être oublié.

— Je commence à comprendre. Et comment toi l'as-tu découvert ?

— Un peu par hasard, un peu par intuition.

— Tu vas encore me dire que c'est un don des gitans de percevoir à travers l'inextricable !

— Effectivement.

Ils s'immiscèrent dans l'étroite fissure, puis, à la lueur d'une lampe-tempête que Manuella alla dénicher derrière une pierre, s'engagèrent dans un long couloir creusé dans la roche. Les parois ruisselaient d'humidité et le sol glissait sous leurs pieds.

Par endroits, il leur fallut baisser la tête, se plier en deux pour franchir un seuil, se faufiler de profil pour traverser un étranglement.

— Ça me rappelle mes sorties spéléo, remarqua Julien.

— Vous aimez l'univers des grottes ?

— Je préfère l'escalade en plein jour. Le monde souterrain est parfois angoissant.

— D'après les légendes, c'est celui des morts !

— C'est bien pour ça ! Je lui préfère le monde des vivants, celui de la lumière et de la transparence.

Au bout d'un bon quart d'heure de marche hésitante dans l'obscurité, Manuella indiqua à Julien une échelle métallique rivée à la paroi d'un goulet qui remontait à la verticale.

— Nous sommes arrivés sous le château, expliqua-t-elle. Cette échelle débouche dans une cave désaffectée située en dessous de la tour ronde.

— La seule et dernière tour qui subsiste de l'ancien château fort, ajouta Julien.

— C'est exact. Plus personne ne l'occupe. Mais vous verrez, j'ai découvert quelque chose qui ne manquera pas de vous intriguer.

Prudemment, ils escaladèrent un à un les barreaux glissants de l'échelle, Manuella étant passée la première.

— N'en profitez pas pour regarder sous mes jupes ! lança-t-elle en riant aux éclats.

— Dans cette obscurité, on n'y voit goutte ! Je ne risque pas. Mais je le regrette, si tu veux savoir, plaisanta Julien.

Parvenue au sommet de l'échelle, Manuella souleva une trappe de bois. Une faible lumière se diffusa aussitôt dans le boyau. Elle s'en extirpa agilement et invita Julien à la suivre. Puis elle referma la trappe derrière lui.

— Si vous savez comment le château est construit, vous n'ignorez pas qu'il n'y a aucun corps de bâtiment entre la tour d'angle où nous sommes et le reste de la demeure.

— Je l'avais remarqué en me promenant sur les hauteurs du Saut-du-Loup.

— Mais moi je sais comment rejoindre les autres pièces de l'habitation sans passer à découvert par l'extérieur.

— Encore un souterrain ?

— Non, un passage secret pratiqué dans le mur de la courtine. Celui-ci est assez large, il dissimule un couloir de fuite. Jadis il devait permettre au seigneur et à sa famille de s'enfuir par le souterrain.

— Tu as l'air de bien connaître les châteaux forts !

— Eh ! je suis allée à bonne école.

Manuella reprit la main de son maître et l'entraîna au rez-de-chaussée de la tour par un escalier de pierre étroit et enténébré. Julien se demandait ce qu'elle avait découvert de si étrange. La tour était isolée, apparemment abandonnée aux rats et aux corbeaux qui nichaient dans les meurtrières de ses murs massifs. Elle poussa la lourde porte de chêne corsetée de barres et de pointes de fer qui en barrait l'accès de l'extérieur. Elle grinça sur ses gonds mais céda sous une simple pression.

— Venez et jetez un œil dehors, proposa Manuella. Sans vous attarder, on ne sait jamais. Vous verrez ainsi où nous sommes exactement.

Julien s'exécuta. Il découvrit le château comme il ne l'avait jamais vu. Devant ses yeux étonnés s'étendait une cour rectangulaire au sol gravillonné et au centre de laquelle se dressait un énorme puits en pierre de taille muni d'un système de poulies et de noria. À sa droite, la grille d'entrée, qui avait remplacé l'ancienne herse lorsque le pont-levis avait été démoli et les douves comblées, semblait bien cadenassée. Elle était scellée à la grosse tour carrée édifiée au XIVe siècle pour servir d'habitation à une époque où la fonction résidentielle des demeures seigneuriales prenait le pas sur la fonction militaire de défense. Puis, accolé à cette tour, un long corps de logis, bâti au siècle suivant à partir d'un élément de la courtine d'origine, attestait de la volonté des seigneurs successifs d'étendre leurs appartements et de doter le château d'un confort qui lui faisait encore défaut. Le style classique succédait au style Renaissance, comme en témoignaient la symétrie et les lignes épurées du bâtiment tout en longueur et sur le toit duquel se dressaient de nombreuses cheminées. Sur les deux autres côtés de la cour, l'ancien rempart, toujours surmonté de créneaux, de merlons et de son chemin de ronde, fermait l'édifice à l'apparence inachevée.

— Ce château a été remanié à plusieurs époques, s'étonna Julien. Finalement, seuls ces deux morceaux de remparts et cette tour ronde où nous sommes subsistent de l'ancienne forteresse moyenâgeuse.

— Vous voyez cette cheminée à l'extrémité du corps de logis principal ? demanda Manuella.

— Oui. Eh bien ?

— Parfois elle fume.
— Et alors ? Qu'y a-t-il d'étrange à cela ?
— C'est la cheminée d'une vaste pièce inhabitée.
— Comment le sais-tu ?
— Le châtelain et sa famille n'occupent que les pièces situées dans la grande tour carrée. L'autre aile est inoccupée depuis très longtemps. Ils n'ont pas les moyens de tout entretenir. C'est Audrey qui me l'a raconté. Seulement, cette cheminée…
— … atteste que quelqu'un occupe l'extrémité de cette aile sud ! coupa Julien.
— C'est ce que je crois en effet. Or, l'une des portes reste toujours fermée à clé. Je l'ai moi-même constaté.
— C'est pour cette constatation que tu m'as fait venir !
— Entre autres choses.
Manuella referma la lourde porte derrière elle et invita Julien à la suivre. Peu rassuré, celui-ci cacha sa crainte d'être découvert et obtempéra.

*
* *

Ils s'engagèrent dans un étroit couloir, tout aussi sombre que le souterrain.
— À présent, nous sommes à l'intérieur du rempart, expliqua Manuella.
Julien imaginait bien à présent la structure du Castellas. De l'extérieur, tapi dans son parc ombragé, le château ne révélait pas son architecture. Maintenant, grâce à Manuella, il pourrait parfaitement en dessiner le plan qui, au final, s'avérait beaucoup plus simple qu'il en avait l'apparence.

Au bout d'une quarantaine de mètres, ils se heurtèrent à une grille aux puissants barreaux de fer forgé. Comme la porte précédente, elle n'était pas fermée. Manuella n'eut aucun mal à la pousser de la main.

— Nous sommes à l'angle de la courtine, dans ce qui reste d'une ancienne tour de guet, expliqua-t-elle.

Deux meurtrières laissaient passer parcimonieusement la lumière du jour. Dans l'épaisseur des murs, le poste de surveillance doté de sièges taillés dans la pierre permettait d'embrasser du regard les terres étendues sous les façades méridionale et occidentale. Une seconde grille métallique, identique à la première, s'ouvrait sur un autre couloir, plus court, qui débouchait enfin sur l'aile inhabitée du château.

— Nous y sommes, fit Manuella. Vous voyez, ce n'était pas sorcier.

— Pour l'instant, j'avoue ne voir aucune sorcellerie là-dedans ! – je plaisante. Mais comment se fait-il que toutes ces portes et grilles soient restées ouvertes ? Nous n'avons eu aucune difficulté à passer !

— Là réside peut-être la sorcellerie de cette aventure dans laquelle je vous entraîne ! – je plaisante aussi.

— Ça, c'est moins sûr !

— Ces portes ne servent plus à rien, reprit Manuella. Simple négligence des propriétaires sans doute.

— À moins que quelqu'un les ait ouvertes un jour et n'ait pas eu le temps de les refermer.

Julien venait de fournir une explication non réfléchie, sortie par hasard de son imagination, de trouver une piste à certaines de ses interrogations.

— Qui ça ? demanda Manuella.

— Je n'en sais rien encore. Nous verrons plus tard. En fait, il faudra que tu me dises comment tu es devenue l'amie de la petite-fille du châtelain.

— Audrey ? Oh ! c'est très simple. En rôdant dans les terres du château. Elle s'y promène souvent seule. Quand je l'ai rencontrée la première fois, j'ai cru qu'elle allait me faire chasser par un domestique. Au contraire, elle s'est approchée de moi gentiment et a engagé la conversation. Nous avons sympathisé immédiatement.

— Tu lui as caché qui tu étais ?

— Absolument pas. Je lui ai même expliqué que mon père a été jugé pour le meurtre de M. Cabanel.

— Et alors ?

— Elle n'a rien dit. Mais vous verrez, j'ai autre chose à vous montrer, qu'Audrey elle-même m'a dévoilé.

— Dans le château ?

— Oui. Je lui ai avoué que je savais comment y pénétrer. Ça l'a beaucoup amusée. Un jour, nous nous sommes donné rendez-vous et je lui ai montré le passage souterrain. À son tour, elle m'a dévoilé un secret.

— Lequel ?

— Soyez patient. Une chose à la fois. Pour l'instant, suivez-moi.

Ils s'engagèrent dans un escalier en colimaçon et parvinrent dans une pièce carrée, haute de plafond qui, jadis, devait servir d'antichambre. Elle était éclairée par la lumière du jour grâce à quatre fenêtres à meneaux qui se faisaient face deux à deux. Deux autres portes laissaient à penser que d'autres pièces se succédaient en enfilade.

— Ici se termine ma première découverte, dit Manuella.

Julien ne put dissimuler sa déception.

— C'est tout ce que tu as à me montrer ! Ça ne mérite pas le risque que nous avons pris.

— Attendez encore ! Vous êtes trop impatient. Suivez-moi !

La jeune fille invita Julien à rester caché derrière la porte par laquelle ils étaient entrés, puis à attendre dans le plus grand silence.

— Que va-t-il se passer ?

— Chut ! Soyez patient et taisez-vous.

*

*   *

Ils attendirent plus d'une demi-heure dans la pénombre. Manuella avait laissé la porte entrebâillée et, de temps en temps, jetait un coup d'œil furtif dans l'antichambre. Elle prit soudain Julien par la main, l'attira vers elle. Il crut sur le moment qu'elle allait l'embrasser et faillit se laisser faire.

— Regardez discrètement, fit-elle.

Surpris et à moitié déçu, Julien approcha un œil de l'embrasure de la porte et, à son grand étonnement, vit apparaître un domestique en livrée, un plateau de victuailles dans une main, un trousseau de clés dans l'autre. L'homme déverrouilla l'une des deux autres portes, s'engagea et la referma derrière lui. Un autre bruit de serrure rompit le silence. Puis, plus rien.

— Où va-t-il ? chuchota Julien.

— Je l'ignore. Mais, à coup sûr, il apporte ce plateau à quelqu'un qui n'a pas le droit de sortir. À chaque fois que je suis venue à la même heure, je l'ai aperçu. Vous comprenez maintenant pourquoi la cheminée fume juste au-dessus de nous, alors que cette aile est inhabitée. En réalité, il y a quelqu'un dans une pièce voisine. Quelqu'un qui se cache ou qu'on cache, et à qui ce domestique apporte ses repas.

— Qu'est-ce qui te fait dire ça ?

— Pourquoi le domestique prend-il tant de précautions pour refermer la porte à clé derrière lui ?

— Et tu n'as jamais pu savoir ce qui se passe derrière cette porte ?

— Il y a une sorte de vestibule entre les deux pièces. Sinon, vous pensez bien que par le trou de la serrure…

— … tu aurais déjà tout vu ! Bon, ça ne nous avance pas à grand-chose.

— En tout cas, c'est certain : il y a un étrange personnage dans ce château, un personnage que les châtelains cachent.

— Sur ce point, je crois que tu as raison. Reste à savoir qui et pourquoi ! En as-tu parlé à ton ami Audrey ?

— Non. Je n'ai pas osé. C'est trop tôt.

— Et l'autre secret ?

— Attendez.

Lorsque le domestique fut ressorti de la chambre mystérieuse, Manuella et Julien abandonnèrent leur cachette et, sur la pointe des pieds, ouvrirent la porte par laquelle l'homme en livrée s'en était retourné. Les pièces s'enfilaient les unes derrière les autres, vides de tout mobilier. Seule la décoration murale subsistait : quelques tapisseries anciennes aux couleurs fanées, quelques tableaux de maîtres inconnus – des portraits d'ancêtres, des scènes de chasse et de bataille. L'atmosphère dénotait la fin d'une époque où le peuple en colère avait fait main basse sur tout ce qu'il avait pu emporter. Comme bon nombre de châteaux, le Castellas avait souffert des pillages au cours de la grande Révolution. Mais, par bonheur pour ses propriétaires qui le récupérèrent au cours de la Restauration, il n'avait pas été incendié ni endommagé.

Lorsqu'ils parvinrent à la cinquième pièce, Manuella mit un doigt sur sa bouche pour signifier à Julien que le danger croissait.

— Ici c'est la bibliothèque du château, susurra-t-elle. Les châtelains y viennent rarement. C'est Audrey qui me l'a dit.

— C'est donc là que travaillait Maxence Cabanel ?

— Parfaitement. Entrons, mais, attention ! Pas de bruit ! Et à la moindre alerte, on se réfugie dans le petit bureau qui se trouve juste à côté.

La pièce était vaste, bien éclairée par six grandes fenêtres à doubles meneaux. Aux quatre murs se dressaient d'immenses rayonnages encombrés d'innombrables livres au dos relié de cuir et marqué en lettres dorées à l'or fin. Jamais Julien n'avait vu autant d'ouvrages dans une bibliothèque privée. Un lustre énorme, en cristal de Bohême, miroitait de tous ses éclats, suspendu à un plafond décoré de stuc richement ouvragé. Une immense table en chêne massif, de style Louis XIII, occupait le centre de la pièce qui embaumait la cire et l'encaustique. Dans un angle, un canapé et deux fauteuils voltaire invitaient à la lecture studieuse, tandis qu'un volumineux globe terrestre ouvrait la curiosité sur les terres lointaines.

— C'est donc ici que mon prédécesseur étudiait les archives du château ! s'extasia Julien.

— Et d'autres documents, ajouta Manuella. Venez par ici. Je vais vous montrer ce que m'a révélé Audrey.

Elle sortit d'un tiroir de la table un rouleau de parchemin et une grande feuille de papier pliée en quatre.

— Regardez : c'est un vieux plan de la commune. Il date de l'époque où des moines ont construit un monastère.

— Les ruines qui se trouvent à proximité du bois de l'Hom, précisa Julien. J'en ai entendu parler.

— Oui, pas très loin des menhirs et de la grotte aux Fées.

— Et l'autre document, voyons, c'est un plan cadastral.

— Vous y comprenez quelque chose ?

— Je ne peux rien dire pour l'instant. Il faudrait avoir le temps de les examiner tranquillement. De toute façon, il n'y a rien là de bien étrange. Les historiens comparent toujours les plans cadastraux aux *compois*[1] et autres documents d'époque.

---

1. *Compois : au Moyen Âge, sorte de cadastre des biens d'une communauté ou d'une juridiction. Le compois terrien ne contenait que les terres.*

— Vous devriez les emporter et les examiner à tête reposée chez vous.

— C'est trop dangereux. Si le châtelain s'aperçoit de leur disparition, que ferons-nous ?

— Il ignorera que c'est nous qui les avons dérobés.

— Il fera surveiller la bibliothèque et nous nous ferons prendre au moment de les remettre à leur place.

— Je peux peut-être arranger ça. C'est le moment d'avoir recours à Audrey.

— Décidément, tu sembles avoir pensé à tout !

— Je veux savoir ce qui se trame ici au château pour venir en aide à mon père et à mon frère. Or mon intuition me dit qu'il y a quelque chose de louche entre ces vieux murs délabrés.

— Toujours ta fameuse intuition de gitane !

— Aidez-moi, Julien, je vous en prie. Étudiez ces plans. Je suis persuadée qu'ils nous apprendront ce que nous cherchons à savoir. Qui sait ce qu'a découvert M. Cabanel ?

Manuella ne fut pas longue à convaincre Julien.

Celui-ci replia l'extrait cadastral et le vieux parchemin et promit de les étudier tranquillement chez lui.

Ils s'apprêtaient à s'éclipser quand, tout à coup, ils entendirent des pas derrière la porte. Sans hésiter, Julien reposa les documents à leur place dans le tiroir de la table et n'eut que le temps de suivre son amie dans la petite pièce mitoyenne. Ils prêtèrent l'oreille. Manuella regarda par le trou de la serrure, se retourna vers Julien.

— C'est le jeune baron, chuchota-t-elle à voix basse. Il a sorti les plans et les examine.

Julien lui fit comprendre qu'ils l'avaient échappé belle. Manuella ne put contenir un large sourire, tout excitée d'être dans une situation si périlleuse en compagnie de celui qu'elle aimait. Elle se serra contre lui.

— J'aime l'aventure ! ajouta-t-elle dans le creux de son oreille. Ça m'émoustille.

Julien lui ouvrit ses bras comme pour la protéger. Leurs visages se touchaient presque. Il la fit taire en lui plaquant ses lèvres sur les siennes. Elle ferma les yeux et s'abandonna. Derrière la porte complice, il l'embrassa, tendrement d'abord, puis plus sensuellement, tandis que Jean-Charles Audibert-Delorme faisait des plans sur la comète en examinant avec jubilation les deux documents qu'il ne cessait d'étudier depuis des mois dans la fébrilité et l'impatience.

Quand il eut terminé, il les replaça dans le tiroir puis s'en alla, l'air satisfait. Julien et Manuella sortirent de leur cachette et, à leur tour, s'en furent par le même chemin qu'à l'aller, sans oublier d'emporter les mystérieux documents.

XXV

Confusions

LE BROUILLARD S'ÉTAIT DISSIPÉ, une belle journée ensoleillée s'annonçait dans un azur de pervenche. Les ramures étaient encore nimbées de rosée. L'haleine des prés exhalait une odeur d'herbe folle. Les chemins détrempés gardaient jalousement l'empreinte des travailleurs matinaux et se transformaient en fondrières là où les troupeaux s'étaient agglutinés à l'entrée d'une prairie ou aux abords d'un *triador*[1]. Les lauzes des toits ruisselaient de lumière. La fumée des cheminées peinait à s'élever dans l'air saturé d'humidité. La douce odeur du fayard qui s'était lentement consumé dans la nuit se répandait comme un sirop de miel entre les vieilles pierres des ruelles endormies. Sur les fenêtres, les maîtresses de maison avaient déjà sorti leurs géraniums des caves où elles les avaient protégés des froidures de l'hiver, après les avoir étêtés et débarrassés de leurs feuilles gagnées par la rouille. Tout le monde était fin prêt à faire peau neuve pour un nouvel été flamboyant.

---

1. Triador : endroit où l'on triait les brebis appartenant à plusieurs propriétaires.

Julien et Manuella se quittèrent peu avant l'entrée du village, préférant ne pas être vus ensemble pour ne pas prêter à médisance. Au moment de s'éloigner l'un de l'autre, d'instinct ils se retournèrent, se lancèrent un regard complice. Manuella fit un geste amical de la main, auquel Julien répondit en lui envoyant un baiser du bout des doigts.

L'esprit chaviré et le cœur en émoi, il rentra à l'école sans s'apercevoir que Marie l'épiait derrière la vitre de sa fenêtre. Il n'eut pas le temps de s'installer chez lui qu'elle surgit dans l'embrasure de sa porte, déchaînée.

— J'en étais sûre ! lui cria-t-elle dans les oreilles. Cette fois tu ne pourras pas nier. Tu es allé la rejoindre. Tu m'avais pourtant promis...

Telle une furie, Marie lâcha sans retenue le flot de sa jalousie. Elle ne se contrôlait plus, invectivait Julien qui, pris de court, ne savait que lui répondre, se sentant pris en faute. Elle tournait autour de la pièce comme un fauve dans sa cage, toutes griffes acérées, prêt à déchiqueter sa proie, les yeux exorbités de colère.

Julien prit peur. Il savait maintenant que son amie, dans ses accès d'humeur, était capable de se transformer en un être dépourvu de raison et d'entendement. Le médecin l'avait discrètement prévenu quand il avait fait allusion à ses troubles de la personnalité :

— Cette jeune femme, sous l'effet d'un choc émotionnel, peut se déconnecter de l'être qu'elle est en temps ordinaire. Dans ces moments-là, elle n'est plus consciente de ce qu'elle dit ni de ce qu'elle fait. Elle peut se révéler dangereuse, pour elle-même

– attention à ses tendances suicidaires –, mais aussi pour son entourage. On ne sait pas ce qui se passe dans sa tête. Elle est capable de tout sous l'emprise d'une folie passagère.

Julien en était resté médusé, mais s'était bien gardé d'en faire état à Marie lorsque celle-ci avait repris toute sa conscience.

Il s'attendait une nouvelle fois à la voir se décomposer après son accès de colère, puis s'effondrer. Il évita de la contrarier pour ne pas attiser les braises de sa furie et s'apprêta à la recueillir dans ses bras, liquéfiée, épuisée par le vent brûlant qui lui consumait l'esprit et lui rongeait le cœur.

La violence de ses crises passagères l'inquiétait et finissait par nuire aux sentiments qu'il lui portait. Sur le moment, il se sentit honteux, coupable d'être la cause de ses troubles, s'accusant lui-même de jouer avec sa fragilité. Mais, contre toute attente, Marie ne s'effondra pas comme la fois précédente. Elle continua de lui vomir ses quatre vérités comme si son amour s'était subitement transformé en une haine des plus viscérales.

« Dieu qu'elle est belle ! ne put-il s'empêcher de remarquer. La colère décuple sa beauté. Comme elle doit m'aimer pour me haïr à ce point ! »

Complètement désorienté, ne sachant plus très bien ce qu'il convenait de faire, ne pouvant s'empêcher en même temps de penser à Manuella qu'il venait de quitter, il esquissa un geste d'apaisement, s'approcha de Marie les bras tendus, prêt à lui demander pardon.

Il n'eut pas le temps de prononcer la moindre parole, un coup violent sur le front l'étourdit. Il sentit une grande douleur dans la tête. Sa vision se brouilla. Il vacilla. Devant ses yeux hagards, Marie, le bras encore tout raidi, tenant à la main une bouteille vide, s'était brutalement arrêtée de crier. Puis il perdit connaissance et s'effondra dans un trou noir.

*
* *

Pendant ce temps, Manuella regagnait sa maison où sa mère l'attendait avec impatience.

— Regarde, fit celle-ci sans lui laisser le temps d'entrer. J'ai tiré les cartes pour toi, Manu.

— Que disent-elles ?

— Pas que de bonnes choses ! Où t'es-tu encore fourvoyée ?

— Je ne me suis pas fourvoyée, je sais ce que je fais.

— D'abord, tout près de toi, je vois un homme qui te veut du bien. Un homme jeune.

Manuella sourit en pensant à Julien, mais ne dit mot. Sara poursuivit :

— Installe-toi devant moi. J'y verrai plus clair. Mais cet homme est en danger, poursuivit-elle. Regarde, j'ai tiré l'as de pique. Des gens lui veulent du mal.

Sara continuait à sortir des cartes de son jeu de tarots. Manuella, qui connaissait les cartes comme sa mère, regardait attentivement, traduisant chaque interprétation au fond d'elle-même.

— Tu connais ce jeune homme, Manu. Et tu l'aimes ! Regarde encore, j'ai sorti une dame de cœur pour le recouvrir. Attention à toi, ma fille ! Ce jeune homme n'est pas libre. Son cœur est déjà pris. Et si tu n'y prêtes pas garde, tu souffriras à ton tour.

— Les cartes peuvent se tromper ! se rebiffa Manuella, croyant recevoir un avertissement déguisé de sa mère.

— Oh ! il y a des morts autour de vous, poursuivit Sara. Des morts bien étranges. Et je vois encore l'intervention de mauvais esprits.

— Les fades ! ne put retenir Manuella. Les fées qui rôdent autour des menhirs.

— Je ne sais pas, reconnut Sara. Elles m'échappent. Mais c'est la dame de pique. Et tout ça nous concerne aussi. Comme c'est étrange !

Manuella se leva précipitamment et brouilla les cartes.

— Balivernes ! s'écria-t-elle. Ces cartes ne valent rien. Tu ferais mieux de savoir ce que deviennent Papa et Paco.

— Là où ils sont, personne ne risque de les retrouver. Tranquillise-toi.

— Ils ne pourront pas vivre éternellement comme des fugitifs !

— Non, mais s'il le faut, ils referont le voyage. Comme au bon vieux temps. Et perdus dans le nombre, un jour ici, un jour là, ils échapperont à la police. Un jour, la vérité éclatera. Et ils seront innocentés. Les cartes me l'ont dit.

Manuella sortit dans le jardin, où les poules et les canards s'égaillèrent sur son passage. Elle se réfugia dans une cabane de berger abandonnée dans laquelle son père rangeait ses outils, à l'extrémité des terres où il faisait paître ses brebis. Au-delà s'étendait le bois de l'Hom, avec ses mégalithes et, à l'opposé, le domaine du Castellas. Très sensible aux interactions naturelles, Manuella aimait se retrancher entre les vieilles pierres de cette *borie*[1] qui semblait lui transmettre des messages de réconfort chaque fois que son esprit était en proie au doute ou au chagrin. Le granite antédiluvien dont elle était construite réfléchissait dans son âme et dans son cœur apeurés, tel un miroir magique, les réponses aux questions qui la perturbaient. Elle y retrouvait l'Esprit de ses ancêtres et, dans sa pénombre, le chemin de lumière qui guidait ses pas dans la jungle des hommes.

Elle s'empara d'une poupée de chiffon, lui coupa les tresses qui ornaient sa tête, lui fit une chevelure à la garçonne, lui enfila un petit pantalon confectionné dans un torchon à vaisselle dérobé à sa mère, lui enfonça un bâton dans la bouche en guise de cigarette. À l'aide d'un morceau de charbon de bois, elle écrivit sur le dos du pantin la lettre *M.* « Comme Manuella », pensa-t-elle. Elle hésita quelques secondes et poursuivit : *A.* Elle s'arrêta, posa le morceau de charbon de bois, le reprit aussitôt et, sans s'arrêter, ajouta : *RIE.*

Elle contempla son œuvre, sourit, comme on sourit à soi-même quand on s'apprête à commettre une mauvaise action. Elle tira une épingle d'une pelote accrochée à la paroi de pierre, la regarda fixement tout en pressant du doigt l'endroit supposé du cœur de la poupée. Elle ferma les yeux. Ses lèvres se mirent à prononcer des mots inaudibles. Ses mains se crispèrent, ses mâchoires se firent

1. *Borie : cabane de berger, ou capitelle.*

d'acier, son corps tout entier commença à trembler étrangement.

Quand son incantation fut terminée, sans attendre, Manuella se piqua un doigt de la main gauche. Une perle de sang s'écoula aussitôt, qu'elle déposa sur le cœur de la poupée. Alors, d'une voix à peine perceptible, elle murmura :

— Marie, tu es ma sœur de sang à présent. Que l'amour de Julien te protège à jamais. Je fais cela par amour pour lui.

Elle repiqua l'aiguille sur sa pelote et remisa la poupée de chiffon à sa place derrière une pierre descellée de la capitelle. Puis, sans hésiter, elle se précipita sur le chemin qui menait au village.

*

* *

Julien planait entre deux eaux. Il se sentait étrangement bien, comme porté par une barque au fil de l'onde, écrasé par un soleil de plomb. Il ignorait où il voguait, il n'en avait cure. Autour de lui, tout lui paraissait si calme, si impondérable qu'il se serait cru au paradis.

Tout à coup, une ombre se pencha au-dessus de son visage. Une ombre terrifiante, menaçante. Une main prolongée d'une lame acérée. Il avait beau se débattre, son corps refusait de lui obéir, comme paralysé. Le coup... le coup qu'il venait de recevoir l'avait privé de ses facultés de réagir. Il était tel un agneau qu'on allait égorger.

En un éclair, la vision de Maxence Cabanel lui traversa l'esprit. Son visage aux orbites énucléées. Deux trous béants par où la vie s'était échappée.

Puis le titre de l'article en gros caractères que son père lui tendait devant les yeux : « Tiens, regarde Julien, entendit-il. Ça se passe dans ta commune, non ? » Et le mot derrière lequel la même vision atroce lui rappelait l'horrible supplice : « énucléé ».

La lame affûtée s'approchait dangereusement de ses paupières qu'il ne pouvait fermer. Par quel ensorcellement en était-il empêché ? Pourquoi ne pouvait-il pas s'écarter, rouler sur le côté pour échapper à son bourreau ? Était-il ligoté, bâillonné ? Il essaya de crier, d'appeler. Où était-il ? Il ne savait plus au juste. Que lui était-il arrivé ?

Il rassembla ses esprits, essaya de revenir au point de départ. Ses souvenirs étaient trop confus. Tout se brouillait : ses parents, Nice, l'école, le train qui l'avait amené dans les Cévennes, sa nouvelle voiture, des gens, plein de gens, un brave paysan qui lui criait aux oreilles : « Bonne chance et bon courage ! » Pourquoi donc : bon courage ? Puis un inspecteur pédagogique qui lui demandait d'un ton menaçant : « Que signifie : qu'un sang impur abreuve nos sillons ! ? » Et puis ce conseiller cantonal à la lippe épaisse et postillonnant un : « Vous aurez de mes nouvelles, jeune homme. Préparez-vous à une mutation ! » Qu'avaient-ils tous à le menacer ? Et ce fils de châtelain, baron orgueilleux et prétentieux qui l'avait toisé du haut de sa grandeur en lui certifiant qu'il s'occuperait de son cas ! Ce maire enfin qui lui avait fait mauvais accueil dès le premier jour, victime à son tour de la malédiction qui plongeait Le Saut-du-Loup dans l'enfer des légendes démoniaques.

Toutes ces visions défilaient devant ses yeux comme un éclair pendant un soir d'orage. Et la lame tranchante qui s'approchait toujours dangereusement, inextinguible, l'aveuglant de ses reflets d'acier. Allait-il subir bientôt le même sort que Maxence Cabanel et Robert Comballe ?

Tout à coup, il se revit sur le chemin du retour, rentrant du Castellas en compagnie de Manuella. Manuella... le baiser envoyé du bout des doigts... l'école et... Marie ! Marie qui l'attendait. Marie furieuse, déchaînée, prise de folie ! Marie qu'il n'avait pas su rassurer et qui s'était précipitée sur lui le poing tendu.

— Marie ! s'écria-t-il dans un ultime effort en sortant de son délire.

Puis, comme si soudain les images s'incrustaient à nouveau dans son esprit :

— Aïe ! ma tête, fit-il en se frottant le front.

Il esquissa un brusque mouvement de recul. Le visage de Marie était penché au-dessus du sien. Il lui apparut étrange, flou, déformé, grossi comme à travers une loupe. Son corps fut parcouru par un frisson glacial. Il sentit que toute résistance était devenue inutile. Il parvint à fermer les yeux pour échapper à la dernière vision qu'il aurait du monde des vivants. Il se réfugia alors au plus profond de sa mémoire et se laissa engloutir dans l'attente imminente du sacrifice.

*

*   *

— Julien, Julien ! Réveillez-vous, voyons !

Cette fois, il entendait une voix familière, réconfortante, une voix qui lui voulait du bien. Sa tête lui faisait horriblement mal. Il porta sa main à son front, sentit un bandage par-dessus une bosse énorme. Il fit de gros efforts pour ouvrir les yeux, se les frotta énergiquement, les palpa du bout des doigts, hébété, incrédule.

— Où suis-je ? demanda-t-il.

— Ne vous inquiétez pas. Tout va bien, lui répondit la voix rassurante. Je vous ai appliqué une compresse avec un onguent qui devrait faire des miracles d'ici quelques heures.

Julien perçut enfin une image de plus en plus nette. Manuella était penchée au-dessus de lui et lui souriait.

— Ma...

— Chut ! Ne parlez pas.

— Que m'est-il arrivé ? Et où suis-je ?

— Vous êtes chez vous.

— Chez moi ! Oh ! oui, je me souviens. Mais toi, que fais-tu là ? Et Marie, où est-elle ?

Julien s'agitait, gagné par la fièvre.

— Je suis là, Julien. Ne t'inquiète pas pour moi.

— Marie est désolée, Julien, reprit Manuella. Elle ne voulait pas vous faire mal.

— Oh ! pardonne-moi, Julien. Je ne sais pas ce qui m'a pris.

— Vous vous expliquerez plus tard, conseilla Manuella. Pour l'instant, il faut vous reposer.

Les deux jeunes filles veillèrent Julien comme un malade.

Après avoir replacé sa poupée de chiffon à sa place, Manuella avait senti que Julien était en danger et avait besoin d'elle. En même temps, par l'acte qu'elle venait de pratiquer, elle savait qu'elle avait extrait de l'esprit de Marie le mal qui la perturbait.

— Quelqu'un vous a jeté le mauvais œil, expliqua-t-elle à son amie quand elle la retrouva aux pieds de Julien, désemparée.

— Le mauvais œil ! Voyons, Manuella, j'ai assommé Julien dans une crise de jalousie et tu me parles de mauvais œil !

— Je sais ce que je dis. Mais je vous ai désensorcelée. Vous ne risquez plus rien maintenant. Toutes ces crises dont vous avez été sujette – Julien m'a expliqué –, eh bien ! elles sont terminées à présent. Vous n'en aurez plus.

Marie restait dubitative, en proie aux remords les plus sincères.

— Mais je l'ai assommé, Manuella ! Ce que tu me dis ne le réveillera pas pour autant. Je l'ai peut-être tué !

— Je vais arranger ça.

Manuella disparut, laissa Marie au chevet de Julien. Elle revint une demi-heure plus tard avec une brassée d'herbes sauvages.

— Je vais lui préparer un cataplasme avec ces herbes. Auriez-vous un linge humide et une casserole d'eau chaude ?

Marie accorda à Manuella tout ce qu'elle voulait sans cesser de se mortifier. Elle lui expliqua en détail ce qui s'était passé peu avant son arrivée, comment Julien s'était réveillé une première fois, complètement ahuri, puis comment il avait sombré une seconde fois dans l'inconscience en prononçant des paroles incohérentes : « Vas-y Marie, je te donne mes yeux. Mais fais vite ! »

— Je n'ai pas compris le sens de ses dernières paroles.

— Moi, je sais, expliqua Manuella. Il a cru que c'était vous qui aviez arraché les yeux des deux victimes : M. Cabanel et M. Comballe.

— Moi ! Mais c'est horrible ! Pourquoi a-t-il pensé cela ?

— Lui seul pourra vous le dire. Mais j'ai ma petite idée.

— Je peux savoir ? Dis-le vite avant qu'il ne revienne à lui.

Manuella hésita.

— Vous n'allez pas me croire. C'est encore une histoire de sorcellerie.

— Dis toujours. Je ne suis pas comme ce pauvre Julien. Moi j'y crois bien un peu, à toutes ces histoires. Je ne suis pas cévenole pour rien.

— À mon avis, vous avez été victime d'un envoûtement tous les deux. Un envoûtement destiné à vous détruire mutuellement. Et en fin de compte, je me demande si on n'aurait pas accusé ma pauvre mère de vous avoir jeté le mauvais œil pour mieux achever ce qu'on a déjà fait contre mon père et mon frère.

— J'avoue que j'ai peine à te suivre sur ces chemins tortueux, Manuella.

*
* *

Une fois Julien remis de ses commotions et hors de danger, Manuella comprit qu'elle devait s'éclipser et laissa Marie s'expliquer avec lui.

— Je reviendrai demain soir, dit-elle. Pour ma leçon. Si vous voulez toujours me mener au certificat !

— Bien sûr, Manuella ! Julien et moi, nous y comptons bien.

XXVI

Le secret des moines

Marie ne put s'empêcher de fournir à Julien les explications de Manuella. Comme elle s'y attendait, il s'en moqua gentiment, mais évita de tenir son amie pour quelqu'un de malade, en proie, comme l'avait soutenu le docteur Rouvière, à un trouble profond de la personnalité. Il lui demanda de se ménager, d'éviter de prendre trop à cœur et son travail scolaire et les derniers événements qui l'avaient perturbée.

— Tu sais, lui dit-elle, j'ai fait la paix avec Manuella. Maintenant, je vois plus clair en moi. Et, quoi qu'il arrive, je ne t'en voudrai pas si c'est elle que tu choisis en définitive.

— Parlons d'autres choses, si tu veux bien. Pour l'instant, nous avons besoin tous les deux de faire la lumière dans cette histoire trouble qui nous empoisonne l'existence.

— Nous n'aurions jamais dû remuer cette boue !

— Le mal est fait. Et certains nous ont peut-être utilisés, comme ils ont utilisé les Carballo.

— Mais que fait donc l'inspecteur Gauthier ? C'est à lui de démêler cette sale histoire.

— Je crains fort, hélas ! qu'il n'ait les idées bien arrêtées lui aussi ! Au fond, ça l'arrangerait qu'on puisse encore charger les Carballo. La première affaire rebondirait. Il passerait ainsi pour celui qui, au-delà des apparences, aurait démêlé une affaire bien ténébreuse.

— Manuella m'a avoué que vous avez dérobé des documents au château.

— Emprunté, pas dérobé. J'insiste.

— Qu'as-tu découvert de spécial ?

— Rien encore. Je voulais te les montrer pour qu'on les étudie ensemble. À deux, nous découvririons peut-être quelque chose d'intéressant.

Julien déplia les documents sur la table et expliqua à Marie la correspondance entre les anciens éléments toponymiques et topographiques et les nouveaux. Ils eurent beau tout passer au crible, sur le moment ils ne virent rien de particulier qui aurait pu accrocher le regard d'un curieux.

— Pourtant, je suis de plus en plus persuadé que Maxence Cabanel a dû étudier ces plans et y trouver des éléments qui ont attiré son attention. Audrey, la petite-fille du châtelain, a affirmé à Manuella qu'elle l'avait surpris un jour avec ces plans étalés devant lui sur la grande table de lecture de la bibliothèque. Il s'est trahi en repliant rapidement les documents et en les remettant à leur place dans un tiroir, comme quelqu'un qui vient de se faire prendre la main dans le sac.

— Elle n'a rien dit à ses parents ?

— Ça, nous l'ignorons. C'est possible.

— Alors… ça pourrait expliquer…

— Tu vas un peu vite en besogne, Marie. Accuser les Audibert de la mort de Maxence Cabanel uniquement parce que celui-ci aurait découvert un secret dont ils seraient les seuls détenteurs, c'est très tentant, mais encore faudrait-il découvrir ce secret et apporter la preuve de leur crime.

Marie prit délicatement le vieux parchemin dans les mains. Il s'agissait d'un plan du domaine édifié jadis par des moines de l'ordre de saint Benoît, avant même que les premières habitations ne soient construites de part et d'autre du pont du Diable. Dans le bois de l'Hom, il ne restait que des ruines de l'abbaye qu'ils avaient fondée : les fondations et quelques éboulis de pierre ensevelis dans les ronces et les broussailles.

— Les invasions sarrasines, expliqua Marie, ont probablement eu raison de ce monastère qui n'a donc pas eu la chance de leur survivre.

— Je n'ai pas trouvé de références historiques le concernant. Je suppose que Maxence Cabanel, féru d'histoire locale, s'en occupait de très près.

Marie tenait le plan à bout de bras et l'examinait à travers la lumière diffusée par l'ampoule du plafond. Son corsage, à moitié ouvert, découvrait sa poitrine. Julien, amusé par l'attitude attentive de son amie, la regardait d'un air attendri, quand ses yeux furent attirés par un détail qui lui avait échappé. Il prit le plan des mains de Marie, l'approcha de la lampe. Le parchemin filtrait la lumière comme un abat-jour.

— Regarde ! Tu ne remarques rien ? fit-il en pointant du doigt le contour d'une tache qui s'étendait à travers le parchemin.

— On dirait un filigrane, dit Marie.

— C'en est un.

Ils examinèrent le document dans le détail et en conclurent que ses auteurs y avaient probablement dissimulé un secret contenu dans le périmètre ainsi délimité. Julien reporta aussitôt les limites de celui-ci sur l'extrait de plan cadastral au crayon à mine, sans appuyer afin de pouvoir les effacer plus tard.

— Cette limite englobe les terres qui s'étendent des menhirs et de la grotte aux Fées jusqu'à... regarde Marie... jusqu'à la maison des Carballo !

— Qu'est-ce que tu en déduis ?

— Je n'en sais rien encore. Mais là est peut-être la clé du mystère que nous cherchons à découvrir.

Ce soir-là, Julien n'en dit pas plus à son amie. Il ne voulait pas la mêler à ses investigations. Son état encore très fragile et toujours soumis à d'éventuelles sautes d'humeur lui faisait craindre qu'elle ne supportât pas d'autres fortes émotions.

Il replia soigneusement les documents et s'occupa d'elle comme si rien ne s'était passé entre eux. Toutefois, il la sentait anormalement nerveuse. Ses yeux ne parvenaient pas à se fixer et fuyaient son regard. La jeune femme, assurément, vivait dans la crainte, mais ne pouvait s'en ouvrir même à celui qu'elle aimait. Julien l'attira vers lui et, lentement, avec beaucoup de douceur et de délicatesse, comme on apprivoise un oiseau blessé, la prit sous son aile et calma son angoisse.

*

* *

L'état dépressif de Marie s'aggravait chaque jour un peu plus. Julien en était témoin. Il finit par la convaincre d'aller consulter le docteur Lartigue à Florac, comme le lui avait conseillé le docteur Rouvière.

— Je t'accompagnerai, lui dit-il pour la rassurer. Tu sais, il ne faut pas avoir peur des psychiatres. Ils sont là pour soigner le mal-être de leurs patients.

— Ils soignent les fous ! Je ne suis pas folle, Julien, n'est-ce pas ? Dis-moi que je ne suis pas folle !

— Calme-toi, voyons ! Ce n'est pas de folie dont tu souffres, mais de fatigue. Cela arrive à de nombreux enseignants, tu ne l'ignores pas. De plus, tous ces événements t'ont complètement perturbée. Avec un bon mois de repos, tu te sentiras mieux.

Marie s'abandonna dans les bras de Julien, appuya son oreille contre sa poitrine, demanda :

— Tu m'aimes ?

— Comment peux-tu en douter !

— Même si je suis folle ?

— Même dans ce cas. Mais, Dieu merci, tu ne l'es pas.

*
* *

Le premier tour des élections législatives venait d'avoir lieu. Le Saut-du-Loup était en émoi. Comme partout en France, la gauche l'emportait en nombre de voix et beaucoup de candidats avaient déjà acquis la majorité absolue. C'était la première fois qu'une telle situation se produisait dans la commune. D'ordinaire, la majorité catholique faisait pencher la balance du côté de la droite conservatrice.

Aussi le conseil municipal n'arrêtait pas de battre la campagne, désobéissant aux directives laissées par le défunt maire qui avait souhaité ne pas donner de consignes de vote à ses concitoyens.

— Il sentait le vent tourner ! ne se privaient pas d'affirmer ses détracteurs, tout excités à l'idée de la victoire finale du Front populaire.

— *Boudie !* Laissez donc son âme en paix ! répliquait la vieille Germaine que personne n'écoutait jamais. Le pauvre homme ne méritait pas le sort qu'on lui a fait.

— Les rouges te confisqueront ton cabaret, lui répliquaient les partisans du baron. Tu verras, si tu votes mal dimanche prochain, on aura les Soviets partout.

Le jeune châtelain, inquiet de la tournure des événements, ne se montrait plus nulle part. Il avait soudain pris conscience que ses intérêts étaient en danger. Malgré les admonestations de son père, il n'avait pas conclu encore ses affaires les plus urgentes, persuadé que le vote des Français irait dans le sens qu'il souhaitait.

— Les Français sont des veaux ! fulminait-il devant son épouse. Ils n'écoutent que les beaux parleurs. Ils les suivent bêtement sans se rendre compte qu'ils les mènent droit dans le mur. Ce Blum a beau jeu de promettre la semaine des quarante heures et les congés payés ; où trouvera-t-il l'argent pour les financer ? Tout le monde trinquera. Nous les premiers !

— Votre père vous l'a suffisamment répété, mon cher, lui reprochait Edwige, qui commençait aussi à craindre pour son avenir.

— Ah ! si ce con de Robert Comballe ne nous avait pas mis des bâtons dans les roues, tout serait réglé à présent.

— Robert Comballe ? Mais il était votre ami dévoué, que je sache ! Quand je vous le disais que vous vous dégradiez en fréquentant des culs-terreux ! Vous pensiez le manœuvrer comme une girouette. Vous vous êtes bien trompé sur son compte, mon ami. Vous auriez dû vous méfier ; les paysans sont des êtres fourbes et rusés. Vous avez eu tort de lui faire confiance. Si je n'avais pas été là, vous seriez encore à vous expliquer devant le juge.

— Taisez-vous, Edwige ! Tout cela est bien triste et ne doit pas sortir de ces murs.

L'atmosphère au château était très tendue. Le vieux baron, abasourdi lui aussi par les résultats électoraux, ne décolérait pas. Croyant ses avoirs en danger, il ne cessait de traiter son fils d'incapable et ne savait plus où donner de la tête pour mettre un terme en toute hâte aux tractations en cours que celui-ci n'avait pas su faire aboutir à temps.

— J'exige que l'acte soit signé avant la fin de la semaine ! s'emporta-t-il le soir même du premier tour. Dimanche prochain, si les bolcheviks l'emportent, comme c'est à craindre, ce sera trop tard. Nous aurons raté l'affaire de ma carrière. Et tu en porteras la responsabilité sur ta conscience jusqu'à la fin de tes jours.

Jean-Charles Audibert-Delorme n'osait répliquer à son père, sachant son laxisme fautif.

En vérité, il lui avait caché qu'au dernier moment son homme de paille, Robert Comballe, s'était rebiffé contre lui en lui reprochant d'avoir été trop loin dans l'exploitation de la mort de Maxence Cabanel.

— Je ne vous suis plus, l'avait averti le maire de la commune. Je vous ai toujours soutenu parce que vous étiez le seul capable de pouvoir réaliser un projet si ambitieux. Jusqu'à présent, je vous ai appuyé, j'ai même parfois outrepassé les limites de mes fonctions. Mais je ne ferai rien d'illégal pour que ce projet voie le jour. Ne comptez plus sur moi.

Le temps pressait. Le jeune baron se sentait acculé. Or il avait déjà trop parlé à Robert Comballe qui savait donc ce qu'il était capable de faire pour atteindre son but. Dès lors, le maire ne comptait plus parmi ses amis. Pire, il pouvait se mettre en travers de sa route.

— Père, ce terrain, nous l'aurons d'ici trois jours. Je vous en donne ma parole, reprit Jean-Charles pour apaiser le courroux du châtelain. Et une fois l'acte signé, les bulldozers se mettront à l'œuvre sans attendre. Tous ceux qui s'y opposeront connaîtront le même sort que cet imbécile de Robert Comballe.

Le vieux baron sourcilla. Edwige regarda son mari du coin de l'œil.

— Quel sort ? insista le châtelain.

— C'est une façon de parler, balbutia son fils. Je veux dire : qu'ils aillent au diable ! si tant est que je puisse affirmer que Robert Comballe est allé en enfer plutôt qu'au paradis !

— Il avait donc tant de choses à se reprocher ? demanda Edwige. Il est vrai que vous le connaissiez bien et qu'ensemble vous n'étiez pas les derniers à fomenter des malhonnêtetés.

— Que veut dire ton épouse ? Parle, Jean-Charles ! J'espère que tout ce que tu as fait en mon nom, au nom de notre famille, est bien en règle devant la loi. Je suis dur en affaires, mais je n'ai jamais triché et j'ai toujours respecté mes adversaires. Tout ce que j'ai acquis, je l'ai obtenu selon le droit des affaires et avec la plus grande probité.

— Faites-moi confiance une fois pour toutes, père !

Jean-Charles écourta la conversation et, sortant précipitamment de la pièce, se heurta à Audrey.

— Tu écoutes aux portes ! lui lança-t-il, rouge de colère.

— Absolument pas. Je croyais que Xavier était avec vous.

— Ton frère est un vrai fantôme. On ne le voit qu'aux heures des repas. Et encore, quand il daigne nous honorer de sa présence. Que lui veux-tu ?

— Rien d'important.

La jeune Audrey avait entendu les reproches que son grand-père venait d'adresser à son père, ainsi que les paroles malheureuses que ce dernier avait prononcées à l'encontre de Robert Comballe. Elle se souvint alors de ce que Maxence Cabanel lui avait expliqué un jour à propos de ses recherches. Il lui avait affirmé que le Castellas était bâti au-dessus d'une nappe d'eau que les moines de l'abbaye disparue avaient sans doute commencé à mettre en valeur. Sur le moment, elle n'avait pas prêté attention à cette révélation qui lui avait paru anecdotique et, en tout cas, sans réelle importance.

Elle s'éclipsa, laissant ses parents se disputer. Elle en avait l'habitude. Elle s'enferma dans la bibliothèque, ouvrit le tiroir où elle avait vu Maxence Cabanel remiser en vitesse les plans qu'elle s'était précipitée d'aller examiner, sans rien y découvrir d'intéressant à l'époque. Les documents avaient disparu. Pourtant, elle était sûre de les avoir vus quelques jours encore auparavant, alors qu'elle fouinait, selon son habitude, dans les affaires de son père et de son grand-père. Intriguée, elle fouilla dans les autres tiroirs, dans les rangées de livres. En vain.

Pour se changer les idées, elle se mit au piano. La jeune fille maîtrisait parfaitement l'instrument et aimait se délasser en jouant de mémoire du Brahms ou du Chopin, ses compositeurs préférés.

Elle souleva le couvercle du clavier, se cala confortablement sur son tabouret, commença une valse de Chopin. Aussitôt, le piano lui parut désaccordé. Elle reprit le morceau à son commencement. Les marteaux semblaient tambouriner à côté des cordes, les notes sortaient étouffées. Elle ouvrit l'instrument, observa le mécanisme, découvrit une grande feuille de papier pliée en deux, coincée dans les cordes. Elle l'extirpa avec peine en s'étirant, referma le piano et ouvrit le document.

Elle reconnut sans hésiter un extrait cadastral identique à celui qu'elle avait découvert dans le tiroir de la table de lecture. Mais sur celui-ci était dessiné le plan au sol d'une vaste construction, un complexe mêlant bâtiments, jardins, fontaines, bassins, piscines. En annexe, sur une feuille supplémentaire, un vrai plan d'architecte avec toutes les cotes et les métrés, ainsi qu'un profil des façades du projet. Le titre du document ne faisait aucun doute : *Établissement thermal du Saut-du-Loup.*

« Comment ce document est-il arrivé dans mon piano ? se demanda la jeune mélomane. Qu'y faisait-il ? »

Elle mit aussitôt sa découverte en relation avec les bribes de conversation qu'elle venait d'entendre, puis avec tout ce qu'elle savait à propos des moines précurseurs et des documents dissimulés en hâte par Maxence Cabanel. Elle commençait à deviner quel était le dessein de son père et de son grand-père : cette fameuse affaire à régler dans les meilleurs délais. Or, à y regarder de plus près – elle en était certaine –, ce projet n'était pas sur les terres du Castellas, mais… sur les terres où habitaient les Carballo. Leur maison était d'ailleurs bien dessinée en pointillé rouge sur le plan qu'elle observait avec ébahissement.

« Je comprends à présent pourquoi on veut les chasser de chez eux ! » se dit-elle.

Bien des détails lui échappaient encore. Elle se jura d'en savoir davantage. « Peut-être que Manuella pourra m'expliquer ! pensa-t-elle. Elle doit être au courant des menaces d'expulsion qui pèsent sur ses parents. »

*
*   *

Audrey s'arrangea pour rencontrer son amie le lendemain et, sans détour, lui révéla ce qu'elle avait découvert.

— Tu savais que mon père et mon grand-père ont l'intention de faire expulser ta famille ?

Manuella demanda de plus amples explications, s'étonna :

— Tout le monde désire nous chasser du Saut-du-Loup ; mais parce que nous sommes gitans, pas parce qu'on veut nous prendre notre maison. Cette maison nous appartient. Mon père l'a héritée d'un parent éloigné qui l'avait acquise sans jamais l'avoir occupée. Elle est à nous. Personne ne peut nous la prendre !

— Mon grand-père a le bras long.

— C'est plutôt ton père que je crains. Il est prêt à tout pour obtenir ce qu'il désire.

— Comment le sais-tu ?

— Je le sais.

Manuella commençait à entrevoir une lueur de clarté dans l'obscurité des affaires qui touchaient les siens. Elle décida d'en discuter le soir même avec Julien. Elle évita de dévoiler à Audrey ce qu'elle croyait comprendre afin de ne pas parler en mal de sa famille, et lui demanda seulement de se tenir éloignée de ce qui risquait de voir le jour si ce qu'elle craignait se confirmait.

Julien fut ébahi :

— Ainsi s'explique le secret des Audibert ! Si je comprends bien, ceux-ci connaissaient l'existence d'une nappe d'eau reconnue pour ses vertus depuis la construction du monastère médiéval. Je suppose que c'est une nappe d'eau chaude, celle-là même qui passe sous les menhirs et près de la grotte aux Fées. Voilà pourquoi la neige ne tient pas autour des pierres plantées. Il n'y a là aucune explication mystérieuse.

— La chaleur souterraine ! coupa Manuella.

— Exactement. Et pourquoi les femmes venaient accoucher dans la grotte voisine ! Les vapeurs d'eau chaude, sans doute sulfureuse, devaient y être bénéfiques. Tout se tient.

— Et pour les menhirs, quel est le rapport ?

— Les menhirs sont encore plus anciens. Les hommes du Néolithique avaient déjà repéré les lieux et les avaient trouvés providentiels, voire surnaturels. À l'époque, on était loin de pouvoir tout expliquer. Ils y ont dressé leurs mégalithes pour vénérer les esprits bienfaiteurs ou pour y enterrer leurs morts à l'abri des gros froids qui sévissaient en ces temps reculés.

— Mais pourquoi tout cela ne se sait pas aujourd'hui ?

— Les aléas de l'histoire et de la géologie. Nos pauvres moines n'ont pas eu la chance, comme d'autres, de voir leur œuvre entrer dans la postérité. De plus, la source a dû disparaître, mais pas la nappe sous-jacente qui continue de couler. Plus tard, les fortes superstitions qui se sont développées sur ce territoire ont occulté une vérité historique qui s'est perdue dans le silence des pierres.

— C'est ce qu'avait découvert Maxence Cabanel ?

— Je le suppose.

— Ça n'explique pas la raison de sa mort ni pourquoi son corps a été retrouvé les yeux arrachés. De même pour le maire.

— À mon avis, tout est lié. Mais c'est une autre histoire qui reste à élucider.

— Vous en avez discuté avec Marie ?

— Non. Je tiens à la tenir éloignée de tout cela. Elle est trop fragile encore. Le psychiatre que nous avons consulté a été formel : il lui faut un grand repos, et surtout éviter les émotions fortes. Sinon, de rechute en rechute, il lui faudra se faire hospitaliser. Pour l'instant, je veille sur elle.

— Elle est aussi mon amie, Julien. Vous savez, je ne lui veux aucun mal.

— Pourquoi me dis-tu cela ?

— Cherchez. Vous trouverez.

Énigmatique, Manuella prit la main de Julien, y déposa la larme qui coulait sur sa joue, se reprit :

— Bon, il est temps de se mettre au travail !

XXVII

Une mort subite

Le 3 mai, le deuxième tour des élections législatives donna la victoire au Front populaire. Immédiatement, ce fut la liesse à travers le pays. Les espoirs de tout un peuple de travailleurs se trouvaient dans les mains de Léon Blum qui fut pressenti par le président de la République pour succéder à Albert Sarrau à Matignon. Le chef de la SFIO déclara vouloir prendre le temps de la réflexion pour constituer son gouvernement que les communistes avaient décidé de soutenir sans y participer.

Le châtelain semblait porter le deuil, tant sa déception était grande et son inquiétude profonde. Son fils l'évitait, mais osait encore se faire rassurant :

— Les bolcheviks se sont défilés. C'est pour mieux torpiller le futur gouvernement. Blum a gagné grâce à eux. Il perdra bientôt à cause d'eux. Pour un juif, il n'est pas très rusé !

— Cesse donc de pavoiser ! grognait le vieux Charles. Par ta négligence, l'affaire que j'étais en train de conclure a de fortes chances de tomber à l'eau. Les banques, dans la crainte de se faire nationaliser, ne nous prêteront plus. Il fallait être en position de force pour discuter et les convaincre du bien-fondé de notre projet. Il fallait être propriétaire du terrain avant que les rouges ne commencent à leur créer des soucis. C'est trop tard à présent. Nous aurions dû décrocher les contrats avant les élections.

— Tout n'est pas perdu, père. Ce gouvernement risque de rencontrer quelques difficultés car l'argent ne manquera pas de s'enfuir à l'étranger. Il devra composer avec les gens de la finance. Finalement, c'est eux qui possèdent le vrai pouvoir. Pas ces minables politicards de bas étage. Or les gens de la finance sont nos alliés, non ?

Au château, l'ambiance était lugubre et contrastait avec l'atmosphère de fête que faisaient régner les partisans de la gauche dans le village. Celui-ci retrouvait ses rivalités ancestrales, les deux communautés se regardant en chiens de faïence. Pour un peu, le pont du Diable aurait à nouveau marqué la ligne de démarcation entre catholiques et protestants.

Julien profita de cette liesse générale pour accorder à ses élèves quelques moments de détente. La fin de l'année approchait et les beaux jours incitaient aux escapades sur le terrain. Accompagné de Marie, il emmena ses élèves en sortie botanique. Les enfants de l'école adoraient herboriser. Dès que le printemps endimanchait les forêts et les prairies, ils trépignaient d'impatience à l'idée que leur maître allait les emmener sur les pentes du mont Aigoual où foisonnaient fleurs, champignons et plantes sauvages.

C'était la première fois que Julien emmenait ses élèves herboriser dans la nature. Il s'était muni d'un sac en toile de jute afin de rapporter un maximum d'échantillons de végétaux sans les abîmer. De son côté, Marie n'avait pas oublié son carnet de notes et des petites étiquettes destinées à indiquer le nom des plantes au fur et à mesure de leur collecte.

Ils partirent de bon matin en emportant le pique-nique pour midi. Les enfants étaient ravis de pouvoir déjeuner en pleine nature avec leurs maîtres. Les plus petits restèrent groupés autour de Marie qui leur prodiguait toute son attention et faisait preuve d'élans maternels qui étonnaient Julien. Lui marchait devant avec les plus grands, sans jamais cesser de surveiller ceux qui s'écartaient du groupe. Il craignait en effet qu'un enfant ne s'aventure en quelque lieu dangereux ou ne se perde. Aussi redoublait-il de vigilance.

À la pause de midi, le sac était déjà à moitié plein. Un soleil radieux illuminait la montagne et l'observatoire se dressait au sommet de l'Aigoual comme une citadelle céleste.

Un jeune garçon s'approcha de Julien et de Marie qui mangeaient l'un près de l'autre dans un carré d'herbe fraîche, à l'ombre d'un hêtre séculaire, et leur demanda :

— Maître, est-ce qu'on pourrait aller à l'observatoire cet après-midi, comme on faisait avec M. Cabanel ?

Julien consulta sa montre, regarda Marie pour deviner ce qu'elle en pensait.

— Nous avons le temps, lui dit-elle. Mais si nous voulons être de retour pour 17 heures, il faut se mettre en marche tout de suite.

— Hourrah ! s'écrièrent les enfants. Nous montons à l'observatoire.

— Décidément, un rien leur fait plaisir, ajouta Julien.

— Ces enfants n'ont pas souvent l'occasion de sortir de chez eux. Aussi, quand par l'école ils peuvent en profiter pour éviter quelques corvées d'étable ou de porcherie, ils sont aux anges. Et en plus, ça leur ouvre l'esprit et ils apprennent à vivre ensemble.

— Ça, c'est peut-être le meilleur résultat de ces sorties sur le terrain. Il faudrait à l'avenir envisager de les emmener plus loin, pendant plusieurs jours.

— Avec un car, et les faire dormir dans des refuges ou dans des gîtes ?

— Ou simplement à pied, avec le sac à dos et tout l'attirail du parfait randonneur.

— C'est une très bonne idée. Ce serait une belle expérience pour ces enfants qui ne sortent jamais de leur ferme. On pourrait la prévoir pour le mois d'octobre, une quinzaine de jours après la rentrée. Ce serait un excellent moyen de remettre tout le monde dans le bain. Il fait encore beau en cette saison, les couleurs d'automne sont magnifiques sur l'Aigoual. Qu'en penses-tu ?

Julien sourcilla :

— Je crains fort qu'à la rentrée prochaine je ne sois plus des vôtres. As-tu déjà oublié les menaces du conseiller cantonal. Je ne crois pas qu'il m'oubliera si vite !

— Qui sait ? Avec le nouveau gouvernement, les anciens élus de droite vont sans doute rentrer la tête entre leurs deux épaules.

— Ou se venger à leur manière ! Dans ce cas, mon compte est bon.

La petite troupe d'enfants grimpait allègrement à travers les prés qui tapissaient les flancs de la montagne, ne manquant jamais de ramasser au passage ici une fleur, là une plante à bulbe, plus loin une plante à rhizome, toutes sortes de graminées, sans oublier des échantillons de mousse et de lichen qu'ils trouvaient aux endroits les plus humides, à l'abri de la lumière flamboyante du jour. Chaque fois qu'un enfant découvrait une nouvelle espèce, avant de la cueillir, il demandait à Marie de venir constater s'il n'y avait pas déjà un spécimen dans le sac. Julien, en effet, avait recommandé de préserver la nature en ne ramassant pas systématiquement tout ce qu'on trouverait.

— Un exemplaire de chaque plante suffira, avait-il ordonné. Si vous faites une vraie razzia, vous appauvrirez le patrimoine biologique. Nous devons penser à ceux qui vivront après nous.

— Oui, maître, avait répondu le jeune Reboul. Il ne faut pas faire comme avec les loups. À force de les chasser, nos ancêtres les ont exterminés. Aujourd'hui, il n'y en a plus.

— Oh ! si qu'il y en a ! lui répondit un de ses camarades. Même qu'ils mangent les yeux des morts.

— Tais-toi ! hurla Barthélemy Comballe. Mon père n'a pas été dévoré par les loups.

Julien dut s'interposer. Depuis la mort de son père, le fils du maire était très perturbé et ne supportait pas qu'un de ses camarades fasse allusion à sa fin tragique.

— Barthélemy et Arthur ont raison, ajouta Julien pour mettre un terme à un début de dispute. Aujourd'hui, il n'y a plus de loups. Tout ce qu'on raconte n'est que légende. Or les légendes, vous savez ce que j'en pense. En classe, nous en avons discuté, n'est-ce pas ? Ce sont souvent de belles histoires qui ont parfois leur place dans la littérature, parfois seulement dans la mémoire de nos anciens. Mais il ne faut pas leur accorder une importance qu'elles n'ont pas dans la réalité de la vie. Nous vivons au xxe siècle, non ? Alors soyons de notre temps ! Débarrassez vos esprits de ce qui les encombre inutilement et les plonge dans l'obscurité.

L'incident fut clos.

— Tant que la mort de Maxence Cabanel et de Robert Comballe ne sera pas totalement élucidée, confia Julien en aparté à Marie, les bruits les plus saugrenus continueront de courir et de marquer ces jeunes esprits.

*
* *

Le groupe parvint à l'observatoire en début d'après-midi. André Mounier le vit arriver de loin et vint à sa rencontre. Julien regarda sa montre et déclara :

— Les enfants, nous avons une heure devant nous. Ensuite, il sera temps de se remettre en route. Ne vous éparpillez pas. M. Mounier répondra à vos questions concernant le temps et le climat. Enregistrez bien ce qu'il vous dira.

— Mon assistant s'occupera de vos élèves, répondit le scientifique sur un ton presque confidentiel qui étonna Julien. Rentrez à l'intérieur. Je vous offre le café.

— Je préfère rester avec les enfants, fit Marie. On ne sait jamais.

Julien confia la garde de ses ouailles au jeune assistant d'André Mounier et à Marie, et accepta volontiers l'offre de son hôte. Celui-ci lui parut déprimé, amaigri, depuis sa dernière visite. Cela remontait à plusieurs mois, avant que la neige n'ait isolé l'observatoire, comme chaque année quand vient le gros hiver. Julien n'avait rencontré le météorologue que trois ou quatre fois depuis sa macabre découverte au pied des menhirs. Jamais l'homme ne lui avait paru la mine si défaite. Il hésita à le questionner sur sa santé et biaisa délicatement :

— L'hiver a été rude, cette année. Vous avez dû trouver le temps long !

— Pas plus que d'ordinaire ! J'ai l'habitude.

— Heureusement que vos assistants viennent vous seconder ! Ça rompt votre solitude.

Le brave homme répondait par phrases courtes, d'une voix monocorde, presque désabusée.

— Ça ne va pas ? finit par demander Julien. Vous me paraissez soucieux. Vous avez maigri. Vous n'êtes pas souffrant ?

— Non, je ne suis pas malade. C'est là-dedans que ça ne va plus.

André Mounier se frappa la tête avec les doigts de la main.

— Ça ne doit pas être bien grave, reprit Julien. Un peu de lassitude ou de fatigue. Avec le retour des beaux jours, ça devrait s'arranger.

— Ça ne fera pas revenir mon ami Cabanel, ajouta le scientifique.

Julien s'étonna. Il s'attendait à toute autre explication.

— Certes. Mais c'est la vie. Que voulez-vous ? On n'y peut rien, fit Julien, conscient que, dans ces cas-là, seules les banalités peuvent meubler la conversation.

— Si, moi je pouvais quelque chose, mais je n'ai rien fait.

Julien commençait à trouver l'attitude de son hôte bien étrange.

— Que voulez-vous dire ? poursuivit-il.

— Il y a trop longtemps que je ressasse tout cela dans ma tête. Il faut maintenant que j'en parle à quelqu'un. Avec vous, je me sens en confiance. J'ai déjà essayé de vous parler chaque fois que vous êtes venu me voir. Mais je n'ai pas pu, ça ne sortait pas.

— Que vouliez-vous me dire de si important ?

— C'est… c'est à propos de la mort de mon ami.

— Mais il y a eu une enquête. Et l'affaire a été classée.

— Oui, mais moi j'y suis pour quelque chose. Et ça, personne ne le sait.

André Mounier restait prostré, le visage enfoui dans ses mains, comme pris de remords tardifs. Julien se servit lui-même une autre tasse de café et poursuivit :

— Vous n'êtes pas obligé de me parler. Je vous l'ai dit : l'affaire a été classée sans suite.

— Maxence Cabanel est mort ici, chez moi, devant moi.

— Devant vous ! s'étonna Julien, abasourdi.

— Comme je vous vois, là, devant moi. Mais je vous assure que je ne l'ai pas tué !

— Voyons, comment est-ce possible ? C'est moi qui ai découvert son corps dissimulé sous un tas de pierres tout près des menhirs !

— Vous ne savez pas tout, jeune homme. Vous ignorez la vérité. Je vais vous la raconter. Ça me soulagera.

Julien n'en croyait pas ses oreilles. Jamais il n'aurait soupçonné que le vieux météorologue pouvait être impliqué dans la mort de Maxence Cabanel.

Qu'allait-il lui dévoiler ?

L'homme s'agitait de tout son être. Ses mains noueuses étaient prises de tremblements qu'il ne parvenait pas à contrôler. Ses yeux hagards fuyaient le regard de son visiteur. Son visage se crispait à espaces réguliers sous l'effet d'étranges rictus qui creusaient davantage encore ses traits émaciés. « Il a quelque chose sur la conscience qu'il ne parvient pas à extérioriser », pensa Julien qui se taisait pour ne pas l'empêcher de se confier.

André Mounier se versa à son tour une grande tasse de café qu'il avala d'un trait, sans sucre et sans sourciller.

— Jurez-moi de n'en parler à personne ! demanda-t-il à Julien en faisant de gros efforts pour retrouver son calme.

— Tout ce que vous me direz restera entre nous. Je vous en donne ma parole.

— Voilà, confessa le météorologue, la dernière fois que mon ami Maxence Cabanel est venu me voir, c'était quelques jours avant la toute première visite que vous m'avez rendue en octobre. Il n'avait prévenu personne au Saut-du-Loup qu'il était de retour. Il ne voulait pas que ça se sache. Il avait l'air de craindre quelque chose. Il portait sur son épaule un sac rempli de simples, vous savez ces herbes médicinales dont nos grands-mères faisaient grande profusion.

— Mes élèves m'en apprennent plus à ce sujet que je ne suis capable de leur en apprendre.

— Maxence était venu sur le site des menhirs comme il en avait l'habitude. Il m'a avoué un secret : il avait découvert qu'il y avait jadis une source d'eau chaude sur l'emplacement des ruines du vieux monastère. Pour lui, c'était la raison qui avait conduit les moines à y bâtir leur abbaye, il y a très longtemps de cela.

— J'ai quelques idées sur ce sujet. Poursuivez.

— Il m'a encore avoué qu'il avait trouvé au château des Audibert-Delorme un vieux parchemin datant de cette époque lointaine qui attestait ses dires, et qu'il savait bien des choses qui n'étaient pas à mettre dans toutes les oreilles.

— Je crois savoir ce dont il s'agit. Mais comment est-il mort ? C'est de cela dont vous vouliez me parler.

— Moi, j'ai bien compris qu'il avait découvert quelque chose de compromettant. Le fait de m'en avoir parlé l'a probablement soulagé d'un lourd fardeau. Vous savez, il était vraiment passionné par ses recherches sur le terrain. Aussi s'est-il trouvé confronté à un grand dilemme. Il ne savait plus que faire. De mon côté, ne sachant pas exactement ce qu'il avait découvert, je n'ai pas pu le conseiller.

— Ensuite, que s'est-il passé ?

— Il était très énervé, comme pris d'une sorte d'excitation fébrile. Je l'ai invité à passer la nuit ici, pour éviter de reprendre la route de nuit. J'étais seul, mes assistants étaient redescendus chez eux dans leurs familles. Il a refusé, prétextant qu'on l'attendait et qu'il ne devait pas rater le dernier car pour Saint-André-de-Valborgne. Je lui ai proposé de boire un verre avant de partir. Il a préféré que je lui fasse une infusion avec l'une des herbes qu'il transportait dans son sac, un simple au pouvoir calmant. « Ça me fera le plus grand bien, m'a-t-il dit. J'ai besoin de me calmer les nerfs. »

— C'était quoi cette herbe apaisante ?

— je n'en sais rien. Vous savez, je n'y connais rien en la matière. Je l'ai laissé préparer sa mixture lui-même.

— Et alors ?

— Il en a bu plusieurs tasses.

— Vous aussi ?

— Oh non ! J'ai horreur des tisanes. Je l'ai accompagné en buvant un pastis.

— Donc vous avez bu la même eau que lui ?

— Bien sûr. Ici, il n'y a que l'eau du puits qui se trouve là dehors.

— Que s'est-il passé ensuite ?

— Dans la minute qui a suivi, il a été pris de vomissements. Il s'est tordu sur sa chaise et il est tombé raide sur le carrelage, mort ; définitivement mort !

— Il s'est empoisonné avec ses herbes. Un suicide ?

— Non, je n'y ai jamais cru. Un homme ne se suicide pas devant un ami. Ce sont des actes que l'on fait seul, dans le désespoir. Il n'en était pas là. Il était seulement un peu inquiet. Il a dû se tromper et utiliser une herbe mortelle.

— Qu'avez-vous fait ?

André Mounier pleurait. Il ne parvenait plus à prononcer le moindre mot, bourrelé de remords et de chagrin.

— Rien, je ne savais que faire. Il était mort devant moi. De cela j'en étais sûr. Je suis resté là à le regarder, hébété, dans l'espoir qu'il bougerait, qu'il reviendrait à la vie. Au bout d'une heure, deux peut-être, j'ai pris conscience de ce qui était arrivé. J'ai repensé à ce qu'il m'avait confié, ce secret, ce danger qui semblait le menacer. J'ai pris peur. Je sais, c'est idiot, j'aurais dû aller avertir la gendarmerie. Mais j'ai craint alors qu'on ne m'accuse de l'avoir empoisonné.

— Vous avez paniqué.

— J'ai enfourché son corps sur le dos de ma mule et je l'ai transporté à la nuit tombée jusqu'aux menhirs. Comme il s'y rendait fréquemment, je me suis dit qu'on ne trouverait pas anormal de l'y découvrir. J'ai déposé sa dépouille près de la pierre couchée et je suis rentré.

— Vous n'avez rencontré personne ?

— Non, personne. Ensuite, quelques jours plus tard, vous vous souvenez, vous m'avez rendu visite. Vous m'avez déclaré que vous veniez du site des menhirs. Sur le moment, j'ai cru que vous aviez découvert son corps. Mais vous ne m'en avez pas parlé. J'ai compris que vous n'aviez rien vu.

— Je ne l'ai découvert qu'en redescendant, le lendemain matin.

— Oui, je sais. J'ai lu les journaux. Je n'ai pas compris pourquoi quelqu'un a enfoui son corps sous un tas de pierres ni pourquoi on lui a arraché les yeux. À ce moment-là, j'ai vraiment pris peur. Je me suis senti moi-même en danger. Quelqu'un devait savoir ce qui s'était passé ici, sous mon propre toit, et allait s'en servir contre moi. C'est ce que je me suis dit aussitôt. Je ne savais plus que penser ni que faire, comprenez-moi.

— Vous vous êtes tu et vous avez laissé accuser ce pauvre Chico Carballo alors que vous connaissiez une partie de la vérité !

— Mettez-vous à ma place. J'étais mort de peur.

Julien commençait à mieux comprendre ce qui avait dû se passer : quelqu'un – et il se doutait de qui il pouvait s'agir – avait trouvé par hasard le corps de Maxence Cabanel. La mort de celui-ci devait bien l'arranger. Elle tombait à pic. Ce mystérieux personnage aurait ensuite maquillé la mort accidentelle du vieil instituteur en acte maléfique pour en faire porter le poids à ceux que tout le monde déjà accusait sans preuves. Un crime de sorcellerie ne pouvait être que le fait de ces gitans de Carballo ! Chico accusé et condamné, il serait plus facile de chasser le reste de sa famille et de s'accaparer du maigre bien qu'il possédait et qui était une entrave au projet de création... du complexe thermal des Audibert !

— Ce que vous venez de m'expliquer, ajouta Julien, est de la plus haute importance. Vous auriez dû en parler avant.

— Vous avez promis de vous taire !

— Ne craignez rien. Quand la vérité éclatera au grand jour, personne ne vous reprochera quoi que ce soit.

XXVIII

Fatale erreur

La mort de l'instituteur étant élucidée, il restait à Julien à faire toute la lumière sur celle de Robert Comballe.

— Si je parviens à percer cette deuxième énigme, expliquait-il à Marie qu'il avait mise dans la confidence, je lèverai à jamais le complot ourdi par les Audibert contre les Carballo. Et ceux-ci seront lavés définitivement de tout soupçon.

— Comment comptes-tu t'y prendre ? Tu ne peux quand même pas les affronter à visage découvert !

— Je n'y songeais pas. Il faut d'abord que je découvre d'autres indices. Et je ne vois qu'une seule solution : me rendre à nouveau au Castellas dans la plus grande discrétion.

— Avec Manuella ?

— Cette fois, ce ne sera pas utile.

Comme convenu, celle-ci avait demandé à Audrey de remettre les documents dérobés par Julien à leur place. La jeune fille n'avait pas refusé ce service et se disait amusée de jouer un tour à ses parents à qui elle reprochait de la tenir à l'écart des affaires familiales.

— Au château, on me considère toujours comme une enfant, avait-elle expliqué à Manuella. Alors si mon père est louche dans ses affaires, tant pis pour lui. On ne pourra pas m'accuser de tenir de son côté.

L'héritière du Castellas ignorait à quel point son père était impliqué dans des affaires frauduleuses et avait manigancé pour obtenir l'éviction des Carballo. Aussi était-ce en pure innocence qu'elle aidait Julien à faire toute la lumière sur une affaire qui risquait fort de compromettre les siens.

Julien hésitait. Devait-il mettre Manuella dans la confidence de ses nouvelles intentions ? Ou était-il préférable de ne rien lui révéler de ce qu'avait avoué le météorologue ?

Prudent, il décida de ne rien lui dire. « Si mon expédition tournait mal, elle ne doit pas être accusée de complicité. Elle a déjà beaucoup à supporter avec ce qu'on fait endosser à sa famille. »

Qu'espérait-il trouver de plus en visitant une seconde fois les vieilles pierres du château ? Quelle énigme supplémentaire celui-ci renfermait-il ? Qui, enfin, était ce mystérieux personnage qu'il abritait secrètement entre ses murs ?

La veille, il avertit Manuella qu'il ne lui donnerait pas sa leçon du soir.

— Demain, je serai très occupé, lui mentit-il. J'ai un rapport à rédiger pour l'inspection. Nous nous reverrons donc après-demain.

La jeune fille lut sur le visage de son ami qu'il lui mentait. Elle n'en dit mot et fit mine de le croire.

Dès sa classe renvoyée, Julien rassembla par écrit tous les éléments de l'affaire qu'il avait à l'esprit. Il avait besoin de voir clair et c'était pour lui le meilleur moyen de n'omettre aucun détail. « Il y aurait de quoi faire un vrai roman ! s'étonna-t-il en souriant. Un roman qui s'intitulerait par exemple *Le Silence des pierres* ! Un jour, peut-être, l'écrirai-je ! Qui sait ? »

Quand Le Saut-du-Loup fut plongé dans les ténèbres, à pas de velours, il descendit de chez lui muni d'une torche et de quelques ustensiles qu'il jugea utile d'emporter dans le cas où il devrait forcer une porte ou une grille fermée à clé. « Me voilà paré comme un cambrioleur ! » se dit-il avec autodérision. Il s'était vêtu sportivement comme lors de ses randonnées d'escalade, avait mis aux pieds des chaussures souples et antidérapantes. « On ne sait jamais par où je devrai m'esquiver ! » pensa-t-il.

En passant dans la cour, il regarda en direction des fenêtres de Marie. Il ne lui avait pas précisé le jour où il ferait son escapade nocturne. 10 heures venaient de sonner à l'horloge de l'église. Il vit la lumière s'éteindre dans la chambre de son amie et pensa aussitôt : « Elle est fatiguée. Elle fait bien d'aller se coucher tôt. » Il prit soin d'éviter de passer devant l'*auberge de la Croisée des chemins*, où les derniers piliers de comptoir ne devaient pas manquer de boire encore à la santé du nouveau gouvernement. Il s'engagea le plus rapidement possible dans les faïsses cultivées pour mieux se retrouver à l'abri, à l'ombre de leurs murs aux pierres ancestrales.

Devant lui, le château dressait sa masse grisâtre dans l'obscurité d'une nuit sans lune. Il longea le bois de l'Hom par le chemin ensauvagé qu'il avait emprunté avec Manuella. Il hésita à allumer sa torche, ne voulant pas prendre le risque de se faire repérer. « On ne sait jamais, craignit-il. Il peut y avoir des braconniers ! » À vrai dire, il n'avait pensé à aucune explication plausible dans le cas où il se retrouverait nez à nez avec l'un d'eux ou, pire, avec le garde champêtre. Il chassa cette pensée de son esprit pour garder ses idées claires.

Dans le fouillis inextricable des arbustes, des ronces et des buissons, il ne reconnut pas immédiatement son chemin. Pourtant, il savait qu'il devait longer l'orée du bois sans jamais trop s'y enfoncer et rester le plus possible en bordure des terres de la réserve. Au bout d'une heure d'hésitation, il finit par retrouver la fissure dans le rocher, débouché du passage secret. Soulagé, il regarda l'heure à sa montre. « D'ici que je parvienne à l'intérieur du château, il sera minuit. Ils dormiront tous sans aucun doute, tentait-il de se persuader. Je serai tranquille comme un cambrioleur. » Il se souvint soudain d'une de ses dernières lectures : Maurice Leblanc, *Arsène Lupin, L'Aiguille creuse.*

Il se faufila dans l'étroit couloir qui s'étirait devant lui sur une cinquantaine de mètres. Des chauves-souris, dérangées dans leur tranquillité nocturne, vinrent lui fouetter le visage de leurs ailes déployées. Surpris, il se défendit en faisant tournoyer sa torche autour de lui et se prit les pieds dans un amas de pierres épandu au sol. En se relevant, il crut entendre un bruit de pas derrière lui, qui s'arrêta aussitôt.

— Il y a quelqu'un ? demanda-t-il pour se rassurer. Qui êtes-vous ?

Seul l'écho de sa voix sur les parois rocheuses lui répondit. Il poursuivit son chemin, peu tranquillisé, grimpa lestement les barreaux de l'échelle métallique, se retrouva sans difficulté à l'intérieur de la tour ronde du château. Comme la première fois, il jeta un rapide coup d'œil dans la cour par la porte que personne n'avait songé à verrouiller.

Il se remémora le début du roman de Maurice Leblanc qu'il avait beaucoup aimé :

« *Raymonde prêta l'oreille. De nouveau et par deux fois le bruit se fit entendre, assez net pour qu'on pût le détacher de tous les bruits confus qui formaient le grand silence nocturne, mais si faible qu'on n'aurait su dire s'il était proche ou lointain, s'il se produisait entre les murs du vaste château, ou dehors, parmi les retraites ténébreuses du parc... Et soudain le même bruit... C'était vers sa gauche et au-dessous de l'étage qu'elle habitait, par conséquent dans les salons qu'occupait l'aile occidentale du château.* »

À l'époque, il n'aurait jamais imaginé se trouver un jour dans une situation analogue, à épier dans l'ombre d'un château mystérieux.

Il s'apprêtait à poursuivre sa quête quand, à son tour, il entendit un bruit sec, un claquement qui provenait de l'aile inhabitée du château. La similitude avec ce qu'il venait de se remémorer lui parut surprenante. « Mon imagination transpose mes souvenirs en réalité, se dit-il. Je délire ! »

Un second claquement ne lui permit plus de douter. « Deux coups de feu, je ne rêve pas ! »

Sur le moment, il crut à quelque braconnier dans les bois. Pourtant, il en était certain, les coups venaient bien de l'intérieur du château. Ils étaient étouffés, comme s'ils avaient été tirés à travers un coussin ou un habit épais. De plus, ce n'étaient pas des coups de fusil, mais de pistolet. Donc, ce ne pouvait être des braconniers.

Il hésita à poursuivre son chemin. « Il est trop tard pour reculer », se dit-il avec courage.

Il s'engagea dans le couloir niché au creux du rempart, passa la tour de guet, se retrouva derrière la porte d'accès à l'aile inhabitée du château. « C'est d'ici que les coups sont partis », songea-t-il. Il éteignit sa lampe, plaqua l'oreille contre la porte, écouta pendant quelques secondes. N'entendant rien d'inquiétant, il pénétra dans la vaste salle carrée par où, lors de sa première incursion, était passé le domestique.

Tout paraissait étrangement calme. « J'ai dû rêver ! se dit-il en pensant aux deux coups de pistolet. Je me suis incarné dans le personnage du roman. Je déraisonne ! ça devient grave. »

Son intention était de retourner dans la bibliothèque pour y découvrir d'autres documents susceptibles de compromettre les Audibert dans leur sinistre machination. Auparavant, il s'approcha de la fameuse porte par où le domestique s'était introduit un plateau de victuailles à la main, y colla à nouveau son oreille. « À cette heure de la nuit, s'il y a quelqu'un dans cette chambre secrète, il doit dormir ; il n'y a aucun risque qu'on vienne lui apporter de la nourriture. La voie est donc libre. »

Instinctivement, il actionna la poignée de la porte. Celle-ci n'était pas verrouillée. Surpris, il ne sut que faire. Le domestique avait dû oublier de la refermer derrière lui après son dernier passage. Il hésita entre la bibliothèque et cette chambre mystérieuse.

Il ouvrit discrètement, découvrit une petite pièce qui faisait office d'antichambre – Manuella ne s'était pas trompée –, se glissa sur la pointe des pieds jusqu'à l'autre porte. Retenant sa respiration, il regarda sous la porte : aucun rai de lumière ne filtrait de la pièce.

Alors sa curiosité fut la plus forte. Il tourna la clenche délicatement, poussa lentement la porte, jeta un regard circulaire à l'intérieur de la pièce. Il fut aussitôt surpris par la faible lueur d'une bougie qui vacillait sur la table de chevet.

À son grand étonnement, personne ne semblait se trouver là. Il s'approcha du lit et, horrifié, s'arrêta net : en travers du lit, paré d'une chemise de nuit transparente, gisait un corps ensanglanté.

Il crut défaillir, être en proie à un mauvais cauchemar, à un vrai sortilège. Sans réfléchir, il alluma sa torche, projeta le faisceau de lumière sur le corps inanimé, se prit les pieds dans le tapis.

— Marie ! s'étouffa-t-il. Marie !

Deux trous béants dans sa poitrine laissaient échapper le sang encore chaud de la malheureuse. À ses côtés, un coussin éclaté et taché d'écarlate signait la préméditation du crime.

*
* *

— Votre curiosité vous perdra, monsieur l'Instituteur !

L'esprit encore tout embrumé, les yeux noyés de larmes, Julien sursauta. Derrière lui, Jean-Charles Audibert-Delorme le menaçait de son revolver.

— Vous n'auriez pas dû venir jusqu'ici. Vous n'y étiez pas invité !

— Vous ! C'est vous qui l'avez...

— Oh ! tranquillisez-vous, elle n'a pas souffert. Elle ne s'est aperçue de rien.

— Mais... qu'est-ce qu'elle faisait ici, avec vous ? C'est donc elle que vous dissimuliez dans cet appartement ?

— On ne peut rien vous cacher !

Julien avait remarqué certaines absences de Marie, notamment les jeudis. Mais il ne lui en avait jamais parlé. Le baron reprit :

— Je suppose qu'il y a longtemps que vous m'espionnez. Marie me tenait au courant. Remarquez, entre nous, c'était déjà de l'histoire ancienne. Ses visites se faisaient rares. La pauvre fille, elle vous aimait beaucoup ! Mais, en même temps, elle ne pouvait se passer de revenir au Castellas. Ici, elle avait l'impression de vivre la vie de château. Elle regrettait sans doute de m'avoir quitté, cette petite catin !

— Je ne vous permets pas !

— Comment appelez-vous une fille qui couche avec deux amants ? Car elle est revenue dans mon lit après que vous l'avez séduite. Deux fois pour tout vous dire. Néanmoins, je l'aimais, Marie. C'est pour cette raison que je lui ai pardonné ses infidélités. J'avoue que lorsque vous lui avez fait la cour, j'ai éprouvé une certaine jalousie. Mais quand j'ai pris conscience du parti que je pouvais tirer de vos relations avec elle, je l'ai laissée faire. Je savais qu'elle reviendrait.

— Elle vous a raconté tout ce que je lui ai confié !

— Parfaitement. En toute innocence. Et même plus, ne vous en déplaise !

— Que voulez-vous dire ?

— Oh ! si vous saviez ! Elle faisait tout ce que je lui demandais. Ainsi c'est elle-même qui m'a fourni les feuilles de papier qui vous appartenaient et qui m'ont permis de vous mettre en garde.

— C'était donc vous, les lettres anonymes !

— Vous ne vouliez rien comprendre. Vous étiez aussi têtu que Marie était perturbée. La pauvre fille ! Son esprit était trop fragile. Elle n'était pas faite pour se partager entre deux hommes. Vous lui demandiez trop ! Ce n'est pas votre cas, n'est-ce pas ?

— Je ne vous permets pas...

— Vous n'avez rien à me permettre, mon cher. Ici, vous êtes chez moi ! Et à ne rien vous cacher, je vous trouve maintenant bien embarrassant. Je ne peux quand même pas passer tout mon temps à maquiller en meurtres rituels des morts disons... accidentelles. Avec vous, quatre, ça commence à faire beaucoup.

— C'est donc vous qui avez tué Robert Comballe !

— Oh ! pour lui ce fut presque un accident. On s'est disputés, il n'était plus d'accord avec nos projets. Il s'est montré agressif, je l'ai rudoyé un peu trop fort. Il est mal tombé. Sa tête a heurté le sol. Et il ne s'est pas relevé. Aucune trace de contusion ; heureusement pour moi ! Il devait avoir la cervelle fragile, le pauvre Robert !

— Et vous avez pratiqué sur sa dépouille les mêmes actes barbares que sur le corps de ce malheureux Maxence Cabanel !

— On ne peut rien vous cacher ! Lui aussi commençait à devenir gênant. Mais j'avoue qu'il a eu la bonne idée de venir mourir au pied de ses chers menhirs. Quand j'ai trouvé son corps, l'idée m'est venue immédiatement de faire croire à un acte rituel de sorcellerie pour faire porter le chapeau aux Carballo. L'idée était géniale, n'est-ce pas ? La bêtise et la crédulité des habitants de cette commune de bouseux ont fait le reste.

— Vous n'êtes qu'un assassin !

— Vous êtes le seul à pouvoir l'affirmer, mon ami. Cette pauvre Marie était décidément trop déséquilibrée pour pouvoir garder le secret que je lui avais confié. Elle voulait m'empêcher d'agir, estimant que j'allais trop loin. Mes méthodes ne lui convenaient pas, à cette chère petite. Elle était devenue comme ce misérable Comballe.

— Elle a eu le courage de vous le dire. Et vous l'avez fait taire en l'éliminant.

— Parfaitement ! Comme je suis à présent contraint de vous réduire au silence, monsieur Estérel.

— Que dira votre père quand il saura que son fils n'est qu'un assassin ?

— À sa manière, mon père aussi est un tueur ! Il n'a aucune pitié pour ses adversaires.

— Vous savez très bien ce que je veux dire. Mais vous ne vous en sortirez pas comme ça. Croyez-moi !

Julien tentait de temporiser. Le baron pointait toujours sur lui son arme meurtrière. Ni l'un ni l'autre n'avaient senti la présence de deux témoins qui, tapis derrière la porte, avaient tout entendu de ses révélations accusatrices.

Quand Manuella passa la tête dans l'embrasure de la porte, elle fit aussitôt comprendre à Julien, d'un geste tournant de la main, de continuer à faire parler le jeune baron. Derrière elle, se profilait l'ombre de l'inspecteur Gauthier.

Surpris, Julien ne broncha pas et poursuivit sa controverse comme si de rien n'était.

— Puis-je savoir comment vous comptez faire disparaître nos corps ? Car je suppose que vous ne pourrez pas utiliser nos dépouilles pour accuser un peu plus Chico et Paco Carballo qui, d'ailleurs, doivent être loin d'ici en ce moment.

— Le château ne manque pas de vieilles oubliettes où vos corps finiront de pourrir côte à côte. Pour des amants malheureux, avouez que c'est une fin sublime, non ? On croira que vous avez disparu ensemble. Et la légende parlera un jour de vous comme des *Amants maudits du Saut-du-Loup*. L'histoire dira que vous étiez au cœur d'une épouvantable machination de sorcellerie, que vous en avez été les victimes expiatoires, que votre sacrifice aura servi à désensorceler cette commune et ses habitants qui supportent depuis la nuit des temps la malédiction du diable.

Jean-Charles Audibert-Delorme s'écoutait parler. Et plus il parlait, moins il devenait vigilant, persuadé qu'entre les murs de son vieux manoir les pierres sauraient garder le silence sur ses turpitudes.

Progressivement il baissa sa garde. Julien continuait de le faire parler, tandis qu'à pas de loup l'inspecteur Gauthier s'approchait de lui.

— Au moindre geste, lui lança-t-il quand il fut à moins de deux mètres derrière lui, je n'hésiterai pas à faire usage de mon arme. Laissez tomber la vôtre par terre et retournez-vous lentement.

Surpris, le jeune châtelain ne réagit pas. Il fusilla Julien du regard. Dans ses yeux, seul brillait le reflet de sa haine.

— Julien ! ne put retenir Manuella en se jetant dans les bras de son ami. Julien, enfin !

*

* *

L'inspecteur arrêta Jean-Charles Audibert-Delorme sur-le-champ. Celui-ci passa aux aveux sans qu'il fût besoin de le solliciter. Le policier en avait assez entendu pour l'inculper et le transférer devant le juge, afin que celui-ci pût rouvrir le dossier de la mort de Maxence Cabanel et instruire ceux de Robert Comballe et de Marie.

— Comment savais-tu que je m'étais rendu au château ce soir-là ? demanda Julien à Manuella quand, plusieurs jours plus tard, ils se retrouvèrent face à face, loin des feux de la rampe journalistique et judiciaire.

— Je l'avais deviné. Comme j'avais deviné que vous alliez courir un grave danger.

— Toujours ton don de voyance !

— Eh !

— Je sais, tu es gitane. Mais comment as-tu convaincu l'inspecteur de bien vouloir te suivre ?

— Je lui ai menti. Je lui ai dit que je savais où se trouvaient mon frère et mon père, et lui ai fait promettre d'être indulgent avec eux si je les convainquais de se rendre.

— Et il t'a cru !

— Jusqu'à ce qu'il entende votre conversation derrière la porte.

— Tu savais que je découvrirais Marie ici ?

— J'ai lu ses lignes de la main, souvenez-vous. Et je vous avais prévenu que vous alliez souffrir. Pour le reste, mon intuition a fini de me guider.

— Tu ne t'es pas trompée, Manuella. La mort de Marie, je ne m'en consolerai jamais.

— Elle vous a trahi !

— Elle était malade, Manuella. Il y avait deux Marie en elle.

— Là où elle est à présent, les démons ne l'empêcheront plus de dormir. Elle repose en paix.

Julien s'approcha de la jeune fille, lui prit le visage entre les mains, lui dit, les yeux remplis de tendresse :

— Il me faudra encore un peu de temps pour être à toi totalement.

Manuella se dégagea de son étreinte, sourit, l'embrassa pour la première fois la première et répondit en le tutoyant :

— Pour toi, Julien, j'ai toute la vie devant moi.

Épilogue

UN MOIS PLUS TARD, Manuella passa brillamment son certificat d'études. Aux assises de Montpellier, son père et son frère furent définitivement innocentés à la suite du procès de Jean-Charles Audibert-Delorme, lequel fut jugé et condamné pour meurtre avec préméditation sur la personne de Marie Letellier, homicide involontaire sur la personne de Robert Comballe, profanation de corps sur la dépouille de Maxence Cabanel, diffamation et tentative d'usurpation de bien privé à l'encontre de la famille Carballo.

Peu avant la fin juin, Julien reçut à nouveau la visite de l'inspecteur primaire. Celui-ci, compte tenu des affaires tumultueuses et tragiques qui l'avaient touché personnellement, lui proposa une affectation plus tranquille dans une commune ensoleillée de sa Côte d'Azur natale. Il refusa, sous prétexte que la tâche qu'il avait accomplie au Saut-du-Loup était inachevée.

Tous ses élèves de fin d'études furent reçus au certificat, ainsi que ceux de Marie dont il s'occupa en compagnie de sa jeune remplaçante. Les parents, fiers de leur progéniture, oublièrent les griefs qu'ils lui avaient adressés tout au long de l'année et ne tarirent plus d'éloges à son égard, affirmant à qui voulait l'entendre que Maxence Cabanel avait fait son temps et qu'il était heureux que l'académie leur ait envoyé un maître plus moderne et plus proche des enfants.

La famille Carballo, très affectée par la sombre machination dont ses membres avaient été victimes, reprit la route des gens du voyage dès le début de l'automne. Personne, au Saut-du-Loup, ne savait quelle direction elle avait prise.

Deux ans plus tard, un soir de fin octobre, alors que Julien amorçait sa troisième année à l'école du Saut-du-Loup, de la fumée s'échappa à nouveau au-dessus du toit de leur modeste maison, embaumant les sentes forestières comme un sirop de miel et de lait. Julien, qui ne pouvait s'empêcher d'aller rôder après la classe autour du vieux mas, à l'heure où, jadis, il donnait ses leçons particulières à Manuella, comprit immédiatement que celle à qui il ne cessait de penser l'y attendait pour oublier à jamais, avec lui, le pesant silence des pierres.

Saint-Jean-du-Pin,
31 mai 2005 – 16 novembre 2005

Orientations bibliographiques

Pour l'ensemble des croyances, des superstitions, des légendes et des histoires fantastiques auxquelles l'auteur fait souvent allusion dans son roman, le lecteur pourra se reporter aux écrits suivants :

BASTIDE N. : *La Vieille Morte, Mythologie française*, actes du congrès de Marvejols, fasc. 1, juil-sept 1984.

CLÉMENT Pierre-André : *Les Chemins à travers les âges en Cévennes et Languedoc*, Presses du Languedoc, Monpellier, 1983.

Collectif des élèves de la cité scolaire d'Alès : *Coutumes, Croyances, Légendes du pays cévenol*, Alès, 1969.

JOUTARD Philippe (sous la direction de) : *Les Cévennes, de la montagne à l'homme*, Privat, Toulouse, 1995.

LAURENCE Pierre : *Du paysage et des temps. La mémoire orale en Cévennes*, t. I et t. II, Édition Parc national des Cévennes, 2004.

Parlier P. : *Essai sur les mœurs, coutumes et superstitions dans les Cévennes*, Faculté de théologie, Montpellier, 1956.

Pelen Jean-Noël : *Récits et Contes populaires des Cévennes*, Gallimard, Paris, 1979.

Pelen Jean-Noël : *L'Autrefois des Cévenols. Mémoire de la vie quotidienne dans les vallées cévenoles des Gardons*, Edisud, Aix-en-Provence, 1987.

Revue du Parc national des Cévennes : *Avant l'histoire*, nº 48-49, 1993.

Soutou A. : « Toponymie, folklore et préhistoire : Vieille Morte », *Revue internationale d'onomastique*, sept. 1954.

Table des matières

Dans la même collection

www.deboree.com
livres@centrefrance.com

Imprimé en France par CPI
en janvier 2023
N° d'impression : 2069405
Dépôt légal : avril 2023
ISBN : 978-2-8129-3860-3
ISSN : 1627-6779